GOLDMANN

Buch

1999. Elvis Presley, Ex-Colonel in der Armee der Vereinigten Staaten, lebt in den Sümpfen im Süden des Landes. Seine Karriere ging bereits in den frühen Sechzigern den Bach hinunter. Jetzt rettet er als freier Op Schwarze und Cajuns davor, von den Konzernen als Kontraktarbeiter versklavt zu werden.

In New Orleans trifft er dieses verdammt gut aussehende Mädchen mit der Augenklappe. Ihr Name: Krokodil. Für eine Million Dollar soll er sie nach Cape Canaveral bringen. Aber an der alten Raketenbasis sind noch andere interessiert. Elder Nguyen Seth, Avatar der Endzeitdämonen, will ein abgestelltes Star-Wars-System, Needlepoint, wieder in Gang bringen und damit die Menschheit zerstören. Aber Elvis Presley kann knochenhart sein, wenn es sein muß. Außerdem kennt er die besten Rock'n'Roll-Songs aller Zeiten. Was immer schon ein unschätzbarer Vorteil war.

Dark Future – der Riesenerfolg aus England, Cyberpunk-Fantasy mit Grips, Biß und Witz, schrägem Humor und Overdrive-Action.

Autor

Jack Yeovil ist das Pseudonym des 1959 geborenen Horror- und Filmexperten Kim Newman, einer der großen Genrehoffnungen der neunziger Jahre. Zu seinen Romanen gehören *The Night Mayor, Jago, Bad Dreams* sowie der bahnbrechende Ripper-Roman *Anno Dracula*, mit dem ihm in England endgültig der Durchbruch gelang. Kim Newman lebt in Crouch End, London.

Zur Reihe *Dark Future* gehören die Bände *Dämonenjagd* (23678), *Krokodilsjagd* (23679) und *Mutantenjagd* (23680).

JACK YEOVIL

DARK FUTURE 3

MUTANTENJAGD

Deutsch von Caspar Holz

Mit einem Nachwort von
Andreas Decker

GOLDMANN VERLAG

Die englische Originalausgabe erschien unter dem Titel
»Dark Future. Comeback Tour« bei GW Books,
A Division of Games Workshop Ltd., Nottingham

Umwelthinweis:
Alle bedruckten Materialien dieses Taschenbuches
sind chlorfrei und umweltschonend.
Das Papier enthält Recycling-Anteile.

Der Goldmann Verlag
ist ein Unternehmen der Verlagsgruppe Bertelsmann

Umschlaggestaltung: Design Team München
Umschlagillustration: Ferenc Regös
Satz: IBV Satz- und Datentechnik GmbH, Berlin
Druck: Elsnerdruck, Berlin
Verlagsnummer: 23680
Lektorat: Sky Nonhoff
Redaktion: Andreas Helweg
Herstellung: Peter Papenbrok
Made in Germany
ISBN 3-442-23680-0

1 3 5 7 9 10 8 6 4 2

Prolog

Cape Canaveral, 1978
Ein Traum stirbt.

Commander Lawrence Jerôme Fonvielle mußte die Zähne zusammenbeißen und die Tränen unterdrücken, als die Lichter der Konsole Reihe für Reihe erloschen. Die Techniker fuhren ruhig mit dem Abschaltvorgang fort, gingen von Tisch zu Tisch, legten Schalter um und zogen Kabel heraus. Sie waren so sorgfältig und tüchtig, wie er es von ihnen verlangt hätte, wäre er noch für ihre Einsatzbefehle verantwortlich gewesen. Sein jetziger Dienstgrad war fast ein reiner Ehrentitel. Man konnte kein Commander sein, wenn die Typen in den Anzügen einem das Kommando unter den Füßen weggezogen hatten.

»Wasserlandung«, sagte Wardle, der immer noch den Großen Bildschirm überwachte. »Exakt mitten im Zielgebiet.«

Der alte Zauber. Amerikanisches Knowhow. Wenigstens das gab es noch.

»Die USS *Eisenhower* stellt die Sikorski bereit, die Santinis Leute einsammeln sollen.«

Fonvielle nickte. Er konnte die Wasserlandungen nicht mehr zählen, die er voller Sorge miterlebt hatte. Diese, soviel stand fest, würde die letzte sein.

Dort draußen tanzte die letzte Generation in ihrer Vulcan-

Kapsel auf den Wellen des Südpazifik. Elf Männer und drei Frauen in einer Blechbüchse, die darauf warteten, mit Hubschraubern herausgeflogen zu werden, bevor ihr Raumschiff unterging.

»Camp Glen ist immer noch einsatzbereit, Sir. Signale gut und gleichmäßig.«

Fonvielle antwortete nicht. Er starrte auf die Bildschirme. Die Station im Meer der Stille, die erst vor kurzem evakuiert worden war, würde mit ihren Messungen fortfahren und die Daten weit länger auswerten und übermitteln, als sich auf der Erde jemand dafür interessierte. Kein Mensch scherte sich heutzutage um eine Sache, aus der kein Geld herauszuholen war. Fonvielle war selbst ein alter Kampfpilot, und die neue Rechnerei bereitete ihm Kopfschmerzen, andererseits wußte er die Schönheit der Daten zu schätzen. Er verstand das Funkeln in den Augen der Wissenschaftler, wenn sie über den Gesteinsproben oder den Kurvengrafiken hockten.

Der Traum hatte nichts mit Geld zu tun. Auch nicht ausschließlich mit Daten, auch wenn das ein Teil davon war. Der Traum war ein Traum vom Sieg. Hier handelte es sich um Amerikas reinste Herausforderung, um die Erfüllung einer nationalen Bestimmung. Die Kriege waren noch nicht beendet, die Kriege um die Vorherrschaft am Himmel. Fonvielle glaubte immer noch, was er während seiner gesamten Ausbildung gehört hatte. Der Himmel gehörte jenen Männern, die in der Lage waren, danach zu greifen, den Männern, die das Zeug dazu hatten. Der Traum handelte davon, daß man die Hand in den Himmel reckte, zugriff und ihn festhielt.

»Edwards hat seit gestern abend ununterbrochen aufgezeichnet«, sagte Wardle. »Ich schalte unsere Verbindung jetzt ab.«

Fonvielle hatte sein Jahr im Meer der Stille in den Sechzigern abgerissen, als Richard Nixon Präsident war und das Needlepoint-System sich im Planungsstadium befand. In seiner Erinnerung war Camp Glen ein ruhiger Ort. Die Freizeit, die er, eingehüllt in seinen Raumanzug und mit heruntergedrehtem Intercom, außerhalb der Kugel verbrachte, wo sich die Stille und Ruhe in die Ewigkeit zu dehnen schienen, gehörte zu den intensivsten Erlebnissen seines Lebens. Keine seiner Ehen hatte ihm solche Stunden beschert, die es damit hätte aufnehmen können. Nachdem ihn eine psychiatrische Untersuchung als zum, wie man es nannte, Sternenrausch neigend eingestuft hatte, einer seltsamen Form der Gleichgültigkeit, die Langzeitastronauten befiel, wurde er aus den Vor-Ort-Einsätzen des Programms herausgenommen. Eine Menge Raumpiloten wurden religiös, wenn sie als gescheiterte Existenzen auf die Erde zurückkehrten. Oder sie wurden verrückt. Fonvielle war gerade in der Befehlshierarchie aufgestiegen. Wenn er den Himmel schon nicht für sich haben konnte, wollte er wenigstens alles dafür tun, daß sein Land ihn nicht aus dem Griff verlor.

»Entschuldigen Sie, Sir.«

Ein orange gekleideter Techniker schob sich zwischen ihn und den Monitor des Meeres der Stille und unterbrach die Verbindungen. Der Bildschirm erlosch mit einem Zwinkern. Glenn sendete immer noch, das Signal wurde jetzt allerdings in einen Computer in Edwards gespeist. Die Regierung verließ sich darauf, daß die Maschinen Alarm geben, falls die automatischen Sensoren auf irgend etwas Interessantes stießen.

Das Needlepoint-System. Damit war das Programm ins Schlingern geraten. Es war Präsident Nixons Vermächtnis. Mit der Landung von Glenn und Schirra neun Monate vor dem geplanten Termin hatte Trickydick sein Wahlversprechen, bis 1965 einen Amerikaner auf den Mond zu schicken, so glänzend erfüllt, daß er in aller Öffentlichkeit den Beschluß faßte, etwas für das Gleichgewicht der Kräfte zu tun. Er schwor, er werde die Erde mit einem Ring von Satellitenwaffen umziehen, die in der Lage wären, ein sowjetisches Bombergeschwader noch während des Alarmstarts in Taschkent unschädlich zu machen, oder, wenn es sein mußte, auch eine Kakerlake, die über den Fußboden einer Lagerhalle in Harlem huschte.

Eine Frau betrat die Steuerzentrale. Sie hatte den Arm voll halbdurchsichtiger Kunststoffplanen, die sie verteilte. Sie ließen sich wie lose Kondome über die Geräte ziehen, so daß sich die Konsolen, Monitore, Terminals und Datenspeicher gespenstisch anfühlten. Jetzt konnte sich der Staub in Frieden niederlassen.

Fonvielle war der stellvertretende Kommandeur des Needlepoint-Projektes, als Nixon sich '68 mit einer eleganten Verbeugung verabschiedete und das Siegel des Präsidenten an Barry Goldwater weiterreichte. In der Folge hatte die NASA die Geschichte endgültig in den Sand gesetzt. Während der Jahre des Scheiterns, als System nach System abstürzte, hatte er einen langen Kampf mit seinen Untergebenen durchgefochten, um den Spitznamen geheimzuhalten, den jeder in der NASA inzwischen für das Projekt gebrauchte. Das Needledick-System.

Wardle nahm seine Kopfhörer ab und ließ sie auf sein Pult fallen. Das übliche Durcheinander – Fotos seiner Kinder, Kaffeetassen, Markerstifte, Notizblöcke, der Mickey-Mouse-Becher – waren bereits weggeräumt worden. Er war der letzte. Und er würde morgen umziehen. Einige der wenigen hellen Leuchten waren schwach genug, sich das lächerliche Schauspiel in Edwards bieten zu lassen. Die übrigen quittierten den Dienst. Die Privatindustrie lockte einen großen Teil des NASA-Personals mit fetten Verträgen, insbesondere ehemalige Astronauten, die einen hervorragenden Namen hatten. Fonvielle wußte jedoch, daß diese Jobs reine Augenwischerei waren, für die man keinen Mumm brauchte. In den Raumfahrtprogrammen der Gesellschaften wurden keine Männer gebraucht, sondern menschliche Rechenmaschinen, denen man Dollarzeichen ins Herz gebrannt hatte.

»Die *Eisenhower* hat Santini und die anderen grade aus dem großen Teich gezogen. Das wäre also geschafft.«

Fonvielle zog es vor, nicht zu antworten.

»Chrissie Farren läßt ein ›Hallo‹ ausrichten.«

Fonvielle nickte. Chrissie war die dritte Frau im All. In seiner Erinnerung war sie ein übereifriger Lieutenant gewesen. Die Piloten hatten Wetten angenommen, wer ihr als erster an die elektrisch beheizte Unterwäsche gehen würde. Er wußte nicht mehr, wer, falls überhaupt jemand, den Jackpot eingesackt hatte.

Wardle hatte sich inzwischen von seiner Konsole gelöst. Er zog seine Ziviljacke über und ging.

Fonvielle hatte zu den ersten gehört, die in den 50ern vom X-11-Programm zur NASA gewechselt waren. Und jetzt war er unter den letzten, die den Laden verließen.

Richtig begonnen hatte der Ärger unter Präsident Agnew. Spiro T. hatte unbedingt einen Gegenwert für die Milliarden von Bundes-Dollars sehen wollen, die in den Topf des Needlepoint-Projektes geflossen waren. Fonvielle hatte damals argumentiert, das System sei noch nicht bereit für einen Test. Er wußte nur zu gut, daß die Macken erst noch gründlich ausgebügelt werden mußten.

Nach dem Fiasko auf der Mondbasis – Needlepoint hatte nur um fünfzehn Fuß das Durchbrechen der Kuppel verfehlt – hatte Agnew der NASA mächtig zugesetzt. Senatsausschüsse wurden eingesetzt, und in Houston und Canaveral fielen die Anzugtypen ein. Typen mit Rechnungsbüchern verdrängten Männer mit einer Vision von ihren Plätzen.

Das Raumfahrtprogramm hatte eine zwanzigjährige Probezeit hinter sich, und die fetten Jahre waren vorbei. Amerika hatte den Mond erobert und hatte die Sowjets mit ihren Sputniks im Regen stehen lassen. Rußland hatte zu viele innere Schwierigkeiten, um Gelder für Star City abzuzweigen, und ihr Programm war verpufft, als der erste Mann im All als mikroskopisch feiner Ascheregen über die Steppe niedergegangen war. Sein Name war Juri Gagarin gewesen, wie Fonvielle sich erinnerte. Die Sowjets hätten sich davon erholen können, der sinnlose Krieg in Vietnam hatte sie jedoch allen militärischen und wissenschaftlichen Potentials beraubt. Star City war seit zehn Jahren eine Geisterstadt.

Eine Geisterstadt. Genau wie Canaveral ab morgen.

»Sir?«

Fonvielle war mit den Gedanken woanders. Die matronenhafte Frau, die für die Abschaltung verantwortlich war, hielt ihm ein Klemmbrett unter die Nase.

»Ihre Unterschrift, Sir. Neben dem X.«

Sie reichte ihm einen Stift, und er kritzelte los.

»Vielen Dank, Sir.«

Die Lichter auf der großen Tafel erloschen, eins nach dem anderen. Die Programme waren ausnahmslos sehr, sehr teuer gewesen. Mercury, Gemini, Apollo, Hercules, Pegasus, Circe, Argos, Vulcan. Männer und in den letzten sieben Jahren auch Frauen hatte es jedoch immer gegeben. Jeder wollte die Schwelle überschreiten und seine Hand nach dem All ausstrecken. Freunde hatte er an die Sterne verloren. Mehr als nötig. Alan Shepard, Grissom, Cap Collins, Capaldi, Len Nimoy, Rusoff, Mikko Griffith, Mildred Kuhn, Mihailoff, Hamil, Con Lindsay, Garrett Breedlove. Der enorme Elan der frühen 60er, als Nixon unbedingt Ergebnisse hatte sehen wollen, war seinerzeit erfrischend gewesen, die Historiker hatten jedoch recht. Man war überhastet vorgegangen, und die Eile, mit der man Apollo zu Ende bringen wollte, hatte zu viele Leute das Leben gekostet. Er mußte an die explodierte Luke denken, die Grissom, der noch ganz benommen vom ersten Ausstieg im All war, auf den Grund des Meeres gezogen hatte. Und an den Computerfehler, der aus Richard Rusoff einen zweiten Mond gemacht hatte, der einkalkulierte fünf Jahrhunderte die Erde schweigend umkreisen würde, bevor die Selbstzündung seinen ausgetrockneten und gut erhaltenen Körper verbrennen würde. Und an das Leck in der Treibstoffzufuhr, durch das

Griffith, Kuhn und Mihailow einen Lidschlag vor dem Start verbrannt waren.

Erst Needlepoint jedoch hatte das Programm zum Absturz gebracht.

Needlepoint war irgendwo dort oben und funkelte am Nachthimmel. Ein Ring von Satelliten, voll ausgerüstet mit Laserwaffen, die nutzlos auf ihren unberechenbaren Orbits kreisten. Es würde mindestens dreißig Jahre dauern, bis sie begannen, entweder in die Tonosphäre oder nach draußen in den Weltraum zu taumeln. Jedesmal, wenn ein amerikanischer Stratege in einer klaren Nacht in den Himmel blickte, würde er an das Geldgrab erinnert werden, zu dem Needlepoint geworden war. Und er würde Präsident Trickydick Nixon verfluchen. Und Commander Lawrence Jerome Fonvielle.

Man ließ ihn alleine und stellte die Hauptbeleuchtung ab. Er stand im Dunkeln, umgeben von leblosen Maschinen.

Endlich konnte er seinen Gefühlen freien Lauf lassen. Tränen rannen ihm über die Wangen, und sein ganzer Körper wurde von stillem Schluchzen geschüttelt.

Er ließ sich auf einen Polyäthylen-Drehstuhl fallen und wischte sich durch die feuchten Augen.

Das Rumpfprogramm, das die NASA auf der Edwards Air Base aufrechterhielt, war ein Witz. Nur ein paar grüne Jungs von der Airforce, die gelegentlich einen Blick auf die Monitore warfen, um sich zu vergewissern, daß alle Satelliten in Regierungsbesitz sich noch auf ihrem Orbit befanden und dem ganzen privaten Mist nicht in die Quere kamen. Agnew hatte die Beherrschung des Himmels durch den Staat aufgegeben und den Weltraummarkt ausschließlich einigen Multinats überlassen. Und die interessierte nichts anderes, als einen Haufen kleiner Silberkugeln hochzuschleudern, damit sie Pornos bis in die Tiefen des Amazonasbeckens beamen oder Geldblips von der Schweiz nach Osaka verschieben konnten. Das Zeitalter der Entdecker, der Pioniere und Helden war vorbei. Die Anzugtypen hatten es beendet, und jetzt rückten die Händler nach.

Als sein Gesicht endlich wieder trocken war, schwor er sich, den Traum am Leben zu erhalten.

TEIL I
Dixie

I

»Komm schon, Jesse Garon, laß mich jetzt nicht im Stich…«

Wann immer er alleine war, also meistens, redete der Op mit seinem Bruder Jesse Garon, als sei der tatsächlich anwesend. In gewissem Sinn war er das auch. Bei den Hinterwäldlern hieß es, wenn der eine von zwei identischen Zwillingen starb, würde der Überlebende die Seele des Babys für den Rest seines irdischen Lebens in sich tragen.

»Komm schon…«

Trotz der dicken ledernen Stiefel kroch ihm die Kälte des Mississippi-Deltas in die Beine. Seit über zwei Stunden, also seit vor Sonnenuntergang, befand er sich an derselben Stelle und wartete auf den Angriff.

In einer ruhigen Nacht konnte man die Helikopter schon aus großer Entfernung hören. Er hatte genügend Zeit, seinen Raketenwerfer aus der wasserdichten Hülle zu nehmen und ihn mit einer einschüssigen Boden-Luft-Rakete der Firma GenTech zu laden. Die Waffe lag schwer auf seiner Schulter, aber er hielt die Stellung und ließ den Schmerz mit dem rechten Auge am Nachtsichtgerät über sich ergehen.

Ringsum im Sumpf zirpten die Zikaden. Wasser-Mokassins schlängelten sich über die Oberfläche des fauligen Wassers. Außerdem hatte er gehört, daß die Alligatoren sich vermehrten, seit diese Reptilien als Nahrung gezüchtet wurden. Andererseits war er sein ganzes Leben durch Sümpfe gestreift und bislang noch nicht totgebissen worden.

Er trug eine schwere Lederjacke, deren Reißverschluß er bis unters Kinn hochgezogen hatte. Das Hemd darunter war knallrosa, und er wollte nicht, daß er durch die leuchtende Farbe zur Zielscheibe für die CAF wurde. Gesicht und Hände hatte er mit Schmutz getarnt.

Endlich hörte er das Wupp-Wupp-Wupp der spinnenartigen Helikopter. Die CAF-Ritter der Nacht kamen zu exakten militärischen Manövern aus Vicksburg herangeflogen. Sie gingen auf Raubzug, erpreßten Zölle, entführten eine Gruppe Jungen und Mädchen, die verpachtet werden konnten, und zogen sich wieder zurück. Sie waren in einem Verband der staatlichen Legislative organisiert, wie der Op wußte. Das Verpachten von jungen Arbeitskräften war für die Corps und Politicos ein einträgliches Geschäft. In den Sitzungssälen rund um die Welt träumten sie feuchte Träume von Arbeitskräften, die man nicht zu bezahlen brauchte. Die Leute aus dem Sumpf hatten versucht, ein Gesetz durchzubringen, um mit den Südstaatlern fertig zu werden, aber das hatte niemand interessiert. Sie hatten ihr Geld zusammenlegen und selbst jemanden zu ihrem Schutz anheuern müssen.

Nach seiner ersten Entlassung aus der Armee in den 60ern hatte er mit Mama Gladys und dem Original Colonel einen Western im Kino gesehen. *Die glorreichen Sieben.* In dem Streifen wurde eine Gruppe von armen mexikanischen Farmern von einer Bande Bandidos terrorisiert, die von Eli Wallach angeführt wurde. Sie legten all ihr Geld zusammen und baten ein paar amerikanische Revolverhelden, zu kommen und ihnen zu helfen. Obwohl die Farmer nur sehr wenig zu bieten hatten, erklärten sich die Cowboyhelden bereit, für sie zu kämpfen und größtenteils zu sterben. Damals, als er $ 10000 die Woche machte, hatte er es nicht für möglich gehalten, daß diese sieben Revolverhelden den Job tatsächlich übernehmen würden.

Und nun hockte er hier, beinahe vierzig Jahre später, mit einem Raketenwerfer an seinem steifen Hals, und bereitete sich auf eine Schlacht mit ein paar Hubschrauberladungen Killerärschen in den weißen Spitzhauben des Klans vor, und bekam dafür bestenfalls einen Topf mit Bohnen und ein paar aufgebrauchte Plastikcashbons.

Jetzt konnte er die spinnenartigen Helikopter sehen. Sie schlichen über das Bayou hinweg und kräuselten dabei die Wasseroberfläche. Sie waren mit dem Sternenbanner bepinselt und hatten genügend Schießeisen an Bord, um eine kleine Stadt niederzubrennen. Und genau das hatten sie auch vor mit dem, was von Yazoo City noch stand. Bürgermeister Kettle hatte sich nämlich geweigert, Schutzgelder zu zahlen oder noch mehr junge Leute als Mietarbeiter herauszurücken.

Der New South saß voller Splittergruppen wie der CAF, der Air Force der Konföderierten, halboffiziellen Kultgangs mit etwas Geld im Rücken. Mit dem allmählichen Zerfall der Zentralregierung und der Unterhöhlung des staatlichen Gewaltmonopols durch die großen Gesellschaften waren eine Menge Kriegsherren losgezogen, sich ihre kleinen Reiche aus dem großen Kuchen zu schneiden.

Der Oberbefehlshaber der CAF, Burtram Fassett, war ein fanatischer Verfechter der Überlegenheit der weißen Rasse. Seine letzte Kultgang hieß ›Die Ritter der weißen Magnolie‹ und hatte von Phoenix aus operiert. Turner-Harvest-Ramirez hatte dieses miese Spiel Anfang der 90er unterbunden, jetzt war er jedoch wieder groß ins Geschäft mit der Intoleranz und der Selbstgerechtigkeit eingestiegen und herrschte über eine Truppe von scharf gedrillten, aus weißem Abschaum rekrutierten Söldnern, die von efeuumrankten Landhäusern mit weißen Säulen träumten, in die sie jedoch nie ihre dreckigen Stiefel setzen würden. Robert E. Lee hätte sie wie Köter niedergeknallt. Sie jedoch sangen ›Dixie‹, ›The Bonnie Blue Flag‹ und ›I'm a Good Old Rebel‹, während sie schwarze Kirchen zerstörten und schwarze Familien ausrotteten. Notfalls hätten sie alle Dialoge aus *Vom Winde verweht* aufsagen können. Im Süden war der Haß immer schon ebensogut gediehen wie die Baumwolle.

Es waren drei spinnenartige Helikopter, die in klassischer Pfeilformation flogen. In den 80ern hatte der Op in Mittelamerika ähnliche Einsätze geflogen, und er wußte noch sehr gut, wie vernichtend es sich ausgewirkt hatte, als die Sandinisten Waffen in die Hände bekamen, wie die, die er jetzt in den Händen hielt. Beim Gedanken an die High-Tech-Todesmaschinen, die brennend in den Dschungel stürzten, mußte er grinsen. Es wurde Zeit, daß die Vögel von der CAF ihr Napalm selbst zu schmecken bekamen...

Die jungen Männer aus Yazoo City – trotz seines Namens in diesen Tagen nicht mehr als eine Ansammlung von Hütten im Sumpf, in denen Sammler lebten – hatten sich mit rostigen Schnellfeuerwaffen und Flammenwerfern im Sumpf verteilt. Der Op hatte sie ein paar Wochen lang ausgebildet und wußte, daß sie ihr Bestes geben würden. Die Hoffnung, Fassetts Streitkräften länger Widerstand leisten zu können, war unrealistisch. Er zählte jedoch darauf, daß die CAF dadurch, daß sie überhaupt auf Gegenwehr stieß, in Panik geriet und auseinanderfiel. Das war mehr als wahrscheinlich. Die Fanatiker waren immer die ersten, die davonliefen, wenn man zurückschoß. Er erinnerte sich nur zu gut daran, wie er vor Managua alleine dagestanden hatte, als die Regierungstruppen plötzlich aus dem Boden wuchsen. Die feigen *Contras*, die ihn in Uncle Sams Auftrag hatten unterstützen sollen, waren vermutlich immer noch auf der Flucht.

Der Helikopter an der Spitze stand in der Luft, und die Begleitmaschinen hielten ihre Plätze in der Formation, die Nasen leicht gesenkt, die Waffenausleger schwenkend. Der Op hatte den Flieger im Visier und löste die Befehlsfolge für den Abschuß aus. Die Digitalanzeige unterhalb des Visiers begann den Countdown bei zwanzig.

Er merkte, daß er im Rhythmus des digitalen Zählwerks zu zucken begann. Seine Hüften kreisten im Wasser, und die Finger seiner freien Hand bewegten sich zu der Musik, die nur er allein hörte. Die Musik, die er schon sein ganzes Leben hörte.

Im Helikopter öffnete sich eine Luke, und ein Kreuz bohrte sich, nur ganz leicht geneigt, in den Sumpf. Der Op hob den Raketenwerfer an, als der Helikopter höher stieg. Das Kreuz ging mit einer Explosion in Flammen auf und blieb brennend stehen.

Dreißig Meter weiter links fluchte William Soule. 95 Prozent der Bürger von Yazoo City waren arm und schwarz. Damit standen sie auf der CAF-Liste für unerwünschte Personen ganz weit oben.

Der Helikopter zur Linken spie brennendes Napalm in hohem Bogen über den Sumpf. Die CAF wußte, daß dort unten im Wasser Leute hockten, die sie erwarteten, und versuchte, dem Ganzen ein schnelles Ende zu machen. Irgend etwas Großes bahnte sich einen Weg durch das brennende Wasser, und der Op hoffte, seine Verteidigungslinie würde halten.

Es wurde Zeit. Zeit für ein wenig Rock 'n' Roll.

Die Rakete zischte aus dem Werfer. Er hatte die Waffe wieder in der Hülle, bevor sie ihr Ziel traf. Der Pilot sah sie zu spät kommen und versuchte ein Ausweichmanöver, das eingebaute Zielsystem der Rakete korrigierte jedoch ihren Kurs. Sie explodierte genau auf der Schnauze des spinnenartigen Helikopters, und die Napalmtanks der Maschine gingen hoch. Einen Augenblick lang sah es aus wie eine kleine Sonne, dann stürzte alles in feurigen Brocken in den Sumpf. Der Op packte einen Klumpen Hängemoos, als ihn die Welle in Brusthöhe traf. Wasser schwappte in seine Stiefel, und fast hätte es ihn umgerissen.

Die anderen Helikopter stiegen auf, um außer Reichweite zu gelangen. Computerisierte Ablenksysteme schalteten sich automatisch zu, um gegen weitere High-Tech-Angriffe gewappnet zu sein. Den Op störte das nicht. Er wußte, daß er nur einen

Schuß in der Röhre hatte. Die Ablenksysteme bedeuteten lediglich, daß die CAF keine ihrer intelligenten Projektile gegen ihn verwenden konnte.

Er nahm sein vollautomatisches G-Mek *Rapide* Maschinengewehr von der Schulter und stapfte durch den Sumpf zu der Insel, wo die erste Angriffswelle losgehen würde. Es war der einzige halbwegs feste Boden im Umkreis von einer Meile, und natürlich würden sich die CAF-Kommandos darauf stürzen.

Stichflammen schossen in die Höhe, wo die CAF in die versteckten Sprengladungen tappte, die sie zuvor gelegt hatten.

»Whoo-eeee«, jauchzte Soule und stieß die Faust in die Luft. »Heute abend braten wir uns einen weißen Spitzhaubenarsch!«

Der Op machte Soule ein Zeichen, und der Junge gab den Befehl weiter. Der Yazoo-Trupp sollte eingreifen.

Einer der Helikopter stand über der Insel, und Männer seilten sich aus ihm ab. Die meisten hingen seit der ersten Explosion wie erstarrt in der Luft, ein paar der Spitzhauben am Boden verlangten bereits lautstark Unterstützung. Der andere Hubschrauber hatte sich in eine sichere Höhe zurückgezogen und warf noch mehr Napalm ab.

Menschen versuchten schreiend, das Zeug vom Leib zu bekommen. Der Op wußte, daß das aussichtslos war. Das Beste, was man sich von einem GenTech-Napalmprodukt erhoffen konnte, war ein schneller Tod durch traumatischen Schock. Dieses neuartige Zeugs war auf biologischer Basis hergestellt und verband sich bei der ersten Berührung mit dem eigenen Gewebe. Es brannte in einem, bis es dort nichts Brennbares mehr gab. Und es brannte unter Wasser. Es hatte also auch keinen Sinn, sich in den Sumpf zu schleppen. Er hoffte, die Yazoo-Truppe hatte nicht allzu viele Leute verloren.

Die CAF belegte jetzt alles mit konventionellem Feuer, hatte aber noch nicht die richtige Entfernung gefunden. Sechs Meter hinter ihnen jagten die Kugeln kleine Fontänen in die Höhe.

»Ihr feigen Schweine«, brüllte Soule. »Ihr weißen Rattenärsche, ihr miesen Maisfresser!«

Der Op hätte es lieber gesehen, wenn sich der Junge auf den Kampf konzentriert hätte, statt ausgiebig von seinem weitreichenden Wortschatz Gebrauch zu machen.

»Reiß dich zusammen, Soule«, brüllte er. »Die Sache ist ernst.«

»Schon gut, Colonel«, fauchte ihn der Junge an.

Der Op nahm eine Spitzhaube ins Visier, die die Bodentruppen auf der Insel zu befehligen schien, und zerfetzte sie mit einem einzigen Feuerstoß. Das dürfte für einige Verwirrung beim Fußvolk sorgen.

Matthew Cooke, der Stadtrat von Yazoo City, der ihn in Memphis aufgesucht hatte, trieb vorbei. Man hatte ihm den halben Kopf weggeschossen. Er trieb durch das sich kräuselnde Spiegelbild des brennenden Kreuzes.

Soule sah den Mann im Wasser und fluchte. Er hob sein Alligatorenjagdgewehr und knallte hintereinander drei Spitzhauben mit präzisen Herzschüssen ab.

Sie konnten sich noch immer nicht entscheiden, ob sie mehr Soldaten landen oder sich vollständig zurückziehen sollten. Der spinnenartige Helikopter stand unentschlossen in der Luft. Sein Laser kreiste und brannte eine Linie in den Boden. Das Gras wurde versengt und begann zu qualmen.

Der Op stieß einen Pfiff aus, das verabredete Signal, und die Yazoo-Truppe stürmte das Ufer wie John Wayne Two Jima. Der Op ließ sein Maschinengewehr rattern und versetzte eine Gruppe von Spitzhauben in wüste Zuckungen.

Soule und drei andere setzten im Schutz eines toten Baumes einen Mörser zusammen. Der Op gab ihnen Feuerschutz, während sie das Ding zusammenschraubten, und feuerte ein paar Schüsse auf den Helikopter ab. Eine Spitzhaube stürzte von ihrem Seil und fiel klatschend in den Sumpf. Irgend jemand dort oben – vermutlich dieses Hühnerherz Fassett – fällte den Entschluß, die Bodentruppen abzuschneiden und einen taktischen Rückzug durchzuführen. Der Helikopter schwenkte mit aufheulenden Steigdüsen durch die Luft.

Komm schon, Soule.

»Wir sind soweit«, schrie Soule.

»Hol den Vogel runter«, befahl er.

In der Dunkelheit wirkte das Grinsen des Jungen wie ein weißer Strich. Er betätigte den Hebel.

Die Granate stieg im Bogen auf und senkte sich sechs Meter zu früh wieder ab. Sie ging auf der anderen Seite der Insel nieder, Schrapnell in das dichte Grün schleudernd.

Der Helikopter stieg immer noch höher, hatte aber noch keine Fahrt aufgenommen. Seine Rotoren zerteilten rhythmisch die Luft.

»Fünfzehn Meter höher«, schätzte er.

»Wird gemacht, Colonel«, erwiderte Soule.

Die Korrektur wurde vorgenommen, und die nächste Granate explodierte im Bauch des Helikopters. Der linke Rumpf, in dem der Laser und die Napalmspeier untergebracht waren, wurde abgetrennt und stürzte taumelnd ab. Ringsum zuckten Flammen auf, und das Sternenbanner blätterte ab.

»Runter«, befahl der Op, warf sich auf den weichen, erdigen Boden und vergrub sein Gesicht.

Er hörte die Explosion, als die Napalmtanks in die Luft gingen, und spürte Feuerfetzen auf dem Rücken seines Jacketts. Er rollte rasch ins Wasser zurück, tauchte unter und preßte Luft in die Lungen.

Seinen Klamotten tat das nicht gerade gut.

Mit offenen Augen erkannte er, daß sich die Wasseroberfläche über ihm mattorange gefärbt hatte. Das ganze Gelände stand in Flammen. Er hörte das Blut in seinem Schädel pochen.

Ein Beinschlag, und er tauchte, bis sich über ihm eine kühle Dunkelheit auftat. Spuckend und mit einem Gefühl, als wollte ihm die Brust zerreißen, kam er wieder hoch. Er hustete, spie

Wasser und schüttelte seine dichte Mähne. Er hatte von Geburt an braunblondes Haar gehabt. Vielleicht wurde es jetzt ein wenig grau, als er jedoch Anfang zwanzig war, hatte er es sich schwarz gefärbt. Seine Jahre in der Armee und anschließend die als Op hatten ihn fit gehalten, aber keine Regenerationsbehandlung der Welt oder selbst die persönliche Zuwendung von Dr. Zarathustra konnten die Jahre vergessen machen. Sein Gesicht hatte zwar keine Falten, trotzdem war er 64 Jahre alt.

Der Helikopter trudelte in einer gemächlichen Spirale hinab und stürzte spritzend in die Napalmpfütze. Die Zikaden waren verstummt, und nur die Geräusche menschlicher Qual störten die Stille des Sumpfes. Die Explosion des Napalmtanks hatte bestimmt einige aus dem Yazoo-Trupp das Leben gekostet. Der Op machte sich Vorwürfe. Er hätte wissen müssen, was passieren würde. Es hatte keinen Sinn, die Schlacht zu gewinnen, wenn am Ende niemand übrig blieb, der sich darüber freuen konnte.

Noch immer ratterten die Gewehre. Fassetts Spitzhauben und Soules Yazoo-Trupp lieferten sich zwischen den herunterhängenden Schleiern aus Spanischem Moos ein Feuergefecht.

Ein brennender Mann kam wild feuernd auf ihn zugerannt. Er verpaßte ihm einen Kopfschuß. Seine Tarnklamotten blähten sich auf wie ein Zelt, als er im schwarzen Wasser versank.

Der Op stellte fest, daß er jetzt bis zum Hals im Sumpf steckte und er keinen besonders guten Stand mehr hatte. Das Napalm hatte ihn weiter von der Insel fortgetrieben, als ratsam war.

Er stieß Richtung Ufer vor, mied die vorbeitreibenden Feuerpfützen und schüttelte das Wasser aus seiner garantiert wasserdichten *Rapide*. Irgend etwas brach ein paar Meter entfernt krachend aus dem Sumpf. Er wirbelte herum und wollte das Feuer eröffnen. Das Gewehr klemmte, als er auf den Abzug drückte. Er schwor sich, sein Geld zurückzuverlangen.

Die Spitzhaube war riesig, glatt einsfünfundneunzig, und gebaut wie ein Proficatcher. Er trug eine TR-Brille über seiner Gesichtsmaske und hielt einen halbmeterlangen Dolch mit widerlich gezahnter Klinge in die Höhe. In Vicksburg ließen sie ihre Ratten verdammt groß werden, kein Zweifel.

Der Op hatte sein Kampfmesser aus dem Gürtel gezogen und hielt es dicht unter die Wasseroberfläche. Der Spitzhaubenkopf rammte es sich selbst dicht unterhalb des Brustkastens bis zum Heft in seinen harten Bauch.

Er schrie vor Wut auf und schlug noch wild um sich, obwohl Blut die Haube dort, wo sein Mund sein mußte, dunkel färbte.

Der Op bekam das Handgelenk des Typen zu fassen und versuchte, ihm die Knochen zu zermalmen. Offenbar waren sie jedoch duriumverstärkt.

»Niggerfreund«, spie ihm der Typ mit der Haube ins Gesicht.

Der Op schlitzte den Unterleib des Mannes auf und spürte, wie sich seine Eingeweide unter Wasser entrollten wie die Arme einer Seeanemone.

Sein Gegner hatte seinen Dolch verloren, bekam ihn aber mit überraschend starkem Griff an der Kehle zu fassen. Der Op spannte seine Halsmuskeln an, um die Luftröhre offenzuhalten. Er verfügte dort drinnen über ein Zarathustragewinde und konnte seine Röhren freihalten. Der Haubenkopf war allerdings mehr daran interessiert, ihn unter Wasser zu ziehen, als ihn zu erwürgen.

Der Op versetzte dem Typen ein paar Karateschläge gegen den Hals und spürte, wie der Griff lockerer wurde, jedoch nur geringfügig. Außerhalb des Wassers hätte man gemerkt, daß er Karate trainiert hatte. Dort hätte er sich das Gewicht des Mannes zunutze machen können. Hier waren sie nur ein Bündel kratzender und beißender Tiere.

Der Alligator kam aus dem Nichts und verbiß sich in den Typen mit der Haube. Die im Wasser umhertreibenden Eingeweide mußten das Raubtier angelockt und ihm verraten haben, daß es hier etwas tödlich Verwundetes und Eßbares gab. Der

Op katapultierte sich mit einem heftigen Beinschlag von der um sich schlagenden Masse fort, wo das Reptil seine Kiefer in den Haubenkopf geschlagen hatte, ihm die Gliedmaßen herausriß und das Blut in dicken Tropfen verspritzte. Tastend griff er nach einer Splittergranate und riß den Verschluß ab.

Der Op warf sich erneut ins Wasser, während seine Granate den Alligator und den Haubenkopf gnädig in Stücke riß. Die Druckwelle riß ihn von den Beinen. Seine Hand versank im Schlamm, als er versuchte, wieder Halt zu finden. Seine *Rapide,* die er immer noch um den Arm hängen hatte, trieb an der Oberfläche und zog ihn nach oben.

Er tauchte auf und kämpfte sich Richtung Insel. Das Gefecht ebbte ab.

Der dritte Helikopter war verschwunden. Die CAF war schwer getroffen und auf dem Rückzug.

Tote und Verbrannte trieben dicht an dicht um die Insel. Das Napalm hatte ihnen die Kleider und die Haut vom Leib gebrannt, und sie sahen aus, als hätten sie alle die gleiche Hautfarbe.

Die Schüsse wurden seltener. Der Kampf war mehr oder weniger vorbei. Das Kreuz war heruntergebrannt. Ein halbherziger Jubelschrei, als es zischend im Sumpf verschwand.

Der Op zog sich aus dem Schlamm. Das Wasser rann ihm in Sturzbächen aus den Kleidern. Dann lief er quer über die Insel. Soule kniete auf einem Bein neben dem Hubschrauber. Ein Freund versuchte, ihm eine Aderpresse um das Bein zu binden. Sein Stiefel war explodiert, und drei seiner Zehen waren dahin.

Soule grinste und zeigte dem Op den nach oben gerichteten Daumen.

»Wir haben gerockt«, sagte er. »Wir haben gerockt und gerollt.«

Seine Lederklamotten waren schwer vom Wasser, und das Haar hing ihm im Gesicht, als der Op auf das Wrack zuging. Der Yazoo-Trupp hatte sich um ein paar verwundete und gefangene Spitzhauben geschart, stieß sie mit den Gewehren und trat sie mit stahlverkappten Stiefeln. Die CAF ließ ihre Strafe winselnd über sich ergehen. Alles Hühnerherzen, dachte der Op.

Ellroy Kettle, der Bürgermeister von Yazoo City, fiel über den Kopf eines Fettsacks in einem ehemals weißen Laken her.

»Wie gefällt dir das, Massah?« brüllte Kettle, während ihm die Tränen in die braunen Furchen seines Gesichtes liefen. »Genug Baumwolle gepflückt, Mistah Rhett Butler? Wünschen Sie vielleicht ein wenig eisgekühlte Limonade auf der gottverdammten Verandah, Massah?«

Zuvor hatte der Bürgermeister mit einem kultivierten Harvardakzent gesprochen. Jetzt hörte er sich an wie eine Kreuzung zwischen Stagger Lee, diesem üblen Typen, der jeden weißen Sheriff, der es auf ihn abgesehen hatte, mit seinem Rasiermesser fertiggemacht hatte, und Stepin Fetchit, dem Sklaven aus sämtlichen Hollywoodfilmen, der sich ständig in die Hosen scheißt und dem die Augen aus dem Kopf treten.

»Halt, das reicht, Bürgermeister«, meinte der Op. »Die Schlacht ist vorbei.«

Ein paar der Jüngeren versuchten, Kettle zurückzuhalten, aber es ging mit ihm durch. Als die CAF das letzte Mal gegen Yazoo City geflogen war, hatte sie eine Gruppe Kontraktarbeiter mitgehen lassen, junge Leute, die man zwang, als Billigstarbeitskräfte in den von den Gesellschaften kontrollierten Fabriken oder auf deren Farmen in Alabama und Georgia zu arbeiten. Kettles Tochter Rosaria war eines dieser Mädchen gewesen. Sie war in einem Bordell in der Montgomery-Verbotszone an einer Überdosis Smacksynth gestorben. Irgendein Japcorpsboss war mit dem Service nicht zufrieden gewesen und hatte ihr eine Dosis Hero-9 verpaßt, mit der man das Herz eines Elefanten zum Stillstand hätte bringen können. Den Südstaatlern war es gelungen, wenigstens eine der hochgeschätzten Vorkriegstraditionen wiederaufleben zu lassen:

Diese Art der Kontraktarbeit war nur ein geschönter Name für Sklaverei. Die alten Zeiten waren nicht vergessen.

Kettle trat den fetten, leinengewandeten Typen ins Wasser. Blut tropfte ihm aus den Augenhöhlen.

Der Op trat dazwischen und legte dem Bürgermeister die Hände auf die Schultern. Der Mann hörte auf zu treten, und sein Gesicht fiel in sich zusammen. Er weinte unkontrollierbar.

»Mein kleines Mädchen... mein kleines Mädchen...«

Der Op nahm den Bürgermeister in den Arm und ließ den Mann weinen. Er spürte, wie sein erschütterndes Schluchzen durch beide Körper drang. Der Yazoo-Trupp stand erschüttert daneben. Der Überschwang des Kampfes versiegte. Der Op hatte das schon in Süd- und Mittelamerika gesehen, im Nahen Osten und in den guten alten Vereinigten Staaten. Viele Leute weinten, sei es vor Schmerzen, aus Angst oder Erschöpfung. Es war alles in weniger als zwanzig Minuten vorüber gewesen, aber wer es überlebt hatte, war für den Rest seines Lebens gezeichnet. Entweder am Körper oder an der Seele.

Dr. Ali Bales, die man in Yazoo City noch am ehesten als Arzt bezeichnen konnte, ging herum und kümmerte sich um die Verwundeten. Sie verteilte Drücker mit Morph-Plus an jeden, der blutete. Soule führte Kettle von dem Op fort, und der Bürgermeister schloß sich ihnen schweigend an.

Der Spitzhaubenkopf am Boden quiekte und versuchte, sich mit seinen feisten Fingern die Maske vom Gesicht zu reißen.

»Weißes Gewand, hm? Muß sich um den Großen Hochwohlgeboren Sowieso handeln«, sagte der Op.

Ein sechzehn Jahre alter Sumpfkämpfer mit Kultgangnarben auf den Wangen riß die Maske herunter, und sie blickten in das zerschundene Gesicht von Burtram Fassett. Sein weißer Ziegenbart war mit getrocknetem Blut verklebt.

»Niggerabschaum«, keuchte er. Irgend etwas an dem Mann erinnerte den Op an den Original Colonel. Vielleicht der Bart, vielleicht auch all das Fett.

Jemand legte ein Gewehr an, aber der Op machte ihm ein Zeichen, und er senkte es wieder.

»Nach dem Enderby-Gesetz bin ich verpflichtet, Ihnen mitzuteilen, daß Sie gerade rechtmäßig von einem Op der Strafverfolgungsbehörde festgenommen worden sind. Man wird Sie anklagen wegen Verbrechen gegen die Verfassung der Vereinigten Staaten...«

»Yankee-Arsch«, spie Fassett.

Das mißfiel dem Op. Er war in Tupelo, Mississippi, geboren.

»Sie haben das Recht zu schweigen, während man Ihnen die weißglühenden Brandeisen den Arsch hochschiebt«, brüllte er. »Sie haben das Recht auf die Anwesenheit eines Anwalts, während man Ihnen die Finger mit einer Teppichschere kappt. Und wenn Sie sich keinen Anwalt leisten können, wird das Gericht Sie so lange zusammen mit fünfzehn psychopathischen Killern in die Pesthöhle werfen, bis es Zeit findet, Ihnen in die Visage zu spucken. Haben Sie Ihre Rechte verstanden?«

Fassett hatte nicht zugehört. Er atmete, war ansonsten aber bewußtlos. Er war fertig und sah aus wie ein Weihnachtsmann in vollem Putz, und zwar an jenem Abend, als das Rentier rebelliert und ihn in den Schnee getrampelt hatte.

Der Op war plötzlich müde. Sein Rücken brannte von den Napalmspritzern, und sein Nacken schmerzte vom Griff des riesigen Kapuzenkillers.

»Wir haben sie fertiggemacht«, brüllte Soule. »Wir haben sie richtig fertiggemacht, stimmt's?«

Bales brannte die offene Wunde an Soules Fuß mit einem Laserskalpell aus und spritzte ihm Morph-Plus in den Knöchel. Sie hatte schon für die Voodoo Brotherhood Kultgang in Detroit als Ärztin auf dem Schlachtfeld gearbeitet und war derartige Anblicke gewöhnt. Es ließ sie kalt.

Der Op nickte dem Jungen zu.

»Die kommen nicht mehr nach Yazoo City, ausgeschlossen, is' nicht drin, keine Chance!«

Soule hob ab, als das Morph-Plus schlagartig zu wirken begann. Der Op fragte sich, wie der Junge sich morgen fühlen würde, wenn er aufwachte und die Krücke sah.

Bales grüßte den Op mit geballter Faust und nahm einen weiteren Drücker aus dem Mund, um den nächsten Jungen zu spritzen.

Er riß Fassett hoch und bog dem Südstaatler die Arme auf den Rücken, damit er die Daumenschellen überstreifen konnte. Fassett wachte auf, als ihn der Schmerz durchfuhr, sackte dann aber wieder zusammen.

Wenn er den Fall beim FBI oder einer anderen unabhängigen Agentur durchdrücken konnte, bestand eine Chance, daß es den hochgestellten Kumpanen des CAF-Führers nicht gelang, ihn rauszuhauen.

Gegen den alten IGW lagen in Arizona immer noch eine Reihe von Klagen wegen Volksverhetzung und Erpressung vor. Darüber hinaus war der Op sicher, noch ein paar weitere Anklagepunkte zusammenzubekommen. Möglicherweise waren auf den Spitzkopf dieses Hurensohns sogar ein paar Kopfgelder ausgesetzt. Das zusätzliche Kleingeld käme ihm gelegen. Er hatte in der letzten Zeit zu viele dieser Wohlfahrtsaufträge angenommen, und sein Portemonnaie konnte eine beträchtliche Auffüllung gut vertragen.

Der Yazoo-Trupp war mit seinen Wunden und mit Aufräumen beschäftigt. Später würden sie sich vermutlich alle betrinken und Lieder grölen. Der Op mußte an die alten Zeiten denken, als er die Mississippisongs gehört hatte. Und sich später mit den Großen des Blues zusammengetan hatte: Robert Johnson, der, wie manche behaupteten, seine Seele dem Teufel vermacht hatte, um diese Musik spielen zu können, Arthur Crudup, der ›That's All Right (Mama)‹ geschrieben hatte, Johnny Ace, der sich beim Russisch-Roulette erschossen hatte, gerade als ›Pledging My Heart‹ 1954 in die Charts kam, Kokomo Arnold, der die Urversion des ›Milkcow Blues Boogie‹ geschrieben hatte, Junior Parker, B. B. King, Rufus ›Bear Cat‹ Thomas, Big Memphis Ma Rainey, Hardrock Gunter, the Ripley Cotton Choppers, Big Bill Broonzy, Howlin' Wolf…

Die Musik war jetzt nur noch eine schwache Erinnerung. Es war lange her. Vierzig Jahre. Aber ganz ließ sich das nicht ausbrennen. Wenn man damit geboren worden war, war es immer da.

Er schleppte Burtram Fassett zum Motorboot und warf ihn hinein. Er wollte sich still auf den Weg zurück nach Yazoo machen und den Südstaatler in den gepanzerten Kofferraum seines Cadillac Cabrios verstauen. Dann wollte er zurück nach Memphis.

»He, Colonel«, rief eine scharf aussehende Sumpfblüte, die sich ihren dichten, feingelockten Haarschopf mit einem Gummiband zusammengebunden hatte. »Wo wollen Sie hin?«

Elvis Aaron Presley, Op, zuckte mit den Achseln und meinte: »Nach Hause, denke ich.«

II

Die untergehende Stadt stank nach totem Fisch, nach Pariser Parfüm und schnellem Geld. Jedesmal, wenn das Wasser stieg, legten die Einheimischen eine neue Schicht über die Trottoirs und stützten alle Gebäude unterhalb der Wasserlinie ab. Vor ein paar Monaten hatte die Wand des ›Crab Shell‹, eines berühmten Nachtlokals, nachgegeben, und ein ganzes Zimmer voller hochzockender Spieler war ertrunken. Seitdem hatten die New Orleanser Kanalratten Poker Chips, Juwelen, elegante Hüte und durchgeweichtes Papiergeld aus den Abflußkanälen fischen können. Roger Duroc kannte Venedig sehr gut. Und er kannte den Geruch von Moder und Korruption, wenn das alles überflutende Wasser aus dem Sumpf die Grundfeste der Stadt wegfraß. Eines Tages würde New Orleans wie das Haus von Usher in sich zusammenfallen und im Brackwasser verschwinden. Leid täte es ihm nicht.

Vor seiner Abreise aus Salt Lake City hatte er eine Reihe von Impfungen über sich ergehen lassen müssen, von denen sein Arm immer noch juckte. New Orleans war im Südosten die Stadt mit den meisten Krankheiten, und er hatte nicht vor, sich eine der unzähligen Plagen, Fieber oder eine Seuche einzufangen. Die meisten Menschen längs der Kanäle trugen Atemmasken. Bei dem hohen Anteil krimineller Elemente in der Stadt – sie war weit offen, nur dem Namen nach eine Sperrzone – vermutete Duroc, daß sie in gleichem Maße als Tarnung und als Schutz dienten. Einige der Masken waren Karnevalsutensilien, mit Schnurrbärten aus Lametta, die aus den Atemlöchern wucherten, und gezwirbelten Flitteraugenbrauen über den schwarzen Augenmasken.

Duroc saß bei Fat Pierre's, einem Schnellfreßladen, löffelte dünne Gumbo und lauschte dem TeeVee des Besitzers. In seinem schwarzen Anzug und dem breitkrempigen Hut eines Ältesten der Josephiner wurde er von den Gaunern und Huren, die den Rest der Kundschaft ausmachten, weitgehend ignoriert. Ihm war das nur recht. Ein mächtig fettleibiger Koch, vermutlich Fat Pierre selbst, rührte in seinem bodenlosen Gumbotopf, wobei er von Zeit zu Zeit riesige Stücke künstlich herangezüchteter Turbohähnchen hineinschmiß und aus vollen Händen Gumbo in der Pampe versenkte.

Im TeeVee moderierte Lola Stechkin eine Dokumentarsendung über die Flut unerklärlicher Phänomene, die im letzten Jahr über die Welt hereingebrochen war. Sie zeigten Aufnahmen von den Ruinen des Klosters Santa de Nogueira in Arizona, das letzten Dezember zum Mittelpunkt einer unerklärlichen Verwüstung geworden war, die die Medien als monströsen meteorologischen Zwischenfall zu verkaufen suchten. Ein britischer Science-fiction-Autor in einem zirkusähnlichen Sarong sprach mit Lola Stechkin über Froschregen, die Fußspuren von Bigfoot und buickgroße Eisklumpen, die in der Wüste niedergingen, während ein tätowierter Astrologe sich sanduhrschwenkend dazwischendrängeln wollte. Es gab alle möglichen Arten von Experten für das Unerklärliche, und dieser Tage waren sie ständig im Fernsehen.

Duroc unterdrückte ein Schaudern. Er war nicht dabeigewesen, aber seit Santa de Nogueira war seine Sicht der Welt nicht mehr die gleiche. Sein ganzes Leben lang hatte er von den Kräften der Finsternis und jenen Mächten, die seit Jahrhunderten in seiner Familie umgingen, gewußt. Immer war Elder Nguyen Seth dabeigewesen und hatte von Dingen gesprochen, die jedermanns Verständnis überforderten. Seth, der Emissär, war all die Jahrhunderte hindurch bei seiner Familie gewesen. Alterslos und ohne sich zu verändern, hatte er sich durch die Hintergassen der Geschichte geschlichen. Und in seinen Träumen hatte er zusammen mit seinen Vorfahren in den Verliesen der Inquisition gesessen, war auf der *Place de la Guillotine* gewesen und in Dien Bien Phu. Aber erst als dieses Wesen, genannt Jibbenainosay, sich in das Universum gezwängt hatte, um sich mit seinem Widersacher in Frauengestalt, Krokodil, zum Kampf zu treffen, sah Duroc sich gezwungen, dies alles als Realität anzuerkennen.

Als der Jibbenainosay im Tempel in Salt Lake City über ihm aufragte, so gewaltig und lebendig, daß er sich dem Zugriff seines Verstandes entzog, hatte er die wahre Bedeutung jenes Schlagwortes entdeckt, das die Leute in letzter Zeit häufig benutzten. Die Menschen reagierten auf jedes neue entsetzliche Ereignis, indem sie Judy Garland im *Zauberer von Oz* zitierten: »Toto, ich glaube, wir sind nicht mehr in Kansas.«

Von Santa de Nogueira schaltete Lola zu einem jüngeren Katastrophenschauplatz in Arizona um: nach Fort Apache, wo es einen Aufstand von Wahnsinnigen gegeben hatte und seltsame Erscheinungen das Computersystem infiltriert hatten. Ein Experte erklärte gelangweilt, wie nahe die ökonomischen und nachrichten-übermittelnden Systeme des gesamten Landes einem Totalzusammenbruch gewesen waren.

Auch dort hatte Duroc seine Finger im Spiel gehabt. Natürlich war er nicht dortgewesen, er hatte jedoch in seinem Körper jenen Dämon transportiert, der das Fort angegriffen hatte. Er spürte die Schmerzen noch immer.

Die Gumbo verbrannte ihm den Mund, und er spülte sie mit einem Schluck Mineralwasser herunter.

Lola leitete zu einem Werbespot für das GenTech Biokonsortium über, und ein vertrauenerweckend aussehender Schauspieler in einem weißen Kittel klappte seinen Leib auf, damit man verfolgen konnte, wie gut seine künstlich gezüchtete Leber mit einer Flasche Dreifach-Wodka fertig wurde.

Duroc mußte an die Frauen denken, denen er noch nie begegnet war, die er aber schon umzubringen versucht hatte. Chantal Juillerat, S. J., eine Schweizerin, Op und Exorzistin. Jessamyn Amanda Bonney alias Jazzbeaux, alias Krokodil, eine ehemalige jugendliche Straftäterin, die derzeit ein Wesen in sich barg, das so fremd war, daß Nguyen Seth daneben wie ein Mensch wirkte. Diese Frauen, und ihre Männer – Trooper Nathan Stack, Sergeant James Quincannon, Kardinal Fabrizio de Angelis, Habicht-Der-Sich-Niederläßt – hatten sich in Elder Seths Angelegenheiten gemischt und waren daher unabwendbar des Todes. Sie durften nicht darauf hoffen, gegen die Kräfte der Finsternis eine Chance zu haben.

Lola erschien wieder auf dem Bildschirm. Ihr ernster Gesichtsausdruck verdampfte zu ihrem freundlichen Lächeln, als sie dazu überging, die Werbetrommel für das Blotto-Lotto des Senders ZeeBeeCee zu rühren. »Wer weiß«, hauchte sie gerade mit feuchten Lippen, »vielleicht sind Sie der glückliche Gewinner...«

Was war das bloß für ein Land? Unbegreifliche Vorgänge, die jeden Verstand sprengten, wurden einem in Drei-Minuten-

Happen vor die Füße geworfen, und dann ging's ohne Überleitung wieder ans Geldverdienen, indem man den Leuten das Blaue vom Himmel versprach. Sorgen Sie sich nicht um das Ende des Universums, denn Sie könnten DER GLÜCKLICHE GEWINNER sein!!!!

Lola redete auf einen Computer mit Roboterstimme und dem Namen RaLPPH ein, während der sich durch den mühsamen Vorgang quälte, jenen Bürger auszuwählen, der in den Genuß der Gaben des Fernsehsenders kommen sollte. Archivfotos von Villen mit Pool, von Kotzbrocken und Schönheiten in aufdringlicher Badekleidung, haufenweise Glitzerschmuck und ganze Stapel von Scheinen mit hohem Nennwert füllten den Bildschirm. Die Träume Amerikas waren so armselig.

»Sagen Sie, *M'sieur*«, meinte eine kaffeebraune Kontraktarbeiterin, während sie auf den Hocker neben ihm glitt, »sind Sie einsam heut nacht?«

Duroc warf ihr einen strengen Blick zu. Sie war jung. Sie trug ein hauchdünnes Kleid, das die Farbe wechselte, sobald sie sich bewegte. Es war bis zur Hüfte aufgeschlitzt und hatte einen tiefen Ausschnitt. Ihr Haar war kurz und stachelig vor Gel. Lippenstift und Lidschatten waren grellrot.

Er zuckte mit den Achseln und machte eine Kopfbewegung Richtung Gumbokoch.

»Anis«, sagte er und hielt zwei Finger in die Höhe. »Deux.«

Fat Pierre knurrte und griff nach einer verstaubten Flasche. In dieser versinkenden Stadt nannten sie sich Franzosen und wußten nicht mal, wie man richtig *Anis* machte.

»Ich bin Simone Scarlet«, sagte sie und fuchtelte mit ihren blutroten Fingernägeln herum.

»Enchanté«, erwiderte er.

»Sind Sie ein Priester?«

»Spielt das eine Rolle?«

Das Mädchen lächelte. »Priester sind auch nur Männer wie alle anderen.«

»Ich bin kein Priester. Ich bin ein Ältester der Kirche der Josephiner.«

Die Drinks kamen. Er nippte an seinem. Er mußte kämpfen, damit seine Hände aufhörten zu zittern. Der Jibbenainosay lag immer noch wie ein Schatten über seinem Verstand. Ganz würde er sich nie mehr daraus verbannen lassen.

Simone Scarlet nahm einen Schluck. »Sie sind aus Salt Lake City?«

Er nickte.

»Blüht die Wüste dort wirklich?«

»Allerdings.«

Duroc schätzte sie auf ungefähr siebzehn. Sie war ein wenig unterernährt, ihre seidigen Schenkel eine Spur zu mager, ihr Schädel ein wenig zu deutlich sichtbar unter ihrer Haut.

Simone Scarlet seufzte. »Ich wäre gerne Wiederansiedlerin. In den Nachrichten sieht es immer so aufregend aus. Man könnte wirklich etwas tun und bräuchte nicht hier herumzusitzen, während das Wasser ringsum immer höher steigt.«

Er legte seine Hand auf ihre. Sie fühlte sich warm an.

»Für die Reinen im Herzen ist überall Platz, mein Kind...« Sie machte ein langes Gesicht. »Die Reinen... na großartig!«

»Die Reinen *im Herzen.*«

Er berührte ihre Brust und spürte, wie ihr zerbrechliches Herz unter ihren Rippen schlug wie das eines Vogels.

In seinen Augen entdeckte sie etwas, daß er nicht verbergen konnte. Ihr Herz schlug schneller, und ihr Mund begann vor Angst unwillkürlich zu zucken.

»Sie sind kein...?«

»Kein Priester?« Er lächelte. »Das habe ich dir doch schon gesagt.«

Sie versuchte zurückzuweichen, aber er hielt sie fest. Sie blickte durch den Raum und suchte einen protzig gekleideten jungen Schwarzen in einem elektrisch-blauen Veloursoverall, einem Cowboyhut mit Nerzband und mehr Gold in seinen Zähnen, an seinen Fingern oder um seinen Hals als in den Reserven der Landeszentralbank. Er nickte ihr zu und drängte sie weiterzumachen. Simone Scarlet war nicht sicher…

Duroc küßte sie gierig. Als er die Augen schloß, machte sich der Jibbenainosay in seinem Geist breit, und Entsetzen packte ihn. Er verlor das Interesse an dem Mädchen und ließ sie los.

Sie sah ihn mit Augen an, die älter waren als ihr Körper. Sie wurde zwischen der Angst vor ihm und dem Mitleid für ihn hin und her gerissen.

Er bestellte noch mal *Anis.* Seine Hände zitterten.

»Was… was ist denn?«

»Die Zeit, Simone«, sagte er. »Sie ist aus den Fugen geraten.«

»Ich verstehe nicht.« Sie legte ihm eine Hand auf die Schulter und massierte sie durch sein Schulterpolster.

Ihm fiel ein, weshalb er in der Stadt war. Die Sache drängte. Nguyen Seth erwartete, daß er sein Bestes gab. Der Pfad des Joseph war in den vergangenen Monaten sehr dornig gewesen. Krokodil war immer noch ein Ärgernis, und das Scheitern der Dämonischen Datenübertragung in Fort Apache war für die Kräfte der Finsternis eine bittere Enttäuschung gewesen. Man würde eine Menge Blut vergießen müssen, um die Gunst der Herren wiederzugewinnen.

»M'sieur«, sagte sie. »Meine Wohnung ist ganz in der Nähe. Sie liegt oberhalb der Wasserlinie. Nur ganz wenig feucht.«

Er trank aus und reichte dem Koch sein Plastikcash. Der schob es durch die Maschine und gab es ihm zurück.

Er klappte seine Brieftasche auf und schob das Plastikcash zurück in sein Fach. Es paßte nicht genau.

Er sah Fat Pierre an, der in der dampfenden Gumbo rührte.

»Her damit«, sagte er.

Der Koch zuckte mit den Achseln und rührte weiter.

»Du weißt genau, wovon ich rede, *salaud.* Die American Excess Karte. Gib sie mir zurück.«

»Hab ich doch gerade.«

Er nahm die Fälschung aus der Brieftasche und zerdrückte sie in seiner Hand. Sie bröselte auf die Theke.

Simone Scarlet schreckte zurück.

»Warum tun Sie das?«

Duroc beschimpfte Fat Pierre mit einem Schwall von Beleidigungen. Dabei wechselte er zwischen Pariser Gossensprache und authentischem Kreole.

Er riß die Kartenlesemaschine von der Theke und nahm sie auseinander. Seine Karte steckte zusammen mit einigen anderen in einem Fach im Boden des Apparates. Ein schlaues Maschinchen, das die eingedruckten Codenummern in eine Leerkarte preßte und sekundenschnell ein fast perfekte Fälschung produzierte.

Fat Pierre griff nach einem großen Messer, das in einer Halterung hing, Duroc erwischte ihn jedoch mit einem kräftigen Griff am Kragen. Er schwang sich über die Theke und packte den Koch im Schwitzkasten.

Jeder in der Schnellfreßbude starrte herüber.

Der Koch versuchte, ihm einen Ellenbogen in den Magen zu rammen, er wich jedoch aus. Er wuchtete den stämmigen Mann hinüber zum Herd und drückte seinen Kopf in den kochenden Gumbotopf.

Fat Pierres Schreie blubberten aus dem Kessel. Duroc ließ den Mann los. Er preßte sich ein Handtuch auf das verbrühte Gesicht und sank winselnd zu Boden.

Simone Scarlet saß mit aufgerissenem Mund da.

Duroc kam hinter der Theke hervor, nahm Simone am Ellenbogen und half ihr in ihre Webpelzjacke.

»Deine Wohnung?« fragte er. »Können wir zu Fuß dorthin gehen?«

Sie nickte.

Er führte sie an dem jungen Kerl mit dem Goldbehang vorbei und hinaus auf die Straße.

»Toto«, sagte er, »ich glaube, wir sind nicht mehr in Kansas.«

In der Ferne spielte Musik. Kleine Wellen schlugen gegen den Bordstein, während sie drei Blocks weit zu Simone Scarlets Appartement liefen.

Als die Sonne unterging, wurde der Gestank schlimmer.

III

»He, Elvis«, sagte Nick Papageorgiadis, »va-va-*vooom!*«

Müde zeigte der Op dem Mechaniker sein halbseitiges, spöttisches Grinsen und antwortete artig: »Ja, va-va-*vooooom*...«

Er trug eine saubere, schwarze Lederjacke über einem seiner rosa Hemden, schwarze Hosen, schwarze Lederstiefel und einen schwarzen Westernbinder. Seine Jacke war eine Spezialanfertigung für Ops, um die Brust weit geschnitten, damit sie unauffällig über dem Halfter hing.

Nick tanzte, mit seinem Lumpen wedelnd, durch die Garage und sank vor dem rosa Cadillac in die Knie wie ein Voodoo-Bruder vor Lord Shango oder Damballah. Der Mann stand auf Autos wie andere auf Frauen oder Whisky.

»Cadillac«, hauchte Nick ehrfürchtig und berührte dabei die makellose Karosserie des Oldtimers. »Va-va-vooom.«

»Ja, er wird schon richtig losdonnern. Sieh trotzdem mal nach dem Motor und nach dem Öl. Bei einem solchen Baby kann man mit der Wartung nicht sorgfältig genug sein.«

Nick strich über die blitzende Motorhaube, als wäre es seine kleine Tochter, dann löste er die verdeckte Sperre, woraufhin die G-Mek-Maschine in ihrer Wiege sichtbar wurde. Sie hatte genügend Dampf in ihren Zylindern, um einen Vixen-Jagdbomber von der Rollbahn zu heben. Der Mechaniker seufzte lüstern und griff in die Innereien des Wagens, um ein paar Muttern nachzuziehen.

Der Op hatte den Wagen ursprünglich am 3. September 1956 erstanden. Es war ein Geschenk von Mama Gladys gewesen, die selbst nicht fuhr. Dreißig Jahre lang hatte er fast ausschließlich in Nicks Garage gestanden und war nur herausgeholt worden, wenn Elvis Urlaub von der Armee hatte. Vor zehn Jahren hatte Nick ihn überredet, ihn vollkommen überholen zu lassen. Ein Op brauchte einen auffälligen Schlitten, hatte Nick gemeint. Der Cadillac war jetzt voll konvertierbar, mit einem Zusatzantrieb für das Gleiten in den Sümpfen. Hätte Nick eine Stelle gefunden, an der sich Flügel hätten anbringen lassen, er würde fliegen wie ein Vogel.

»Die Laseraufhängung sitzt eine Spur schief, Nick.«

Der Mechaniker machte ein schockiertes Gesicht. »Verdammt, Elvis. Tut mir leid.«

»War nicht dein Fehler. Bring es einfach in Ordnung.«

»Ich mache es dir umsonst. Ich habe es letztes Mal vergessen.«

»Du kriegst deine Arbeit bezahlt, Nick. Du weißt, wie ich darüber denke.«

Nick zog ein einfältiges Gesicht und zuckte mit den Achseln. Elvis konnte sich darauf verlassen, daß er an dem Cadillac perfekte Arbeit leistete. Manchmal dachte der Op, daß Nick den Wagen mehr liebte als seine Familie.

Er war in der Tat ein Prachtstück amerikanischer Qualitätsarbeit. Keine Spur von Japtech, angefangen von der IFF-Kupplung bis zum Maschinengewehr. Der Kofferraum war so geräumig, daß ein Schurke relativ bequem hineinpaßte. Fassett hatte natürlich protestiert, dabei hatte er noch Glück gehabt. Hätte Elvis ihn in Yazoo City gelassen, der Trupp hätte ihn an einen Baum genagelt und ihm das Fell über die Ohren gezogen.

Er hatte seinen Gefangenen einfach am Staatsgefängnis am Stadtrand abgeliefert und versprochen, die Unterlagen am nächsten Tag in die FBI-Dateien zu überspielen. Vom Wagen aus hatte er einige persönliche Freunde beim FBI angerufen. Er war sicher, garantieren zu können, daß Fassett eine harte Zeit in irgendeinem Umerziehungslager absitzen würde.

Wieder ein Stück Abschaum weniger im Umlauf. Elvis fühlte sich gut.

Er ließ Nick mit der Arbeit am Wagen allein und fuhr mit dem Aufzug in sein Appartement im fünfzehnten Stock. Es war klein, erwies sich aber bei den seltenen Gelegenheiten, wenn er in der Stadt war, als durchaus praktisch. Die meiste Zeit unterwegs lebte er in und aus dem Cadillac. Er stammte noch aus einer Zeit, als man sowohl Stil als auch Platz zu schätzen wußte. Vermutlich konnte man sich in dem Wagen niederlassen und eine Familie gründen. Nicht, daß er je Gelegenheit gehabt hätte, das herauszufinden. Er hatte in seinem Leben nicht viel Zeit gehabt, Wurzeln zu schlagen.

Er gab seinen Code in das Sicherheitssystem des Gebäudes ein, und das automatische Tor ließ ihn herein. Es gab zwar auch einen Wachmann in Uniform – einen älteren Burschen namens Springsteen, der sich ständig dort herumtrieb und ihn fragte, wie es sich als Op lebte – doch der war nur für den äußeren Schein. Maschinen kümmerten sich hier um alles.

Springsteen war im Augenblick gerade beschäftigt, so daß Elvis an ihm vorbeikam, ohne ihn begrüßen zu müssen. Er war zu müde zum Sprechen. Er war viel gefahren, um das Adrenalin abzuarbeiten, daß vor dem Feuergefecht freigesetzt worden war. Auf den Straßen im Sumpf war nicht viel Verkehr, und die Strecke war frei gewesen. Er hatte lediglich ein paar Konvois der Gesellschaften passiert und ein oder zwei einsame Typen auf Motorrädern. Nach einer Stunde hatte Fassett aufgehört, gegen die Kofferraumklappe zu hämmern, es war also eine ruhige Fahrt gewesen. Den größten Teil der Strecke war er gute 200 Sachen gefahren und hatte es von Yazoo bis Memphis in knapp unter zwei Stunden geschafft. Die Staatsgrenze hatte er bei Einbruch der Dämmerung überquert. Der Rest des Tages war für den Umweg über die Bundesverwahranstalt für Strafgefangene draufgegangen und dafür, eine sichere Strecke durch die Sperrzone zu finden.

Jetzt wollte er nur noch ein wenig Schlaf. Morgen würde er den Papierkram erledigen und diesen Bastard Fassett endgültig vor Gericht bringen. Das mußte mit äußerster Vorsicht geschehen. Die CAF verfügte über teure Winkeladvokaten. Anschließend würde er bei seinem Auftragsdienst anrufen, um zu sehen, ob irgendwelche Anfragen gekommen waren. Seine Mittel gingen zur Neige, das wußte er. Falls er vorhatte, noch ein paar dieser Yazoo-City-Aktionen zu finanzieren, sollte er einen gutbezahlten Leibwächter- oder Kurierjob annehmen. Das Problem war, wer die Hilfe am nötigsten hatte, konnte sich die Bezahlung am wenigsten leisten. Und wenn man einmal den Ruf weg hatte, ein Samariter unter den Ops zu sein, wurde man mit mehr oder weniger verdienstvollen Fällen überschüttet. Die Zeiten waren hart, und irgend jemand mußte sich schließlich um seine Nachbarn kümmern.

Er war bitterarm geboren worden, in einem Zuhause, das nur aus ein paar geteerten Brettern bestand, die entfernt einer Hütte ähnelten. Sein Pa hatte so wenig Bildung besessen, daß er den zweiten Vornamen seines einzigen Jungen auf die Geburtsurkunde falsch geschrieben hatte. Elvis Aron. Eigentlich hätte es Elvis Aaron heißen müssen. Er spielte oft mit dem Gedanken, ihn durch eine entsprechende Erklärung seinerseits ändern zu lassen, aber damit hätte er zugegeben, daß der alte Vernon etwas falsch gemacht hatte. So wollte er das Andenken an seinen Vater nicht in den Schmutz ziehen.

Er öffnete die Tür zu seinem Appartement und trat in die winzige Diele. Das erste, was er sah, war das einzige Bild, das er aus seiner wilden Zeit vor der Armee besaß, eine kleines, gerahmtes Foto, wie er auf der Bühne stand und gleichzeitig versuchte, Gitarre und Mikrofon in den Griff zu bekommen. Hinter ihm konnte man Bill Black sehen, wie er am Baß zupfte. Es stammte aus der Zeit, als er, Bill und Scotty Moore als die ›Blue

Moon Boys‹ in der *Louisiana Hayride Show* aufgetreten waren. Bevor es völlig abhob, der Original-Colonel auf der Bildfläche erschien und die Musik schräg wurde…

Einige waren der Ansicht, Elvis Presley sei zum Teufel gegangen. Manchmal war der Op nicht sicher, ob sie damit nicht vielleicht sogar recht hatten.

Der Op schälte sich aus seiner Jacke und hängte sie vorsichtig auf. Er streifte sein Schulterhalfter ab, das mit drei Waffen schwer beladen war – einem Colt Python für die linke Achsel, einer G-Mek Finishing Touch für die rechte, und einem einschüssigen Derringer für das Kreuz – und hängte auch das an den Kleiderständer.

Sein erstarrtes, neunzehnjähriges Ich schrie ihn lautlos an. Welcher Song war das gewesen? »That's All Right Mama«, seine erste Plattenaufnahme im Sun-Studio? »Good Rockin' Tonight?« »Mystery Train«? »I'm Left, You're Right, She's Gone«? Der Junge hatte Musik im Blut, soviel stand fest, mehr als alles andere. Es schien weit entfernt, aber er konnte sich noch schwach an jenen Drang erinnern, der sofort mit Einsetzen der Pubertät aus seinem Innern hervorzubrechen schien. Wie alle anderen war er hinter den Mädchen her, klar. Aber da war noch etwas anderes, etwas, das er brauchte, das ihn antrieb. Einige Priester hatten ihn ein Werkzeug des Teufels genannt.

Er riß sich von dem Bild los und ging in sein Schlafzimmer. Sich die Schuhe von den Füßen streifend, sank er auf das Sofa und starrte vor sich hin. Zum Schlafen war er zu müde…

Die Musik schien aus ihm hervorzusprudeln wie Blut aus einer Messerwunde. Es hatte Spaß gemacht, war allerdings auch schmerzlich gewesen. Er war mit Musik angefüllt wie einige dieser Hinterwäldlerpfaffen mit dem Wort des Herrn, und er hatte es einfach rauslassen müssen. Selbst wenn er Gospel sang, behaupteten die Leute, hätte er den Teufel in der Stimme und im Kreisen seiner Hüften.

Teufelsmusik hatten sie es genannt. Der Begriff hatte sich festgesetzt. Jede Musik, die den Menschen in die Knochen fuhr und sie berührte, kam in die Top Forty des Satans. Elvis mußte an die Geschichte von Paganini denken, der angeblich dem Teufel seine Seele für die Musik verschrieben hatte, und daran, was man sich hinter vorgehaltener Hand über den armen, verlorenen, mit 28 Jahren durch das Herz gestochenen Robert Johnson erzählte.

Wenn der Teufel seine Seele nicht für sich haben wollte, dann hatte er Colonel Thomas Parker geschickt, um sie für die Hölle zu beanspruchen.

Den Original-Colonel.

Elvis lockerte seinen Kragen und drückte einen in der Sofalehne eingelassenen Knopf. Die Klimaanlage lief an, und er spürte die kühle Luft auf seiner Brust.

Er dachte an den Colonel. Und seinen seltsamen Schatten und Geldgeber, Mr. Seth.

Seth war seit den tollen Tagen mit dem Colonel zusammengewesen, hatte den Promoter ständig finanziell unterstützt und ihn für irgendein unbekanntes Lebenswerk aufgepäppelt. Ein alter Aufreißer, der vom Colonel als einer seiner vielen nebulösen Ratgeber bezahlt wurde, hatte ihm eine Geschichte aus Parkers früheren Tagen im Showbusineß erzählt, von einer Band mit dem Namen Bob Willis and the Texas Playboys, und über Colonel Parkers Dancing Chickens. Seth hatte dem Colonel klargemacht, daß eine Country-Music-Show als Kulturveranstaltung galt und daher nicht steuerpflichtig war, sofern eine Tiernummer im Programm auftauchte. Parker stellte also eine Kochplatte in einen Käfig und bedeckte sie mit Stroh. Wurde sie dann eingeschaltet und heiß, spielte die Band »Turkey in the Straw«, der Vorhang tat sich auf, und ein paar Hühner hüpften zur Musik herum, während ihr gequältes Gegacker von der rasenden Fiedel übertönt wurde. Wenn die Hühner dann den Geist aufgegeben hatten, briet der Colonel das Geflügel und servierte es hungrigen Zuschauern während der Pausen. Was einem bei dem Colonel angst machte, war unter anderem, daß er die Geschichte gerne hörte und niemals begriff, wieso ihn die Leute danach mit anderen Augen sahen. Soweit es ihn betraf, ging es lediglich darum, daß er den Steuerbeamten ein Schnippchen geschlagen hatte.

Mit seiner Vertragsunterzeichnung beim Colonel im Jahr 1956 hatte Elvis Presley ebenfalls zu einem dieser tanzenden Hühner gezählt, und die Musik war völlig verrückt geworden.

Draußen wurde es dunkel. Elvis machte die Lampen an, streckte sich auf dem Sofa aus, bis die alten Wunden allmählich in Bedeutungslosigkeit versanken.

Er wurde bei Sun Records rausgerissen, wo Sam Phillips – der behauptete, ein Weißer mit einem schwarzen Sound sei eine Million Dollar wert – seinen Stil entwickelt hatte, und wechselte zu RCA Victor, wo er zum erstenmal einen Geschmack von den großen Gesellschaften bekam. Die Hits kamen rasch und wurden Bombenerfolge – »Heartbreak Hotel«. »Blue Suede Shoes«, »Hound Dog«, »Don't Be Cruel«, »All Shook Up« – und man ließ ihn in ein paar Filmen auftreten. *Love Me Tender,* wo er seine Hüften als Hilfsarbeiter auf einer Ranch kurz nach dem Bürgerkrieg schwingen durfte, *Jailhouse Rock, Loving You, King Creole.* Sie waren gar nicht mal so schlecht gewesen, aber dann kam seine Einberufung zur Armee, und er fand, weit weg vom Colonel, Zeit, ein wenig nachzudenken.

Bei der Armee trat die Musik in den Hintergrund. Sie schien sehr viel weniger wichtig, als zu lernen, wie man einen Panzer lenkt. Das war fast so wie sein Job als Lastwagenfahrer, bevor seine Musik groß einschlug. Elvis hatte immer gerne hinter dem Steuer einer mächtigen Maschine gesessen. Das hatte sich bei ihm nie geändert. Anfangs war die Armee der reinste Zirkus gewesen. Er wurde von Einheit zu Einheit versetzt, seine Aufenthaltsorte wurden strenger vor den Fans und der Presse geheimgehalten als eine Geheimwaffe. Früher wurde er als ›der amerikanische Sänger mit Atomkraft in der Stimme‹ angekündigt, und jetzt hatte er beim Militär sein Plätzchen gefunden und karrte Nuklearwaffen über die Testgelände in der Wüste. Das machte Sinn; mit dem scharfen Vorgehen gegen die Presse wegen der atomaren Tests verlor die Öffentlichkeit das Interesse, und schließlich wurde auch er zu einem ganz normalen GI, der auf ein paar Unteroffiziersstreifen aus war. Man hörte auf, ihn zu bitten, in der Kaserne etwas zu singen, und da er zum erstenmal von Leuten seines Alters umgeben war und nicht mehr von den runzligen alten Weibern des Colonels, die ihm laufend Honig ums Maul schmierten, hatte er angefangen, über die Art, wie seine Karriere verplant worden war, nachzudenken.

Damals wollte jeder in seinem Leben, daß aus ihm etwas Bestimmtes wurde: Sam Phillips wollte, daß aus ihm ein weißer Schwarzer wurde; Vernon und Gladys wollten, daß aus ihm ein ebenso großer Filmstar wurde wie The King Clark Gable; Colonel Parker wollte aus ihm einen neuen Dean Martin und einen Goldesel machen; die Fans wollten, daß er mit jedem Mädchen in Amerika zwischen vierzehn und neunzehn ins Bett ging; die Fernsehzensoren wollten, daß er aufhörte, beim Singen die Hüften kreisen zu lassen; Jerry Lee Lewis wollte, daß er eines tragischen Todes starb und so Platz für einen neuen König des Rock'n'Roll machte; die Hollywoodmogule wollten aus ihm einen neuen James Dean machen, einen neuen Marlon Brando, einen neuen Cary Grant; Billy Graham und Jimmy Swaggart wollten schlicht und einfach, daß er aufhörte – selbst wenn er schwor, von nun an nur noch Gospel zu singen –, und behaupteten, das Sündhafte läge nicht so sehr in seinen Texten als in seiner Stimme; und Mr. Seth... nun, Mr. Seth wollte etwas, über das er jedoch nicht sprach... vielleicht wollte Mr. Seth seine Seele. Nur die Armee schien sich für ihn lediglich als Elvis A. Presley, US 53310761, zu interessieren.

Er hatte alle seine Schallplatten in Kartons verpackt und eingeschlossen, holte sie jedoch fast nie hervor. Er hatte nicht einmal einen Plattenspieler, auf dem er die 78er-Scheiben hätte abspielen können. Niemand sonst erinnerte sich noch an ihn, warum also er? Wenn man einen Rocksender einschaltete, hörte man nichts anderes als Petya Tscherkassov, Vania Vanianova und all die anderen Russen, die seinen Stil so hemmungslos kopiert hatten. Irgendwann in den 60ern war Amerika unter all dem britischen Herzschmerzgefasel in die Knie gegangen und hatte den Rock 'n' Roll verloren; und die Russen waren mit ihrem Kraut- und Rübenrock in die Marktlücke geprescht. Viel Glück damit.

1960 war er aus der Armee entlassen worden. Er hatte es bis zum Unteroffizier gebracht, und der Colonel und dessen Vorstellungen vom Leben warteten auf ihn. Hollywoodfilme, eine Fernsehshow mit Frank Sinatra, ein Haufen Songs. Und einen neuen Vertrag, der Elvis fast die Hälfte dessen ließ, was er verdiente. Es war wieder mal soweit, die Hühner sollten tanzen. Er hatte gemerkt, was da auf ihn zukam. Eine endlose Folge flauschig-idiotischer Drehbücher, weichgespülte Songs, willige Weiber in Bikinis, eine Villa, in der er sich weniger zu Hause fühlen würde als in der alten Bretterbude der Presleys. Und über allem thronte Colonel Parker, der das Geld scheffelte und ihn zwang, den Kopf zu ducken, und ihn mit Verträgen fesselte, die ihn überdauern würden. Von Mr. Seth war nicht mehr viel zu sehen. Das Foto, auf dem sein grinsender Totenkopf zu erkennen war, blieb jedoch mit all den anderen in Parkers Büro hängen. Der Colonel brachte seine Familie gegen ihn auf, kaufte Mama und Papa mit all dem Luxus, den sie nie kennengelernt hatten, und bezahlte Freunde, damit sie den wertvollen Vogel ausspionierten, der die goldenen Eier legte. Die Kochplatte stand ständig unter Strom, und die tanzenden Hühner schrien lautlos ihre Pein heraus, während das Publikum nach einer Zugabe verlangte.

Er stellte den Fernseher ein und zappte sich vom Kanal zu Kanal, ohne hinzusehen oder zuzuhören.

Die Krise war im Oktober 1960 gekommen. Jeder wußte noch ganz genau, wo er gerade war, als er die Nachricht von JFK hörte. Elvis hatte mit einer Collegeschönheit auf dem Rücksitz von Mamas rosa Cadillac gelegen. Als man Connie Francis' »Among My Souvenirs« unterbrach und die Nachricht im Radio kam, brach das Mädchen zusammen, das ihr Haar zu einer steinharten Jackie-Kennedy-Tolle hatte legen lassen, und fing an zu weinen. Mit der Ehe der Kennedys schien das ganze Land auseinanderzubrechen. Das grauenhafte, öffentliche Gezerre war Elvis traumatischer in Erinnerung geblieben als einer seiner eigenen Herzanfälle. Als Jackie schließlich ihren Ehemann, den Präsidentschaftskandidaten der Demokraten, mit dieser Hollywoodblondine im Bett erwischt hatte, war die ganze Welt erschüttert. Und plötzlich saß der hoffnungslose Richard Nixon im Weißen Haus, der bei den öffentlich übertragenen Fernsehdebatten neben Kennedy immer ausgesehen hatte wie Boris Karloff neben Errol Flynn, und alles war auf einmal anders.

Auf dem Pornokanal kopulierte ein Satyr mit haarigen Beinen ausgiebig mit einer Unterwassernymphe mit grünen Kiemen. Die Nahaufnahmen des Gerammels erinnerten Elvis an einen Dokumentarfilm einer Herzoperation, und er wechselte das Programm.

Jedenfalls hatte Rock 'n' Roll 1960 seine Gunst verspielt. Es gab Aufstände gegen diese Musik des Teufels. In größeren Städten kam es zu Massenverbrennungen von Schallplatten, und strenge Eltern verlangten von ihren Kindern, dieser Teufelsmusik abzuschwören. Buddy, Eddie, Richard und Gene waren in Autos oder Flugzeugen umgekommen, und 1961 schließlich führte Reverend Jimmy Swaggart im Januar einen Marsch auf den Madison Square Garden in New York an, wo Allan Freed, Mr. Rock 'n' Roll, gerade das neue Jahr des Rock 'n' Roll zusammen mit neunzehn Bands und fünfundzwanzigtausend Fans einläuten wollte. Elvis schüttelte sich bei dem Gedanken, daß er um ein Haar der Topact dieses Abends geworden wäre; nur die aberwitzigen Forderungen des Colonels hatten verhindert, daß er in dieses Blutbad geriet. Die Nationalgarde mußte herbeigerufen werden, um das, was heute alle die Rock-'n'-Roll-Unruhen nannten, zu ersticken. Drei Tage tobten die Ausschreitungen, und der so gut wie gewählte Präsident Nixon brandmarkte die Teufelsmusik als eine größere Bedrohung der moralischen Werte der Nation als Kommunismus, das organisierte Verbrechen und die Armut zusammen. Als die Unruhen vorbei waren, waren Freed, Chuck Berry, Harvey Fuqua, Jakkie Wilson, Little Richard und dreitausend andere tot, und Jerry Lee Lewis, Swaggarts Cousin, war für sein ganzes Leben zum Krüppel geworden. Elvis stellte sich vor, wie Lewis vom Hals abwärts wie tot wütend auf seinem Klavierhocker saß und sich vergeblich abmühte, seine Hände zu bewegen, und statt dessen mit der Stirn auf die Tasten schlug.

Für den Colonel bedeutete die Anti-Rock-'n'-Roll-Welle, die über das Land schwappte, lediglich mehr schöne Melodien, mehr Kaugummifilme und dann die Ballsäle in Las Vegas. Er war der Ansicht, Elvis könnte den Rock 'n' Roll überleben und daß »sowieso niemand das Niggergekreisch hören« wolle. Vielleicht hätte er recht behalten. Plötzlich waren die *Billboard*-Charts voll mit Pat Boone und seinem Milch-und-Wasser-Gospel, netten, weißen Mädchen, die nette, weiße Songs über nette, weiße Kleidchen sangen, und dieser britischen Invasion von beschissenem Zeug von Ken Dodd, Mrs. Mills, Matt Monroe und Valerie Singleton. Irgendein Unterausschuß des Senats setzte eine Zensurkommission für Musikaufnahmen ein und erließ in der Manier eines nationalen Sittenwächters Bestimmungen darüber, was zulässig war und was nicht. Die Plattenfirmen lenkten ein und setzten ihren eigenen Kodex auf, mit dem sie knallhart sämtliche elektrische Gitarren und Saxophone verbannten, was nur noch in den frühen 70ern durch David Cassidy übertroffen wurde, der die Ansicht vertrat, alle Künstler sollten bei ihren Live-Auftritten gerade und aufrecht stehen wie ein Schulkind, das ein Gedicht vorträgt. Frankie Avalon, Fabian Forte und Bobby Zimmermann kamen gerade so über die Runden; Sheb Wooley, The Platters und Tuesday Weld dagegen nicht. Plötzlich entstand ein Run auf die Milchtoast-Mainstreammusik, und wer sich als Künstler dem neuen Stil nicht anpassen konnte, war aus dem Geschäft.

Er hatte sich mit dem Colonel getroffen, und Mr. Seth, gerade frisch aus Übersee zurück, war mit einem neuen Vertrag im Umfang eines Telefonbuches erschienen. Vier Stunden lang erklärten sie ihm alles. Es gab TV-Specials, einen Film, der auf Hawaii gedreht werden sollte, die Rechte für eine Coverversion von »Tears for Souvenirs« und alle Übelkeit erregenden Hits von Ken Dodd, eine Geldquelle fürs Leben. Und während der Colonel auf ihn einredete und Mr. Seth einfach hinter seiner dunklen Brille saß, hätte Elvis schwören können, daß er Robert Johnson hatte singen hören: über den Höllenhund auf seiner Fährte, den Teufel am Scheideweg, oder wie man den Greyhoundbus zur Hölle nimmt. Hier hatten sich ihre Wege getrennt, und er war gegangen, ohne die Feder in eine Ader zu tauchen und mit seinem Namen zu unterzeichnen. Er war für *G. I. Blues* von Paramount im Frühjahr als Star vorgesehen, aber der Film war zurückgestellt worden, während der Colonel versuchte, Hollywood reinzulegen. Nach den Rock-'n'-Roll-Unruhen waren die Saubermänner der Studios das Drehbuch mit einem Skalpell durchgegangen und hatten alles herausgeschnitten, was irgendwie an Rock 'n' Roll erinnern könnte, und hatten es durch seichten Kitsch ersetzt. Zwei Tage vor seinem Termin auf dem Paramountgelände, wo er Püppchen, Babies und Juliet Prowse nette Lieder vorsingen sollte, war er von Hollywood nach Los Angeles getrampt und hatte ein Rekrutierungsbüro gefunden, wo er sich zum zweitenmal einschreiben konnte. Er wurde sofort zum Trainingscorps für Offiziere überstellt und begann sofort, seinen Offiziersstreifen nachzujagen.

Im Fernsehen fuhr die Welt schneller zur Hölle als Johnsons Greyhound-Bus. Diese Sexbombe Lola Stechkin stand wieder einmal neben rauchenden Trümmern und versuchte ebenso mitfühlend wie bezaubernd auszusehen, während sie die Überlebenden der neuesten Katastrophe interviewte. Fremde aus dem All in fliegenden Untertassen seien es gewesen, behauptete einer der Überlebenden.

Selbstredend hatte der Colonel ihn auf sein gesamtes Hab und Gut verklagt. Und das meiste davon bekommen. Ein Wunder, daß er sein Einkommen als Soldat nicht pfänden lassen konnte. Elvis richtete Treuhandvermögen ein, damit Vernon und Gladys versorgt waren, und verschwand für fünfundzwanzig Jahre in der Armee.

Nach seinen letzten Informationen versuchte der Colonel irgendwie Kapital aus seinen Hühnerrezepten zu schlagen. Mr. Seth war einfach verschwunden. Manchmal träumte Elvis von ihm. Er war dem Finanzier nie auf die Schliche gekommen. Der Colonel dagegen wollte einfach nur genug Tausend-Dollar-Scheine, um damit den Grand Canyon zu füllen. Mr. Seth hatte etwas anderes im Sinn. Er verfolgte einen tieferen, finsteren Zweck. Er konnte Johnson nie vom ›Blues That Walked Like a Man‹ singen hören, ohne an Mr. Seth zu denken.

Lola und ein Experte plauderten über Sonnenflecken. Als nächstes sollte ein Interview mit einem Jäger folgen, der behauptete, Bigfoot gefangen zu haben. Aber zuerst schaltete der Sender noch um zu RaLPPH, damit man sehen konnte, was beim Blotto-Lotto herausgekommen war. Elvis knipste sich durch die Kanäle und entdeckte einen alten Film. *Denn sie wissen nicht, was sie tun*, einer seiner Lieblingsstreifen. Er sah sich den Film ein paar Augenblick lang an, dann merkte er, daß all die jungen verwirrten Schauspieler – James Dean, Natalie Wood, Sal Mineao, Nick Adams, Dennis Hopper – tot waren. Gestorben bei katastrophalen Unfällen, durch Gewalt oder Selbstmord. Adams war eine Zeitlang sein Freund gewesen, bis

Elvis dahinterkam, daß er für den Colonel spionierte. Er fand einen Zeichentrickfilm über einen mit spanischem Akzent sprechenden Esel mit Bioimplantaten, der gegen das Verbrechen kämpfte. Pepe, das Robomaultier, sagte ständig »I-aah« und erklärte sich zu einem hartnäckigen Kreuzritter der Gerechtigkeit.

Die Armee war leichter gewesen als der Rock 'n' Roll. Er war bei Kämpfen in Grenada dabeigewesen, in Nicaragua und Israel, und war selbst zum Colonel aufgestiegen. Er wäre sein ganzes Leben in der Armee geblieben, aber seit den späten 70ern fiel ihm auf, daß er zunehmend gebeten wurde, auf der falschen Seite zu kämpfen. Nicht auf seiten der Verlierer, woran er als alter Rebell gewöhnt war, sondern auf der anderen. Und er fragte sich, ob seine Befehle vom Präsidenten der Vereinigten Staaten kamen oder aus der Chefetage eines japanischen Multis. Er war immer noch der Meinung, Nixon sei ein verteufelt guter Präsident gewesen – sie waren sich begegnet, als ihm nach dem Einmarsch in Havanna die Ehrenmedaille des Kongresses verliehen wurde – seitdem jedoch hatten die japanischen Multis alle in die Tasche gesteckt. Die Armee hatte ihm seine Zarathustrabehandlungen bezahlt, ihn in Form gebracht und aus all dem Wahnsinn rausgehalten. Aber sie bot keinen Unterschlupf für ewige Zeiten.

Als er 1987 die Armee verließ und die Uniform gegen private Lederklamotten eintauschte, war er sich vorgekommen wie Rip Van Winkle. So viel war an ihm vorübergegangen, während er für sein Land gekämpft hatte.

Amerika hatte sich verändert. Große Teile waren zu Wüste geworden, und dort gab es Raubtiere. Die Multis hielten die Fäden in der Hand und kauften sich Gerechtigkeit. Und die Kultgangs – menschenverachtende Verbrecher – stritten sich um jedes Stück Land, das die Multis bereit waren, ihnen zu überlassen. Wo immer es etwas zu verteidigen gab, die einfachen Leute standen ganz hinten in der Schlange.

Offiziell ein Op zu werden, war ungefähr das einzige, was er rechtschaffenerweise tun konnte. Er wußte, daß er nicht viel würde ausrichten können, aber er wäre nicht der Sohn seines Vaters gewesen, wenn er es nicht wenigstens versuchte. Und da war er nun, Inhaber und einziger Angestellter der Hound-Dog-Agentur mit Sitz in Memphis, Tennessee. Endlich hatte er Verwendung für das, was er gelernt hatte.

Sein Telefon läutete. Zu müde, seine Hand auszustrecken, ließ er den Telefonbeantworter drangehen.

»Colonel Presley, ich weiß, daß Sie da sind. Mein Name ist Krokodil. Würden Sie bitte so freundlich sein, an den Apparat zu gehen und das Gespräch entgegenzunehmen? Es ist eine Million Dollar wert.«

IV

Der Deckenventilator drehte sich träge, ohne viel zu bewirken. Roger Duroc lag nackt auf dem Bett und betrachtete das Hotelzimmer durch das Moskitonetz. Die Insekten in dieser Stadt waren die Hölle, überall wimmelte es von ihnen. Man konnte so viele Fliegengitter anbringen, wie man wollte, sie ließen sich einfach nicht draußenhalten. Das Hotel *Ancienne Grenouille* hatte Balkone mit kunstvoll gearbeiteten Eisengeländern. Wer jedoch tagsüber dort hinaustrat, mußte damit rechnen, von Tausenden von Insekten zu Tode gestochen zu werden.

Einem Bericht zufolge, den er im TeeVee gesehen hatte, explodierte die Weltbevölkerung der Insekten. Der Mensch mochte der Ansicht sein, angesichts giftiger Abfälle und auslaufender Gifte werde alles immer schlimmer, die robusten Kerbtiere dagegen lebten auf. Fast täglich wurden neue Arten entdeckt. Draußen in der großen Central Desert gab es offenbar fußlange Ameisen, die kaum imstande waren, ihren äußeren

Panzer zu schleppen, und irgendwo unten in Nicaragua fraß sich gerade eine Heuschreckenplage durch alles, was sich ihr in den Weg stellte. Daniel Ortega beschuldigte Präsident North, er habe diese Art auf biotechnischem Weg zu militärischen Zwecken herangezüchtet, und die Regierung veröffentlichte eifrig unglaubwürdige Dementis. Es war das Zeitalter der Insektenkriege. Selbst die Kultgangs verfügten in einigen Städten über biologische Waffen: Die wachsamen Viren aus Detroit hatten den Geheimbund des Schwarzen Drachens mit einer Züchtung von Killer-Käfern vernichtet, die nichts anderes taten, als ihre giftigen Eier in Menschen abzulegen, die die Farben des Schwarzen Drachen trugen.

In der Umgebung von New Orleans, in den Sümpfen, war es offenbar zu einer Wiederauferstehung fossiler Lebensformen gekommen. Trilobiten wuchsen zu Tellergröße heran, verbissen sich in unachtsame Wassertreter und verbreiteten auf diese Weise ekelhafte Krankheiten. Duroc wußte es nicht mit Sicherheit, er vermutete jedoch, daß Nguyen Seth und die Kräfte der Finsternis dahintersteckten. Wer den Jibbenainosay zum Leben erwecken konnte, dem fiel es sicher nicht schwer, ein paar prähistorische Läuse aus seinem Zylinder zu zaubern. Trotz seiner angeblichen Stellung innerhalb der christlichen Kirche hatte er seit seiner Zeit auf dem Priesterseminar keine Bibel mehr aufgeschlagen. Er wußte jedoch, daß Insektenplagen ein Zeichen für die Apokalypse waren.

In der gegenüberliegenden Zimmerecke machte sich das Mädchen am Zimmerkühlschrank zu schaffen. Ihr Körper war in dem Dämmerlicht nur undeutlich auszumachen.

Er hatte Simone aus ihrer Wohnung mitgebracht. Sie vertrieb ihm die Zeit, außerdem hatte sie es nicht eilig, wieder von ihm wegzukommen. Er erfuhr, daß sie draußen in einem der Orte im Flußdelta auf der Highschool gewesen war, bis Kontraktsklaventreiber mit irgendwelchen Papieren aufkreuzten und die Stadt zwangen, anstelle von Steuern einen guten Teil ihres

Nachwuchses abzuliefern. Die meisten der Mädchen waren in einer Fabrik für Fahrzeugersatzteile in Natchez gelandet, die von einer Tochtergesellschaft von GenTech geführt wurde. Einer der Vorarbeiter fand sie jedoch attraktiv und teilte sie seiner eigenen Truppe zu. Beim erstenmal hatte sie sich noch gewehrt, aber als die Wunden wieder verheilt waren, hatte sie es vorgezogen, dem Mann zu Willen zu sein.

Sie war ein typisches Geschöpf aus dem Delta – ein wenig schwarz, ein Schuß Cajun, ein Hauch Choctaw –, der Vorarbeiter hatte sie jedoch den Negern zugeordnet. Das Kontraktarbeiterprogramm enthielt jedoch schwere rassistische Vorurteile gegen Schwarze. Soweit Duroc wußte, waren die Kontraktarbeitergesetze in Mississippi, Tennessee und Florida von Seilschaften des Ku-Klux-Klans durch die gesetzgebenden Gremien geboxt worden. In Washington war man nicht glücklicher darüber, wollte aber auch nicht zu sehr nachhaken, für den Fall, daß die Südstaaten erneut versuchten, sich aus der Union zu lösen. Diesmal hatten sie vielleicht sogar eine Chance. Ollie North war schließlich kein Abraham Lincoln.

Duroc kam das alles sehr fadenscheinig vor. Wüßten die Menschen, was wirklich in der Welt vorging, wäre Schluß mit dem dummen Gerede, und die Menschen würden endlich etwas unternehmen. Vielleicht war das der Grund, warum so viele Leute sich weigerten zu glauben, was um sie herum geschah. Denn wenn man gezwungen war, sich mit der Tatsache abzufinden, daß die grundlegenden Gesetze der Physik massenhaft außer Kraft gesetzt wurden, setzten die Kopfschmerzen ein, und man brauchte dringend ein Blurtz, einen Hamburger und eine Nase voll Stoff, damit die Schmerzen wieder verschwanden.

Simone brachte ihm einen großen, grünen Drink mit viel Eis und Falschfrucht. An seinem Cocktail nippend, strich er mit den Fingern über ihre Narben.

Der Vorarbeiter hatte sie an die CEO GenTech Ost weitergegeben. Der leitende Angestellte, ein Japaner, war Traditionalist bis auf die Knochen und stand auf Teezeremonien, lange Bäder und die Freuden der Peitsche. Dann, ein paar Pornovideos später, war sie in Mink Hat untervermietet worden, an jenen jungen Mann, mit dem sie schon bei Fat Freddie's zusammengewesen war. Sie war überzeugt, daß er immer noch einen gewissen Teil an den Multi abführte. Duroc fragte sich, als was diese Einnahmen in den Büchern der Multis auftauchen mochten. Unter ›Einsatz von Firmenvermögen‹ oder vielleicht ›Leasing von Schmiergerät‹?

In Salt Lake City hatte man ihm allerlei Waren mitgegeben, um sich mit Tauschhandel durchzuschlagen, wo Geld nichts wert war. Er hatte seinen Zauberkoffer aufgeklappt und ihr eine Auswahl von Drogen angeboten, sie jedoch hatte höflich abgelehnt. Sie trank nur Mineralwasser aus dem gut bestückten Kühlschrank. Nicht einmal etwas essen wollte sie, obwohl Duroc vermutete, daß sie kurz vor dem Verhungern stand.

Im Grunde wollte sie nichts weiter als bleiben.

Duroc war es einerlei. Simone Scarlet war eine ebensogute Tarnung wie jede andere. Sie erwartete so wenig, verlangte praktisch nichts. Er fühlte sich durch sie überhaupt nicht unter Druck gesetzt. Fast war sie wie eine Leerdiskette, auf die er alles projizieren konnte, was er sich von einer Frau wünschte. Letztes Jahr, in Salt Lake, hatte es eine Schwester Harrison gegeben. Sie war jedoch beim Ehebruch mit einem anderen erwischt und öffentlich gesteinigt worden. Sie lag im Koma. Seit damals hatte Duroc nur eine Reihe austauschbarer Körper, austauschbarer lächelnder Gesichter, austauschbarer Cheerleaderstreifen kennengelernt. Kandi, Randi, Mandi, Sandy, Cyndi, Mindi, Nikki, Vikki, Rikki, Buffy, Muffy. Simone Scarlet war vielleicht das erste amerikanische Mädchen, mit dem er Sex gehabt hatte und dessen Name nicht auf ›i‹ endete.

Er schlüpfte in seinen schwarzen Seidenumhang und stieg aus dem Bett. Captain Machsler würde bald da sein. Sie hatten vorher miteinander telefoniert und einen Termin für das Treffen vereinbart.

Er zog die düstere Kluft der Josephiner in Betracht, die im Schrank hing, entschied sich dann aber doch für die leichte Tropenkleidung.

Simone lag unter dem Netz auf dem Rücken und streckte sich wie eine lange, schlanke Katze. Sie war eine ausgezeichnete Schülerin gewesen. Mathe, Chemie und Geo. An der Technischen Hochschule in Tallahatchie wartete bereits ein Studienplatz auf sie, als die Kontraktsklaventreiber auftauchten.

Duroc entdeckte eine Kakerlake, die unter dem Doppelbett hervorgehuscht kam. Sie war leicht fünfzehn Zentimeter lang. Er bückte sich rasch und packte das Kerbtier zwischen Daumen und Zeigefinger. Simone stieß ein angewidertes Fauchen aus, als er es in die Höhe hielt, während seine sechs Beine zappelten und die Unterkiefer arbeiteten. Das Tierchen war faszinierend monströs. Es wand sich und versuchte, ein wenig Fleisch mit seinen leicht giftigen Kiefern zu packen. Duroc hielt es vorsichtig in die Höhe und mußte lächeln.

»Maikäfer flieg, Maikäfer flieg«, schnurrte er, »dein Vater ist im Krieg...«

Er ließ sie in seinen Drink fallen, an dem er kaum genippt hatte, und stupste es mit dem Plastikquirl unter das Eis und die Fruchtstücke. Dann stülpte er einen Untersetzer über das Glas und verfolgte, wie das Insekt ertrank. Es dauerte lange. Diese neuartigen Kakerlaken waren nicht leicht kleinzukriegen.

»Dein Haus ist abgebrannt, die Kinderchen davongerannt...«

Endlich hörte das Biest auf zu zucken und trieb tot im Drink.

Simone beobachtete ihn mit einer Mischung aus Faszination und Entsetzen.

»Warum tust du das?«

Duroc nahm den Untersetzer ab und nahm einen kräftigen Schluck von seinem Kakerlakencocktail.

»Mit jedem Töten wird man selbst lebendiger.«

Das Mädchen stellte keine Fragen mehr.

An der Tür klopfte es. Simone griff nach dem Bettzeug und zog es sich über den nackten Körper. Duroc machte ihr ein Zeichen, sie solle sich nicht rühren, und öffnete die Tür.

Machsler war nicht in Uniform, trotzdem war er unzweifelhaft ein Soldat, sogar in Jeans und T-Shirt. Das T-Shirt trug einen bekannten Spruch der Überlebenskämpfer. »Tötet sie alle – Gott wird wissen, was er tut.« Der Offizier hatte einen zerbeulten Aktenkoffer in der Hand und trug eine Waffe im Cowboystil in einem Lederhalfter um die Hüfte.

»Mr. Duroc?«

»*Elder* Duroc.«

Machsler schüttelte ihm die Hand und schob sich, einen Blick über die Schulter werfend, seitlich an ihm vorbei ins Zimmer. Duroc schloß sachte die Tür.

Der Soldat blickte sich um, als erwartete er einen Trupp der Maniax im Kleiderschrank. Er starrte auf Simone.

»*Mademoiselle* Scarlet wird uns nicht stören«, sagte Duroc. »Sie ist eine alte Freundin.«

Machsler war davon ganz offensichtlich alles andere als überzeugt, beschloß aber, es hinzunehmen. Seit Seth ihn am Haken hatte, hatte er nicht zweimal dieselbe Person getroffen, er mußte also an überreizte Situationen gewöhnt sein.

»Möchten Sie einen Drink? Eistee vielleicht? Eine Co-Cola?«

Der Soldat schüttelte den Kopf und lief im Zimmer umher wie ein Tiger im Käfig. Duroc fiel auf, daß er die Hände über den Hüften behielt. Auf diese Weise konnte er seinen Adamsapfel immer schützen, für den Fall, daß jemand mit einem Käsemesser vor seinem Gesicht herumfuchtelte. Das SEK bildete seine Leute sorgfältig aus.

»Haben Sie das Geld?«

Duroc tätschelte seine Tasche.

»Gut.«

»Haben Sie die Ware?«

Machsler hielt den Aktenkoffer hoch. An dem alten Leder war ein übertrieben großes Schloß befestigt.

»Wann kann die Geschichte also über die Bühne gehen?«

Der Soldat setzte sich, den Aktenkoffer auf dem Schoß. Er schwitzte und kratzte ständig seine Stiche an den Unterarmen. Er hatte eine Tätowierung mit dem Symbol und der Nummer seiner Einheit sowie mit seiner Blutgruppe und einigen medizinischen Einzelheiten.

»Sie sind aus New Orleans?« fragte er.

Duroc zuckte mit den Achseln. »Wegen meines Akzents, meinen Sie? Nein, ich bin aus Paris. In Frankreich. Aber das ist lange her. Jetzt bin ich ein Bürger von Deseret.«

Machsler war zufrieden. Zehn oder fünfzehn Jahre war der Offizier Kapitän des High-School-Football-Teams gewesen. Jetzt versuchte er verbissen, trotz zu vieler kohlesäurehaltiger Biere, fettiger Chilidogs und all der Stunden am Schreibtisch, in denen man sich den Hintern plattsaß, seine Footballspielerfigur zu halten. Die Mädels mit dem ›i‹ am Ende hatten wie Kletten an ihm gehangen, als er noch ein Junge war, aber die Zeiten waren vorbei. Vielleicht hatte er eine kostspielige Frau, die darauf bestand, bei ihrem vollen, richtigen Namen auf ›a‹ genannt zu werden. Nicht Cyndi, sondern Cynthia, nicht Mindy, sondern Miranda. Wahrscheinlich wollte er seine Kinder auf eine teure Schule in der Sperrzone mit elegant gekleideten Killern als Sicherheitspersonal schicken und nicht in eines dieser öffentlichen Höllenlöcher, wo die Tafelsteher Vierzehnjährige zwangen, sich in der Mittagspause als Nutte zu verdingen, die Kantine über einen halboffiziellen Synthschnapsdealer verfügte und man in der Schulklinik mehr von Abtreibungen als von aufgeschürften Knien verstand. Amerika hatte noch Träume, aber ihr Preis war hoch in diesen Tagen. Zu hoch für jemanden, der im öffentlichen Dienst ehrlich bleiben wollte.

»Hören Sie«, begann Machsler, »die Geschichte geht mich

nichts an, aber was wollen Sie mit dem Zeug? Es ist fünfzehn, zwanzig Jahre aus der Mode. Sehr niedrige Dringlichkeitsstufe.«

»Sie haben recht. Es geht Sie nichts an.«

»Schon gut, schon gut.« Der Soldat bereute, sich auf die Transaktion eingelassen zu haben. Duroc sah, daß der Mann Schwierigkeiten damit hatte.

Nguyen Seth hatte sich Captain Ronald Machsler jetzt seit drei Jahren herangezüchtet und ihn auf jenen faustischen Handel hingetrieben, den jeder Mann einmal eingehen muß. Anfangs waren es die üblichen Schiebereien mit Restbeständen der Armee gewesen. Elder Seths Agenten waren auf den Captain zugekommen und hatten ihm einen guten Preis für Munition und Waffen, die nicht mehr ganz auf dem neuesten technischen Stand waren, sowie für Großlieferungen medizinischer Drogen geboten. Die Kirche der Josephiner verfügte natürlich über eigene Vorräte dieser Waren, man mußte Captain Machsler jedoch daran gewöhnen, Geschäfte mit dem Teufel zu machen und ihn tief genug verstricken, damit er nicht meuterte, wenn es um den ganz großen Brocken ging. Man hatte ihn auf die Probe gestellt, indem man ihn um vertrauliches Material bat. Truppenaufstellungen längs der Rio Grande Mauer, die Codenamen und Tarnidentitäten einiger Leute aus der militärischen Abwehr in Managua, die Transportrouten von Konvois mit Atommüll. Alles Zeug, das Seth nicht interessierte. Duroc jedoch hatte das Material mit Interesse überflogen und es über die Untergrundnetze verbreitet. Eine kleinere Kultgang schaltete den Konvoi aus und war für achtunddreißig Stunden im Besitz von genug Plutonium, um einen Sitz bei den Vereinten Nationen zu ergattern. Turner-Harvest-Ramirez zog sie aus dem Verkehr, der Überfall überzeugte Machsler jedoch, wie sehr Seth ihn im Griff hatte. Seitdem hatte man ihn mit idiotischen Bitten nach fast beliebigen Informationen blind gemacht. Nachdem man ihn gezwungen hatte, kaum geheimes Material über längst aufgegebene Pläne für eine militärische Intervention in Mittelamerika und abgelehnte Entwürfe für ein Langstreckenraketentransportsystem auszugraben, war Machsler vollkommen verwirrt. Seinen gegenwärtigen Auftrag mußte er auf das gleiche quichottesche Interesse an militärischen Eintagsfliegen schieben, und genau das war es, was Seth wollte. Im Laufe des kommenden Jahres würde es noch eine Reihe weiterer blinder Anfragen geben, einfach um den Soldaten im Ungewissen zu lassen. Dabei war er die entscheidende undichte Stelle. Duroc ließ sich den Aktenkoffer persönlich quittieren.

Er zog die Cashkarte aus seiner Tasche und legte sie auf den Couchtisch. Das Hologramm schimmerte im Licht. Sie war aus echtem Gold. Machsler pfiff, ohne es zu merken.

»Eine Gehaltszulage?«

»Sie leisten gute Arbeit, Ronald. Edler Seth ist der Ansicht, Sie haben sie verdient.«

Machsler streckte die Hand aus und erstarrte dann. Er legte seine Hand wieder auf den Aktenkoffer. Er wurde rot. Unter seinem bienenpelzkurzen Stoppelschnitt begann seine Kopfhaut zu glühen.

Duroc hob sein Glas zu einem Trinkspruch. Mit großen Augen glotzte der Soldat den Käfer an, der gemächlich in seinem Glas kreiste.

Machsler erhob sich und stellte den Aktenkoffer neben Durocs Sessel ab. Dann nahm er das Plastikcash, ließ es in seine Gesäßtasche gleiten und setzte sich wieder.

Duroc tippte den Code ins Schloß ein und öffnete den Koffer. Die Akte bestand aus brüchiger Pappe und war voller vergilbter Papiere. Er überflog die obersten zehn Blätter. Es gab ein paar Schaltkreise und, das Wesentliche, ein Blatt mit verschlüsselten Codewörtern.

»Sind Sie sicher, daß Sie nichts zu trinken möchten?«

»Ganz sicher.«

Es entstand eine peinliche Pause. Offenbar wollte Machsler

gehen und sich so weit wie möglich von diesem Hotel entfernen, glaubte jedoch, anstandshalber bleiben zu müssen.

Simone stieg aus dem Bett, durchquerte das Zimmer und ging an den Kühlschrank. Machsler folgte ihr mit dem Blick, aber Duroc hätte nicht sagen können, ob er ganz allgemein ihren Körper anstarrte oder die Spuren auf ihrem Rücken.

»Sie lieben's grob, was«, sagte er mit einem schwachen Lächeln.

Die Vermutung des Soldaten hatte Duroc verletzt. Er nippte an seinem Drink. »Gelegentlich.«

Machsler stand auf und stahl sich Richtung Tür. »Meine Gondel wartet«, sagte er. »Ich muß um 19:00 wieder in der Kaserne sein.«

»Auf Wiedersehen, Ronald.«

»Auf Wiedersehen, Elder Duroc. Es war mir ein Vergnügen, Geschäfte mit Ihnen zu machen.«

»Ganz meinerseits.«

Machsler schloß hinter sich die Tür, und Simone schenkte sich noch ein großes Glas Mineralwasser ein. Ihr ganzer Körper war mit einer feinen Schweißschicht bedeckt. Sie baute sich vor ihm auf, wie man es ihr beigebracht hatte. Sie war eine gute Kontraktarbeiterin, ein gutes Mädchen.

Duroc war mehr an den Papieren interessiert, die Machsler ihm mitgebracht hatte. Er würde die Prüfung überwachen müssen. Fonvielle war viel zu verbraucht, um in dieser Abteilung noch von Nutzen zu sein. Die Experten der Kirche standen auf Abruf bereit, dennoch mußte Duroc das Projekt beaufsichtigen.

»Was liest du da?«

Simone stand mit neckisch vorgeschobener Hüfte vor ihm und kraulte sich gedankenverloren mit den rotlackierten Nägeln einer Hand ihren flachen Bauch. Es war deutlich, daß sie sich für einen privaten Pornoschnappschuß vor dem Kunden in Positur warf.

»Dies hier sind die Betriebsanleitungen für eine Maschine, die wir gerade gekauft haben. Sie verraten mir, wie ich die Blaupausen anzünden und mich zur Ruhe setzen kann...«

Das war zu hoch für das Mädchen.

Ihm kam eine Idee. »Simone«, sagte er, »bist du schon mal in Florida gewesen?«

»Izumi hat mich einmal nach Daytona Beach zu einer Tagung mitgenommen. Die meiste Zeit sind wir im Hotel geblieben. Es fand ein *kumite*-Wettkampf statt, einer dieser bis zum Tod ausgetragenen Ausscheidungskämpfe. GenTech sponsorte damals einen Kämpfer, den sie mit Biobits ausstaffiert hatten. Der Kämpfer gewann auch, war aber zu stark beschäftigt, um in den TeeVee Spots auftreten zu können. Izumi war außer sich.«

Sie strich mit dem Finger über ihren Schenkel, längs einer kaum sichtbaren Narbe.

»Wenn Izumi außer sich war, wurde er zum Tier.«

Draußen setzte der Regen ein. New Orleans war eine Monsunregion. Das hing mit der Fabrik für synthetische Chemikalien der Winter Corporation zusammen, wie Duroc gehört hatte. Jeden Nachmittag von drei bis fünf ging ein schwerer, brütendheißer und ätzender Regen über der Stadt nieder. Inzwischen hatte sich jeder darauf eingestellt und hielt hinter verschlossenen Türen Siesta. Duroc fragte sich, ob Machslers Gondel von dem Unwetter überrascht worden war.

»Was würde es kosten, Mink Hat deinen Kontrakt abzukaufen?«

Simone machte ein verängstigtes Gesicht. »Ich glaube nicht, daß er mich verkaufen möchte. Ich bin neu in seinem Stall, und ich bringe mindestens...«

Duroc leerte seinen Drink, und die Kakerlake strandete zwischen schmelzenden Eiswürfeln. »Er wird verkaufen. Die Kirche hat eine große Überzeugungskraft, und sie ist reich.«

»Möchten Sie...« Sie brachte das Wort nicht heraus. »...wollen Sie mich *kaufen, M'sieur?*«

Duroc nickte. »Ich ziehe für die nächsten Monate nach Florida. Es wäre mir eine Ehre, wenn du mich begleiten würdest.«

»Fahren wir nach Daytona? Oder Miami?«

»Nein. Wir fahren an einen kleinen Ort, von dem du vielleicht noch nicht gehört hast. Er war einmal recht berühmt, bevor du geboren wurdest. Es handelt sich um eine kleine Stadt mit dem Namen…«

V

»…Cape Canaveral?«

»Das liegt im Norden von Florida«, sagte die elegante, chic gekleidete junge Frau.

»Ich weiß, wo das liegt«, fuhr der Op sie an. »Ich habe den Namen nur lange nicht mehr gehört. Von dort aus sind doch die ersten Raketen zum Mond gestartet, richtig?«

»Ja.«

Elvis betrachtete Krokodil. Sie erschien ihm ausdruckslos wie eine Statue. Sie war jung, sah verdammt gut aus und trug ein konservatives Kostüm, dunkelgrau mit feinem Nadelstreifen. Ihr Make-up war makellos. Das einzig wirklich Auffällige an ihr war die von einer kohlrabenschwarzen Haarsträhne halb verdeckte Augenklappe. Sie war attraktiv, trotzdem besaß sie etwas Hartes, Angsteinflößendes. Elvis hatte in der Armee Cyborgs kennengelernt, und auch Krokodil hatte etwas Biochemisches an sich. Ihr Händedruck war knochenzermalmend. Er fragte sich, wieviel von ihr echt war und wieviel aus dem Labor stammte. Sie sprach perfektes Englisch, wie jemand, der als Erwachsener nach einem Gedächtnisverlust alles noch einmal von vorne hatte lernen müssen. Gelegentlich schimmerte jedoch ein wenig Verbotszonenvokabular durch. Krokodil war nicht zu dem Stil geboren, den sie jetzt an den Tag legte.

Der Mann war leichter einzuordnen. Mit seinen staubigen Jeans, seinem wettergegerbten Gesicht und dem kleinen, schwarzen Zopf war er eindeutig ein Navaho. Er hatte sich als Habicht-Der-Sich-Niederläßt vorgestellt. Elvis hatte eine Chirokeesin als Ur-Ur-Ur-Großmutter, Weiße-Taube-Am-Morgen. Als er als Teenager in seinem Pick-Up im Tupelo Drive-In gesessen und sich Western angeschaut hatte, war er hin und hergerissen gewesen zwischen den Cowboyhelden, die alle Jungs in ihrer Redeweise und ihrem Auftreten nachzuahmen versuchten, und seiner Sehnsucht nach dem Leben der Indianer. An seinem Ausscheiden aus dem Filmgeschäft bedauerte er im Grunde nur, daß er nicht dazu gekommen war, den Helden in *Flaming Star*, ein Kiowa-Halbblut, zu spielen. Es war das einzige halbwegs vernünftige Drehbuch, das ihn über den Colonel erreicht hatte. John Saxon hatte die Rolle im Film nicht schlecht gespielt, Elvis wußte jedoch, daß er besser gewesen wäre.

Habicht war es, der sprach, die entscheidenden Bemerkungen lieferte jedoch Krokodil.

Sie trafen sich in einem Diner in Whitehaven, einem Vorort im Süden von Memphis. Elvis kannte das Lokal gut und benutzte es des öfteren als Büro für seine Hound-Dog-Agentur. Graceland, die Villa, die er in seiner Musikzeit bewohnt hatte, war fünf Blocks entfernt und gehörte einem CAF-Helfer, der Mitglied der Kirche Jesus Christus und Weißer war.

»Cape Canaveral?«

»Steht das nicht unter Wasser?«

Habicht mußte lächeln. »Schon, aber nur etwa einen Fuß tief. Man hatte die Deiche längs der Indian-River-Grenze schon hochgezogen, als Cape Canaveral noch das Hauptquartier der NASA war. Sie sind ein bißchen leck, aber man kann dort herumlaufen, ohne daß man mit dem Kopf unter Wasser gerät.«

»Und was ist mit den Krankheiten? Und dem Ungeziefer?«

»Dagegen kann man nicht viel machen, oder?«

»Das ist allerdings richtig.«

Cissy, die Kellnerin, kam vorbei und schenkte Elvis und Habicht Rekaffee ein. Krokodil hatte ihren nicht angerührt. Der Op fragte sich, ob sie überhaupt Nahrung zu sich nehmen mußte oder ob ein paar Stunden am Hauptstromkabel sie wieder aufladen würden.

»Haben Sie schon gewählt?« fragte Cissy leicht affektiert. Elvis vermutete, sie hatte es auf ihn abgesehen.

Elvis entschied sich für das Jambalaya, Krokodil nahm den Langustenauflauf, und Habicht wählte Gumbo mit Filet. Wenn man im Süden war, aß man dementsprechend.

Nachdem Cissy mit ihrem dicken Hintern wieder in die Küche gewackelt war, kam Elvis zurück zum Geschäft.

»So ganz klar ist mir die Geschichte noch nicht, Ma'am. Was ist das für ein Job? Kurier, Leibwächter oder Revolverheld?«

Krokodil erläuterte es geduldig. »Der Job ist, was er ist, Colonel Presley. Ich muß zum Cape, und wir möchten, daß sie uns wegen der eventuell auftretenden Schwierigkeiten begleiten.«

»Wir befinden uns weit außerhalb unseres Gebietes, Colonel«, sagte Habicht. »Ich bin aus Arizona, und Jessamyn... Krokodil, meine ich... stammt ursprünglich aus Denver. Wir sind eher Sand gewöhnt als Sumpf. Sie müssen doch mit dem Gelände und seinen Gefahren vertraut sein.«

Elvis wußte, was Habicht meinte. »Durchaus. Eventuell auftretende Schwierigkeiten gibt es da massenhaft. Je weiter Sie sich in die Sümpfe vorwagen, desto schwieriger wird es, Mister. Von dem Ungeziefer und den Gleitbootkultgangs haben Sie gehört, nehme ich an. Aber es gibt auch noch andere Dinge dort draußen. Läuse, groß wie Hunde...«

»Sie meinen diese Trilobiten?«

»Genau, lebende Fossilien. Üble kleine Biester. Sie knabbern Ihren Arm an, und Sie sind für ein paar Monate aus dem Verkehr gezogen. Und wer weiß schon, was sonst noch alles wieder in den Bayous auftaucht? Das da draußen ist die reinste Ursuppe. GenTech und die anderen Multis haben ihre Giftpampe jahrelang in die Sümpfe geleitet, und das hat schon einige Seltsamkeiten hervorgebracht. Nach allem, was ich gehört habe, sind die Riesenläuse nicht die einzigen lebenden Fossilien, wegen denen Sie sich Sorgen machen müssen.«

»Mit dem Seltsamen sind wir vertraut«, sagte Krokodil auf eine Art, die dem Op besonders abgefeimt vorkam.

»Dann gibt es die feindseligen Eingeborenen. Diese Cajuns sind eigenartig. Zu einem Viertel französisch, zu einem Viertel Indianer – nichts gegen Sie, Mann –, ein Viertel Stinktier und ein Viertel Alligator. Manchmal, wenn Sie ihnen sympatisch sind, bringen sie Sie sofort um. Manchmal dagegen haben Sie nicht so viel Glück, dann laden sie ihre ganze Verwandtschaft zu einer Party ein. Ich habe eine Menge Freunde, und ich tue Leuten einen Gefallen, wenn ich kann. Aber die Freundschaft nimmt mit der Entfernung von der Sperrzone ab. Auf den Inseln gibt es haufenweise kleine, paranoide Kommunen. Seit der Zeit der Piraten, als Andy Jackson sie dazu bringen wollte, nach seiner Pfeife zu tanzen, hat man immer wieder versucht, sie zu zwingen, ihr Leben zu ändern. Fremde sind dort einfach unbeliebt. Und Sie und ich, wir sind Fremde.«

Krokodil schien nicht beeindruckt zu sein. Elvis hatte den Eindruck, ihnen die ganze grausige Geschichte schuldig zu sein, bevor er den Auftrag annahm.

»Wenn Sie sich also wirklich auf diese Reise begeben wollen, dann sollten Sie einen verdammt triftigen Grund haben.«

»Ich habe einen triftigen Grund«, sagte Krokodil, ohne sich weiter zu erklären.

»Und den muß ich kennen.«

Es entstand eine Pause.

»Das ist ein Problem«, meinte der Indianer.

»Aber leicht zu lösen. Ich habe zwei Ohren, und ich habe in meinem Leben schon eine Menge unglaublicher Geschichten gehört.«

Krokodil strich sich das Haar von der Augenklappe. »Ich versuche, Gerät zu bergen, das man bei dem Ausstieg aus dem Raumprogramm dort zurückgelassen hat.«

»Wertvolles Gerät«, betonte Habicht.

»Das muß es wohl auch sein. Wenn mein Anteil eine Million Dollar beträgt, dann müssen Sie mindestens... na, zwanzig, oder sogar mehr daran verdienen.«

»Ich habe keinen persönlichen Vorteil davon.«

»Lady, das glaube ich Ihnen nicht.«

»Sie können es glauben oder sein lassen, aber es ist die Wahrheit.«

Elvis blickte ihr in die klaren, grünen Augen und war überzeugt, daß es die Wahrheit war. Vielleicht nicht die ganze, aber ein gutes Stück davon.

»Eine klare Sache also. Gefährlich, aber klar. Sie wollen mir bestimmt noch ein paar Einzelheiten verraten. Die Geschichte hat doch bestimmt einen Haken. Im Wert von einer Million Dollar, wenn ich die Sache richtig sehe.«

Das Essen kam. Habicht löffelte es sich hungrig hinein. Krokodil rührte ihres nicht an.

»Cape Canaveral gehört der Kirche der Josephiner. Sie haben es vergangenes Jahr von der Regierung abgekauft.«

Elvis sah den Indianer an. »Diese Typen aus Salt Lake City? Was wollen sie mit einem Stück Land, das einen Fuß unter Wasser steht?«

Habicht zuckte mit den Achseln. »Die Josephiner sind Irre.«

Der Indianer hatte eine Spur zu schnell geantwortet, hatte die Sache eine Spur zu schnell abgetan.

»In Deseret scheinen sie jedenfalls ganz gut klarzukommen. Ich habe gehört, sie bauen Getreide an, wo jeder sagt, es sei unmöglich.«

»Ich unterschätze die Josephiner keineswegs«, sagte Krokodil. »Sie sind gefährlich. Und sie sind mir feindlich gesinnt.«

»Wunderbar. Wenn wir die mutierten Alligatoren hinter uns haben, die Voodooschlächter und die Psychotiker, die die

Sümpfe abgrasen, werden die Schwarzhüte eine schwarze Messe für uns lesen, sehe ich das richtig?«

»Die Kirche der Josephiner ist nicht, was sie zu sein scheint.«

»Das gilt für vieles andere auch.«

Hatte er den ersten Hauch eines beginnenden Lächelns in ihren Mundwinkeln entdeckt? Wahrscheinlich nicht.

»Wir werden also bis an die Zähne bewaffnet in den Sumpf ziehen müssen, als wollten wir Bären jagen?«

Krokodil nickte.

»Ich würde noch weitergehen. Wir sollten uns auf King Kong und Godzilla gefaßt machen«, sagte Habicht. »Aber was weiß ich schon? Ich bin Navaho. Wir haben keinen Krieg mehr gewonnen, seit uns die US-Kavallerie ins Reservat abgeschoben hat.«

»Ich stamme aus dem Süden, Mister. Wir wissen auch, was es heißt, einen Krieg gegen die Yankees zu verlieren.«

Der Indianer lächelte milde.

»Die Bewaffnung überlasse ich Ihnen. Sie kennen die Gegend, also bestimmen Sie auch das Gerät«, sagte Krokodil.

»Alles andere käme für mich auch nicht in Frage. Wer hat mich Ihnen empfohlen?«

Der Indianer antwortete. »Sie sind dafür bekannt, einen Sinn für öffentliche Interessen zu haben.«

»Ach ja?«

»Wir haben darauf spekuliert, wenn Sie die ganze Zeit die Reichen berauben, um die Beute an die Armen zu verteilen, könnten Sie eine Menge anfangen mit der Mil...«

Elvis mußte lachen. »Da haben Sie recht, Mann. Da haben Sie vollkommen recht.«

Der Op machte Cissy ein Zeichen, sie solle noch Rekaffee bringen. Es war nicht dasselbe wie Kaffee, aber es war heiß und flüssig.

»Hören Sie, ich weiß nicht, wie mein Vorschlag bei Ihnen ankommt, aber wäre es nicht viel einfacher, wenn Sie mir einfach sagten, was sie aus Cape Canaveral wollen, und ich gehe es holen? Ich bin nicht gerade ein Repo-Profi, aber mir scheint, ich hätte es allein einfacher, als wenn Sie dabei wären, Ma'am.«

Krokodil war nicht beleidigt, nur hartnäckig. »Ich kann selbst für mich sorgen, Colonel. Ich werde mitkommen.«

»Also schön. War nur ein Vorschlag.«

Habicht lächelte. »Krokodil wird Sie überraschen, Colonel. Sie hat Santa de Nogueira ohne einen Kratzer überstanden...«

»Dieses Kloster, das letztes Jahr von den Wirbelstürmen und weiß-Gott-was-sonst-noch dem Erdboden gleichgemacht worden ist?«

»Genau das.«

Elvis nahm einen Schluck von dem trüben, braunen Gesöff. »Was ist da eigentlich passiert?«

Habichts Gesicht gefror ein wenig, und selbst Krokodil blieb nicht ganz ungerührt. Die beiden hatten üble Erinnerungen.

»Colonel«, sagte Krokodil, »glauben Sie mir, Sie wollen gar nicht wissen, was in Santa de Nogueira geschehen ist.«

Elvis glaubte ihr.

»Nun?«

Elvis sah den Indianer an, dann die dunkelhaarige Frau.

»Eine Million?«

»Sie bekommen es bar, in jeder gängigen Goldwährung oder in GenTech-Papieren, wenn Sie wollen, sogar in frei verkäuflichen Edelsteinen.«

»Ich wäre schon mit guten, alten US-Dollars einverstanden.«

Cissy brachte die Rechnung, die Habicht mit einer Barkreditkarte beglich. Die Kellnerin schenkte ihr Lächeln dem Indianer, und Elvis spürte einen Hauch von Neid. Er mußte seine weiblichen Anhänger im Auge behalten, solange dieser Junghirsch in der Nähe war.

»Sie bekommen Ihr Geld im voraus. Sollten Sie den Einsatz nicht überleben, werde ich das Geld an jeden Erben weiterleiten, den Sie uns nennen.«

»Ich habe keine Familie«, sagte er, leicht schmerzlich berührt. Es gab Dinge, die man einfach aufgeben mußte. Ständig unterwegs, mit seiner Musik, dann in der Armee und als Op, hatte er keine Gelegenheit gehabt...

»Ich nehme an, Sie denken dann an einen wohltätigen Zweck. Nicht, daß wir davon ausgehen, Sie zu verlieren, Colonel. Es handelt sich nur um eine Formalität.«

»Ja, ich weiß. Ich kenne das. Verdammt, bestechen Sie einen Politiker, damit er die Kontraktarbeitergesetze außer Kraft setzt. Das wäre wohltätig genug für mich.«

»In Ordnung.«

»Habicht, Ma'am, Sie haben soeben einen Op engagiert.«

Er streckte seine Hand aus. Der Indianer schüttelte sie, Krokodil dagegen blieb regungslos sitzen, verriet keinerlei Gemütsregung.

Er bekam den Eindruck, daß es schwierig werden würde, dieses Mädchen näher kennenzulernen.

VI

Hier ist ZeeBeeCee, der Sender, der Ihnen einfach alles bietet. 24 Stunden am Tag bringen wir Ihnen, was Sie sich nur wünschen, gesponsort vom GenTech Biokonsortium, den fürsorglichen Cyberchirurgen mit dem Flair des Besonderen...

Und jetzt, für alle, die ihr da draußen in unfreiwilligem Zölibat lebt, Wichsen mit Willy. *Unser sendereigener Experte mit dem festen Griff wird Sie in das Land der glückseligen, seuchenfreien sexuellen Entspannung führen. Fordern Sie noch heute unsere KOSTENLOSE 67seitige Broschüre an und leisten Sie eine Anzahlung auf eine dieser entzückenden, praktischen und durch und durch auf ihre Betriebssicherheit getesteten Hilfen für zu Hause. Aber zuvor noch ein Blick in die Wirk-*

lichkeit mit der lasterhaften Lola Stechkin und ihren Nach-Siesta-Nachrichten aus der gemütlichen Atmosphäre ihres japanischen-Gartens...

»Hallo, Amerika. Heute schreiben wir den 8. Mai 1999, und hier ist Lola, die Euch auf ihr Freiluftwasserbett einlädt. Und hier sind sie schon, all die Nachrichten, die Ihr nur wollt...

Die große Neuigkeit des heutigen Tages ist, wir haben einen Namen! Das ZeeBeeCee Blotto-Lotto, dieses Hundert-Millionen-Dollar-Geschenk, das sechs Wochen lang in aller Munde war, ist endlich vorbei, und RaLPPH, unsere Random Lotto Personalprozessorhilfe, hat endlich einen Gewinner ausgewählt. Der ach so glückliche Gewinner, der einhundert Millionen Dollar in einem großen Koffer sowie lebenslängliche kostenlose medizinische Versorgung durch die GenTech BioDiv erhalten wird, ist von Blotto, dem Clown, als Gavin Mantle identifiziert worden, einem Vertreter für Einbauküchen aus der Springfield Sperrzone in Massachusetts. Gavin, der eine liebreizende Frau mit Namen Clodagh und zwei entzückende Kinder, Tish und Reggie, sein eigen nennt, verriet unseren Blotto-Lotto-Glücksbringern, er wolle trotz des erhofften Reichtums ganz der Alte bleiben. Gavin Mantle, Sie sind Amerika, und wir hier bei ZeeBeeCee lieben Sie dafür! Viel Spaß beim Geldausgeben...!

Jetzt ist es amtlich! Offizielle Ops können Ihrer Gesundheit schaden, und auch der Gesundheit der Gesellschaft, in der Sie leben! Honorarsenator Robert Redford aus Kalifornien, bestens bekannt durch sein unermüdliches Trostspenden im Anschluß an die katastrophale Flutwelle vergangenes Jahr, wurde heute zum Leiter des lange angekündigten Untersuchungsausschusses ernannt, der die Arbeitsweise des Enderby-Zusatzgesetzes erforschen soll. Das Gesetz, das am 23. Juni 1985 nach einem extensiven, von dem damaligen Senator Terence J. Enderby geplanten Werbefeldzug verabschiedet worden war und demzufolge Privatfirmen und -personen als Gesetzeshüter fungieren können, ist seit fast fünfzehn Jahren in Kraft. Senator Enderby zog sich 1994 von seinem Amt zurück, nachdem der Enthüllungsjournalist Ed Murphy in einem Fernsehbericht behauptet hatte, Enderby habe die Einbürgerung einer Gruppe von philippinischen Hausboys finanziell unterstützt, deren Blutgruppe mit seiner eigenen identisch war, und zwar in der Absicht, die Kinder als Nachschubquelle für Ersatzorgane zu benutzen. Trotz heftigen Widerstandes einer Zahl einflußreicher Politiker gegen den Redford-Ausschuß, darunter auch der durchaus ernstzunehmende pro-Enderby Gouverneur Jerry Musgrave aus Colorado, wurde ihm schließlich die Anerkennung durch Präsident North zuteil, der heute seine Entscheidung mit folgendem Zitat rechtfertigte: ›Na ja, es kann ja wohl nicht schaden, unsere öffentlichen Einrichtungen mal genau unter die Lupe zu nehmen. Diese Härte war es, die unser Land groß gemacht hat.‹ Mitchell Beazley, führender Kopf der Anti-Enderby-Interessengruppe stOP, gab vor Vertretern der Medien ein kurzes Statement ab, in dem er Senator Redford für seine Unvoreingenommenheit dankte und die Ansicht vertrat, ›diese sogenannten offiziellen Ops haben schon viel zu lange tun können, was sie wollen. Sie sollen ehrliche Bürger vor den Kultgangs beschützen, in der Praxis kann man die beiden Truppen jedoch kaum auseinanderhalten‹.

Der Ausschuß zeigte sich nicht nur besorgt um die häufigen Fälle extremer Gewaltanwendung durch die Ops bei ihrer täglichen Arbeit, sondern möchte auch den angeblichen Verbindungen zwischen den größeren Op-Agenturen und den Multinats nachgehen. Zwischenfälle wie die völlige Zerstörung der Kleinstadt Dead Rat, Arizona, im Jahr 1997 durch einen freiberuflichen, von der Holderness-Manolo-Agentur in Los Angeles bezahlten Op haben in der Öffentlichkeit Besorgnis erregt. Redd Harvest, Mitglied der obengenannten Agentur, teilte unserem

Büro im mittleren Wesen mit, ›Ich würde gerne mal sehen, wie der hübsche, kleine Bobby versucht, mir meinen Person-Person-Raketenwerfer abzunehmen.‹ In Boulder hielt Gouverneur Musgrave eine 58minütige Rede, in der er die offiziellen Ops als ›Amerikas beste, strahlendste und wahrhaftigste Erben der Minutemen‹ – Sie wissen schon, das waren die Burschen, die damals geholfen hatten, die Mexikaner aus Alamo zu vertreiben – bezeichnete. ›Außerdem stellen sie die letzte Hoffnung für das Überleben unseres *way of life* in diesen verdorbenen Zeiten dar.‹ Im privaten Kreis, so hieß es, habe Musgrave Redford ›als miese Kommunistensau‹ bezeichnet und die Lebenserwartung des Senators für den Fall, daß das Gesetz außer Kraft tritt, auf ›sieben bis acht Minuten‹ geschätzt. Mehr davon, sobald wir etwas Neues hören…

Dr. Ottokar Proctor, alias der Tasmanische Teufel, der preisgekrönte Ökonom und Massenmörder, wurde heute wieder in den Hochsicherheitstrakt des Sunnydale-Sanatoriums eingeliefert. Wie Sie sich gewiß erinnern, war der frühere Berater des Präsidenten vor einigen Jahren in zahlreichen Fällen des Mordes für schuldig befunden worden. Außerdem beschuldigte man ihn, der Regierung unter Präsident North irreführende und gefährliche Vorschläge unterbreitet und damit versucht zu haben, die Wirtschaft der Vereinigten Staaten zu ruinieren. Obwohl er gleich nach seiner Flucht aus Sunnydale vor über einem Jahr seine Mordserie wieder aufnahm, hat man in den vergangenen Monaten nur wenig von ihm gehört. Man fand ihn, als er in der Nähe der bislang noch unerklärten meteorologischen Anomalität nahe dem Kloster Santa de Nogueira in Arizona ziellos umherwanderte. Er war weder bereit noch in der Lage, Auskunft zu geben über sein Tun seit seinem letzten bekannten Mord an einem gewissen Sheriff Marcus Gronquist aus Dos Cabezas, kurz nach seiner Flucht. Dr. Thomas Cagliari, der frischernannte Direktor von Sunnydale, betonte erneut, man habe die Sicherheitseinrichtungen des Sanatoriums seit Dr. Proctors Flucht und den Unruhen im vergangenen Jahr spürbar verschärft. Die Unruhen hatten den berühmten Massenmördern Rex Tendenter, Hector Childress und Reynard Pershing sowie mehreren Wärtern das Leben gekostet...

Das Wiederaufleben der Kultgang der Maniax, die nach der gemeinsamen Aktion der US-Kavallerie und Turner-Harvest-Ramirez bereits als ausgelöscht galt, hält weiter an. Ihre neueste Schandtat war die Einnahme von Welcome Springs, New Hampshire, einer friedlichen Gemeinde, von der nur noch Trümmer übrig sind. Offenbar haben die Maniax den Ort gewählt, weil dort der Dexter-Blumguard-Sender ›Kreuzung für einen christlichen Kapitalismus‹ ansässig ist. Der Televangelistensender ist bei Spendeneinnahmen sehr erfolgreich. Dirk Mazzini und Blade Barrie, Kriegshäuptlinge der Maniax, beide wegen mehrfachen Mordes gesucht, waren allem Anschein nach von der terroristischen Demütigung der Reverends Bob und Dolly Jackson durch bislang unbekannte Witzbolde inspiriert, als sie in die Dexter-Blumguard-Show platzten und die schätzungsweise drei Millionen Zuschauer der Sendung aufforderten, telefonisch Spenden zuzusagen und Vorschläge zu machen, wie Reverend Blumguard und seine besonderen Gaststars – Schwester Ermintrude, die Schwindlernonne, die Cartwright Family Singers, Holy Rolly und seine himmelstürmenden Paraglider – ermordet werden sollten. Man nimmt an, daß die Maniax im Verlauf des Massakers 38 Millionen Dollar eingenommen haben. Es dauerte zweieinhalb Tage und endete erst, als besorgte Eltern aus Jerusalem's Lot, Maine, die Behörden einschalteten, nachdem sie dahintergekommen waren, daß ihr Sohn sein Taschengeld für sechs Monate unter der Bedingung zugesagt hatte, daß Mazzini Onkel Buck Cartwright dazu bringt, sein Banjolele zu verspeisen. Grand Exalted Bullmoose, der schattengleiche Kopf der Kultgang, kündigte per Presseverlautbarung einen totalen Krieg gegen sämtliche Bürger der Vereinigten Staaten an, die sich nicht eingeschrieben hatten...

In Paris brachen auf dem linken Seineufer erneut Kämpfe aus, als ein konfuser Haufen aufrührerischer Splittergruppen den Kampf mit den EG-Streitmächten des Europäischen Präsidenten Le Pen aufnahm. General Bruno Rottweiler, bekannt als der Schlächter von Deauville, wurde als verantwortlicher Truppenführer eingesetzt und rief das Kriegsrecht aus. Sady Charbonneau, TV-Star des Senders CanalEpico, hat Rottweiler und den Anführer der verschiedenen Rebellengruppierungen neun Millionen ECU für die exklusiven Fernsehrechte an der Verfilmung der Aufstände geboten. Rottweiler hat man vermutlich ein Einspruchsrecht am Drehbuch zugesichert, wohingegen Biron Le Rouge, der dieswöchige Sprecher der Gewaltsamen Tendenz, darum gebeten hat, man möge ihm sein Honorar in Form von Stoppermunition und hochempfindlichem Sprengstoff auszahlen. Die Puffmütter, Hoteliers und Cafébesitzer, die während der Feindseligkeiten ihr Geschäft weiter betreiben konnten, berichten von einem 58%igen Umsatzplus, das teils auf die Anwesenheit hochbezahlter EG-Truppen, teils auch auf den alljährlichen Touristenstrom aus Japan zurückzuführen sei...

Nachdem Elder Seth mit der Wiedergewinnung von Salt Lake City aus dem Wüstensand ein wahres Wunder vollbracht hat, kündigte der Kopf der Josephinischen Kirche an, es werde eine Schwestergemeinde an der Südostküste auf dem Gebiet des ehemaligen Raketenstartplatzes Cape Canaveral entstehen. Die Trockenlegungs- und Instandsetzungsarbeiten am Deich haben bereits begonnen. Zur Zeit wird das Gelände, das der Regierung der Vereinigten Staaten letztes Jahr zum Nennwert abgekauft worden war, als Trainingslager für josephinische Missionare benutzt. Mark Mannix, unser Floridakorrespondent, sollte uns von dort einen Vor-Ort-Bericht liefern, scheint aber von Alligatoren gefressen worden zu sein. Sobald wir Ersatz gefunden haben, bringen wir Ihnen die ganze Geschichte über dieses neueste Wunder. Auf die Frage, was sie mit eventuellen Restbeständen an Raumfahrttechnologie anfangen wollten, da das US-Raumfahrtprogramm seine Operationsbasis auf die Edwards Air Force Basis verlegt hat, antwortete Seth, ›Das soll ruhig verrosten. Wir brauchen keine Raketen und Spaceshuttles, um in den Himmel zu kommen‹. Präsident North wird übrigens einen neuen Botschafter für den josephinischen Staat Deseret finden müssen. Admiral Harriman Bosley, der diesen Posten zur Zeit innehat, gab soeben seinen Übertritt zum josephinischen Glauben bekannt und damit seine weltliche Stellung auf, um als Bruder Bosley im weltberühmten Tempelchor der Josephiner Tenor zu werden...

Als sollten sie Senator Redfords Sorge um die Unrechtmäßigkeit der offiziellen Ops bestärken, entflammten heute entlang der Kansas-Missouri-Grenze Kämpfe zwischen Agenten, die in den Diensten der wenig bekannten Logan's Runners aus Kansas City stehen, und den Good Ole Boys, der mächtigen Agentur aus dem Südwesten. Judgement Q. Harbottle von den GOB behauptete, die Logan's Runners seien am Betrieb der sogenannten ›Untergrundbahn‹ beteiligt gewesen, die entlaufenen Kontraktarbeitern geholfen hat, über die Staatsgrenze nach Kansas zu gelangen, wo das Kontraktarbeitersystem nicht gesetzlich verankert ist. Max Logan, Seniorpartner bei den Runners, hält dagegen, Harbottle ›sei nichts weiter als ein baumwollpflückender Sklaventreiber‹. Das Kontraktarbeitersystem bleibt umstritten. Gesellschaften, die sich diese Arbeitsform zunutze machen, bleiben dabei, daß es sich dabei nicht um Sklaverei im eigentlichen Sinne handelt. 68% unserer Hörer jedoch nehmen ihnen das nach einer neuesten nationalen Umfrage nicht ab. Wir von GenTech möchten noch einmal ganz besonders darauf hinweisen, daß alle Kontraktarbeiter, die in unseren Betrieben in Tennessee und Mississippi arbeiten, ihre Arbeitskraft vollkommen freiwillig zur Verfügung gestellt haben und über einen Lebensstandard verfügen, der wesentlich höher liegt als der Durchschnitt ihrer sozioökonomischen Schicht...

Die Gespräche zwischen den Vertretern des russischen Premiers Boris Jelzin und dem japanischen Premierminister Noburo Sidehara sind gestern erneut gescheitert, da Sidehara sich weigerte, seine Unterstützung des Programms von GenTech Ost zum Tiefseebergbau im Ochotskischen Meer zurückzuziehen. Während eines routinemäßigen Unterwassermanövers letzte Woche versenkte die russische Marine das GenTech-Tauchboot *Toshiro Mifune*. Seitdem kreisen im gesamten Fernen Osten die Anschuldigungen. Jelzin weigert sich, Admiral Yevgeny Tschernobog für sein Handeln zur Verantwortung zu ziehen, mit der Behauptung, die *Toshiro Mifune* hätte sich fernab ihres geplanten Kurses befunden und daher leicht für eine Felsformation am Meeresgrund gehalten werden können. Darüber hinaus ignoriert er die Anfragen des CEO von GenTech Ost, Kobayashi, die Sowjetunion solle der Gesellschaft Reparationen für den Verlust von teurem Ausrüstungsmaterial und Personal bei diesem Zwischenfall bezahlen. Drei Mitglieder der Blutbannergesellschaft, einer japanischen ultranationalistischen Gruppierung, stürmten die Russian Tearooms in Osaka, einen beliebten Sovrock-Treff, und nahmen über vierzig Petya-Tscherkassov-Fans fünf Stunden lang als Geiseln. Das bange Warten endete erst, als die Gruppe des Blutbanners ihre antirussischen Reden beendet und rituellen Selbstmord begangen hatte...

Und zum Schluß etwas Erfreuliches. Dino, die rollbrettfahrende Ente, ist seit heute wieder auf der Straße, nachdem sie sich ihrem jährlichen medizinischen Test und ihrer Fahrtauglichkeitsprüfung unterzogen hatte. Der Liebling aller Kinder wird erneut an den 500 Meilen von Indianapolis teilnehmen...

Wir schalten zurück ins Studio...«

VII

»Wie zum Teufel sind Sie in das Gebäude reingekommen?« fragte Elvis den kleinen Mann mit dem Hut in der Hand.

Robert E. Lee Chamberlain, Chef des Memphis-Büros der Good Ole Boys, zog an seiner fußlangen Zigarre.

»Was glauben Sie eigentlich, von wem Ihr Blockkomitee Ihre Sicherheit kauft, Presley? Von der Hound-Dog-Agentur vielleicht?«

Chamberlain lachte und hustete Rauch in die Luft. Er hatte sich gegen Elvis' Cadillac gelehnt und versuchte, trotz des Schweißes, der ihm durch die weißen Koteletten rann, cool auszusehen. Chamberlain war ein Schreibtischop, wenn es so etwas überhaupt gab. Er hatte alle seine Schlachten bis zum bitteren Ende am Schreibtisch geschlagen – mit Büroklammern und Computerterminals.

»Für Sie *Colonel* Presley, Chamberlain. Und nehmen Sie Ihren dreckigen Stiefel von meinem Cadillac.«

»Schon gut, schon gut. Wir aus dem Süden brauchen uns deswegen nicht gleich die Köpfe abzubeißen, was?«

Chamberlain trat von dem Cadillac zurück und hielt seine Hände in gespielter Kapitulation in die Höhe.

»Sie sollten aufpassen, wo Sie hintreten, Chamberlain. Sie wissen nie, wann sich ein Mann neue Schuhe gekauft hat, die er sich nicht gleich wieder versauen lassen will. So wie die hier. Blaues Wildleder.«

Chamberlain biß das feuchte Ende seiner Zigarre ab und spie

es auf den Boden. Elvis hatte den Mann noch nie leiden können. Vor seiner Versetzung zu den GOB hatte er in der Enderbyregistratur in Tennessee gearbeitet und Elvis mit der Erteilung der Lizenz für die Hound-Dog-Agentur eine Menge Ärger gemacht. Harbottles Jungs hatten ihn immer schon im Sack gehabt, und jetzt war es amtlich.

»Wir stammen nicht aus demselben Süden, Chamberlain.«

»Wie meinen Sie das?«

»Da, wo Sie herkommen, sitzt man auf der Veranda, nippt Mint Juleps und flechtet Magnoliengebinde für die Schwarzen. Wo ich herkomme, krepiert man in den Hütten der Landpächter, wird von schlechtem selbstgebranntem Schnaps blind und arbeitet achtzehn Stunden am Tag, um zurechtzukommen.«

Chamberlain machte ein angewidertes Gesicht.

Elvis sah sich nach Nick um. Er wollte sichergehen, daß der Wagen in Topform war. Er und Krokodil planten, sich morgen auf den Weg zu machen, und er hatte nicht die Absicht, im Sumpf mit einem geplatzten Reifen steckenzubleiben.

Chamberlain grinste nervös. Er war schleimig genug, um in der Politik voranzukommen. Allerdings schoben Harbottle und seine Jungs noch mehr Dollars auf seine Nummernkonten als die Regierung.

»Was zum Teufel wollen Sie überhaupt, Chamberlain?«

Chamberlain verpuffte noch mehr Rauch und schnippte Asche auf den Asphalt. »Nur ein Freundschaftsbesuch, Colonel.«

»Wir sind nicht befreundet.«

»Kommen Sie, Colonel. Sie wissen doch, bei diesem ganzen Geschrei aus Washington D. C. müssen wir Ops doch zusammenhalten. Es gibt eine ganze Reihe von Interessen, die wir vertreten müssen. Gemeinsame Interessen, wenn Sie mich verstehen. Es gibt verdammte Yankeepolitiker, die schlicht und einfach nichts von Recht und Ordnung halten, müssen Sie wissen.«

Elvis spuckte aus. »Ja, so wie manche Agenturen vorgehen, kann ich mir denken, wie die das sehen.«

Chamberlain stach mit seiner Zigarre in die Luft. Die Spitze glomm.

»Ihr kleinkarierten Typen schlagt mir wirklich auf den Magen. Wir haben uns hier ein nettes Auskommen geschaffen, und dann kommen Sie daherspaziert und feilschen herum, als wäre es vollkommen egal, woher Sie was zu fressen bekommen.«

Elvis begann zu begreifen, worauf die Geschichte hinauslief. »Würden Sie mich jetzt entschuldigen, Chamberlain? Ich muß noch einen Festnahmebericht schreiben. Gestern habe ich eine richtige Sumpfratte angeschleppt. Burtram Fassett. Schon mal von ihm gehört?«

Der Mann von den GOB wurde tiefrot. Es fing am Hals an und legte sich dann wie ein Filter über sein Gesicht.

»Die Arbeit am Computer können Sie sich sparen, Colonel. Fassett hat sich gestern abend im Gefängnis erhängt.«

»Das ist wirklich jammerschade...«

»Ja, und Sie sind dafür verantwortlich...«

»Mir kommen die Tränen.«

Das Rot hatte Chamberlains Haaransatz erreicht und kroch zu den Wurzeln seiner weiß gefärbten Locken.

»Burtram Fassett war ein patriotischer Vertreter des Neuen Südens, und Sie hatten kein Recht, ihn den verdammten Yankees auszuliefern. Einfach kein Recht.«

Elvis verlor allmählich die Fassung.

»Burtram Fassett war ein Psychopath, ein schmieriger Schweinehund und eine Schande für diesen Staat und hatte längst einen Tritt in den Arsch verdient.«

Chamberlain stieß wütend eine Rauchwolke aus.

»Ich täusche mich doch nicht, wenn ich annehme, daß da eine Verbindung bestand zwischen der Air Force der Konföderierten und den Good Ole Boys, oder?«

Chamberlain antwortete nicht.

»Ein paar von den Spitzhauben, mit denen ich es im Delta zu tun hatte, waren ganz gut bestückt für einen Haufen Fanatiker. Sie hatten die gesamte Hardware, zu der eigentlich nur die Agenturen Zugang haben sollten.«

»Presley…«

»*Colonel* Presley.«

»Colonel, Feldmarschall, was immer Sie wollen. Irgendwann müssen Sie sich mal der großen Sache unterordnen…«

»Wollen Sie mir etwa wieder einen Job bei der GOB anbieten?«

»Das Angebot steht nach wie vor. Sie sind zu klug, um Ihr ganzen Leben unabhängig zu bleiben, Colonel. Für einen gerissenen Hund wie Sie gibt es innerhalb der Organisation eine Menge Posten. Außerdem wird der Neue Süden Revolverhelden wie Sie und mich bald gut gebrauchen können. Utah hat sich abgesetzt und damit einen Präzedenzfall geschaffen. Damit beginnt der Kampf um die Unabhängigkeit des Südens wieder ganz von vorne. Die Typen da oben in Washington wollen uns wieder in unsere Art zu leben reinreden.«

Gandy, Nicks Assistent, arbeitete auf der anderen Seite der Werkstatt an einem Studebaker. Immer wieder warf er Chamberlain finstere Blicke zu. Elvis fragte sich, ob der Mechaniker draußen in der Provinz irgendwelche Verwandten hatte, die der CAF bei einem ihrer Rekrutierungszüge in die Hände gefallen waren. Er wußte, daß der Schwarze zu den Gläubigen des *hounfort* unten auf dem Highway 51 gehörte und daß die Voodookirche ein paarmal von den Spitzenhauben aufgemischt worden war. Gandy wog einen schweren Schraubenschlüssel in der Hand, betrachtete Chamberlains langes, weißes Haar, hatte aber wohl nur den eierschalendünnen Schädel darunter im Sinn.

»Vielleicht ist Ihre Art zu leben nicht so gut, Chamberlain.«

Der GOB-Op kochte. Sein Hals schwoll an, daß sich sein Kragenknopf und seine schnürsenkeldünne Krawatte spannten.

»Verdammt, Colonel. Entweder Sie machen mit beim Programm, oder halten Sie sich ganz raus.«

»Wenn Sie mit Programm das Züchtigen und Auspeitschen und all den anderen Südstaatenscheiß meinen, dann sage ich Ihnen, wohin Sie sich das ganze Zeug schieben können...«

»Du gottverdammter, rotnackiger Südstaatenarmleuchter. Außen weißer Dreck, innen nichts als ein Nigger.«

»Sie wiederholen sich.«

Der GOB hatte ein paar Jahre einen schönen Reibach gemacht, erst durch das Kontraktarbeitergeschäft, dann mit den Rekrutierungen und später durch die Belohnungen, die die Corps für die flüchtig gewordenen glücklichen Arbeiter bezahlten. Keine der nationalen Agenturen – Turner-Harvest-Ramirez, Hammond Maninski oder die anderen – würde das Kontraktarbeitersystem auch nur mit einem drei Meter langen Rinderschocker anrühren, daher hatten die Good Ole Boys das Monopol im Sklavenhandel. Inoffiziell hatte GenTech fünfzig Dollar auf den Kopf jedes kräftigen Kontraktarbeiters ausgesetzt, der in arbeitsfähigem Zustand zurückgebracht wurde. Und manchmal nahm man es nicht so genau. Wenn also der Kontrakarbeiter, hinter dem man her war, es bis über die Staatsgrenze geschafft hatte, verkrüppelt wurde oder umkam, konnte man sich einfach jemanden mit ähnlicher Hautfarbe schnappen und ihm die Kennmarke aufdrücken. Bis jemand sein Fehlen bemerkte, hatte man ihm den Kontraktarbeiterstatus angehängt, und der Neue Süden hatte einen fröhlich singenden Schwarzen mehr in der Knochenmühle.

»Hör zu, Gitarre. Du bist einer Menge wichtiger Leute auf die Füße getreten. Vielleicht ist dies das letzte Mal, daß man sich nett mit dir unterhält. Mr. Q. Harbottle, das Gesetz in Person, hat mich persönlich gebeten, sehr überzeugend zu sein. Du weißt, er und Burtram Fassett kennen sich schon sehr lange...«

»Ja, ich habe gehört, sie waren schon im Kindergarten ziemlich dicke Freunde, haben sich zu Halloween diese weißen Tücher umgehängt, die Kätzchen und jungen Hunde der anderen Kinder gelyncht und dabei diese kleinen Holzkreuze auf der Veranda verbrannt...«

Ein paar von Gandys Kumpels aus dem *hounfort* waren aufgekreuzt. Es kam häufig vor, daß ein Grüppchen von ihnen in Nicks Werkstatt herumhing, gelegentlich aushalf, dabei mit Weibern und Autos prahlte, Sovrock im Radio hörte und würfelte. Gandy zeigte mit dem Finger auf Chamberlain und machte ein häßliches Gesicht, während er sie über den kleinen Mann in dem weißen Leinenanzug ins Bild setzte. Der Good Ole Boy hatte sie bislang nicht bemerkt.

»Lachen Sie nur, Colonel Presley, lachen Sie, soviel Sie wollen, verbiegen Sie sich Ihre Niggerschnauze, bis sie Ihnen an der Nase klebt, na los. Der Süden ändert sich, und entweder Sie ändern sich mit ihm, oder Sie finden sich zusammen mit all Ihren Niggerkumpels auf einem Baumwollfeld wieder und singen all die fröhlichen Songs, zu denen Sie früher mit dem Arsch gewackelt haben...«

Gandys Halbbruder Big Bill kam herübergeschlendert. Big Bill war nicht gerade schmächtig. Elvis hatte gesehen, wie er eine Keilerei mit fünf Mitgliedern der Union Avenue Bloods Kultgang siegreich überstanden hatte. Und wenn er auf Partys ein paar Bier intus hatte, zerbiß er gerne Patronen mit seinen Schneidezähnen.

»...oder vielleicht kommst du nicht mal auf die Baumwollfelder, Gitarre. Vielleicht landest du auch drunter. Denk mal darüber nach! Und noch was. Wenn ich es mir recht überlege, könnte ich doch mal in dem Diner vorbeischauen, wo du ständig rumhängst, und ich könnte es dieser Imbißbudentussie Cissy Smedley endlich mal wieder so richtig besorgen, so wie du es schon lange nicht mehr geschafft hast, du vertrockneter, alter...«

»Belästigt Sie dieser Kerl, Colonel?« fragte Big Bill. Seine flossengroße Hand landete auf Chamberlains Schulter.

Elvis zuckte mit den Achseln.

Der Good Ole Boy sah zu Bill hoch und zuckte zusammen. Big Bill grinste, daß man seine achtundachtzig Elfenbeinzähne sehen konnte. In einem seiner Schneidezähne funkelte ein Diamant. Gandy und die Jungs waren herübergeschlendert.

»He, Elvis«, sagte der Mechaniker und streckte seine Hand aus. Der Op schlug drauf und hielt ihm seine eigene Hand zum Schlag hin.

»He, Gandy.«

»Wie sieht's aus?«

»Verdammt gut.«

Chamberlain zitterte, und sein rot angelaufenes Gesicht erbleichte wie gekochte Hühnerhaut.

Cleele, der Puppenmann, Teilzeitpriester des Santeria, zog einen harten Wachsklumpen hervor und begann, mit einem winzigen Taschenmesser daran herumzuschnitzen. Big Bill hielt Chamberlains Kopf mal nach rechts, mal nach links, damit der Puppenmann sich ein gutes Bild machen konnte.

»Hab gehört, du hattest vor ein paar Tagen unten im Delta eine Schießerei«, sagte Gandy.

»Stimmt.«

»Mann, Elvis. Es heißt, du hättest dich für die Brüder im Sumpf ganz gut geschlagen.«

Big Bill schob Chamberlain seine lange Zunge ins Ohr und raunte ihm etwas zu, das die Gesichtsfarbe des Good Ole Boys gelblich-grau werden ließ. Dieser Op konnte einen ganzen Regenbogen auf sein Gesicht zaubern. Die Finger des Puppenmanns bewegten sich flink. Wachsschnipsel segelten zu Boden wie Schuppen.

»Ich habe mein Bestes versucht, Gandy. Dafür werde ich bezahlt. Das ist mein Job.«

»Willst du mir etwa erzählen, wenn du, statt den Armen aus der Patsche zu helfen, für diesen Kerl hier arbeiten würdest, könntest du nicht zwanzigmal so viel Kohle einsacken?«

Der Puppenmann hielt den winzigen weißen Kopf in die Höhe, und seine Freunde bewunderten ihn. Er zog eine kopflose, hölzerne Gliederpuppe aus seiner Tasche und spießte den Kopf auf den Dorn, der aus ihrem Hals ragte. Dann zeigte er die Puppe Chamberlain.

»Ich gehe einfach meinen Weg«, sagte Elvis. »Ich will mich niemandem verkaufen.«

Gandy holte ein Klappmesser hervor und drückte auf einen Perlenknopf. Eine rasiermesserscharfe, zwanzig Zentimeter lange Klinge schnellte hervor.

»Ich hab den Eindruck, dieser Mann hier hält nicht viel von den Brüdern?«

Gandy berührte Chamberlains Nase mit der Messerspitze.

»Könnte man sagen.«

»He, Massah«, sagte Gandy mit schriller Stimme. »Darf ich Ihre Baumwolle pflücken?«

Chamberlains Kinn zitterte. Die Zigarre glitt ihm aus den Mund.

»Ich hab mich immer gefragt«, meinte Big Bill, »wozu braucht ein Weißer zwei Ohren?«

Die Brüder sahen sich an, zuckten mit den Achseln und meinten, »schlag mich, ich weiß es nicht.« Gandy schnippte Chamberlains linkes Ohrläppchen ab.

»He Massah, Sie bluten ja, Sie bluten ja in derselben Farbe wie wir dunkelhäutigen Typen. Ist das nicht erstaunlich? Unter dieser lilienweißen Haut bist du auch nichts weiter als ein Haufen aus Blut und brauner Scheiße, wie alle anderen auch.«

Gandys Messer schnellte vor, und Chamberlain zuckte zusammen. Grünlicher Schleim troff aus seiner Nase. Er flennte. Eine blitzschnelle Handbewegung, und Gandys Messer verschwand wieder in der Tasche seines Overalls. Chamberlain war unverletzt. Er riß die Augen auf und sah sich um.

Gandy hielt ein Büschel weißer Haare in die Höhe, die er an den Puppenschnitzer weiterreichte. Elvis hatte so etwas schon einmal gesehen. Der Puppenschnitzer nahm die Haare und befestigte sie auf dem Wachskopf, indem er die Oberfläche mit dem Daumen rieb, um sie anzuwärmen und zu erweichen. Dann drückte er die Haare hinein.

»Fertig«, sagte er.

Big Bill ließ Chamberlain los. Der Good Ole Boy sackte in sich zusammen.

Der Puppenmann reichte Elvis die Holzfigur. »Ein kleines Geschenk für dich, Elvis.«

»Danke.«

»Mögen die Geister mit dir sein, mein Sohn.«

Der Puppenschnitzer war 23 und nannte jeden ›mein Sohn‹, selbst seinen Großvater. Elvis hatte gehört, er sei der beste Zauberer in der Stadt.

Elvis betrachtete den kleinen Chamberlain und verglich ihn mit dem Original.

Der Good Ole Boy rückte seine Krawatte zurecht und wischte sich das Gesicht ab. Sein Mumm kehrte teilweise zurück.

»Ich hoffe, Sie glauben nicht, daß mich dieser Voodoo-Hokus-Pokus irgendwie einschüchtert?«

Elvis warf die Puppe von einer Hand in die andere, ließ sie fast dabei fallen. Chamberlain zuckte jedesmal zusammen, wenn sie in der Luft war. Jeder kannte die Geschichte von dem Japcorpmanager, der Cleeles Schwester bei den Hahnenkämpfen einmal zu oft in den Hintern gekniffen hatte und daraufhin auf mysteriöse Art erkrankt war. All seine Gesichtszüge (und auch andere wichtige Teile) fielen einer Fäulnis zum Opfer, die keiner der klugen Jungs von BioDiv hatte diagnostizieren können. Und es gab Leute, die meinten, Harvey, der Häßliche, Cleeles bester Freund, sei nur deswegen mit einer scharfen Nummer wie Bonnie the Boom-Boom verheiratet, weil der Zauberer ihm einen entsprechenden Trank gemischt hatte. Harvey litt unter einer Rückgratverkrümmung, während Bonnie, Tänzerin im Hi-Hat-Club, mit ganz anderen Kurven aufwarten konnte.

»Ein wirklich hübsches Spielzeug, Elvis«, sagte Gandy. »Was wirst du damit machen?«

»Schätze, ich werde es mir ins Auto hängen, wo ich es beim Fahren sehen kann.«

Gandy mußte grinsen. »Du willst es auf*hängen*?«

»Klar. Ich nehme einen Bindfaden, mache eine kleine Schlaufe, und verpasse dem Kleinen hier ein schönes Halsband. Daran wird er wunderbar hängen, oder nicht?«

»Das wird er bestimmt.«

»Bis dann, Elvis.«

»Bis dann, Leute.«

Gandy und seine Jungs trollten sich und gingen wieder zum Studebaker. Chamberlain warf Elvis einen gefährlichen Blick zu.

»So einfach wird das nicht für Sie, Elvis. Ich bin nicht der einzige, um den Sie sich Sorgen machen müssen. Harbottle hat nicht so viel Verständnis wie ich. Außerdem reichen seine Verbindungen so hoch, daß Sie eine Sauerstoffmaske brauchen werden, um in sein Büro zu kommen. Haben Sie das begriffen?«

Elvis nickte und drückte dabei das Wachs in seiner Hand. Chamberlain stand der Schweiß auf der Stirn.

»Sie wirken etwas gereizt, Robert E. Lee. Kriegen Sie Migräne?«

Chamberlain rieb sich die Schläfen. Elvis wußte nicht, ob der Voodoozauber wirkte. Jedenfalls machte dem Good Ole Boy irgend etwas zu schaffen.

»Möchten Sie ein Aspirin?«

Chamberlain stülpte sich den Hut auf den Kopf und stapfte aus der Garage. Seine gut zwanzig Zentimeter lange Zigarre ließ er zurück.

Elvis trat drauf und rieb die Tabakrolle in den Asphalt.

VIII

»Alter Mann, kannst du mich hören?«

»...«

»Alter Mann?«

»Ja?«

»Ich bin es. Krokodil.«

»Ich weiß.«

»Natürlich. Ich werde dich töten, weißt du das?«

»Alle müssen sterben.«

»Aber du bist noch nicht tot. Noch nicht.«

»Nein.«

»Wie lange lebst du jetzt schon?«

»Ich weiß es nicht.«

»Hunderte von Jahren? Tausende?«

»Länger.«

»Ich fühle mich dir sehr verbunden, alter Mann.«

»Du bist ein Teil von mir, genau wie ich ein Teil von dir bin.«

»Waren es die dunklen Augengläser?«

»...«

»Nun?«

»Ja. Es waren die dunklen Gläser.«

»Ich habe Dinge durch sie gesehen. Dinge, die nicht da waren.«

»Die geringeren Wesen, richtig.«

»Geringer als was?«

»...«

»Du kannst es mir ruhig sagen. Ich werde nicht wieder einfach verschwinden. Geringer als was?«

»Als die Kräfte der Finsternis.«

»Wie dieses Wesen in Santa de Nogueira?«

»Der Jibbenainosay, richtig. Es gibt noch viele wie den Jibbenainosay.«

»Woher kommen sie?«

»Aus der äußersten Finsternis.«

»Das sagt mir viel.«

»Du würdest es nicht verstehen.«

»Versuche es. Wir haben die ganze Nacht Zeit.«

»Die äußerste Finsternis liegt jenseits der Grenze des Universums.«

»Alter Mann?«

»Ja?«

»Dieses Wesen in meinem Innern. Ist das eine dieser finsteren Kräfte?«

»Nein.«

»Was ist es dann? Was macht Jessamyn zu Krokodil?«

»Du bist Wirt des Ewigen Widersachers, des Ritters der Vernichtung.«

»Warum erzählst du mir das alles? Du weißt, ich werde dich umbringen.«

»Es schadet mir nicht. Das kannst du nicht verstehen. Es würde Jahrhunderte dauern, dir das begreiflich zu machen. Selbst das Wesen in deinem Innern kann dir nicht helfen, es zu verstehen.«

»Jahrhunderte? Du hattest Jahrhunderte lang Zeit, hab ich recht? Werde ich für immer mit diesem Wesen in meinem Innern leben?«

»Du könntest es, aber so wird es nicht kommen.«

»Warum nicht?«

»Es gibt keine Jahrhunderte mehr, Krokodil. Nach diesem nicht mehr. Es sind keine mehr übrig. Die Kräfte der Finsternis werden herabsteigen. Alles wird zum Ende kommen.«

»Freust du dich darauf?«

»...«

»Nun?«

»Ja, ich freue mich auf das Nichts.«

»Ich werde sehen, was ich für dich tun kann.«

»Glaube mir, Krokodil, ich wäre dir dankbar dafür. Aber es gibt Dinge, die getan werden müssen, und ich bin hier, sie zu tun. Ich bin der Emissär.«

»Du willst also den letzten Trumpf vorzeitig ausspielen? Mir kommst du nicht vor wie Gabriel.«

»Das ist nur eine Geschichte. Eine von vielen. Alle Geschichten verzerren die Wahrheit, wie sie nur einen Teil von ihr enthalten.«

»Warum gerade ich?«

»Das war nur ein Zufall. Du hast die Augengläser an dich genommen. Durch sie wurdest du zu einem Kanal für die Kräfte der äußersten Finsternis.«

»Wie du?«

»Ja, wie ich.«

»Und deswegen ist dieses Wesen, der Ewige Widersacher, in mich geschlüpft? Nur, weil ich deine Augengläser genommen habe?«

»Ja. Genauso ist es.«

»Aber das ist verrückt. Ich war nur ein Panzergirl. Ein Kind, verdammt noch mal. Wie hätte ich das wissen sollen?«

»Wie hätte ich *das wissen sollen? Ich hätte dich in Spanish Fork töten sollen.«*

»Warum hast du es nicht getan?«

»...«

»Nun?«

»...«

»Du *hast* es gewußt, nicht wahr? Als du mich mit dem Samen dieses Wesens in meinem Gehirn am Leben gelassen hast. Du wußtest, in was ich mich verwandeln würde.«

»...«

»Bin ich einfach nur ein Teil der Geschichte? Gibt es für mich in dem großen Spiel eine Rolle?«

»...«

»Das werde ich nicht tun, damit du es weißt. Ich werde mich

weigern, das Wesen zu sein, das ich deinem Willen nach sein soll. Ich werde dich aufhalten.«

»Du wirst es versuchen.«

»Und ich werde gewinnen. Ich bin nicht alleine.«

»Ich auch nicht.«

»Ich kann für immer in deinem Kopf schreien, Nguyen Seth. Ich kann kreischen, kreischen, bis du wahnsinnig wirst.«

»Das bin ich bereits. So sehen es zumindest die meisten.«

»Wie großherzig von dir, es zuzugeben.«

»Du wirst nie erleben, was es bedeutet, die Last der Erinnerung zu tragen, so wie ich. Ich erinnere mich an die Zeit vor hundert Jahren, als sei es vor einer Minute gewesen. Eintausend, zweitausend, zehntausend Jahre, all das schleppe ich mit mir herum. Für immer.«

»Willst Du deswegen, daß alles zu Ende geht?«

»Ich will die Kräfte der Finsternis nicht auf den Plan rufen. Aber ich muß es tun. Ich habe keine andere Wahl.«

»Das glaube ich dir nicht.«

»Nein? Du bist hier, in meinem Innern – wieso schaust du dich nicht um? Vielleicht lernst du etwas dabei?«

»Das gefällt mir überhaupt nicht. Womöglich irre ich auf ewig durch die Finsternis in deinem Schädel. Würde dir das gefallen?«

»...«

»Ich glaube schon. Du steckst voller Tricks.«

»Der Sänger wird dir nicht helfen.«

»Sänger? Welcher Sänger?«

»Presley.«

»Der Op? Er ist kein Sänger.«

»Ganz wie du meinst.«

»Du kannst auch einzelne Stücke aus meinem Gedächtnis brechen, stimmt's? Genau wie ich aus deinem. Du erinnerst dich an etwas von vor langer Zeit. Ein singender Junge mit einer Gitarre. Ein Vertrag. War das Colonel Presley?«

»…«

»Das hätte ich nicht gedacht. Er war jedenfalls kein Petya Tscherkassov, soviel steht fest. Du kennst den Op also schon von früher, was? Sehr gut. Er sollte etwas darüber wissen, womit wir es zu tun haben.«

»Soweit muß es nicht kommen, Jessamyn. Ich kann dieses Krokodilwesen aus dir entfernen. Eigentlich ist es ganz einfach.«

»Wenn diese dicke Qualle von dir es nicht gekonnt hat, wirst du wohl auch kaum sehr viel Erfolg haben.«

»Du hast den Jibbenainosay besiegt. Würdest du dich einem kleinen Ritual unterwerfen, wärst du frei. Du könntest wieder Jessamyn Bonney sein.«

»Du bietest mir ein Geschäft an?«

»Ein günstiges Geschäft.«

»Das gefällt mir nicht. Es gibt Geschichten von Leuten, die Geschäfte mit Leuten wie dir gemacht haben.«

»Das sind nur Geschichten. Colonel Presley hätte sich auf einen Handel mit mir einlassen sollen. Ich habe mich immer für Musik interessiert. Sein Leben wäre anders verlaufen.«

»Besser?«

»Anders.«

»Ich glaube, eigentlich will ich gar nicht wieder das werden, was ich war. Noch ein paar Jahre bei den Psychopomps, und ich wäre tot gewesen. Ich war dabei, mein Leben wegzuwerfen.«

»Du brauchst nicht wieder das zu werden, was du warst. Du könntest sein, zu was du geworden wärst. Du hast viele Eigenschaften. Du könntest dich mir anschließen.«

»Und freudig das große Nichts erwarten? Das klingt nicht besonders verlockend.«

»Für einige wird es ein Nachher geben. Für wenige Auserwählte. Du könntest eine von ihnen sein.«

»Das klingt immer noch ziemlich gruselig für mich, Seth.«

»Nun, entscheide dich…«

»Nein.«

»Wie du willst.«

»Das war's? Keine weiteren Überredungsversuche?«

»Nein. Du hast dich entschieden. Das merke ich. Das ist bedauerlich, aber ich kann nichts dagegen tun.«

»Ja, klar. Bis auf den Tod, also?«

»Wenn das dein Wunsch ist.«

»Also schön. Ich kann damit leben.«

»Wir werden uns in Deseret wiedersehen, Krokodil. Am letzten Tag der Welt.«

»Gute Nacht, alter Mann...«

»...«

»...«

»...«

»...«

»...*gute Nacht, Krokodil.*«

IX

Hiroshi Shiba, zweiter Direktor des Forschungsprojekts Gen-Tech Florida, schloß seinen täglichen Bericht an Dr. Zarathustra ab, wohl wissend, daß der hochtrabende Mediziner bestenfalls einen flüchtigen Blick auf das Blatt werfen würde, wenn er das nächste Mal in Narcoosee zu einer seiner Schnellinspektionen auftauchte. Das Feld für ›Ereignisse‹ war schnell gefüllt: Die Teams ›A‹, ›B‹ und ›C‹ erfüllten ihre Pflichten wie geplant; es hatte keine unvorhergesehenen Zwischenfälle gegeben. Das Feld ›Bemerkungen‹ war schwieriger. Shiba kaute auf seinem Lichtstift und tippte auf dem Monitor herum, womit er ungrammatische Lichtpunktcluster über das Berichtsformular verstreute. Eigentlich gab es nichts, was er offiziell in Worte hätte fassen können, aber die Pflicht nagte an ihm. Er müßte etwas über die seltsame Atmosphäre schreiben, die er in der letzten Zeit bei sich bemerkt hatte. Über die seltsam bedrückenden Empfindungen, die ihn immer wieder heimsuchten und die er auch schon Visser gegenüber erwähnt hatte; aber der Sicherheitschef hatte nur gelacht, sich durch seine gutgefüllten Baumwollhosen am Sack gekratzt und gemeint, das hätten die Sommer im Sumpf nun mal so an sich. Das klang plausibel, erklärte jedoch immer noch nicht die gegensätzlichen Gefühle, die Shiba dem Fortschreiten des Projekts gegenüber empfand. Es war, als hinge irgendeine unsichtbare Krankheit wie Sumpfgas über dem gesamten Gelände und lähmte die Leute, machte sie reizbar und triebe in ihren Hirnen ihr Unwesen.

Shiba war mit GenTech so verwoben wie die Kontraktarbeiter auf dem Gelände, die den Rekaffee machten, die Reagenzgläser spülten oder ihr Blut spendeten. Man hatte ihn nach einem vierstündigen, vom Zentralcomputer ausgewerteten Test im Alter von elf Jahren rekrutiert, aus dem Haus seiner Familie in Akashi geholt und dem College der Gesellschaft in Kyoto überstellt. Das Auswertungsprogramm hatte ihn wegen der Art, wie er ein paar unregelmäßige Formen auf seinem Monitor zusammengefügt hatte, als Manager der Zukunft vorgemerkt. Darüber hinaus hatte er seine biochemische Begabung durch den Entwurf einiger schlichter Genspleiße demonstriert, mit denen er eine Art Wasserschnecken erzeugt hatte, die nur halb soviel atmete wie die Generation vor ihnen. Während seiner ersten Nacht im Schlafsaal in Kyoto machte er ins Bett, und Inoshira Kube, der dreizehnjährige Traineecaptain, empfahl ihn für eine elektro-korrektive Behandlung. An seinem achtzehnten Geburtstag war er so weit qualifiziert, daß er den Platz, den GenTech Ost für ihn eingeplant hatte, voll und ganz ausfüllen konnte, und man nahm ihn in die Blutbanner-Gesellschaft auf. Die Gesellschaft hielt ihn dazu an, sich für japanische Traditionen sowie deren politische Ausdrucksformen zu interessieren. Außerdem war er Nutznießer eines sieben Jahre währenden, intensiven und kostspieligen Ausbildungsprogramms gewesen, wodurch er in der Schuld der Gesellschaft stand. Er war laut Gesetz verpflichtet, wenigstens bis zu seinem fünfzigsten Lebensjahr für sie zu arbeiten. Danach stand es ihm frei, sich nach einer anderen Beschäftigung umzusehen, vorausgesetzt, er fand Firmen, die nach einem fünfzigjährigen leitenden Angestellten in spe mit seinen hochspezialisierten Fähigkeiten suchten. Er ging davon aus, bis zu seiner Rente für GenTech zu arbeiten. Zusammen mit vielen anderen aus seiner Generation von Führungskräften war er in der Blutbanner-Gesellschaft aufgestiegen und hatte am Tag nachdem sein Satrap einen Brandbombenanschlag auf einen Kyotoer Schallplattengeschäft arrangiert hatte, das sich auf dekadenten Sovrock und wertlose britische Popmusik spezialisiert hatte, einen beträchtlichen Yen-Bonus erhalten.

Shiba überspielte seinen Bericht in den Speicher des Computers. Für Zarathustra würde ein Ausdruck vorbereitet werden, eine Kopie jedoch würde an die US-Datenbanken von GenTech in Maryland gehen, um schließlich zusammen mit einer ganzen Welt aus Daten im Masternet in Seoul gespeichert zu werden. Gelegentlich verknüpfte das Masternet triviale Einzelheiten von Führungskräften miteinander, die weit auseinander saßen – in der Antarktis oder auf der Insel Skye –, um zu dem Ergebnis zu gelangen, auf diese Weise ließen sich Profite in Milliardenhöhe erzielen. Er schob den Lichtstift zurück in seine Halterung und räumte seinen Schreibtisch auf. Nur eine ordentliche Führungskraft war eine effektive Führungskraft, und eine effektive Führungskraft stieg stetig weiter auf. Er durchquerte sein sparsam möbliertes Büro und warf einen prüfenden Blick in seinen Schneckentank. Die überwältigende Mehrheit seiner Exemplare hatte seit über einem Monat nicht geatmet, und dennoch waren sie immer noch aktiv. Irgendwann würde er seine Entdeckungen an Masternet weitergeben, und – wer weiß? – vielleicht fand man eine gewinnträchtige Verwendung für sie.

Um 11:08 verließ er sein Büro und begann seine Runde. Er verließ den Verwaltungsturm und überquerte das Gelände, um alle drei Forschungsblöcke zu kontrollieren. Sein Hemd war schweißgetränkt, als er bei Block ›A‹ ankam, und wieder hatten ihn die Moskitos übel zerstochen. Er war künstlich gegen sämtliche erdenklichen durch sie übertragbaren Krankheiten immunisiert worden, aber die Stiche nervten ihn wie früher die Akne, die er erst mit dem Erwachsenwerden losgeworden war.

Für den Posten in Übersee war er von einem von Kobayashi persönlich eingeführten Programm ausgesucht worden. Außerdem hatte man ihn auf Kosten der Firma komplett gentechnisch überholt, bevor man ihn nach Florida schickte. Bei seinem Abschied hatte es im Kyotoer Büro eine bewegende Szene gegeben. Inoshira Kube, mittlerweile zum Chef des Kyotoer Büros aufgestiegen, hatte ihm, sehr förmlich, sein Hab und Gut im repräsentativen Kofferset aus Walhaut überreicht. Wenigstens ein Drittel der elegant gekleideten Herren und Damen bei der Teezeremonie hatten die diskreten roten Bänder am Kragen getragen, die sie als Mitglieder der Blutbanner-Gesellschaft auswiesen. Seine Berufung nach Florida sollte offenbar jedem signalisieren, daß Shiba ein aufgehender Stern innerhalb der Gesellschaft war. Dem Titel nach war Dr. Zarathustra Direktor des Projekts, der jedoch war überall und nirgends, ging seinen eigenen Forschungen nach und war vor Ort fast nie zu sehen. Auf dem Gelände in Narcoosee war Hiroshi Shiba der Boß.

Aber er fühlte sich seltsam isoliert, fast wie in jenen ersten Wochen fern von Akashi. Trotz seines Erfolges mit den Schnekken, einem Thema, das er weiterverfolgte, war er im wesentlichen ein Organisator, und das hob ihn von allen drei Gruppierungen ab, die er in Narcoosee bemerkt hatte. An erster Stelle kamen die Wissenschaftler. Sie waren die Mächtigsten, wähnten sich ganz besonders in Dr. Zarathustras Gunst und machten ein Spiel daraus, Shiba bei jeder Kleinigkeit Knüppel in den Weg zu werfen. Sie waren es, die ihre Zeit am Computer nie korrekt aufzeichneten und die das Fenster für die Satellitenverbindung dazu mißbrauchten, um mit ihren Partnern in Japan, Korea und Europa Schachzüge und unverständliche mathematische Scherze für Eingeweihte auszutauschen. Dann kam das Sicherheitspersonal, die Good Ole Boys. Sie stammten aus einer der Op-Agenturen, dank einer geheimen Übereinkunft, die die Gesellschaft mit einem Mann mit dem unwahrscheinlichen Namen Judgement Q. Harbottle geschlossen hatte. In Japan hatte Shiba sich vorgestellt, alle lizenzierten Ops seien wie Johnny Salvo, der Cartoonheld, der ständig über die Straßen des Westens raste und es mit den härtesten Kultgangs aufnahm. Captain Pottwal Visser, der für die Sicherheit verantwortliche GOB-Op, war von dem gertenschlanken Johnny Salvo mit dem energischen Kinn etwa so weit entfernt wie Ken Dodd von Mozart.

Die dritte Gruppe war für Shiba die schwierigste. Die Wissenschaftler waren hinterhältig, das Sicherheitspersonal mürrisch, die Kontraktarbeiter jedoch gaben sich unterwürfig, lächelnd und servil. Wann immer er einen Kontraktarbeiter den Korridor fegen, im Labor einen Abstrich machen oder den ständig zerfetzten Zaun des Geländes reparieren sah, immer hatte Shiba das Gefühl, der Mann oder die Frau plante, ihn umzubringen, sobald er ihm oder ihr den Rücken kehrte. Weiß Gott, was in dem täglichen Drogencocktail steckte, den sie alle schlucken mußten – irgend etwas, das sie während der 18-Stunden-Schicht auf den Beinen hielt, irgend etwas, das sie friedlich machte, irgend etwas von Dr. Blaikley, die einfach nur sehen wollte, was dabei herauskam. Niemand konnte vorhersagen, was eine solche Ernährung anzurichten vermochte. Ja, die Good Ole Boys hatten vielleicht die Waffen, aber die Kontraktarbeiter waren es, um die man sich Sorgen machen mußte. Und dennoch fühlte sich Shiba diesen Sklaven in allem – bis auf die Bezeichnung – am nächsten.

Vor Block ›A‹ stand Reuben, der Kontraktarbeiter mit der

rauhen Haut, dessen Aufgabe es war, die Testobjekte zu füttern. Er lächelte Shiba an und sagte, »Wie steht's, Herr Assistenzdirektor?«

»Guten Morgen, Reuben«, sagte Shiba. Sein englischer Wortschatz und sein Satzbau waren perfekt, nur die Konsonanten bereiteten ihm Schwierigkeiten. Manchmal taten Visser oder einer der Wissenschaftler, gewöhnlich Mary Lou Blaikley, so, als verstünden sie ihn nicht, aber er wußte, daß sie lediglich widerspenstig waren. Reuben war, wie alle Kontraktarbeiter, nicht so dumm, es mit solch billigen Tricks zu versuchen.

»Heiß genug für Sie?«

Diese Frage hatte Shiba schon einmal gehört. Er verstand sie nicht.

»Ganz im Gegenteil, Reuben. Es ist *zu* heiß für mich. Dieses Klima ist dem menschlichen Wohlbefinden nicht zuträglich.«

Reuben kicherte. »Was Sie nicht sagen, Doc.«

»Ich bin kein Doktor.«

»Tut mir leid. Hier laufen so viele Docs rum, da kommt man leicht durcheinander.«

»Das ist verständlich.«

Ein Vogelschwarm flog wild krähend tief über das Gelände hinweg. Shiba mochte diese Vögel nicht. Sie waren unelegant und unsauber.

»Bestimmt hat sie irgend etwas aufgescheucht. Die Kofferleute schleichen wieder rum. Gestern abend haben wir Hühner aus dem Stall verloren.«

Shiba war schockiert. »Was? Warum hat man mich nicht informiert?«

»Captain Visser hat sich den Schaden angesehen, Sir. Es war nicht mein Job, zu Ihnen zu kommen.«

Reuben wischte sich mit dem Handrücken über die Stirn. Es klang, als reibe man zwei Stücke Sandpapier aneinander. Offenbar reagierte er allergisch auf diese Umgebung. Shiba nahm sich vor, Blaikley zu befehlen, ihn zu untersuchen.

Wozu war schließlich eine Immunologin auf dem Gelände gut, wenn sie nicht jede Gelegenheit nutzte, ihre Kenntnisse zu erweitern.

Visser erschien, zusammen mit einer Gruppe seiner waffen- und schockerbewehrten Good Ole Boys. An seinem Uniformhemd fehlten unten zwei Knöpfe, und sein haariger Wanst schwappte über den Gürtel. Er hatte sich an diesem Morgen nicht rasiert, und Shiba vermutete, daß die dunklen Flecken unter seinen Achseln fast reiner Alkohol waren.

Er trabte herbei, wobei sein Wanst obszön wabbelte, und verpaßte Reuben eine Kopfnuß.

»Belästige unseren Zweiten Direktor nicht, Junge«, fuhr er den Mann an, der gut fünfzehn Jahre älter war als er.

»Diese Nigger«, sagte er, »die sind nicht wie Sie oder ich, Mr. Shiba. Die sind nicht wie die Weißen.«

Shiba war ungeduldig. »Reuben hat mich davon in Kenntnis gesetzt, daß es gestern nacht einen Zwischenfall gegeben hat. Warum hat man mich nicht unterrichtet?«

Visser war sein Fehler keineswegs peinlich. »Es gab nichts zu berichten. Ein paar Vögel haben sich den Hals umdrehen lassen, das ist alles. Ein Alligator beißt sich durch den Draht, wenn er hungrig genug ist. Vielleicht haben auch ein paar von unseren Cajun-Nachbarn nach etwas gesucht, was sie in ihren Gumbotopf stecken können.«

»Ich verlange einen ausführlichen Bericht.«

Visser versuchte sich mit einem Grinsen aus der Affäre zu ziehen. »Kommen Sie. Sie wollen doch nicht, daß ich meine Freizeit in die Tasten haue, wenn ich was wirklich Vernünftiges tun könnte, zum Beispiel die Brennerei ausheben, die unsere Kontraktarbeiter, wie wir alle wissen, unten in Westside betreiben. Sie wissen doch, wie die hohen Tiere aus der Gesellschaft sind. Wenn wir einen Bericht machen, wird er von jedem aufgebläht, der einen flüchtigen Blick darauf wirft, und wenn er dann im Chefbüro gelandet ist, hört es sich an, als hätte das Ungeheuer von 20000 Meilen unter dem Meer das Gelände in den Sumpf gestampft.«

Shiba war nicht beeindruckt. »Machen Sie mir einfach einen Bericht, Captain Visser. Um das Chefbüro kümmere ich mich.«

Visser spie einen beträchtlichen Schleimklumpen auf den Boden und zuckte mit den Achseln. Er machte kehrt und ging, und mit ihm seine Good Ole Boys. Das Sicherheitspersonal trug hellbraune Anzüge, Sterling-Sonnenbrillen und Stetsons, dazu Colts, die sie unter sich als ›Cajunstopper‹ bezeichneten, sowie elektrische Schlagstöcke mit schicken, schwarzen Ledergriffen. Die Wissenschaftler bezeichneten sie als ›Schlägertruppe‹, und die Kontraktarbeiter redeten sie mir ›Sir‹ an. Die Good Ole Boys bezeichneten die Kontraktarbeiter als Nigger und Schlimmeres, und die Wissenschaftler als ›Eierköpfe‹. Die Kontraktarbeiter versuchten den Wissenschaftlern so weit wie möglich aus dem Weg zu gehen. Shiba war sicher, daß ihn jeder als ›dieser japanische Wichser‹ bezeichnete. Er vermißte das Gemeinschaftsgefühl des Kyotokomplexes, wo die 20000 leitenden Angestellten von GenTech in ihrer eigenen, geschlossenen Gemeinschaft lebten. Er sagte sich, daß diese Versetzung für sein Weiterkommen wichtig war, aber auch für sein geistiges Wachstum. Ursprünglich war er der Blutbanner-Gesellschaft beigetreten, weil er gehört hatte, sie könne ihm bei seiner Karriere behilflich sein. Allmählich jedoch begriff er, was der Logenmeister Kube gemeint hatte, als er von den Gefahren gesprochen hatte, den dekadenten, nichtjapanischen Einflüssen zu verfallen. Nach seinen Fernsehprogrammen zu urteilen, war Amerika ein so glamouröses, aufregendes, verführerisches Land. Shiba brauchte diese Jahre im Sumpf, um die tiefe Korruptheit zu entdecken, die unter der glitzernden Oberfläche lag.

Das Haupttor ging auf, und Dr. Blaikley spazierte an der Spitze eines Trupps Kontrakarbeiter herein. Sie trugen Pfähle zwischen sich, und an diesen Pfählen hingen betäubte Alligatoren mit glasig überzogenen Augen in Netzen. Den Biestern ragten überflüssige Zähne aus der Schnauze. Blaikley trug einen Tropenhelm, hüfthohe Wasserstiefel, eine vieltaschige Weste über einem hautengen, grünen Lurexbody. Sie begrüßte Shiba mit einem Hauch von Spott.

»Wir werden Ihnen das Brückchen im Nu über den Kwai setzen, Kommandant«, sagte sie mit einem übertriebenen britischen Akzent.

»Noch mehr Testobjekte?«

»Wir brauchen sie, wenn wir den Plan einhalten wollen, Hiroshi. Sie gehen schneller ein, als wir sie einfangen können.«

Shiba war außer sich. »Sie wissen, was letzte Nacht passiert ist?«

»Was, habe ich Sie geweckt? Ich schreie gern dabei, müssen Sie wissen, und dieser GOB, Martens, hat einen Riemen wie eine deutsche Wurst. Ein richtiger Rod Rambone. Ich hab's die ganze Nacht gemacht. Sie wissen ja, wie das ist. Es ist immer noch alles ganz wund und juckt.«

Shiba ahnte dunkel, daß sie ihn reizen wollte. Sie war promisk, das wußte er. Martens jedoch war kaum intelligent genug, selbst die dürftigen IQ-Anforderungen der GOB mit Ach und Krach zu erfüllen. Dr. Blaikley käme nie auf die Idee, mit ihm ins Bett zu gehen. Sie glaubte, sie könne den Japaner schockieren, indem sie sich wie eine vulgäre Hure aufführte. Sie begriff nicht. Sie war nicht so schlank wie Imiko, seine von GenTech berufene Geisha. Sie führte sich nicht schicklich auf. Andererseits...

»Nein, ich meine...«

»Den Einbruch? Klar. Reuben hat mir davon erzählt.«

Die Kontraktarbeiter rührten sich nicht. Ihre Last brummte im Schlaf.

»Warum haben Sie mir die Information nicht weitergegeben? Sie wissen, daß ich meinen Bericht um Punkt elf fertigstelle. Ich konnte den Vorfall darin nicht erwähnen. Das ist ein

Bruch bewährter Geschäftspraxis. Selbst wenn wir nur Hühner verloren haben, sollten wir das sorgfältig verzeichnen. Als Wissenschaftlerin sollten Sie das wissen.«

Dr. Blaikley nahm ihren Hut ab und schüttelte ihr goldenes Haar.

»Das reicht, Hiroshi. Treten Sie mir deswegen nicht auf die Füße. Visser ist hier der Mann für die Sicherheit. Ein- und Ausbrüche gehen auf sein Konto, nicht auf meines. Außerdem bekommen Sie all Ihre Informationen im Handumdr...«

Shiba mußte sich Mühe geben, nicht mit dem Fuß aufzustampfen. »Bitte, erklären Sie das.«

Dr. Blaikley wandte sich an die Kontraktarbeiter und sprach zu ihnen in jenem *patois,* das sie seit ihrem Transport in diese Gegend entwickelt hatten. Blaikley war die einzige Nicht-Arbeiterin, die diese sich ständig weiterentwickelnde Sprache beherrschte. Sie zogen in Richtung Tiergehege ab.

»Nun?«

»Hiroshi, hören Sie auf, an meinen Nippeln zu reißen, okay?

Ich bin schon schlimm genug gebissen worden. Wir haben nicht nur Hühner verloren.«

Sie ließ ihre Hand unter die Jacke gleiten und massierte sich bewußt provozierend die Brust. Ihr Blick folgte den abziehenden Arbeitern und ihren Reptilien. »Sehen die Kleinen etwa aus wie Foghorn Leghorn?«

»Alligatoren?«

»Ja, Alligatoren. Echsen. Wir haben zwei gebraucht, also bin ich raus und habe sie besorgt.« Sie befeuchtete ihre rotbemalten Lippen und zog eine Schnute. »Nennen Sie mich einfach Trader Horny.«

»Irgend etwas ist eingebrochen und hat die Alligatoren befreit?«

»Nicht befreit, *gefressen.*«

Trotz der Sumpfhitze verspürte Shiba plötzlich ein kaltes Frösteln.

X

Nick rollte das Gitter zur Straße hoch, und der große rosa Cadillac glitt hinaus auf den Asphalt. Die Maschine schnurrte wie eine große, zufriedene Katze. Hinter dem Steuer, das passend zu den Sitzen mit rosa Echtleder gepolstert war, spürte Elvis, wie ihm die Aufregung in die Glieder fuhr. Nur drei Dinge verschafften ihm dieses Gefühl; seinen Wagen zu starten, in eine willige Geliebte zu gleiten, oder, lange war's her, der erste Ton, wenn er zu singen begann. Er brauchte dieses Gefühl, um sicher zu sein, daß er noch lebte. Dank der unglaublichen Federung schien das Automobil wie ein Luftkissenboot die holprige Auffahrt hinunter auf den Asphalt zu gleiten. Es war ein strahlender Frühsommertag. Elvis schaltete die Klimaanlage ein. Im Augenblick war es im Wagen noch nicht unangenehm, aber das würde sich in ein oder zwei Stunden ändern, wenn er keine Vorsorge traf.

Er schaltete den Motor ab und glitt aus dem Cadillac. Der stand voller Grazie am Straßenrand, länger als ein Motorboot, und zog scharfe Pfiffe von vorüberfahrenden Fahrern auf sich. Er war so schön wie eh und je. Elvis wünschte sich, seine Mutter hätte mehr Freude an dieser perfekten Maschine haben können. Nick trat blinzelnd ins Licht und seufzte, während er seinen Blick über die perfekten Linien des Autos schweifen ließ. Gandy stand gleich neben ihm; eine Schulter, an der er sich ausheulen konnte, wenn er die unerwiderte Liebe für den Cadillac beklagte. Manche Wagen sind geschwungen wie ein wunderschöner Hintern und wollen, daß ein Mann sie verführt. Dafür hatte Elvis Verständnis. Aber er wollte nicht in einem Playmate des Monats herumkutschieren. Der Cadillac war lang, glänzend und sauber, seine Schönheit jedoch war männlich, wie ein griechischer Diskuswerfer oder ein Hengst mit glänzendem Fell. Unter der Haube hatte der Wagen ein paar Eier wie Basketbälle, und er wollte, daß die Passanten sie klicken hörten, wenn er den Highway fraß. Wißt ihr schon das Neueste, röhrte die Maschine leise, heute abend gibt's Rock 'n' Roll.

Der Cadillac war für gut tausend Meilen aufgetankt, und die Waffensysteme waren scharf. Das Motto von Elvis' alter Armee-Einheit lautete ›Hell on Wheels‹. Er war keiner von diesen Autoverrückten, die ihren Maschinen irgendwelche Phantasienamen gaben – alles, was Namen hatte wie Lightning Streak, Road Warrior oder Tiger Tornado, landete gewöhnlich zerbeult im Graben, während die anonymen, funktionellen Maschinen weiter über den Teer rollten – wäre er jedoch einer gewesen, hätte er sich für ›Hell on Wheels‹ entschieden. Diese Maschine war genau wie der Mann, der in ihr saß: Wenn man bei Gesundheit bleiben wollte, kam man ihr nicht in die Quere, und wenn man sie auf seiner Seite hatte, brauchte man sich nicht um Rückendeckung zu sorgen.

»Wo steckt deine Lady, Elvis?« fragte Gandy.

»Ma'am meinte, sie sei so gegen Mittag hier.«

Elvis war nicht sicher, wie sehr er sich auf ein paar Tage im Sitz neben Krokodil freuen sollte. Sie sah aus wie ein Engel, klar, aber... Krokodil klang jedenfalls nicht wie ein Name, den sich ein anständiges Mädchen für sich aussuchen würde. Und diese Panzergirlausdrücke, die immer wieder in ihrer ansonsten tadellosen Ausdrucksweise auftauchten. Er hatte sie überprüft, aber unter dem Decknamen ›Krokodil‹ nichts gefunden. Der Indianer hatte sie anders genannt – Jessamyn – und das erinnerte ihn entfernt an etwas. Irgend etwas in Krokodils Auftreten erinnerte ihn an Redd, und Elvis hatte gesehen, wie Ms. Harvest bei einem Soloauftrag mit fünf oder mehr Maniax fertiggeworden war. Auf diesem Trip hatte er lieber eine erprobte Kämpferin bei sich als eine Sonntagsschullehrerin.

Gandy hatte sich eines dieser GenTech Miniradios an die Sonnenbrille geklemmt, und Elvis hörte, wie Petya Tscherkassov blechern ›A Cry for Help‹ trällerte. Die Tricks mit der

Stimme stammten von ihm, waren glatt aus ›Blue Moon of Kentucky‹ geklaut, das er 1954 für Sam Phillips im Sun gesungen hatte. »Klasse, Mann«, hatte Sam gebrüllt, laut genug, daß es mit auf den Direktmitschnitt kam. »Das ist was anderes. Das ist ja fast ein *Pop*song.«

»Schalt diesen Sovrockmist ab, Gandy«, fauchte er. Und bedauerte es augenblicklich. Normalerweise ließ er sich von dem Zeug nicht beeindrucken.

»Klar, Elvis«, sagte Gandy. »Tut mir leid, Mann. Ich hab nicht dran gedacht.«

Gandy war ein Kind der späten 70er. Vielleicht hätten sich seine Eltern daran erinnert, wer der alte Op war, mit dem er herumhing. Außerdem hatte er nie verheimlicht, daß er Musiker war, bevor er zur Armee ging. Aber Gandys Eltern waren Langzeit-Smacksynthabhängige, die der Junge nicht gerne um sich hatte, der sich wohl vorstellte, daß Elvis mit einer High-School-Band wie den Memphis Cossacks aufgetreten war, einer Sovrockimitationsgruppe, bei der Gandy und Big Bill eine Zeitlang mitgemischt hatten. Es war bekannt, daß er nicht gerade begeistert von russischen Musikern war, aber das verlangte auch niemand von ihm. Einmal hatte er den Vorschlag gemacht, wenn die Jungs richtige Musik hören wollten, sollten sie versuchen, etwas von Carl Perkins aufzustöbern, aber Gandy war eher hinter einem Schwarzmitschnitt von ›Tasha's Konzert für Usbekistan‹ her.

Er merkte, daß er ›Blue Moon of Kentucky‹ leise vor sich hinpfiff. In der letzten Zeit waren ihm die alten Songs wieder eingefallen. Irgend etwas erinnerte ihn an eine Textstelle, oder eine Musik enthielt eine Folge ähnlich klingender Töne, und schon hatte er ›Heartbreak Hotel‹, ›Jailhouse Rock‹, oder ›Blue Moon‹ halb gesummt. Vermutlich wurde er alt.

Gegenüber fuhr ein Panzertaxi vor. Krokodil stieg aus, mit Habicht-Der-Sich-Niederläßt im Schlepptau. Sie hatte ihre Nadelstreifen gegen einen weiten, weißen Anzug eingetauscht, der ein wenig an Elvis' Karateanzug erinnerte. In einem Hüfthalter trug sie eine Magnum, dazu eine schwere Schultertasche. Ihr Haar hatte sie zu einem Pferdeschwanz streng nach hinten zusammengebunden. Mit ihrer Augenklappe wirkte sie wie ein Zenpirat. Habicht lächelte und winkte, Krokodil dagegen überquerte nur vorsichtig die Straße. Gandy pfiff, als wäre gerade ein 55er Chevy mit Heckflossen und einem Musikboxkühlergrill aus Chrom vorbei geschwebt.

»Tolle Frau«, meinte Nick.

Elvis sparte sich eine Antwort. Statt dessen rief er quer über die Straße. »Guten, Ma'am.«

»Hi, Colonel«, sagte der Indianer.

»Kann ich das auf den Rücksitz legen?« fragte Krokodil.

»Ich kann den Kofferraum aufmachen. Es ist niemand drin.«

»Vielleicht brauchen wir die Sachen schnell. Der Rücksitz reicht«, erklärte Krokodil.

»Sie sind der Boß.«

Gandy trat vor und öffnete ihr grinsend die Tür. Sie warf ihre Tasche, die sehr schwer war, auf den Sitz. Elvis hörte, wie sich in dem Sack Metallteile bewegten. Krokodil hatte ihre eigenen Werkzeuge mitgebracht.

Krokodil ließ Gandy neben der offenen Tür stehen und ging hinüber zu Elvis.

»Sind Sie soweit?«

»Sicher. Wollen Sie noch einen Rekaffee oder etwas anderes, bevor wir aufbrechen?«

»Nein.«

Es entstand eine Pause.

»Ist mir recht. Dann können wir ebensogut starten...«

Krokodil öffnete die Beifahrertür, stieg ein und zog sich den Sicherheitsgurt über die Brust. Sie blickte geradeaus nach vorne und wartete. Habicht hatte sie nichts zu sagen.

Elvis sah sich um, reichte Habicht und Nick die Hand und hob sie Gandy gegenüber zum Gruß.

Er stieg in den Wagen und ließ sie vor seinem Appartementgebäude stehen. Nick winkte mit einem Lappen.

Vor ihnen lag ein gutes Stück gerader Highway. Im Rückspiegel sah Elvis, wie Habicht wieder in das Panzertaxi stieg. Er fragte sich, was der Indianer wohl tat, während seine... seine was?... Seine Arbeitgeberin? Seine Geliebte? Seine beste Freundin... während Krokodil unterwegs war nach Cape Canaveral.

Sie kamen zur Mauer der Sperrzone, und die Memphis Cops ließen sie passieren. Sie kannten Elvis, wußten, was er tat, und behelligten ihn nicht zu sehr. Die Good Ole Boys waren es, auf die man ein Auge haben mußte.

Die Verbotszone rings um Memphis war nicht allzu gefährlich. Leute kamen aus ihren Hütten, um die Autos vorbeifahren zu sehen, aber nur selten wurden Fallen gestellt oder Benzinbomben geworfen. Im vergangenen Jahr hatte Elvis wasserdichte Beweise gegen Burke Crowther, einen Stadtrat, gesammelt – ein Kunde der Good Ole Boys, natürlich –, der versucht hatte, auf Bundesebene ein Gesetz durchzubringen, das alle arbeitslosen Einwohner der Verbotszone zu potentiellem Freiwild für die Kontraktarbeiterbanden machte. Stadtrat Crowther hatte sein Amt aufgeben müssen, und seit der Zeit konnte Elvis seinen rosa Cadillac eine Woche lang unverschlossen vor dem Klubhaus der Maghty Mean Mothergrabbers Kultgang in der Verbotszone parken und fand ihn in einem Stück, ohne einen Kratzer und frisch poliert wieder vor.

Elvis winkte Mama Maybelline zu, der Chefin der MMM-Untergruppe, während der Cadillac an ihrer Freiluft-Trainingsgruppe vorbei schwebte. Dann hatten sie die Stadt hinter sich, und befanden sich draußen in dem gestrüppreichen Feuchtgebiet, das sich allmählich in einen ausgewachsenen Sumpf verwandelte.

Krokodil saß da wie eine Schneiderpuppe, sagte kein Wort. Elvis fragte sie, ob sie etwas Musik hören wollte. Er hätte ein paar gute Sachen auf Raub-CDs. Howlin' Wolf. Johnny Burnette. Hank Williams. Gene Autry. Bobby Gentry. Sie war nicht interessiert. Elvis gewann allmählich den Eindruck, neben einem Eisschrank in Menschengestalt zu sitzen.

Dann reagierte sie, als hätte sie etwas gerochen. So waren Cyborgs. Sie verfügten über seherische Fähigkeiten, aus denen man nicht schlau wurde.

Sie öffnete eines der Fächer im Armaturenbrett und zog Cleeles Nachbildung von Robert E. Lee Chamberlain heraus.

»Was ist das?« fragte sie. Ihr Ton verriet ihm, daß sie alles über Santeria wußte.

»Ein Geschenk.«

»Wer ist es?«

»Kein netter Mann.«

»Das sehe ich.«

»Einer von Gandys Freunden hat das Ding gemacht. Ein *houngan*. Glauben Sie an all diesen Hokus-Pokus?«

Krokodil war einen Augenblick lang still und betrachtete das Gesicht der Puppe.

»Und Sie?« fragte sie.

Elvis spürte ein eisiges Kribbeln. Er hatte das Gefühl, diese Aktion würde erheblich weniger einfach werden, als es sich anfangs angehört hatte.

»Ich weiß nicht. Ich bin auf dem Land geboren. Ich habe einige Zeit in der Karibik und in Mittelamerika verbracht. Und seit über zehn Jahren war ich immer wieder in den Sümpfen. Ich weiß nicht, ob es einen Jesus H. Christ gibt, wie meine Mama behauptet hat, oder einen Damballah, einen Baron Samedi, einen Alligator, der auf zwei Beinen läuft, oder einen Sanity Clause. Aber das weiß ich, es gibt übernatürliche Dinge in dieser Welt.«

»Da haben Sie allerdings recht.«

Die Art, wie sie es sagte, flach und tonlos, ließen ihm die Nackenhaare kräuseln. Elvis war froh, daß sie nach Südosten unterwegs waren, weg vom Delta, weg von der Gegend, in der sich Robert Johnson herumtrieb. Doch der ›Blues That Walks Like a Man‹ war nicht einfach eine Mississippi-Legende, und der Teufel lauerte an mehr als einer Weggabelung.

Krokodil legte die Puppe vorsichtig ins Fach zurück und verschloß es. Sie legte die Hände in den Schoß und schien mit offenen Augen einzuschlafen, wie eine Maschine, der man den Strom abgestellt hatte.

Elvis nahm die große Interstate nach Grand June und berührte Mississippi kurz, um die immer noch tiefe Wasserfläche im Süden zu passieren, die einmal Lake Florence gewesen war und die jetzt das Tal des Tennessee River füllte. In Tuscumbia und Decatur, wo ganze Ortschaften wegen des steigenden Wasserspiegels verlassen worden waren, ragten Kirchtürme und wackelige obere Stockwerke aus dem See. Sie durchfuhren das höher gelegene Gebiet um Guntersville, bogen nach Süden ab durch Alabama und hielten auf Birmingham und Montgomery zu. Nach ungefähr dreihundert Meilen Motorgeschnurre und dem Gesumm der Klimaanlage wurde Elvis schwach und griff in die Halterung der Musikanlage.

Er rammte eine x-beliebige CD hinein und bereute es augenblicklich.

Die klare, junge Stimme, deren näselnder Tonfall aus einer Mischung von Verächtlichkeit und Stolz zu rühren schien, füllte den Wagen. Krokodil drehte sich um und sah ihn an, ihr Hals drehte sich wie der Schwenkarm einer Überwachungskamera.

»Ist das…?«

Der Song hieß ›I Don't Care if the Sun Don't Shine‹. Er hatte ihn 1954 aufgenommen. Der Schlagzeuger bei der Aufnahme, Cunningham, hatte statt einer Trommel eine leere Schallplattenkiste benutzt. Marion Keisker, Sam Phillips' Sekretärin, hatte noch im Studio eine Strophe dazugedichtet, um dem Song ein wenig mehr Fülle zu geben. All das schlich sich jetzt wieder in sein Gedächtnis.

Krokodil kniff die Augen leicht zusammen. Ihre Frage schwebte in der Luft.

»Ja, Ma'am«, seufzte Elvis. »Ist es.«

TEIL II
Battle Hymn of the Republic

I

Der Helikopter mit den Führungskräften der Kirche hatte sich beim Flug über den Golf von Mexico ziemlich tief gehalten. Die größten luftgestützten Kultgangs hielten sich an die Great Central Desert, wo es eine Menge Straßen gab, die man als Landebahnen benutzen konnte, und die Airforce der Konföderierten hatte eigentlich keinen Grund, sich mit der Kirche der Josephiner anzulegen. Andererseits wußte Duroc, daß es im Südosten 57 Abarten psychopathischer Irrer gab, und schließlich reichten bereits ein paar Flügel und ein paar Luft-Stinger-Raketen, um den Flugplan ernsthaft zu stören. Wie sich herausstellte, war der Flug ruhig. Geradezu langweilig.

Simone saß angeschnallt auf ihrem Sitz und blickte hinaus auf die endlose, glitzernde Weite des Meeres. Sie war zuvor noch nie geflogen und hatte befürchtet, es könnte ihr auf den Magen schlagen. Nach allem, was sie durchgemacht hatte, besaß sie offenbar einen kräftigen Magen. Sie klagte nicht. Duroc fragte sich, ob Elder Seth damit einverstanden war, daß er das Mädchen mitbrachte. Die letzten Tage standen kurz bevor, und wahrscheinlich wollte Seth, daß die Auserwählten aller Ablenkungen entsagten. Duroc war nicht sicher, warum er beschlossen hatte, Simone aus ihrer New Orleanser Hölle zu befreien, aber es schien ihm immer noch richtig zu sein.

Seit dem Vorfall mit dem Jibbenainosay hatte er sich durch

eine zunehmend beängstigende Dosis von Narcolep-Pillen beißen müssen, um überhaupt ein wenig schlafen zu können. Simone war eine Hilfe gewesen. Sie war voller Energie und machte ihn todmüde. Ihr gemeinsamer Sex war verzweifelt und erschöpfend, und gewöhnlich gelang es ihm hinterher, für ein paar Stunden in einen Zustand traumloser Vergessenheit zu sinken. Nachdem er so nah an den großen prägenden Ereignissen dieser Zeit gewesen war, hatte das Zusammensein mit einem Mädchen, das kaum den Namen des Präsidenten der Vereinigten Staaten kannte, etwas Tröstliches. Sie war nicht dumm, aber das Leben, das sie führte, hatte ihr zuviel Bewußtsein geraubt.

Sie überflogen den Schauplatz einer kleinen Auseinandersetzung. Ein Boot der Küstenwache, verstärkt durch ein paar Schnellboote der Good Ole Boys, versenkte methodisch eine Schiffsladung Mexikaner. Feiste Gestalten mit Cowboyhüten auf den Schnellbooten knallten die im Wasser auftauchenden Köpfe mit Präzisionsgewehren ab. Duroc fragte sich, was die Mexe im Land der Freiheit erwartet hatten. Sollte es ihnen dank irgendeines Wunders gelingen, an den Einwanderungspatrouillen vorbeizukommen, stand ihnen ein Leben als Kontraktarbeiter bevor. Aus der Perspektive der Schlachtfelder in Guanajuato mußte einem sogar ein Leben in den Ketten der Sklaverei als Schritt in die richtige Richtung vorkommen. Wenn man jemandes Eigentum war, so galt man zumindest als wertvoll genug, um nicht zum Spaß einfach abgeknallt zu werden. Duroc überlegte, ob er genügend Zeit hätte, um die Good Ole Boys im Namen der Verbreitung des Chaos mit ein wenig Napalm zu überziehen. Biron The Rouge würde das gefallen, dessen war er sicher. Aber das war nebensächlich. Er hat Bruder Sam Quarrill, den Piloten, den Spidercopter außer Schußweite zu bringen, und sie flogen weiter, Richtung Keys.

In diesen Tagen war es schwierig, die Küstenlinie auf der Karte zu verzeichnen. Das Anschwellen des Mississippideltas hatte New Orleans zu einer mangelhaft eingedeichten Insel im Schlick werden lassen, und der steigende Meeresspiegel hatte den größten Teil der Halbinsel Florida unter Wasser gesetzt. Sie überflogen versunkene Städte, undurchdringliches Sumpfgebiet und flache Seen. Badeorte an der Ostküste wie Daytona und Miami hatten ihr Bestes getan, den Gezeiten zu trotzen, der Rest des Staates war praktisch urzeitliches Ödland geworden. In Tampa gab es immer noch so etwas wie eine organisierte Gemeinde, aber das war es dann auch. Beim Überfliegen erkannte man dennoch einige Spuren von Besiedlung. Flache Sumpfboote waren zu sehen, und Duroc bemerkte eine beträchtliche Anzahl von Behausungen in Bäumen oder auf künstlichen Inseln.

Man hatte ihn gewarnt, daß GenTech in Narcoosee ein großes Experimentiergelände besaß, und ihm geraten, sich nicht mit ihnen anzulegen. »Teufelswerk«, brummte Quarrill, als sie Narcoosee überflogen. Aus der Luft sah der Ort aus wie ein Kriegsgefangenenlager. Duric vermutete, die Jungs in Tokyo hatten einfach die Pläne aus dem Zweiten Weltkrieg aufgehoben für den Fall, daß sie wieder einmal eine Sumpfhölle einrichten mußten. Auf dem Gelände war allerhand los, als sie darüber hinwegflogen. Wie in Amerika üblich, liefen Leute mit Waffen herum.

Sie näherten sich Cape Canaveral von Osten. Der Landgewinnungstrupp hatte einen Streifen des Rollfeldes als Landebahn aus dem Wasser heben sollen, aber die Arbeit war nur langsam vorangeschritten. Quarrill pumpte Luft in die amphibischen Kufen und setzte bei Merritt Island auf dem Wasser auf. Während sie auf ein Boot warteten, das sie abholte, überlegte Duroc, wem er die Geschichte in die Schuhe schieben sollte.

Das Meer war voller toter Fische.

»Sind wir da?« fragte Simone, aus dem Schlaf erwachend.

»Es stinkt.« Sie rümpfte die Nase.

Eine menschliche Leiche trieb mit dem Gesicht nach unten

vorbei. Sie prallte gegen den Helikopter und drehte sich langsam. Die Fische hatten ihr den größten Teil des Fleisches vom Gesicht gefressen. Duroc sah aber auch an dem freigelegten Schädelknochen, daß der Mann nicht normal gewesen war. Der Kiefer war verlängert und schien mehr Zähne als üblich zu haben, und um die Augen waren knochige Wülste. Was noch an Haut übrig war, war grün und runzelig. Duroc streckte ein Bein aus dem Helikopter und versetzte der Leiche mit der Stiefelspitze einen Stoß. Sie sank unter die Oberfläche und kam nicht wieder hoch.

Simone sah voller Ekel zu.

»Vom Cape her kommt ein Boot«, meinte Quarrill.

Ein Tragflächenboot, dessen Rumpf auf Kufen aus dem Wasser ragte, kam auf sie zugeschossen. Ein paar Leute mit den schwarzen Hüten der Josephiner standen am Bug. Offenbar hatten sie vor, den großen Mann aus Salt Lake City mit allen Ehren zu empfangen.

Duroc trug ein kurzärmeliges, schwarzes Hemd und ebensolche Hosen. Er streckte seine Hand aus, und Simone gab ihm seinen Priesterhut, wie er ihn nannte. Er setzte ihn auf und versuchte, religiös auszusehen. Elder Seths Leute waren unverzichtbar, trotzdem wünschte Duroc, daß sie diesen Mist mit ›Ihr‹ und ›Euer‹ nicht mitzumachen brauchten.

Das Schnellboot wurde langsamer und kam schwankend neben den Spiderkopter.

»Elder Duroc«, sagte eine junge Frau mit kantigem Gesicht im Kleid der Josephiner. Duroc streckte seinen Arm aus, und sie schüttelten sich über den Spalt hinweg ungeschickt die Hände. »Ich bin Schwester Adams, Bethany Adams.«

»Schön, Euch zu sehen, Schwester. Das hier ist Simone. Sie ist meine… Assistentin.«

Simone trug eine geblümte Strandjacke über einem milchkaffeefarbenen Minibikini, der farblich fast genau zu ihrer Haut paßte. Sie räkelte sich in die Nähe der offenen Luke und ermöglichte Schwester Adams einen Blick auf ihre langen Beine. Die Schwester war alles andere als erfreut, schluckte jedoch ihr Mißfallen hinunter. Duroc war mit Seths Siegel göttlicher Billigung gesegnet.

»Wir werden Euch reinschleppen. Man hat eine Dankeszeremonie anläßlich Eurer Ankunft vorbereitet.«

»Ich fühle mich mehr als geehrt.«

Quarrill und der Bruder, der das Schnellboot gesteuert hatte, machten sich an die Arbeit und befestigten ein Tau.

Duroc bemerkte noch jemanden im Schnellboot. Es handelte sich offensichtlich nicht um einen Josephiner. Sein Kopf war unter einem Busch verfilzten, grau-weißen Bartes und Haupthaares vergraben. Er trug offene Sandalen, zerfetzte Armeehosen und eine mit Flicken übersäte Jeansweste. Duroc erkannte die Namen auf den Flicken. Mercury, Gemini, Apollo, Hercules, Pegasus, Circe, Argus, Vulcan.

»Dies«, sagte Schwester Adams, »ist Commander Fonvielle.«

»Natürlich. Guten Tag, Commander...«

Fonvielle salutierte. »Sehr wohl, ganz recht, Mister Prezz, Sir.«

Duroc bemerkte Schwester Adams' Blick.

»Und wie stehen die Dinge im Weißen Haus? wollte Fonvielle wissen. In seinem Bart hing Sabber.

»Sehr gut, vielen Dank.«

»Und die First Lady?«

»Ausgezeichnet.«

»Prima.«

Duroc verspürte eine leichte Besorgnis. Der Plan hing von Fonvielles Fachkenntnis ab, offenbar jedoch hatte der Astronaut nicht alle Planeten in seinem Sonnensystem beieinander.

Das Schnellboot war jetzt mit dem Helikopter vertäut. Duroc schritt hinüber und stand sicher auf Deck. Er half Simone, die sich von der Luke des Helikopters abstieß.

Irgend etwas tauchte zwischen ihnen aus dem Wasser auf und drückte Spiderkopter und Schnellboot auseinander. Simone kreischte, und Duroc packte sie.

Das Wasser brodelte und schäumte, und das Wesen, ein großes Tier, schlug aus.

Ein langer Arm, im wesentlichen der eines Menschen, wenn auch dicht geschuppt, bekam den Rand des Schnellbootes zu fassen. Duroc erkannte die Hand auf den ersten Blick. Die Finger waren zusammengewachsen, und statt der Nägel hatte das Geschöpf gelbliche Widerhaken.

Duroc hatte alle Mühe mit der um sich schlagenden Simone, versuchte, sie aus dem Wasser zu zerren, sie aus der Reichweite des Wesens zu ziehen.

Jetzt hielt es sich mit beiden Händen am Schnellboot fest und zog seinen massigen Körper aus dem Meer. Ströme von Salzwasser schossen aus seinen Ohren. Es trug die Überreste eines *Lacoste*-Hemdes, der Alligator war über der einen harten Brustwarze noch deutlich zu erkennen.

Quarrill hatte einen Bootshaken in der Hand. Er schlug ihn dem Wesen auf den Hinterkopf. Brüllend drehte es sich um und öffnete sein Maul, in dem man ein Durcheinander aus pelziggrünen Zähnen erblicken konnte. Quarrill zog sich in den Helikopter zurück, das Wesen stieß sich dessenungeachtet von dem Boot ab und sprang ihn an. Der Pilot schrie auf, als sich die Klauen in sein Fleisch schlugen.

Es hatte einen langen, dicken Schwanz, der durch die Sitznaht einer vollgesogenen, durchlöcherten Designer-Jeans ragte. Simone schrie immer noch. Duroc hatte sie jetzt im Boot, und sie hielt ihre Knie in der Gewißheit umklammert, daß ihre Beine jetzt dort endeten. Er sah, daß sie unverletzt war.

»Eine Waffe«, sagte er. »Gebt mir eine Waffe.«

Quarrills Schreie wurden spitzer und hörten plötzlich auf. Sein Kopf rollte über den Boden des Helikopters und fiel ins Wasser. Die Augen waren nach oben verdreht, so daß man nur das Weiße sehen konnte. Der Mutant drehte sich mit blutverschmiertem Kiefer herum und stieß ein schrilles Triumphgeheul aus. Beim Schreien blähten sich unter seinem Kiefer Luftsäcke auf.

»Los, feste drauf, Buddyboy«, sagte es. Die Worte mühten sich durch einen Kehlkopf, der nicht länger für Worte geschaffen war. »Kein Schmerz, kein Lohn.«

Schwester Adams hockte niedergeschlagen auf der anderen Seite des Schnellbootes, die Hände zum Gebet gefaltet. Sie schien sich in ihr Schicksal als Nachmittagsschmaus des Monsters zu fügen. Religion war manchmal seltsam.

»Ich habe gesagt, gebt mir eine Waffe.«

Duroc konnte nicht glauben, daß keiner der Josephiner bewaffnet war.

Simone jammerte. Der Mutant hob den Arm und röhrte. Ein häßlicher Kerl.

»Frühstück ist was für Schwächlinge.«

Fonvielle griff unter seine Weste und zog einen alten Armeerevolver aus seinem Gürtel.

»Mr. Prezz...«

Duroc ergriff das alte Stück und hoffte, sie würde ihm nicht in der Hand explodieren. Er spannte den Hahn mit dem Daumen und nahm das Monster ins Visier.

Das Geschehen hatte das Boot und den Helikopter ins Schaukeln gebraucht. Aber sie waren zu nah, als daß er hätte danebenschießen können.

Der knochige Schädel war vermutlich zu stark geschützt. Und die dicken Platten über der Brust machten ebenfalls einen stabilen Eindruck. Duroc schoß den Mutanten in das grünlichweiße V unterhalb seiner Kehle. Es verschluckte sich an der Kugel und warf sich ins Wasser.

Duroc leerte den Revolver auf das Wesen, während es abtauchte. Kleine Seewasserfontänen spritzten auf. Es warf sich im Wasser umher und stieß eine krallenbewehrte Hand in den

Himmel. Dabei schrie es etwas Verächtliches, wenn auch Unverständliches, und ging unter.

»Gottverdammte Yuppies«, sagte Fonvielle. »Ich hasse sie wie die Pest.«

II

Zwei Tage auf der Straße, und die Fahrt entwickelte sich prächtig. Gestern abend war sie ein Stück gefahren, während der Op auf dem Rücksitz geschlafen hatte. Der Cadillac ließ sich gut steuern. Krokodil wußte die Maschine zu schätzen. Alles war da, wo es hingehörte, und erfüllte seinen Zweck. Der Cadillac stellte eine angenehme Hülle dar, in der sie den steten Strom der Empfindungen und Daten ignorieren konnte. Das Wesen in ihrem Innern schlummerte, und so wurde sie nicht ständig von seiner Wahrnehmung überwältigt. Sie konnte an ihr Jessamyn-Selbst denken. Sie konnte an die Tage als Jazzbeaux denken, als sie mit den Psychopomps unterwegs war. Damals wären ihr ein schnelles Auto, ein netter Kerl, unbegrenzte Geldmittel und Superkräfte vielleicht als das Allerhöchste vorgekommen. Jetzt lagen die Dinge anders. Sie verspürte den Drang nach Sinn. Und der wartete zwischen den Raketensilos und den rostenden Montagetürmen von Cape Canaveral auf sie.

Der Op hatte ihr seine alten Platten vorgespielt. Anfangs war er zurückhaltend gewesen, ein paar Worte hatten jedoch den Anstoß gegeben, und jetzt kramte er mehr und mehr verkratzte Vinyl-Band-CD-Musikchips hervor. Sie erinnerte sich schwach, daß sie schon früher etwas von ihm gehört hatte. Er hatte bereits einen großen Namen gehabt, überlegte sie, als sie noch gar nicht geboren war. Als nicht mal ihr Vater geboren war.

Auf dem Armaturenmonitor blinkte eine Warnung auf.

»Banditen«, sagte sie. »Eins-fünf.«

Der Op warf einen Blick auf den Bildschirm. Drei fliegende Objekte, dicht gestaffelt. Sie bewegten sich schnell. Bei ihrem jetzigen Kurs würden sie in zweieinhalb Minuten auf den Cadillac treffen.

Der Op kaute an seiner Unterlippe.

»Wahrscheinlich die Regierung, oder eine Gesellschaft. Reine Routine.«

»Nein«, sagte er. »Das ist eine Angriffsformation.«

Er hatte recht.

Seth wußte mit Sicherheit, daß sie kam. Er konnte problemlos ein paar Killkopters zusammentrommeln. Ihre innere Apparatur summte und bereitete sich auf den Kampf vor.

»Verdammt, es ist die CAF«, höhnte der Op. »Tut mir leid, Ma'am, mit dem Kampf haben Sie eigentlich nichts zu tun, aber mitgefangen, mitgehangen.«

»Was ist los?«

»Ich bin ein paar üblen Typen vor ein paar Tagen mächtig auf die Füße getreten. Spitzhauben.«

Was das bedeutete, wußte sie. Schon zu ihrer Zeit als Jazzbeaux hatte sie sich mit den ultrarechten Kultgangs angelegt: den Töchtern der Amerikanischen Revolution, den Minutemen, Buckley's Buckaroos. Hier im tiefen Süden gab es statt dessen die Airforce der Konföderierten und den Ku-Klux-Klan.

Die Straße vor ihnen explodierte, und Elvis lenkte den Cadillac in das sumpfige Dickicht. Er klickte einen Schalter am Armaturenbrett, und die Unterbodengebläse schalteten sich zu und erzeugten ein Luftkissen zwischen Wagen und Matsch. Sie hatten nicht vor, direkt in den Sumpf hineinzufahren, trotzdem sollten die Turbinen dafür sorgen, daß der Wagen nicht festfuhr.

Die Killervögel waren jetzt genau über ihnen. Sie hatten ihre Formation aufgegeben, kreisten und warfen ihre Ladung ab. Krokodil entdeckte die Sterne und Streifen an ihrer Unterseite.

Der Op war tatsächlich ein so guter Fahrer, wie sie gehört hatte. Das lange Fahrzeug schlängelte sich durch die Explosionen hindurch und bekam dabei kaum einen Kratzer ab. Schieber an den Flanken öffneten sich, und die Schwenkwaffen wurden ausgefahren.

»Rock«, sagte Elvis, »and Roll...«

Das hatte mit Musik nichts zu tun. Es war der Armeeausdruck für ›Zielen und Feuern‹.

Der Laser durchschnitt die Luft, und einer der Spiderkopters mußte ausweichen und geriet dabei in eine komplizierte Drehung, aus der der Pilot nur mit Mühe wieder herauskam.

»Darf ich?« fragte Krokodil.

»Fühlen Sie sich wie zu Hause...«

Sie griff in ihren Seesack und holte die M-312-Allzweckkampfwaffe hervor, die sie sich von der US-Kavallerie in Arizona ›besorgt‹ hatte, als sie und Habicht ihre ersten Materialbeschaffungsüberfälle auf die G-Mek-Konvoys gefahren hatten. Es war das Neueste vom Neuen, was es an Todeswerkzeug gab, mit einem Laservisier, einem Magazin voller Minimissile-Patronen mit genug Durchschlagskraft, um eine Patrone durch die Granitmauer einer Pyramide zu jagen. Elvis pfiff, als sie die Waffe aus ihrer antistatischen Hülle wickelte.

»Tolles Ding«, sagte er.

»Sie wird's tun.«

Die CAF bestrichen den Cadillac jetzt mit Bodenfeuer. Sie kippten die Nasen der Helikopter nach vorn und spien Kugeln aus den Maschinengewehren unterhalb der Panzerkuppel.

Krokodil kurbelte ihr Fenster herunter und quetschte sich hindurch. Das überraschte Elvis. Aber sie brauchte sich wegen der Weichmantelgeschosse, die die Spitzhauben wahrscheinlich geladen hatten, keine Sorgen zu machen. Außerdem brauchte sie freie Schußbahn.

Der Wind peitschte ihren Pferdeschwanz, als sie sich mühelos auf das Dach des Cadillac hangelte.

Die Überraschung stand dem hageren Piloten des Führungshelikopters ins Gesicht geschrieben. Er trug eine nach hinten gedrehte Baseballkappe. Einen kurzen Augenblick zögerte er, dann deckte er sie mit Kugeln ein…

…und mehr brauchte sie nicht.

Sie stützte sich gut auf dem verstärkten Dach des Cadillac ab, hob die M-312 und richtete den Laserpunkt mitten auf den freiliegenden Gummizug an der Kappe des Piloten.

Eine Durchschlag-Plus-Patrone genügte.

Der Kopf des Piloten explodierte, und der Helikopter stürzte vom Himmel. Ringsum regnete es Spitzhauben, die versuchten, sich aus der abstürzenden Maschine zu werfen. Elvis fuhr einen großen Halbkreis und versuchte, den Explosionen auszuweichen, Krokodil spürte, wie die heiße Luft an ihr zerrte.

Der Laser des Cadillacs kreuzte sich mit einem Strahl eines der anderen Helikopter, und durch die Rückkoppelungen der Entladungen entstand das knisternde Geräusch von Kettenblitzen. Die CAF-Leute waren nicht gerade Spitzenkiller im Luftkampf. Krokodil vermutete, im Kampf mit dem Roten Baron und seinem fliegenden Zirkus, der Kultgang aus Arizona, würden sie vermutlich nur zweiter Sieger werden. Sie verpaßte jedem der Helikopter noch ein paar Dinger, um sie davon abzuhalten, näher zu kommen.

Irgend jemand feuerte jetzt von einer geschützten Stellung am Boden auf sie. Das Ganze schmeckte nach gut durchgedachtem Hinterhalt. Der Cadillac brach durch dichtes Gras. Die Heckenschützen hatten sich gut eingegraben.

Krokodil stellte die M-312 um und versprühte konzentriertes Napalm in hohem Bogen, in der Hoffnung, ein Buschfeuer zu entfachen, das die Bodentruppen ein wenig beschäftigen würde.

Einer der Helikopter kam zu nahe. Elvis feuerte eine Boden-Luft-Rakete ab, die seine rechte Kufe sowie die Schwenkwaffen herunterholte. Er schwankte in der Luft und sackte ab. Die

Landung dürfte etwas unsanft werden. Spitzhauben kamen hervorgestürmt, Maschinengewehre ratterten.

Eine verirrte Kugel durchschlug Krokodils Oberschenkel und machte in ihren Karateanzug ein graues Loch. Das Blei hatte sie nur eben so gestreift. Ihr Biofleisch kribbelte, während es wieder zusammenwuchs. Sie würde nicht einmal einen Kratzer davontragen. Nachdem Doc Threadneedle sie überarbeitet hatte, waren sogar ihre alten Narben verheilt. Eines Morgens würde sie wieder als Jungfrau aufwachen, und womöglich wäre dann ihr Auge nachgewachsen.

Sie drehte sich um, spürte, wie der Wind gegen ihren Rücken drückte, und knallte so viele Spitzhauben ab, daß die anderen sich flach auf den Boden warfen. Ihr fiel auf, daß es in dem Sturmtrupp zwei Sorten Banditen gab. Die CAF waren die Spitzhauben mit dem roten Kreuz der Kreuzritter auf ihren Tarnumhängen und den weißen Spitzhüten. Die anderen trugen braune Anzüge, Stetsons und schnürriemendünne Binder. Krokodil erkannte den Streifen der Good Ole Boys, einer Agentur, von der sie nur Schlechtes gehört hatte.

Der letzte verbliebene Helikopter ließ nicht locker. Er hielt sich hoch genug, um außer Schußweite zu bleiben, blieb aber im Rennen. Eine Luke öffnete sich an der Unterseite, und vier schwarze Gegenstände wurden abgeworfen. Sie fielen nicht, sondern sausten wie Vögel mit klackenden Krallen umher.

Krokodil kannte die Dinger: Killer-Krabben. Es handelte sich um ferngesteuerte Sonden, die sich am Wärmeschema des Menschen andockten und ihre Ziele gnadenlos verfolgten. Sobald sie einen erwischt hatten, umkrallten sie ihn mit ihren rasiermesserscharfen Armen und explodierten.

Die Killer-Krabben bewegten sich zu schnell, als daß ihr Laservisier von Nutzen gewesen wäre, also benutzte sie wieder ihre eigenen Sinne. Schnell zielend und feuernd, brachte sie zwei zur Explosion und entflügelte eine dritte. Die angeschossene Krabbe stürzte vom Himmel und zerplatzte im Gras. Das letzte Fernlenkgeschoß kam im Zick-Zack auf sie zu. Zu nah für ihre M-312. Sie griff in den Himmel, schnappte sie und drehte sie um, so daß ihre Klauen ins Leere griffen. Die Killer-Krabbe pumpte stoßweise lähmendes Nervengift aus ihren Armen, und grüne Spritzer besudelten das Dach des Cadillac.

Krokodils Finger bohrten sich in den duriumverstärkten Rückenschild der Krabbe. Sie spürte, wie Schaltplatten zerbarsten. Die Killer-Krabbe spie Funken, ihre Beine hingen nutzlos herab. Sie warf das Dreckding weg.

Sie waren raus aus dem Gras und wieder auf dem Highway. Weitere Fahrzeuge beteiligten sich an dem Spiel. In der Gegend wurde viel Schnaps geschmuggelt, und die GOB brauchte aufgemotzte Maschinen, um mit den Schmugglern mithalten zu können. Fünfzig Meter hinten stand ein keilförmiger Rennpanzer mit einer rückseitig angebrachten Kanone. Krokodil nagelte eine Reihe Kugeln diagonal in sein Fenster und verwandelte das angeblich unzerbrechliche Glas zu Staub. Der Panzer kippte hoch, überschlug sich und explodierte.

Elvis wurde langsamer. Krokodil warf einen Blick nach vorn. Eine Blockade versperrte die Straße. Von der Sorte, durch die der Op nicht einfach hindurchfuhr.

Krokodil fluchte. Ihr Haar hatte sich gelöst und wehte in Rattenschwänzen um ihren Kopf.

Hätte die GOB ein paar Laster quer zur Straße geparkt, sie angezündet und hundert Meter mit Miniminen und Reifendornen ausgelegt, dann wäre Colonel Presley wahrscheinlich einfach durchgefahren und hätte sich auf die Verteidigungsmechanismen des Cadillacs verlassen.

Der Cadillac rollte aus und blieb stehen. Krokodil schob ein neues Magazin in ihre M-312, wartete aber noch.

Quer über die Straße war eine Menschenkette gespannt. Männer, Frauen und Kinder in zerlumpter Arbeitskleidung. Es waren mit Sicherheit Kontraktarbeiter. Sie waren an Hand- und Fußgelenken zusammengekettet. In der Kette befanden sich ein, zwei weiß aussehende Gesichter, die überwältigende Mehrheit jedoch war schwarz.

Ein paar Good Ole Boys mit halbautomatischen Gewehren hielten die Herde der Arbeiter in Schach. Das Kommando führte ein kleiner Kerl mit weißem Schnäuzer und einem großen Hut. Krokodil überlegte, wo sie ihn schon einmal gesehen hatte.

Er nahm seinen Hut ab und fegte mit einer Verbeugung über den Boden.

»Wie geht's, Ma'am«, sagte er. »Es ist immer ein Vergnügen, einer Lady zu begegnen.«

Sie richtete den roten Punkt auf den Schoß seiner braunen Hose. Er hatte eine Automatik in der Hand. Gerichtet war sie auf den Kopf eines dumpf dreinblickenden, großäugigen Mädchens.

»Und wenn Sie jetzt so freundlich sein würden, Ihre Waffe abzulegen, dann brauche ich kleinen Negermädchen das Hirn nicht über die Interstate zu pusten.«

Für dergleichen hatte Krokodil keine Zeit. Der Op jedoch war bereits aus dem Wagen, ohne sichtbare Waffe und mit erhobenen Händen.

»Zurück, Chamberlain«, sagte er.

Die Verfolgungsfahrzeuge umstellten den Cadillac. Good Ole Boys strömten heraus. Ein oder zwei Spitzhauben waren noch übrig, die meisten waren jedoch in der Luft draufgegangen.

Krokodil behielt ihr Ziel fest im Visier. Ihr Auftrag war zu wichtig, als daß sie sich hierdurch ablenken lassen durfte.

»Könnte sein, daß du bald Sopran singst«, sagte sie zu dem Gentleman aus dem Süden.

Die Automatik zuckte, und das kleine Mädchen schrie und hielt sich die Hand an den Kopf. Chamberlain hatte nur ihr Ohr angekratzt.

»Der nächste trifft fünf Zentimeter weiter rechts.«

Krokodil wußte, wieso ihr der Good Ole Boy bekannt vorkam. Sie hatte sein Gesicht kürzlich gesehen, wenn auch nicht in Fleisch und Blut.

»Krokodil«, sagte Elvis. »Bitte…«

Sie senkte den Punkt auf den Boden zwischen Chamberlains Füßen und legte die M-312 auf das Wagendach. Zwei Good Ole Boys griffen danach und begannen sofort, sich über den Fang zu streiten.

Krokodil stand hoch aufgerichtet auf dem Cadillac, spürte die leichte Brise im Haar und entspannte ihren Körper.

In ihrem Innern regte sich der Ewige Widersacher.

III

Shibas Mückenstiche juckten höllisch. Er wußte, daß er nicht kratzen sollte, aber es mangelte ihm an der nötigen Willenskraft. Am schlimmsten waren seine Handrücken. Heute morgen noch voller roter Punkte von den Stichen, waren sie am Nachmittag von den Spuren seiner Fingernägel übersät. Natürlich nützte das Kratzen überhaupt nichts. Hätte er Zeit, würde er Marie Louise Blaikley fragen, ob man etwas dagegen tun konnte.

Ihm stand ein ganzer Tag in Vissers Gesellschaft bevor. Ein Gedanke, der ihm überhaupt nicht behagte. Es war wieder eingebrochen worden, und man hatte die Umzäunung des Geländes ein gutes Stück niedergerissen. Visser hatte ein paar seiner Good Ole Boys mit Gewehren draußen im Sumpf, den sie nach Raubtieren absuchten. Der Boden vor dem Zaun war eindeutig von irgend etwas Großem zertrampelt worden. Einige der Kontraktarbeiter waren verschwunden. Shiba war nicht sicher, ob der Eindringling sie verschleppt hatte oder ob sie einfach die Gelegenheit zur Flucht ergriffen hatten.

Ein Arbeitstrupp kümmerte sich um den Zaun. Die Kontraktarbeiter ließen sich Zeit. Shiba fiel auf, daß sich unter ihnen offenbar eine allgemeine Schlappheit breitgemacht hatte. Eine Frau hatte gerade fünf Minuten damit zugebracht, eine Drahtschlinge um einen Pfosten zu legen. Es fiel schwer, ihr dabei zuzusehen. Shiba verspürte den Drang, hinzugehen und den einfachen Handgriff selbst zu erledigen. Aber das tat man nicht. Er war in der Verwaltung. Sein Job war es, zu verwalten. Die Frau tat, als stünde sie unter Drogen oder als sei sie vom Sumpffieber befallen. Shiba wollte sich vergewissern, daß die Kontraktarbeiter korrekt ernährt und medizinisch betreut wurden. GenTech wußte, wie man Arbeitskräfte am besten behandelte, um das Optimum aus ihnen herauszuholen.

Ein dumpfer Bums. Er drehte sich um. Zwei Kontraktarbeiter hatten eine Drahtrolle getragen, die jetzt zu einem Viertel in einem Schlammloch versunken war.

»He, Jungs. Das Zeug ist teuer«, brüllte Visser und schlug sich dabei mit seinem Schlagstock in die Hand.

Einer der Arbeiter bückte sich, um die Drahtrolle zu fassen, und einer der Good Ole Boys verpaßte ihm einen Tritt in den Hintern. Der Mann landete mit dem Gesicht im Dreck.

Visser lachte. »Jetzt kriegt er eine Schönheitsschlammpakkung,was?«

»Das ist doch lächerlich, Captain«, fauchte Shiba. »Wie können Sie erwarten, daß die Leute arbeiten, wenn Sie sie so behandeln?«

»Diese Typen sind faul, Sir. Man muß ihnen ein paarmal täglich in den Arsch treten, sonst lassen sie nach.«

Der Gestürzte stand auf. Eine Maske aus Schlamm rutschte von seinem Gesicht. Shiba fiel auf, daß mit seinen Wangenmuskeln etwas nicht stimmte. Seine Lippen wurden nach hinten gezerrt, die Zähne blitzten; ein sardonisches Grinsen.

»Los, Smiley, zurück an die Arbeit«, höhnte der Typ, der ihn in den Hintern getreten hatte, und verpaßte ihm dabei einen leichten Klaps mit seinem Knüppel.

Der Arbeiter zerrte den Draht aus dem Schlamm. Es gab ein saugendes Geräusch, dann löste er sich. Sein Mund grinste, in seinen vorstehenden Augen jedoch glühte Haß. Seine Lider waren ebenfalls zurückgezogen. Seine gespannte Haut hatte eine grünliche Farbe, die keinen allzu gesunden Eindruck machte.

»Haben die Moskitos Sie erwischt?« fragte Visser.

Shiba merkte, daß er an seinen Händen herumkratzte. Aus einigen der Bisse sickerte milchiger Eiter.

»Ja.«

Visser rieb sich den Bauch. »Mich auch, Chief. Das ist kein Platz für einen normalen Menschen, wirklich nicht.«

Shiba war geneigt zuzustimmen, wollte jedoch die Entscheidung desGenTech-Komitees nicht in Frage stellen, das das Forschungsgelände eingerichtet und sie alle hierher geschickt hatte.

»Die Arbeit kann nur unter diesen Umständen geleistet werden, das wissen Sie.«

Visser schlug sich ein Insekt von der Schulter. »Vermutlich. Sagen Sie, Chief, fragen Sie sich eigentlich auch manchmal, worin genau die gottverfluchte Arbeit eigentlich besteht?«

Smiley wickelte den Draht aus wie einen Ballen Seide, und die anderen Arbeiter wickelten ihn schleppend ab.

»Das gehört in Dr. Blaikleys Abteilung, Captain. Ich bin nicht befugt, mir darüber Gedanken zu machen. Wir führen medizinische Forschungen durch. Wichtige biomedizinische Forschungen.«

»Das, pflegte mein alter Herr zu sagen, kann alles mögliche bedeuten.«

Shibas Hände fühlten sich an, als stünden sie in Flammen. Außerdem hatte er Schmerzen am Steiß und an den Kiefergelenken. Das konnten keine Moskitostiche sein.

»Sie sehen nicht besonders gesund aus, Chief.«

Shiba ließ Visser bei dem Reparaturtrupp am Zaun und ging. Er wollte seine Hände unter kaltes Wasser halten.

Plötzlich war ihm, als hätte man ihm ein Schüreisen in den Bauch gebohrt. Er klappte zusammen und lehnte sich an die Mauer. Im Boden befand sich ein Abzuggraben. Er übergab sich hinein und spürte, wie der glühende Schmerz durch seine Kehle nach oben stieg. In seinem unverdauten Mageninhalt war Blut.

Shiba zupfte seinen Binder zurecht und stand auf. Er rückte seine Frisur zurecht und ging auf Block ›A‹ zu. In seinem Kopf pochte es.

Reuben stand draußen und holte ein paar Futtersäcke aus den Betonbehältern. Er sagte etwas. Shiba verstand ihn jedoch nicht richtig.

Der brennende Schmerz in seinen Mundwinkeln zwang ihn, die Zähne zusammenzubeißen. Das war sehr ungesund, wie Shiba wußte.

Er mußte an den Schmerz beim Aufnahmeritual in die Blutbanner-Gesellschaft denken. Das hier war schlimmer.

Er schob sich in Block ›A‹ hinein. Das hier war Blaikleys Reich. Gleich hinter dem Empfang befand sich ein Waschraum.

Die Wachhabende – ein Good Ole Girl mit dem Namen Serafina – zwang ihn, eine Plastikkennmarke zu nehmen, und trug ihn ein. Seine Hände kamen mit dem Klemmer nicht zurecht, und sie mußte ihn ihm anstecken. Es war, als fräße sich Säure in seine Haut. Endlich war er offiziell befugt, das Gebäude zu betreten.

Serafina setzte ein affektiertes Grinsen auf. Offenbar glaubte sie, er müsse dringend urinieren.

Er torkelte in den Waschraum, ließ kaltes Wasser in ein Bekken laufen. Als er am Becken stand und darauf wartete, bis es sich gefüllt hatte, blickte er zum Boden. Ein Skorpion huschte aus der Wasserleitung. Ein Monster mit zwei Schwänzen. Er zermalmte ihn unter seinem Schuh. Angeblich wurden die Arbeitsblocks von solchem Ungeziefer freigehalten. Es war höchst unhygienisch und unstatthaft. Er würde Blaikley einen schweren Tadel erteilen.

Der Schmerz kroch ihm mittlerweile das Rückgrat hoch, so als wären die Wirbel ausgerenkt.

Er tauchte seine Hände in das Wasser und schrubbte sie wild. Die Haut schuppte sich.

Ein wenig erleichtert blickte er in den Spiegel. Sein Gesicht versetzte ihm einen Schock. Er sah, wie sich seine Schädelknochen bewegten, umgruppierten. Aus einem Nasenloch rann ein wenig Blut. Sein Kiefer schob sich hin und her. Diese Schmerzen.

Ihm wurde bewußt, daß er schrie. Das Becken lief über, und ringsum stürzte das Wasser herab. Er betrachtete seine Hand und sah, daß sich dort, wo er die alte Haut weggekratzt hatte, neue gebildet hatte. Sie war rauher, grüner...

Um ihn standen Leute, die ihn vom Becken wegzerrten. Irgend jemand drehte den Hahn ab.

Dr. Blaikley hielt ihn fest. Ihr weicher Körper preßte sich gegen seinen, während jemand anderes das Luftbläschen aus einer Spritze drückte.

Jetzt sah sie überhaupt nicht lüstern aus. Sie behandelte ihn ebenso leidenschaftslos wie ihre Versuchstiere.

Aber warum lockerte sie ihm den Gürtel?

Er versuchte, zu protestieren, bekam aber kein Wort zwischen seinen zusammengebissenen Kiefern hervor. Er schmeckte sein eigenes Blut.

Zwei Assistenten hielten ihn fest, und Dr. Blaikley zog ihm die Hose runter. Er zappelte mit den Beinen, dann riß sie ihm den Slip bis auf die Knie herunter.

Himmel, wollte diese Frau ihn etwa vergewaltigen?

»Nur ein kleiner Pieks«, meinte sie. »Mit einer Nadel.«

Der Assistent drehte ihn und zwang ihn, sich über ein Becken zu bücken. Seine Wirbelsäule war ein einziger glühender Schmerz.

Er spürte, wie sich die Nadel in seine Hinterbacke bohrte, und hörte, wie Dr. Blaikley sagte: »Geschafft.«

Die Schmerzen ließen im Nu nach, mit ihnen jedoch auch alles andere Gefühl. Obwohl er bei vollem Bewußtsein war, konnte er keinen einzigen Muskel bewegen. Er sackte in sich zusammen, und jemand war so gnädig, ihm Unterwäsche und Hose hochzuziehen.

»Schade«, sagte Dr. Blaikley. »Nicht die Dicke des Stiftes zählt, sondern wie man seinen Namen schreibt.«

Sie brachten ihn aus dem Waschraum. Eine Rollbahre wartete auf ihn.

Er legte sich flach auf den Rücken und starrte an die weiße Decke. Oben drehte sich ein Ventilator.

»Es geht ganz schnell«, sagte jemand. »Sein Stoffwechsel muß anders sein als bei den anderen.«

»Er ist keine Versuchsperson«, fuhr ihn Dr. Blaikley an. »Er gehört zur Führungsmannschaft von GenTech. Die Fäkalien sind in das Belüftungssystem geraten.«

Er wurde einen Gang hinuntergeschoben.

»Hiroshi«, sagte Dr. Blaikley, indem sie sich in sein Blickfeld beugte und ihm direkt ins Gesicht sprach. »Sie hatten eine Krise. Wir haben diese Symptome schon früher beobachtet. Sie brauchen sich keine Sorgen zu machen. Wir können Ihnen helfen.«

Ihr Haar hing ihm ins Gesicht. Er konnte ihr Zitronenshampoo riechen.

»Sie werden wieder in Ordnung kommen.«

Dann wandte sie sich an jemand anderen und sagte: »Gott, ich hoffe nur, der Japse schluckt den Blödsinn.«

Er wurde tiefer in den Block ›A‹ hineingekarrt.

»Holen Sie Visser und sagen Sie ihm, was geschehen ist«, sagte Blaikley.

Ventilatoren und Deckenlichter zogen vorüber. Er bemühte sich, seine Nackenmuskeln unter Kontrolle zu bekommen, schaffte es aber nicht.

Sein Kopf rollte hin und her. Wieder begann er, Dinge zu hören. Dieselben Geräusche, die in der letzten Zeit in seine Träume gedrungen waren. Sie klangen wie die klagenden Laute der Sumpfvögel. Urlaute.

Ein tierischer Gestank. Diesen Teil des Lagers hatte er nie betreten. Es gehörte nicht zu seinem Aufgabenbereich.

Wie eine seiner Schnecken holte er einmal tief Luft, die lange würde reichen müssen. Seine Brust hob sich nicht richtig, so als hätte die Droge, die man ihm injiziert hatte, seine Lungen gelähmt.

»Er kommt gleich wieder zu sich.«

»Dann legen Sie mal einen Zahn zu, verdammt noch mal, Misty. Ich möchte meine zwei Hände und meine großen Titten behalten.«

Die Rollbahre hielt, und man legte ihn auf eine Liege. Es war nicht mehr als eine Matratze über einem Eisengestell. Man bohrte ihm Verschiedenes in den Arm, und er hörte das stete Piepen eines Lebensüberwachungsmonitors.

Dr. Blaikley warf einen Blick in seine Augen, zog seine Lider hoch. Er spürte ihren süßen Atem auf seiner Haut. Ihre schweren Brüste streiften seine Brust.

»Beeilen Sie sich, Misty«, sagte sie zu jemandem.

Seine Hand funktionierte wieder. Er hob sie und bekam Blaikleys Bluse zu fassen, gleich über der Hüfte. Er spürte das warme Fleisch ihrer Hüfte.

Sie zuckte zurück, und Shiba glaubte etwas Merkwürdiges in ihrem Gesicht zu erkennen. Es war sehr ungewöhnlich für Mary Lou Blaikley. Man hätte es für Mitleid halten können.

Sie nahm seine Hand zwischen Daumen und Zeigefinger und legte sie ihm auf die Brust. Dabei berührte sie sie so wenig wie möglich, als wäre er eine tote Ratte. Oder eine kranke.

Dann ein metallisches Klacken, und Dr. Blaikley und die anderen waren verschwunden. Die Schmerzen kam langsam zurück, und er konnte seine Glieder ein wenig bewegen. Wo Dr. Blaikley ihn berührt hatte, brannte seine Hand.

Seine Lungen dehnte sich. Er sog noch einem Atemzug aus der Luft und spürte, wie das Feuer in seiner Brust wütete.

Überall durch seinen Kiefer schossen Schmerzen.

Er setzte sich auf und merkte, daß er nicht in einem Krankenzimmer lag. Er befand sich in einem Käfig.

IV

»Du hast dich einmal zu oft mit den Good Ole Boys angelegt, Gitarre.« Elvis erkannte, daß Robert E. Lee Chamberlain sich einen lange gehegten Wunsch erfüllen würde, indem er ihn tötete. Aber zuerst würde er ihm noch eine lange, öde Ansprache halten.

Elvis sah sich um. Man hatte die aneinandergeketteten Kontraktarbeiter auf dem Boden Platz nehmen lassen. Good Ole Boys mit Gewehren kauten Zahnstocher und versuchten, hinter ihren Sterlings cool auszusehen.

Krokodil stand einfach da, ein wenig abseits vom Auto, die Hände ausgestreckt, wo jeder sie sehen konnte.

»Willst du uns vielleicht ein paar Songs singen, Gitarre?«

Chamberlain nahm Ziel mit seiner Automatik. Das Mädchen, auf das er zuvor geschossen hatte, weinte nicht mehr, sondern drückte sich nur ihr zerfetztes Ohr an den Kopf. Es wurde langsam Zeit für einen Sklavenaufstand hier unten in Georgia.

»Wie wär's mit ›John Brown's Body‹, Massah?«

Chamberlain verzog höhnisch den Mund und schoß neben Elvis' Füßen in den Boden und sprengte ein Rasenstück heraus. Elvis wünschte, er hätte nicht gezuckt, wußte aber, daß dem nicht so war. Er hatte das Gefühl, Jesse Garon bald wiederzusehen.

»Wie fühlst du dich ohne deine Niggerfreunde, die dir raushelfen, Gitarre?«

Elvis sagte nichts. Chamberlain hatte Gandy, Big Bill und dem Puppenschnitzer in Memphis eine ziemlich schwere Demütigung zu verdanken. Das hier war erst vorbei, wenn der Good Ole Boy überzeugt war, es dem Op zurückgezahlt zu haben.

»Ich habe Befehl, dich aus dem Verkehr zu ziehen, Gitarre. Von Judgement Q. Harbottle höchstpersönlich.«

»Dem Boß?«

Chamberlain grinste. »Richtig. Dem Boß. Das sollte dir schmeicheln. Gewöhnlich hat Judgement besseres zu tun, als sich mit mickrigen Einzelkämpfern abzugeben, die den offiziellen Ops die Tour vermasseln. Du hast dich wie ein Moskito benommen und gebissen und geplagt. Er meint jedoch, wir sollten ein Exempel an dir statuieren.«

Er deutete auf die Arbeiter.

»Es wird dir gefallen zu hören, daß diese Nigger frei wie Vögel sein werden, wenn wir mit dir und deiner Freundin fertig sind.«

Die Ketten klirrten, als sich die Kontraktarbeiter bewegten. Sie waren nicht so töricht, Chamberlain zu glauben.

»Wichtig ist, daß du keine .45er Kopfschmerzen bekommst, sondern daß diese Farbigen sehen, wie du den Löffel abgibst. Du hast einen ganz guten Ruf bei diesem Abschaum aus dem Sumpf. Die halten dich für so eine Art Held. Aber wenn man dir erst mal das Hirn durch die Haare gepustet hat, bist du vermutlich auch nichts weiter als ein Haufen toter Scheiße. Diese Nigger werden die Kunde verbreiten, daß man die Gitarre fertiggemacht hat, dann werden die Good Ole Boys nicht mehr so viel Widerspenstigkeit von den Kontraktarbeitern zu erwarten haben. Wir haben einiges davon, wenn wir dich umlegen...«

Er legte die Waffe an die Schulter, und Elvis konnte die Züge im Lauf erkennen.

»...aber außerdem verschafft es mir ein kleines, harmloses Vergnügen.«

Elvis wußte nicht genau, wie es dazu kam, was als nächstes geschah, doch er überlebte die nächsten zehn Sekunden und konnte wieder atmen...

Krokodil bewegte sich schneller, als es möglich schien, und Chamberlain schwenkte herum, um auf sie zu feuern. Er traf daneben. Ein Good Ole Boy ging zu Boden. Aus einem Loch in seiner Kehle strömte Blut. Ein anderer hockte mit gebrochenem Rückgrat in einem Baum. Eine Spitzhaube preßte sich seine zerfetzten Eingeweide an den Bauch.

Krokodil wirbelte mit sirrenden und blutverschmierten Händen im Kreis herum.

Elvis lag im Gras und robbte auf Ellenbogen voran. Ein Schuß strich über seinen Kopf. Chamberlain hatte es auf ihn abgesehen.

Krokodil verbog eine Spitzhaube zu einer Brezel. Irgend jemand verließ den Schauplatz des Geschehens in höllischem Tempo auf einem Motorrad. Vielleicht kein dummer Gedanke.

Wieder ein Schuß. Staub wirbelte vor Elvis' Augen auf.

Er lag jetzt flach neben dem Cadillac. Eine Kugel prallte von der Karosserie ab.

Zwei Good Ole Boys gingen mit Rinderschockern auf Krokodil los. Mit einer Handbewegung zum Gesicht verschob sie ihre Augenklappe. Ein knisternder Strahl schoß heraus, und die beiden GOB-Männer gingen kreischend und mit brennenden Köpfen zu Boden. Krokodil hatte sich einen optischen Brenner anstelle ihres fehlenden Auges einsetzen lassen.

Die Hälfte der Mietarbeiter hatte versucht, davonzurennen, und die andere Hälfte hinter sich hergezerrt. Ein Good Ole Boy mit einer Schrotflinte rammte Patronen in seine Waffe und wollte sie abknallen, aber Krokodil fiel ihm in den Rücken und knackte sein Genick wie eine Nuß. Er sackte wie eine zerbrochene Puppe in sich zusammen.

Die meisten der Gegner waren mittlerweile außer Gefecht.

Elvis riß die Wagentür auf und rutschte auf den Beifahrersitz.

Durch die Windschutzscheibe erblickte er Chamberlain. Eine Kugel prallte platt und kraftlos vom kugelsicheren Glas ab. Chamberlain warf ein leeres Magazin heraus und kramte hektisch in seiner Jacke nach Ersatz.

Elvis nahm vom Armaturenbrett, was er brauchte, und stieg aus dem Wagen.

Krokodils Atem war so ruhig wie vorher. Die letzte Spitzhaube lag, immer noch zuckend, tot zu ihren Füßen.

Chamberlain hatte das Magazin gezückt, erstarrte jedoch.

Elvis hielt die Voodoopuppe in die Höhe.

»Du glaubst doch nicht an Zauberei, oder?« sagte er.

Der Good Ole Boy rammte das Magazin in die Waffe und zielte auf Elvis.

»Vorsicht, du könntest die kleine Puppe treffen.«

Elvis packte die Puppe fester, spürte, wie das Holz unter Spannung geriet und brach. Chamberlain machte keinen glücklichen Eindruck. Sein Gesicht war rot angelaufen.

»Ist alles psychosomatisch, weißt du.«

Er lockerte seinen Binder. Sein Kragenknopf sprang ab.

»Es hängt alles von der Leichtgläubigkeit des Opfers ab.«

Chamberlain räusperte sich, versuchte zu sprechen.

»Wir beide, wir sind nicht so, oder?«

Chamberlain schmiß die Waffe fort.

Elvis ließ die Puppe ins Gras fallen, und Chamberlain stotterte und griff sich fluchend an die Kehle...

Krokodil ging hinüber zum Auto. Sie wirkte fast gelangweilt. Auf Gesicht und Kleidern hatte sie Blut, und in ihrer Jacke waren ein paar verschmauchte Löcher zu erkennen. Sie riß sich das Kleidungsstück vom Leib und wischte sich Hände und Gesicht damit ab. Ihr Körper war voller blauer Flecken, aber nirgendwo schien die Haut verletzt. Ihre Nacktheit machte sie nicht verlegen, wie Elvis bemerkte. Sie bewegte sich wie eine lebende Statue, und erneut fragte sich der Op, wieviel von ihr noch von der ursprünglichen jungen Frau stammte.

Sie zog einen zweiten, identischen Anzug aus ihrem Sack und stieg in die weiten Hosen.

»Gefällt Ihnen der Anblick?« fragte sie ihn ohne jede Häme. Einladend klang es allerdings nicht.

»Tut mir leid, Ma'am«, schluckte er. Er hatte sie angestarrt. Selbst Chamberlain, der schnell und flach atmend um Luft rang, hatte seinen Blick auf sie geheftet.

Sie streifte ihre Jacke über und band die Schärpe an ihrer Hüfte fest. Mit einem Hauch von Eitelkeit, den sie bislang nicht hatte vermuten lassen, fuhr sie mit der Hand durch ihr ungebändigtes Haar, ordnete es ein wenig. Sie rückte die Augenklappe über dem optischen Brenner zurecht, lächelte mit zusammengekniffenen Lippen und fragte: »Fertig?«

Sie glitt in den Wagen und wartete.

Was immer sie an Ärger auf diesem Trip erwartet hatte, diese Aktion war für sie nur eine unbedeutende Kleinigkeit. Elvis wurde deswegen allerdings keinesfalls mulmig.

Chamberlain suchte nach seiner Waffe. Elvis sah sie aufblinken und stieß sie mit dem Fuß zu den Arbeitern hinüber.

Ein Mann hob sie auf und drückte sie gegen das Schloß an seinen Knöcheleisen.

»Nein«, rief Elvis, »das reißt dir den Fuß ab.«

Einer der Kerle mit den Elektroschockern hatte einen Schlüsselring am Gürtel. Elvis nahm ihn und warf ihn dem Arbeiter zu, der seine Fesseln aufschloß und dann den Schlüssel weiterreichte.

Chamberlain saß dumpf daneben und sagte nichts.

»Die Schlüssel werden in den Fahrzeugen stecken«, sagte Elvis zu dem Mann. »Ich würde mich an eurer Stelle westlich halten. Ihr könntet euch im Delta verstecken, vielleicht schafft ihr es bis nach Texas.«

»Danke, Mann«, sagte er. Elvis hegte keine allzugroßen Hoffnungen für die Leute. Der Weg war ziemlich weit. Aber die GOB und die CAF hatten eine Menge Geräte herumliegen lassen. Die Flüchtlinge würden gut bewaffnet und motorisiert sein.

Jetzt waren sämtliche Kontraktarbeiter befreit. Sie rieben sich ihre schmerzenden Knöchel und Handgelenke.

Das angeschossene Mädchen schaute zu Elvis hoch. Sie hatte kleine Locken und einen Schmollmund. Er lächelte sie an und tätschelte ihr den Kopf.

»Hier«, sagte er, »nimm diese Puppe.«

Er fischte die Robert-E.-Lee-Chamberlain-Puppe aus dem Gras und gab sie ihr. Sie betrachtete sie unschlüssig. Schließlich war es ein häßliches Ding.

Chamberlain öffnete den Mund, um zu protestieren, das Mädchen hatte der Puppe jedoch den Daumen auf das Gesicht gedrückt. Er erstarrte.

Nur eine psychosomatische Reaktion, sagte sich Elvis.

Er betrachtete die Gesichter der Mietarbeiter und erblickte all das Leid, das bereits mit ihren Vorvätern aus Afrika gekommen war. Der Mann, dem er die Schlüssel gegeben hatte, glich stark einem Bild von Robert Johnson: ausgezehrt, verängstigt, auf der Flucht...

Das Mädchen begann, auf der hölzernen Hand der Puppe herumzubeißen. Chamberlains schwammiges Gesicht verzog sich schmerzgequält.

Das Mädchen lachte. Sie begann, der Puppe Kopf und Glieder zu verdrehen.

Chamberlain zuckte zusammen, trat ins Leere.

Elvis verabschiedete sich mit einem Winken und stieg in den Cadillac.

Krokodil hatte bereits den Motor angelassen. Elvis setzte sich ans Steuer. Die elektrischen Fenster hoben sich und schnitten Chamberlains Schreie ab.

Er sah das Mädchen winken. Die Puppe war ihr in der Hand zerbrochen, und auf ihrem Kleid hatte sie einen Fleck, der aussah wie rote Farbe.

Beim Wegfahren überlegte Elvis, daß dies wohl wirklich das letzte Mal war, daß er es mit Robert E. Lee Chamberlain zu tun bekommen würde.

Leid tat es ihm nicht.

V

Seit der Landung des Präsidenten war auf Cape Canaveral einiges in Bewegung geraten. Fonvielle wurde ständig um Rat gefragt, während die Schwarzhüte rings um den Kommandobunker alle Hände voll zu tun hatten, die Systeme wieder anzuschließen. In vielerlei Hinsicht glich es der Reihenschaltung von Christbaumlichtern. Entweder man bekam sämtliche Schaltkreise gleichzeitig in Gang, oder das Ganze sprühte Funken und zerfiel in Stücke. Die Schwarzhüte waren nicht ganz auf dem alten NASA-Standard, aber sie waren voller Begeisterung bei der Sache. Es war wie in alten Zeiten. Sie standen an der Schwelle, erweiterten den Horizont, protzten damit, sie seien die wahren Kerls, spuckten in die Sonne, bohrten Löcher in die Donuts und eroberten die Grenze am Himmel.

»Wir sind wieder dabei, die Hand auszustrecken«, erzählte Fonvielle dem Prezz, als die Große Tafel aufzuleuchten begann. »Wir werden eine Hand in die Höhe recken und uns eine Handvoll Sterne schnappen.«

Der Prezz lächelte nur und nickte verständig. Seit ihrer letzten Begegnung hatte er sich stark verändert. Damals war er ein energischer, brummiger Typ gewesen, direkt und dominant. Jetzt war er ein stiller Mann voller Zuversicht, der auf unauffällige Art gut aussah und mit leichtem französischem Akzent sprach. Fonvielle hatte sich an die Veränderungen des Präsidenten gewöhnt. Im Laufe der Jahre hatte er viele neue Gesichter, viele neue Gestalten angenommen. Aber er war immer noch der Präsident. Fonvielle hatte einen persönlichen Eid auf den Präsidenten der Vereinigten Staaten geschworen, und an den hielt er sich. Er hatte immer gewußt, daß der Präsident sich an ihn erinnern würde, selbst wenn der Rest der Welt alles vergessen sollte. Man konnte darauf zählen, daß das Weiße Haus die Dinge im Griff hatte.

Die Schwarzhüte hatten Sumpfwasser aus dem Bunker gepumpt und verrostetes Gerät repariert oder ausgewechselt. Der Schaden war überraschend gering. Damals in den 60ern hatte die NASA für die Zukunft gebaut, bevor der Mumm sie verlassen hatte und sie den Sowjets das Feld überlassen mußten. Fonvielle würde die knietiefe, warme Lake vermissen, in der er zwanzig Jahre herumgewatet war. Zwischen zwei der alten Hauptkonsolen hatte er sich eine Hängematte aufgehängt, und er war zu einem exzellenten Speerfischer geworden.

Die Einheimischen waren alle von dem langsam vordringenden Wasser vertrieben worden, und die wenigen Sumpfbewohner, die auf der Halbinsel geblieben waren, hielten sich von ihm fern. Den alten Verrückten nannten sie ihn. Ihm war das völlig egal. Er hatte immer gewußt, daß der Präsident eines Tages zurückkehren und er Cape Canaveral kurzfristig wieder einsatzbereit machen müssen würde. Einsam war er nicht gewesen. Schließlich waren die Geister seine Freunde.

Anfangs hielt er die Figuren – menschliche Gestalten in verkohlten Raumanzügen, die sich dahinschleppten, als seien sie schwerelos – für kurz vor dem Einschlafen auftretende Visionen, und er hatte sich in acht nehmen müssen, nicht wahnsinnig zu werden. Wenn ihn der Verstand verließ, wäre er für den Präsidenten nicht mehr von Nutzen. Dann hatte er angefangen, sie wiederzuerkennen. Der mit dem rotverschmierten Sichtfenster war Collins, dem beim Ausstieg im All der Helm geplatzt war, und der, dem das Wasser aus den Anzugverschlüssen lief, war Gus Grimson, der mit seiner Kapsel untergegangen war. All die anderen Namen fielen ihm wieder ein: Shepard, Capaldi, Griffith, Mildred Kuhn, Mihailoff, Lindsay, Breedlove, und die anderen, die im All verlorengegangen waren. Selbst die Russen waren hier, mit den Buchstaben CCCP in Schablonenschrift auf ihren Anzügen. Gagarin, beim Wiedereintauchen verglüht, war eine bewegliche Aschenmasse in Menschengestalt mit einem aufgequollenen Helmkopf. Fonvielle hatte die Russen nicht persönlich gekannt, aber im Laufe der Jahre hatte er ihre Namen aufgeschnappt. Victorov, Netelkina, Sementsova, Dvorshetsky, Lazarev, Klimov, Ledogora, Rakan.

Manchmal versammelten sich die Geister in einer Gruppe auf dem Rollfeld. Dann standen sie auf der Wasserfläche, als sei sie aus Beton, und sie starrten hinauf zu dem verlassenen Montageturm. Fonvielle verstand, was sie wollten. Blieb das Cape verlassen, dann war ihr Leben und ihr Tod sinnlos. Wenn all das hektische Treiben jemandem zugute kam, dann den Geistern.

Schwarzhüte mit Feudeln wischten den Betonboden trocken. Sie trugen ein seltsames Lächeln auf den Lippen und sprachen nicht viel, außer, wenn sie einem erzählen wollten, wie wunderbar alles sei, seit sie das Licht gesehen hatten. Fonvielle war lebendige Menschen nicht mehr gewöhnt, die Hüte schienen jedoch nicht schlimmer zu sein als die anderen.

Eines war allerdings gut. Die Schwarzhüte verfügten über eine komplette Wachmannschaft mit schwerem Gerät. Fonvielle war es leid geworden, in seinem Einmannkrieg gegen die Koffermenschen sein Glück bis zum letzten auszureizen. Vor zwei oder drei Jahren waren sie zum erstenmal aufgetaucht, waren mit peitschenden Schwänzen und mahlenden Kiefern aus den Sümpfen landeinwärts herangeschlichen. Sie fraßen alles, was ihnen in die Quere kam, menschliche Gliedmaßen inklusive. Fonvielle hatte sie abgeknallt, wann immer sich die Gelegenheit bot, aber er war alleine, und der Sumpf wurde von den Koffermenschen immer dichter bevölkert. Die Hüte hatten bereits ein, zwei scharfe Auseinandersetzungen mit diesen Geschöpfen gehabt und ihren anfänglichen Schock beim Anblick ihrer Krokodilsgesichter überwunden. Jetzt hatte man das Problem im Griff. Der Prezz hatte gleich nach seiner Ankunft persönlich eines der Viecher abgeknallt. Fonvielle sah darin eine Bekräftigung seiner Politik.

Schwarzhüte überprüften die Steuerkonsolen. Ein oder zwei waren in erbärmlichem Zustand. Man hatte sie auseinandergenommen, und ein Gewirr bunter Drähte breitete sich auf dem Boden aus, während in ihrem Innern Schraubenzieher und Schweißbrenner zum Einsatz kamen. Andere waren einsatzbereit, und das Personal verschickte Testsignale. Die Schwarzhüte benutzten den außer Betrieb gesetzten, aber immer noch funktionstüchtigen Satelliten für ihren Test und übermittelten mit ihm Nachrichten an ihr Hauptquartier in Salt Lake City.

Fonvielle war stolz darauf, daß die Technik so gut und lange gehalten hatte.

Die Monitore begannen zu summen, und eine Operateurin begann mit der Verfolgung der Zielobjekte. Fonvielle stand über sie gebeugt und schaute auf den Bildschirm. Die Operateurin hatte ihren schwarzen Hut abgenommen, um die Kopfhörer aufsetzen zu können. Ohne ihre Hüte waren es ganz normale Leute, wenn auch mit etwas perfekterem Gesichtsausdruck. Fonvielle legte ihr eine Hand auf die Schulter, und sie lächelte zu ihm herauf und zeigte ihm dabei ihre weiße, gleichmäßige Reihe von Emaillezähnen.

Die Zielobjekte umkreisten die Globusprojektion. Ein Drukker begann, eine Grafik auszugeben, auf der die zwölf regelmäßigen Bewegungen im All verzeichnet waren. Fonvielle schaute zur anderen Seite des Raumes und entdeckte Grissom, der unbeachtet zwischen den Schwarzhüten herumstand. Der Astronaut zeigte ihm den nach oben gereckten Daumen, und Fonvielle erwiderte die Geste gerührt. Er versuchte, die Tränen zurückzuhalten; es gelang ihm nicht.

Die Großen Zeiten waren zurück. Endlich wurde der Traum wieder Allgemeingut.

Man hielt ein großes Treffen im alten Konferenzzimmer ab. Dazu entfernte man den Schutzbezug vom runden Tisch mit dem eingelegten NASA-Symbol. Der Prezz und seine Berater hatten ein Chaos aus Foliendiagrammen aus unvergänglichem Plastik herausgekramt und erläuterten Zweck und Ziel des Projektes. Es war, wie er vermutet hatte. Er kannte immer noch alle Pläne auswendig. Auf diesen Augenblick hatte er seit über zweieinhalb Jahrzehnten gewartet.

Der Mars war romantischer, der Mond bot mehr praktische Anwendungen, die Tiefe des Alls war die Region, aus dem die Weißkittel ihre Daten schöpfen konnten. Aber dies war der Plan, der ihn von innen her auffraß. Er war nie richtig gewesen, und Fonvielle mochte ihn nicht so lassen. Er konnte berichtigt werden, und genau dafür wollte er sorgen.

Der Präsident erteilte Befehle. Commander Lawrence Jerome Fonvielle schnellte zu zackigem Salut hoch.

Es gab einen Plan. Es gab Ziele.

Und innerhalb eines Monats wäre es endlich geschafft. Das Needlepoint-System würde on-line zugeschaltet werden.

Und hier unten auf der Erde wäre das Wettrüsten vorbei.

VI

Es bestand nur aus ein paar Sumpfhütten auf Pfählen, hatte aber ein Schnellrestaurant. Seit dreißig oder vierzig Meilen waren sie jetzt schon im Amphibienmodus gefahren, bei dem die Räder des Cadillac versiegelt und die hinteren Motoren eingeschaltet wurden. Bei langsamer Fahrt durch das Sumpfgebiet verdrängte die Maschine eine beträchtliche Wassermenge, daher hinterließen sie schaumiges Kielwasser. Sie kamen langsamer voran als zuvor auf der Straße, Elvis war jedoch gerne auf dem Wasser – wenn man den zähen Schlamm, jenes Chemiegebräu, aus denen die Sümpfe in Florida bestanden, Wasser nennen konnte –, und der Cadillac fuhr sich wie immer: ein stromlinienförmiger Traum. Seine einzige Sorge war bisher, daß im Sumpf irgendein Gift existierte, das die Farbe von der Karosserie des Wagens fraß. Denn sie hatten keinerlei Flüsse überquert, in denen etwas lebte, was groß genug war, um gefährlich zu werden.

Einem alten Freund bei T-H-R hatte Elvis zu verdanken, daß er über Bordcomputer eine Verbindung zu dem Gazeteer herstellen konnte, dem zensierten Kartengeber, für den die großen Agenturen verantwortlich zeichneten. Wacissa war als immer noch kaum bewohnt angegeben. Das Restaurant hieß Casper's Show-Down, und der Trilobiten-Thermidor hatte drei Sterne. Aber das Datum der letzten Überprüfung des Eintrags lag achtzehn Monate zurück. Hier draußen konnte man sich nicht darauf verlassen, daß etwas auch nur fünf Minuten beim alten blieb, von anderthalb Jahren ganz zu schweigen.

Seit dem Zusammenstoß mit Chamberlain hatte Krokodil still dagesessen und kaum gesprochen. Er war sich bewußt, daß die Sperre sein Kampf und nicht ihrer gewesen war. An ihrer Stelle würde er sich fragen, ob es sich gelohnt hatte, den Op anzuheuern. Schließlich hatte sie gezeigt, daß sie in einem Kampf gut für sich selber sorgen konnte. Elvis begann die Anstrengung der langen Fahrerei, den vertrauten Schmerz in Nacken und Schultern, zu spüren.

Er lenkte den Cadillac an die Anlegestelle des Restaurants und benutzte den automatischen Greifer als Anker. Das Fahrzeug kam zum Stillstand. Kleine Wellen schlugen gegen seine Flanken.

Krokodil fuhr hoch, als hätte man sie aus einem Tagtraum geweckt. Elvis war aufgefallen, daß die junge Frau gelegentlich in einen nebelhaften Trancezustand fiel. Das ersetzte den Cyborgs den Schlaf, wie er wußte. Die Trancezustände erfüllten ihren Zweck. Ohne Schlaf konnte man leben, aber ohne zu träumen wurde man verrückt. Früher oder später würden die Gehirnpfuscher bei GenTech eine Methode entwickeln, einem die Traumsynapsen herauszubrennen, und dann, vermutete Elvis, würde wohl die gesamte Menschheit einfach aufgeben und sterben müssen, weil es sich nicht mehr lohnte weiterzuleben. Es gab einiges, von dem die Gehirnpfuscher einfach besser die Finger lassen sollten.

»Essen fassen«, sagte er.

Er wußte, daß Krokodil aß, wenn auch nur gelegentlich. Wahrscheinlich eine Gewohnheit, wie das Kratzen, wenn es einem am amputierten Bein juckte.

»Schön.« Sie protestierte nicht. Einige seiner Kunden, für die er Kurierdienste übernahm, protestierten jedesmal, wenn etwas die Fahrt verzögerte, aber seit sie sich Cape Canaveral näherten, hatte Elvis den Eindruck, daß die Frau eine gewisse Zurückhaltung an den Tag legte. Feige war sie nicht, das hatte das Aufeinandertreffen mit den Spitzhauben gezeigt. Sie schien jedoch all ihren Mut zusammennehmen zu müssen, um sich in Cape Canaveral einer verdammt furchterregenden Situation zu stellen. Elvis mochte nicht darüber nachdenken, was Krokodil möglicherweise als furchterregend empfand. Alpträume hatte er selbst genug.

Das Dach rollte zurück, und die dicke, schwere Luft des Sumpfes wehte herein und verdrängte ihre klimatisierte, schmutzgefilterte, temperaturregulierte Luftblase.

Sie standen auf, und Krokodil half ihm auf den Landungssteg. Die alten Bretter knarrten unter ihnen. Nach so vielen Stunden hintereinander am Steuer war Elvis ein wenig unsicher auf den Beinen. Er ließ seine Hüften kreisen, um den Kreislauf in Schwung zu bringen. Ein Moskito sirrte vorbei, ein scharfer Blick von Krokodil vertrieb ihn jedoch wieder.

»Hallo, Leute«, sagte eine Stimme. In einem Schaukelstuhl auf der Veranda des Schnellrestaurants saß jemand. »Was darf's denn sein?«

Elvis versuchte, die Gestalt des Mannes zu erkennen, aber er saß im Schatten einer durchhängenden Markise.

»Etwas zu essen wäre nicht schlecht, würde ich sagen«, sagte er.

»Ja, kann ich mir denken.« Der Alte lachte, fing an zu husten. In seiner Brust war ein ungesundes Schnarren zu hören, so als wäre seine Lunge verstopft.

»Sie sind Casper?«

Er hustete und lachte wieder. »Verdammt, nein. Casper hat den Kram hingeschmissen und ist vor gut einem Jahr mit einer kleinen Weißen durchgebrannt. Hab gehört, er hat sich in Cuba bei den Zigarrendrehern und Drogenschmugglern niedergelassen.«

»Führen Sie das Restaurant?«

Der Alte rotzte mit maximaler Lautstärke und spie weit über den Steg. »Nein. *Die* Leute finden Sie drinnen.«

»Herzlichen Dank, Sir.«

»Danken Sie mir nicht, Junge, bis Sie wieder aus dem Laden rauskommen. Sie werden feststellen, daß er nicht mehr derselbe ist, seit Casper abgewandert ist. Nein, Sir, beileibe nicht derselbe.«

Ein Sonnenstrahl drang durch die sich bewegenden Zypressen und landete im Schoß des Alten. Elvis sah, daß seine Hände von Arthritis verknotet waren. Sie waren grün und dicht geschuppt, und seine Fingernägel waren kurze, dicke gelbe Krallen. Der Sumpf brachte seltsame Geschöpfe hervor.

Krokodil zupfte ihn am Ärmel, und sie betraten das Restaurant.

Kunden gab es keine, aber hinter der Theke stand ein junger Mann. Eine Frau, die ein eineiiger Zwilling von ihm hätte sein können, stand gegenüber am Grill. Der Mann hatte kurze, blonde Haare, zwischen seinen perfekten Zähnen klemmte eine Pfeife, und er trug ein leichtes Sportsakko sowie eine Howdy-Doody-Fliege. Die Frau hatte eine toupierte, blonde Dauerwelle, die zu einem Betonhelm mit roten Schleifen erstarrt war, ein Kleid mit Puffärmeln und eine winzige Rüschenschürze. Elvis kam es so vor, als wären die beiden bis zum Augenblick ihres Eintretens leblose Schaufensterpuppen gewesen, und erst dann wie durch ein Wunder zu einer Art künstlichem Leben erwacht. Wie die animatronischen Präsidenten in Disneyland.

»Hallo, Nachbar«, sagte der Mann. »Ich bin Donny, und das ist meine Frau Marie. Wir sind hier, um dem Herrn und unseren freundlichen Gästen zu dienen. Was kann ich für Euch tun?«

Elvis betrachtete die Speisekarte, auf der schlichte Mahlzeiten angepriesen wurden, die jedoch mit verschnörkelten Verzierungen und grinsenden Comicfiguren übersät war, die sich die Lippen leckten.

»Rekaffee und... sagen Sie, die Koteletts, die Sie hier auf der Speisekarte haben. Sind die jemals als Schwein herumgelaufen?«

»Jawohl, Sir. Kein künstlich gezüchtetes Fleisch im Walton Family Diner.«

»Großartig. Dann nehme ich zwei, mit reichlich brauner Soße, dazu Fritten, Salat ohne Mayonnaise, und danach echt amerikanischen Apfelkuchen mit Sahne, wenn Sie haben, und ohne, wenn nicht.«

»Kommt sofort, Sir. Und für Ihre bezaubernde Gattin?«

Krokodil zog die Augenbraue über ihrer Augenklappe hoch und sagte nichts.

»Sie nimmt nur ein Mineralwasser. Sie lebt Diät.«

Donnys Grinsen wurde noch breiter. »Sie achten auf Ihre Figur, was? Genau wie Marie.«

Mrs. Walton kicherte herzhaft und klatschte zwei Koteletts auf den Grill. Es gelang ihr, zu kochen, ohne daß ihr makelloses Äußeres in Mitleidenschaft gezogen wurde. Das Mahl, das man vor ihm auf die Theke stellte, sah so perfekt arrangiert und leuchtend bunt wie die Illustration in einem Kochbuch aus. Ein köstlicher Duft stieg auf und schlängelte sich in seine Nase.

Elvis ergriff Messer und Gabel und begann, das Fleisch zu zerschneiden.

»Entschuldigen Sie, Sir«, warf Donny ein. Ein gutwilliger Ton des Mißfallens hatte sich in seine umgängliche Art gemischt. »Wollen Sie etwa kein Gebet sprechen?«

Elvis spürte, wie es ihm eiskalt den Rücken hinunterlief, senkte jedoch den Kopf und murmelte ein paar Worte.

»Sehen Sie«, sagte Marie, »fühlen Sie sich jetzt nicht besser, nachdem Sie dem Herrn gedankt haben?«

»Ganz recht, Ma'am.« Er führte eine Gabel mit Schweinefleisch zum Mund.

Marie und Donny hakten einander unter und lächelten ihn gütig an. Sie hätten ohne weiteres aus einem Sears-Roebuck-Katalog aus den 50ern stammen können, wo sie gerade frisch lächelnd ihren neuen Nierentisch, den Gartengrill oder die Schutzeinrichtung gegen radioaktiven Niederschlag bewundert hatten. Hinter ihnen, zwischen den gerahmten Hochzeitsfotos und den Norman-Rockwell-Drucken, erblickte Elvis umhäkelte Bibelsprüche.

Krokodils Arm schnellte vor, rascher, als sein Auge folgen konnte, und packte sein Handgelenk. Ohne zu wissen, was geschah, beugte er instinktiv seinen Kopf vor und öffnete den Mund.

Seine Geschmacksnerven kribbelten, seine Speicheldrüsen liefen über. Der Brocken perfekt gebratenen Schweinefleisches, außen deftig braun und innen zartrosa, war das Köstlichste, wonach es ihn je gelüstet hatte.

Krokodil drückte seine Hand nach unten und zwang ihn, die Gabel zu senken.

»Was ist?«

Donnys und Maries Lächeln war noch breiter geworden. So breit konnte eigentlich niemand lächeln. Ihr Lächeln war ein Schlitz durch ihre Wangen von Ohr zu Ohr, der immer spitzere Backenzähne freilegte.

»Ist alles in Ordnung, Sir?« fragte Donny.

»Sie bekommen Ihr Geld zurück, wenn Sie mit dem Essen oder der Bedienung nicht zufrieden sind«, meinte Marie.

»Es sind Josephiner«, sagte Krokodil. »Ich habe so etwas schon mal gesehen.«

»Lobet den Herrn«, sagte Donny und wuchtete eine abgespeckte europäische Maschinenpistole unter der Theke hervor.

»... und beschreitet mit Freuden den Pfad des Joseph«, fügte Marie hinzu und zog zwei meterlange, rasiermesserscharfe Fleischspieße aus einer Wandhalterung.

Elvis warf sich zu Boden, als der erste Feuerstoß durch das Restaurant fetzte. Tomaten aus Plastik sprangen in die Luft und versprühten explodierend Ketchup. Salz und Pfefferstreuer zersplitterten. Die karierten Tischdecken aus Kunststoff gingen in Fetzen. Papierservietten wurden tanzend von den Kugeln in Stücke gerissen.

Krokodil hechtete durch den Raum. Tische und Stühle fielen um. Donny versuchte, die Waffe hochzureißen.

Elvis hatte seinen Derringer hinten aus dem Gürtel gezogen. Er zielte auf die Stirn des immer noch grinsenden Donny und verpaßte ihm eine Ladung Stoppermunition. Der Rückschlag fühlte sich an, als würde er ihm den Finger von der Hand reißen. Mit einem Derringer beendete man Auseinandersetzungen mit einem einzigen Schuß.

Donnys perfekt gebräunte Haut zerbarst, und Fleischbrokken quollen über seinen Augen hervor. Blut war jedoch keines zu sehen, und er leerte weiter seine Maschinenpistole.

Elvis rollte gerade noch rechtzeitig auf die Seite, um Maries Fleischspießen auszuweichen. Allerdings bohrte sich das Metall durch den Ärmel seiner Lederjacke und nagelte ihn am Boden fest. Immer noch affektiert grinsend, zielte sie mit dem anderen Fleischspieß auf sein Herz.

»Schönen Tag noch«, sagte sie.

Elvis haßte es, Damen zu schlagen. Trotzdem trat er mit seinem Stiefel nach Maries Taille. Der Spieß über seiner Brust verfehlte sein Ziel und bohrte sich ins Linoleum. Sein Fuß jedoch fühlte sich an, als hätte er gerade Mount Rushmore einen ordentlichen Tritt verpaßt.

»Aber, aber. Höflichkeit kostet nichts, Sir«, sagte Marie, packte seinen Knöchel und verdrehte ihn heftig.

Donnys Knarre hatte nichts mehr zu sagen. Während er nachlud, hechtete Krokodil über die Theke und verpaßte ihm einen Doppeltritt gegen den Kopf. Er schüttelte sich bloß kurz und versuchte, ein neues Magazin in seine Pistole zu schieben. Krokodil drängte sich hinter ihn und versuchte, ihm die Arme an den Körper zu pressen.

Elvis spürte, wie seine Knochen knirschten, während Marie die Prozedur fortsetzte.

Ein Knirschen, und Elvis sah, daß Krokodil Donny die Arme ausgerissen hatte. Der drehte sich zu ihr um und stieß ihr, die Pfeife immer noch im Mund, mit der Stirn gegen den Kopf. Sie ging hinter der Theke zu Boden. Das Geräusch der zusammenprallenden Schädel hallte durch das Restaurant. Donny blutete an den Schultern nicht.

Elvis riß seine Jacke los und zog sich hoch. Marie hing noch an seinem Knöchel. Sie ließ sich über den Fußboden schleifen, ihr Grinsen wurde breiter. Er trat ihr in die Zähne, versuchte zu verhindern, daß sie sich mit ihrem giftigen Maul in ihm verbiß. Ihre Frisur saß immer noch perfekt. Ihr Make-up war unverschmiert. Es war, als wären die Kosmetika mit ihr verwachsen.

Sie stammelte etwas vom Willen des Herrn und dem Pfad des Joseph. Elvis begriff, was Krokodil an den Josephinern nicht gefiel.

Die verdammten Bastarde waren keine Menschen.

Donny ging auf ihn los und trat zu. Elvis spürte, wie Schmerz unter seinem Hüftgürtel explodierte.

Maries Maul klaffte auf. Innen war es rot wie die Feuerwehr.

Krokodil brach mit einem Schrei durch die Theke. Eine halbe

Drehung, und Donny lief in Krokodils ersten Streich mit dem Hackmesser, das in seinem Hals steckenblieb. Das hätte ihm den Kopf kosten müssen, doch die Klinge versank nur tief wie in einem Hartholzbaum, so daß Krokodil sie nicht mehr herausziehen konnte. Donnys Kehle brach. Krokodil versetzte ihm einen Stoß ins Herz – mit einem tödlichen Karateschlag, wie Elvis feststellte. Der Josephiner schlug rücklings gegen die Wand und riß ein Öl-auf-Samt-Gemälde von Whistlers Mutter herunter. Er schoß nach vorn. Krokodil bohrte ihm den Fleischspieß in den Magen, den Marie fallengelassen hatte. Das lange Stück Stahl bog sich beim Eindringen, aber Krokodil stieß fest zu. Elvis hörte, wie das Metall sich in die Wand bohrte. Aufgespießt wie ein Schmetterling. Donny zappelte, war jedoch festgenagelt. Er blutete immer noch nicht, aber Elvis sah auch kein Metall in seinen Wunden schimmern. Wenn er ein Cyborg war, dann eine neue Sorte, die der Op noch nicht kannte.

Marie ließ von ihm ab und huschte rückwärts wie eine Krabbe davon. Ihre gestärkten Pettycoats richteten sich auf wie die Halskrause einer Echse. Sie zischte wie ein Tier.

Plötzlich stieß sich die Frau vom Boden ab und schnellte hoch, wie eine Harke, auf die jemand getreten war. Ein sauberer Trick. Unglaublich.

Elvis zückte seinen Colt Python und schoß Marie ein paarmal in die Brust. Sie wurde nicht einmal langsamer. Wo seine Kugeln eindrangen, platzte ihre Bluse auf und färbte sich schwarz.

»Vergiß es«, meinte Krokodil. »Kugeln tun ihnen nichts.«

Maries Lächeln erlosch, und sie sprach in ruhigem, hellem, vernünftigem Ton. »Ärgern Sie sich auch, daß Ihre Wäsche strahlend weiß wird, Sie aber trotzdem nicht alle Stockflecken, statische Aufladungen, keinen Gilb und keine unangenehmen Haushaltsgerüche entfernen können...«

Krokodil stellte sich vor Elvis und verbeugte sich vor Marie, eine Kampfkunstformalität, die dem Op vollkommen unpassend vorkam.

»Und glänzt Ihr Küchenboden strahlend und zitronenfrisch, babyzart und familienfreundlich, daß Sie das selbstgebackene Brot vom Boden essen können...«

Krokodil trat Marie ins Gesicht und hinterließ einen staubigen Fußabdruck.

»Schmerzen, angespannt, Drücken im Kopf? Rasche Linderung bringt...«

Marie hielt Krokodils Kehle gepackt.

»Schatz«, sagte Donny, ein wenig gurgelnd wegen des Stahls in seiner Kehle, »ich bin wieder da.« Das Licht in seinen Augen erlosch, und er sackte tot an der Wand zusammen.

Ein allerliebstes Hundchen kam ins Zimmer gelaufen. In seiner Schnauze hatte es eine Zeitung und ein Paar Hausschuhe. Elvis schoß es ab, und es trollte sich winselnd.

Marie bohrte ihre Finger in Krokodils Hals. Seine Chefin hatte offenbar keine Schmerzen, aber Elvis wußte, daß sie verletztbar war.

Er stieß Marie in die Nieren – ohne Wirkung. Er verstauchte sich nur die Finger. Die Gute trug vermutlich Unterwäsche aus purem Stahl.

Seine Kräfte ließen nach. Sein Körper hielt durch, aber Stimmen in seinem Innern erinnerten ihn an sein Alter. Nach seiner ersten Zarathustrabehandlung war viel über den sogenannten Dorian-Gray-Effekt geredet worden. Offenbar war es einigen Freiwilligen anfangs recht gut gegangen, aber dann hatten die Jahre sie im schnellen Vorlauf eingeholt. Wie in der Schlußsequenz eines Horrorfilms.

Mit einem Keuchen löste sich Krokodil aus der Umklammerung und landete einen rechten Schwinger auf Maries Kinn.

»Ein gottesfürchtiges Zuhause ist ein glückliches Zuhause...«

Aus Maries Auge rann eine gelbliche Flüssigkeit, wie das Dotter aus einem angeschlagenen Ei. Sie warf ihre Haare zurück und versuchte, sich wieder perfekt zu richten.

Es war, als wären die Waltons den 50er Jahren entstiegen. Beim Gedanken an das Jahrzehnt seiner Musik lief es Elvis eiskalt über den Rücken. Sie waren nicht die einzigen Überbleibsel der Jahre voller Canasta, Joe McCarthy, Sputnik, *Sergeant Bilko* und *Rock Around the Clock*. Beim Gedanken an sein langes Leben verspürte Elvis gelegentlich ein eigenartiges Verantwortungsgefühl, so als wäre er der letzte Überlebende der Schlacht bei Waterloo oder der Zuhörerschaft der Ansprache von Gettysburg und als wäre es an ihm, die Erinnerung daran einer gleichgültigen Nachwelt zu überliefern.

Krokodil und Marie krachten ineinander verschlungen durch das Schaufenster nach draußen. Sie rollten zusammen auf den Landungssteg, trennten sich, kamen auf die Beine und kämpften weiter.

Elvis verließ das Lokal durch die Tür und sah sich nach einer Waffe um.

Der alte Verandahocker hatte sich aus dem Staub gemacht. Außerdem fehlte noch etwas. Elvis hatte jedoch nicht die Zeit, darüber nachzudenken.

Marie riß eine Planke aus dem Pier. Der Op sah den blanken Nagel darin aufblitzen. Krokodil hob einen Arm, und die Planke zersplitterte.

Zu seinen Füßen entdeckte Elvis Donnys Pistole. Er hob sie auf und rammte das Magazin hinein. Vielleicht konnten Kugeln die Josephiner nicht verletzen, aber gut taten sie ihnen bestimmt nicht.

Marie stand auf dem Pier, und ihr Atem hatte sich kaum beschleunigt. Er würde ihr zeigen, was für ein mächtiger Kerl er war.

Elvis zielte etwa in die Richtung ihres Kopfes und ihrer Brust und leerte das Magazin in einem einzigen, konzentrierten Feuerstoß. Marie zuckte und schüttelte sich, als Fetzen ihres Kleides und ihrer Haut sich lösten. Sie verlor den Halt und klatschte in den Sumpf.

Seine Hände fühlten sich an, als wären sie durch die Mangel gedreht worden. Laut Beipackzettel war dieses Modell von Moulinex rückstoßfrei. Er sollte die Firmen beim Ombudsmann der Waffenhersteller anzeigen.

Marie kam hoch und kreischte. »Meine Frisur ist ruiniert.«

Sie langte nach dem Steg. Irgend etwas jedoch – Treibsand? – packte sie an den Knöcheln und zog sie nach unten. Ihr grinsendes Gesicht verschwand im grünlichen Schlick, und Blasen stiegen an der Stelle auf.

»Was zum Teufel…«, sagte Elvis.

Krokodil war wieder bei Atem. »Eine fortschreitende Mutation. Ich hab diese Monster früher schon gesehen. Nicht alle Josephiner sind so, aber eine ganze Menge. Ich weiß nicht, möglicherweise sind es Klone oder etwas Ähnliches.«

»Grausig.«

»Eben. Und da nennen die Leute mich Frankensteins Tochter…«

Krokodil zog sich die Jacke über die blauen Flecken und strich sich die Haare aus den Augen.

»Sie haben überhaupt keine Körperbehaarung. Sie haben auch keinen Nabel, keine Brustwarzen oder Geschlechtsteile. Einige von ihnen haben sich die Zehen zusammenschmelzen lassen wie Schaufensterpuppen.«

»Und sie sind aus Salt Lake City?«

»Ja. Gottes Paradies auf Erden. Lassen Sie sich nicht von den Gebeten und Danksagungen täuschen. Die Leute würden Jesus Christus nicht erkennen, wenn er sie auf der Straße nach dem Weg fragen würde.«

Die Schmerzen in Elvis' Knöchel loderten wieder auf, und er blickte nach unten. Ein Arm, immer noch im Ärmel eines Sportsakkos steckend, klammerte sich mit festem Griff an ihn. Er hielt ihn wie eine Bärenfalle.

Krokodil bückte sich und löste die Finger, indem sie sie nach hinten knickte. Das Ding zuckte noch. Sie schmiß es in den

Sumpf, wo es mit zuckenden Fingern eine Weile an der Oberfläche trieb und dann versank.

»Krokodil?« fragte er.

»Ja?«

»Wo ist der Wagen?«

VI

Mittlerweile konnte er mit einer gewissen Unvoreingenommenheit verfolgen, was mit ihm geschah. Er erlangte sogar eine gewisse Kontrolle über seinen Schwanz. Es war seltsam, ein neues Körperteil zu haben, er fand die Handlung jedoch recht einfach. Seit die Veränderungen ihn zu überrollen drohten, war der Schwanz wie ein Anker, der ihm Halt gab.

Der Körper fand sein eigenes menschlich-reptiles Gleichgewicht. Er fühlte sich die ganze Zeit über hungrig und mußte sich durch die rohen Kadaver fressen, die man ihm alle paar Stunden in den Käfig warf, obwohl das von Alligatorengewebe umgebene menschliche Gehirn wußte, daß sie das Fleisch nur benutzten, um betäubende Drogen zu verabreichen. Nach der Fütterung schlief er ein und träumte von Operationstischen, Schmerzen und Dr. Blaikley, um später, noch weiter verändert, im Käfig aufzuwachen.

Er wußte, daß man ihn auf Dauer in den Experimentierblock verlegt hatte, den Dr. Blaikley – darauf bestand sie – aus irgendeinem Grund ›Haus der Qualen‹ nannte. Mit der Verwaltung war er nicht mehr betraut. Er war Versuchsobjekt. Und er war nicht allein. Es gab noch andere Käfige. Er entdeckte alte Freunde. In einem hockte Reuben, dessen schwarz-grüne Haut mit fortschreitender Veränderung faltiger wurde. Und dann waren dort diejenigen, deren Umwandlung fast abgeschlossen war und die nicht mehr richtig sprechen konnten.

Reuben erzählte ihm, was aus ihnen werden würde. Die Kontraktarbeiter nannten sie die Koffermenschen. Shiba sah keinen Sinn in den Experimenten, aber das war auch nicht seine Aufgabe. Dr. Zarathustra hatte Dr. Blaikleys Werk sicherlich abgesegnet. Irgendwann würde die Gesellschaft von den Experimenten profitieren, und Hiroshi Shiba wollte seine Stellung nicht durch Kritik aufs Spiel setzen. Inoshira Kuba hatte ihm erklärt, die Gesellschaft sei wie ein komplexer Organismus, mit Myriaden von Zellen, die alle voneinander abweichende Aufgaben mit dem einen Ziel erledigten, das Ganze zu schützen und seinen Fortbestand zu sichern. Dieser Vorgang war vielleicht nicht so ausgiebig bekanntgemacht worden wie das Bohren nach Öl unter Wasser, das Transport- und Medienmonopol oder die plastische Designerchirurgie, aber es trug zur ökonomischen und sozialen Gesundheit der Gesamtheit bei, die sich GenTech nannte. Und als Mitglied der Blutbanner-Gesellschaft war Shiba vor allem darauf eingeschworen worden, die Riesengesellschaft zu schützen, die alles verkörperte, was nach den Werten des Ostens fein, nobel und stark war.

Dennoch sah Dr. Blaikley von Mal zu Mal schärfer aus, wenn sie kam, um ihn zur Behandlung abzuholen. Er schätzte, daß man ihn in den anderthalb Tagen seit seiner Unterbringung in Block ›A‹ dreimal in das ›Haus der Qualen‹ gebracht hatte. Er war bereits weiter fortgeschritten als Reuben, konnte aber immer noch Worte artikulieren. Nach seiner Einschätzung wollte Dr. Blaikley seine Sprechfähigkeit erhalten. Für das Experiment war es wichtig, daß das Objekt einen subjektiven Erfahrungsbericht liefern konnte.

Gegenwärtig rezitierte er den Blutbanner-Treueschwur. Mit den englischen Konsonanten hatte er immer schon Schwierigkeiten gehabt, jetzt jedoch fühlte sich seine Kehle an, als sei sie auch für das Japanische ungeeignet. Er blieb hartnäckig, versuchte seinen neuen Körper zu beherrschen. In Kyoto erwartete man große Dinge von ihm.

Er lag auf dem Bauch, damit sein Schwanz nicht im Weg war, und blickte durch die Gitterstäbe seines Käfigs. Bald war wieder Fütterungszeit.

Reuben sang ein altes Negerspiritual, in dem es hieß, Israel sei im Lande Ägypten.

Shiba kam der Gedanke, daß Dr. Blaikley vielleicht ohne Dr. Zarathustras Genehmigung weitermachte. Dieser Forschungszweig war besonders publikumsträchtig, aber vielleicht sogar für ihn ein wenig zu wild. Und gewöhnlich hatten Zarathustras Projekte praktische Anwendungsmöglichkeiten, wie die Verzögerung des Alterungsprozesses oder die Verstärkung des körpereigenen Immunsystems. Shiba konnte sich nicht vorstellen, welchen irdischen Nutzen ein halb in einen Alligator umgewandelter Mensch haben könnte. Würde Dr. Blaikley die Echsen als Modelle benutzen, könnte er annehmen, sie wollte versuchen, Amputierten neue Glieder wachsen zu lassen. Alligatoren jedoch waren einfach große, häßliche Reptilien mit trägem Appetit. Vielleicht ließen sich die Koffermenschen dazu abrichten, in der Kanalisation zu arbeiten, wo sie durch Röhren und Dreckwasser krochen. Das Projekt war nicht nach Shibas Geschmack, doch das wußte GenTech am besten.

»Let my people goooo«, sang Reuben. Seine Stimme hallte durch den Zellenblock.

Das Fressen und die Qualen kamen mit Verspätung. Shiba fragte sich, ob der routinemäßige Arbeitsablauf auf dem Gelände verändert worden war. Wenn, dann lag das am Fehlen eines guten Verwalters, dessen war er sicher. Für den Fall, daß er aus seiner Stellung entfernt wurde, sahen die Richtlinien der Gesellschaft die Beförderung der Chefs des Sicherheitsdienstes auf den Platz des Koordinators vor. Shiba konnte sich nicht vorstellen, wie dieser trottelige Pottwal Visser mit den Aufgaben fertig werden sollte.

Shiba dachte an Visser und fragte sich, ob sein Spitzname nicht eine Anspielung auf einen weiteren Zweig von Dr. Blaikleys Experimenten darstellte. Quoll der Mann zu einem Meeressäuger auf? Vermißten die Führungskräfte von GenTech Ost die alten Zeiten illegaler Jagd auf Wale? Wollten sie die Geschöpfe wieder im japanischen Meer heimisch machen, damit sie ihren Sport wieder ausüben konnten? Während seiner Ausbildung hatte Shiba drei Wochen auf einer R & R-Yacht von GenTech abreißen und den höheren Rängen ihre Harpunen hinterher schleppen müssen. Er fühlte sich betrogen, weil die Tiere ausgestorben waren, bevor er in der Hierarchie weit genug aufgestiegen war, um selbst Waljäger und nicht nur der Laufbursche zu sein. Es war die Pflicht aller, die vor dem Blutbanner salutierten, ohne Zögern zu töten, wenn es von ihnen verlangt wurde.

Shibas Magen schmerzte. Alligatoren, hatte er einmal gehört, brauchten nicht häufiger als einmal pro Woche zu fressen. Er besaß immer noch menschliche Gelüste. Intensivere Gelüste, als er sie je als Mensch gehabt hatte.

Er gab es zwar nur ungern zu, aber er verspürte ein enormes sexuelles Verlangen.

Er hatte einen Bärenhunger. Aus den anderen Käfigen drang Knurren und Geschrei. Andere Koffermenschen teilten sein Schicksal.

Er nahm die Gitterstäbe in seine hohlwangigen Kiefer und kaute auf ihnen herum, schmeckte aber nur Eisenspäne. Einer seiner Zähne brach ab, er spie ihn aus. Es kam ihm vor, als würde er nachwachsen. Ständig sprossen neue Zähne hervor und drängten sich in seinem immer länger werdenden Kiefer.

Dieser Zusammenbruch des ordnungsgemäßen Ablaufes war unerträglich. Er nahm sich vor, einen Verweis zu erteilen, sobald er wieder in sein Büro gebracht wurde.

Reuben hatte mit dem Gesinge aufgehört. Draußen wurde geschossen.

»Es ist soweit«, sagte er. »Wir werden gerettet.«

Wovon sprach der alte Kontraktarbeiter?

Zwischen den Schüssen gab es Schreie. Shiba hörte Krachen und Knarren und wußte, daß das Gelände angegriffen wurde. Zäune brachen zusammen. Alarmsirenen heulten.

Das Licht flackerte und erlosch, ging summend wieder an. Die Notgeneratoren liefen, die Hauptstromversorgung mußte jedoch zusammengebrochen sein.

Draußen gab es Explosionen.

Der Raum mit den Käfigen hatte keine Fenster. Es war äußerst unbefriedigend, nicht zu wissen, was vor sich ging. Shiba wollte nicht fragen, was Reuben wußte. Es war unziemlich, als Führungskraft einen unwissenden Eindruck zu machen.

Er entfernte sich gleitend vom Gitter und harrte der Dinge, die da kommen mochten.

Der Haupteingang barst auf, und ein Good Ole Boy trat rückwärts herein. Er feuerte wild auf etwas, das auf ihn zukam. Querschläger schossen umher und klackten kraftlos gegen die Gitter.

Shiba machte den Wachmann darauf aufmerksam, daß seine Nachlässigkeit gemeldet werden würde.

Irgend etwas Großes schritt durch die Tür und ragte turmhoch über dem Good Ole Boy auf.

»Hallelujah«, hauchte Reuben.

Es war ungefähr vier Meter groß und echsenartig. Es besaß mächtige Hüften und einen Schwanz, jedoch aus dem Petya-Tscherkassov-T-Shirt ragten kleine, fast nutzlose Menschenarme. Sein Kopf glich in Form und Größe der Frontpartie eines altmodischen Helikopters mit winzigen Augen hoch oben an den Seiten, und das haifischartige Maul war voller großer Zähne.

»He, wir sind gekommen, um eure Ärsche zu retten, Leute!« Es sprach mit spanischem Akzent, und um die Stirn trug es ein anderthalb Meter langes Tuch.

Es senkte seinen Kopf zum Good Ole Boy herab und riß das Maul auf.

»Ausgezeichnet«, meinte es kauend. »Einfach Klasse, Mann. Dieser Typ schlägt einfach alles.«

Eine grüngesichtige, aufrechte Gestalt mit einer Dornenkrone wie die Freiheitsstatue schob sich an dem Saurier vorbei und begrüßte Shiba militärisch.

»Wir haben das Lager befreit, Sir.«

Shiba stellte sich auf die Hinterbeine und stand da wie ein richtiger Mann. Sein Schwanz peitschte auf den Boden.

»Im Augenblick versuchen wir die Schlüssel ausfindig zu machen. Sie werden in wenigen Augenblicken frei sein, Sir.«

Shiba verbeugte sich leicht vor dem Echsensoldaten, die Vorderkrallen demütig verschränkt.

Der Saurier stapfte, auf Spanisch jubelnd, von dannen, und Shiba hörte, wie Laborgerät zu Bruch ging.

»*Arriba, arriba!*« brüllte der Saurier.

»Seien Sie vorsichtig«, warnte Shiba die Echse.

»Die Disziplin wird aufrechterhalten, aber der Kampf ist noch nicht vorüber.«

Shiba verstand.

Zwei Koffermenschen, ehemalige Kontraktarbeiter, nach ihrer dunklen Haut zu urteilen, schleppten Visser herein. Der Good Ole Boy war blutverschmiert und zitterte.

Die Echse richtete einen Revolver auf Vissers schwabbeligen Hals und befahl ihm, die Schlüssel herauszugeben. Sie befanden sich an einem Ring, der an seinem Gürtel befestigt war. Der Offizier riß sie ab und reichte sie einem weiblichen Koffermenschen mit langem, glattem, schwarzem Haar und zierlichen Menschenhänden. Sie probierte die Schlüssel nacheinander aus, bis Shibas Käfig geöffnet war, ging dann weiter zu Reubens Zelle und wiederholte den Vorgang.

Die Echse salutierte. »Captain Tip Marcus, Sir«, sagte er.

»Hiroshi Shiba.«

»Freut mich, Ihre Bekanntschaft zu machen. Sind Sie hier der ranghöchste Offizier?«

Shiba betrachtete Visser, dessen Augen fest geschlossen waren, und nickte, wobei ihm sein Unterkiefer auf die Brust schlug.

»Dieser Mann hat uns die Kapitulation angeboten. Akzeptieren Sie?«

Shiba hob Vissers Kopf an. Der Good Ole Boy öffnete die Augen. Die Angst hatte ihm die Sprache verschlagen.

Wieviel hatte Visser gewußt? War er nur ein Handlanger von vielen, oder war er in Dr. Blaikleys Pläne eingeweiht? Shiba knurrte und spürte, wie ihm der Speichel vom Kiefer troff.

»Sir?«

»Ja, richtig. Die Kapitulation. Ich nehme sie an.«

»Sehr wohl.« Marcus nickte den Koffermenschen zu, die Visser daraufhin in Shibas alte Zelle stießen. Das Alligatormädchen schloß ihn ein.

»Verstehen Sie, wir wissen nicht recht«, meinte Marcus grinsend, »ob wir diese Leute als Kriegsgefangene behandeln sollen... oder als Notrationen.«

Shiba spürte, wie sich seine steife Schnauze zu einem Lächeln verzog.

Mit Marcus an seiner Seite verließ er das Gehege. Das Haus der Qualen war völlig demoliert worden. Offenbar hatte eine Menge von Marcus' Leuten hier lange Zeit gelitten und empfand die Zerstörung daher als teilweise Wiedergutmachung. Aber selbst in diesem Durcheinander konnte Shiba noch die Reste von Dr. Blaikleys Experimenten erkennen. In flachen Tanks voller Blut lagen halb aufgeschnittene Alligatoren. In anderen Behältern wurden knotige Organe herangezüchtet. In einer Ecke stand, völlig unpassend, ein Kinderplanschbecken, in dessen flachem Wasser blaßgraue, vierbeinige Reptilienbabys schwammen. Sie blickten Shiba aus großen Menschenaugen an.

»Seit dem ersten Ausbruch haben wir uns neu formiert, Sir«, sagte Marcus. »Mutter Marie Louise hatte das schon lange verdient.«

Shiba nahm sich vor, der Sache nach und nach auf den Grund zu gehen. Wie es schien, war seine Ankunft in Narcoosee erst in einem sehr fortgeschrittenen Stadium dieser Geschichte erfolgt.

»Wo ist Dr. Blaikley?«

Marcus senkte den Blick. Seine senkrechten Lider zuckten. »Tut mir leid, Sir... ich nehme die volle Verantwortung auf mich... es ist mir nicht gelungen, die Disziplin aufrechtzuerhalten...«

Er riß ein Laken zurück, das man über den Hauptoperationstisch gelegt hatte. Blutverschmierte Instrumente fielen klappernd zu Boden, und das nackte, gehäutete Etwas auf der roten Bahre wand sich und verdrehte in der Ruine eines Gesichtes die freigelegten Augen.

»Eine alte Rechnung, das verstehen Sie doch, Sir?«

Shiba legte Dr. Blaikley die Kaltblüterhand auf die fleischige Stirn und verspürte fast so etwas wie Bedauern.

Das war nicht nötig gewesen. Marcus' Leute hätten wissen müssen, daß Dr. Blaikley nicht aus Bosheit gehandelt hatte. Sie war lediglich eine loyale Angestellte von GenTech, die ihr Bestes für die Menschheit getan hatte.

Wäre sie nicht just in diesem Augenblick gestorben, Shiba hätte sie erlöst.

Als letzten Gruß an eine Frau der Wissenschaft hielt er einen Augenblick inne. Eine Frau, die in ihrem Leben viel Gutes bewirkt hatte.

Dann warf er das schmutzige Laken über sie und begleitete Marcus wieder nach draußen, um den Schaden zu begutachten und die Zügel der Organisation wieder in die Hände zu nehmen.

VIII

Von Colonel Presleys Cadillac war keine Spur zu sehen. Krokodil verdächtigte den Alten, der auf dem Bootssteg gesessen hatte, ihn fortgezaubert zu haben. Eigentlich war es egal, wer den Wagen gestohlen hatte. Er war – zusammen mit all ihren schweren Waffen – weit weg und würde nie wieder zurückkommen. Jemand hatte einen schönen Schnitt gemacht, während sie von den josephinischen Monstern abgelenkt worden waren. Autodiebstahl galt in den meisten Staaten der Union, darunter auch Florida, als Kapitalverbrechen, aber auf den elektrischen Stuhl kamen dafür nur wenige. Wer zwanghaft Autos stahl, hatte ohnehin keine große Lebenserwartung, und die Profis waren viel zu abgebrüht, um sich erwischen zu lassen.

Krokodil, die seit ihrer Kultgangzeit gegen offiziell geduldete Ops immer noch einen Rest von Vorurteilen hegte, wußte nicht, wie Elvis den Verlust des Amphibienfahrzeugs verkraften würde. Unter den Panzergirls war der Witz weit verbreitet, daß die Ops ihren Mumm unter den Hauben ihrer Maschinen sitzen hatten und sie hilflos wie eine auf den Rücken gedrehte Schildkröte waren, wenn man ihnen den fahrbaren Untersatz wegnahm. Es gab sogar eine ganze Reihe von halb obszönen Scherzen über das Verhältnis von Redd Harvest, dem Top-Op von T-H-R, und ihrem G-Mek V 12 Noly Gay. Krokodil hatte allerdings auch verdammt viele Kultgangs gekannt, die genauso besessen von ihrer Hardware waren.

Elvis überraschte sie, als er sich durch den Verlust nur mäßig genervt zeigte. Sie hatte mitbekommen, daß er jahrelang einen guten Teil seiner Einkünfte in den Cadillac gesteckt hatte und diese Geschichte praktisch für ihn den finanziellen Ruin bedeutete. Abgesehen natürlich von der einen Million, die er – vorausgesetzt, er überlebte – für diesen Auftrag einstecken würde.

Aber selbst eine glatte Million konnte vermutlich keinen '57er Cadillac mit mehr Feuerkraft als ein Cruiser der US-Kavallerie ersetzen.

»Wie gewonnen, so zerronnen«, meinte Elvis. »Wir sollten uns irgendwo ein Boot organisieren.«

Den Begriff ›organisieren‹ benutzten die Ops immer dann, wenn sie irgendwo etwas stehlen wollten. Sie hatten vor, das Schnellrestaurant der Waltons vor dem Aufbruch noch auf den Kopf zu stellen.

Sie durchstöberten die Ruinen von Küche und Gastraum und entdeckten ein verstecktes Munitionslager für die Moulinex Maschinenpistole, die Elvis von dem verstorbenen Donny Walton organisiert hatte.

»Glauben Sie, von dem Zeug hier ist irgend etwas eßbar?« fragte er und zeigte auf einen Kühlschrank voller Lebensmittel.

Sie war nicht sicher. Das meiste sah aus wie die Plastiknachbildungen, die man für Reklame verwendete.

»Am besten gehen wir auf Nummer Sicher.«

»Ja«, seufzte der Op. »Verdammt, ich könnte einen Schokoriegel oder etwas Ähnliches gebrauchen.«

»Ich kann Ihnen einen Trilobiten fangen, und wir könnten ihn in Sumpfwasser kochen.«

Elvis machte ein Gesicht. »Der Appetit ist mir soeben vergangen.«

Die Wohnung im ersten Stock glich einem Foto aus einer alten Illustrierten. *Reader's Digest* Kurzromane standen säuberlich aufgereiht in den Regalen, staubfrei zwar, jedoch offenkundig ungelesen. TeeVee oder CD-Player gab es nicht. Die Sofas waren mit Plastik überzogen, die Lampen häßlich. Auf einem Tischchen lag ein ordentlicher Stapel josephinischer Pamphlete. *Glück durch völlige Vergeistigung, Wunder des Augenblicks, Ein Stück entlang des Pfads zum Glück.*

»Fällt Ihnen etwas auf?« fragte sie ihn.

Er sah sich um. »Nein. Hier ist nichts Eigenartiges.«

»Ich meine das, was fehlt, Colonel.«

»Das wäre?«

»Das hier ist ihr Wohnzimmer. Es ist ihr einziges Zimmer. Kein Schlafzimmer, kein Bad. Was sind das für Leute, die keine Toilette brauchen?«

»Verdammt.« Ihn schauderte. »Diese Leute sind verdammt seltsam.«

Die Untertreibung brachte Krokodil zum Lächeln. Wie so ziemlich alle auf dieser Welt wußte auch Colonel Presley nicht so recht, was eigentlich los war. Sein Fehler war das nicht. Sie war Elder damals als Teenager begegnet, hatte ihm seine Augengläser abgenommen, und man hatte ihr beigebracht, die Welt zu sehen, wie sie wirklich war: ein zerbrechlicher Ort, an dessen Rändern sich bereits die Kräfte der Finsternis sammelten. Monster und Dämonen begleiteten sie jetzt ständig. Das Wesen in ihrem Innern hatte sich eingerollt und schlummerte, jedoch war sie sich seiner dauernd bewußt und wartete nur darauf, daß es erneut hervorbrach. Sie hoffte, nie wieder etwas Ähnlichem wie dem Jibbenainosay zu begegnen. Doch gleichzeitig wußte sie, daß ihr Leben diese gräßlichen Möglichkeiten barg, denen sie sich würde stellen müssen.

»Sehen Sie sich das an«, sagte Elvis und zeigte auf ein gerahmtes Bild.

Angst bohrte sich wie eine Kralle in ihr Herz. Es war Elder Nguyen Seth in Person, in einer amateurhaften Darstellung mit einem wenig überzeugenden engelsgleichen Lächeln. Er stand vor dem Tempel der Jospehiner, mit einem glühenden Heiligenschein um seinen schwarzen Hut, und war umringt von Kindern, die ihn glücklich von unten herauf anstrahlten.

Ohne zu überlegen, ballte sie eine Faust und durchstieß das Bild. Glas splitterte.

»Donnerwetter, Ma'am. So häßlich ist es auch wieder nicht.«

Das Bild war gerissen. Der Riß verlief quer durch das Gesicht.

In ihrem Kopf hatte Elder Seth wieder zu ihr gesprochen und sie wegen ihrer vielen Fehler verhöhnt. Wie sehr sie sich auch mühte, sie würde ihn nie daran hindern können. Sie kannte nicht einmal seinen Großen Plan, wie konnte sie dann darauf hoffen, ihn an seiner Verwirklichung zu hindern?

Sie löste ihren Blick von den gemalten Augen und stürmte nach unten. Elvis folgte ihr.

»Ich hätte nie gedacht, daß ich dieses Gesicht je wiedersehe«, sagte Elvis.

Krokodil begriff nicht.

»Mr. Seth. Er sieht nicht anders aus als damals.«

»Wann damals?«

Elvis dachte nach. »In den verrückten Zeiten. Den Musikzeiten. Er und Colonel Parker haben mich wie einen Greyhound gehetzt.«

»Ist es derselbe Mann? Elder Nguyen Seth?«

»Jetzt, wo Sie es sagen, vermute ich, daß es tatsächlich derselbe ist. Das ist doch nicht möglich, oder?«

Krokodil mußte an die Erinnerungen denken, die aus Elder Seths Gedanken in die ihren geflutet waren.

»Er müßte an die hundert Jahre alt sein.«

»Er ist schon sehr viel länger auf der Welt.«

»Lady, was ist das für eine Geschichte, in der Sie stecken?«

Sie zuckte mit den Achseln. »In Wirklichkeit wollen Sie das gar nicht wissen, Colonel Presley. Bringen Sie mich einfach nur zum Cape.«

»Ich werde es versuchen.«

Im Schuppen neben dem Restaurant gab es ein kleines Motorboot, vollgetankt und startbereit. Sie luden die ergatterten Waffen und die Munition in die Ladebunker. Elvis bestand darauf, ein paar der eher eindeutig bereits zuvor abgepackten Lebensmittel mitzunehmen.

»Karten gibt es nicht«, sagte er. »Wir werden uns nachts an den Sternen orientieren müssen. Trotzdem, wenn wir die Halbinsel überqueren, bis wir ans Meer kommen und uns dann südlich halten, sollten wir das Cape trotzdem finden.«

Krokodil bezweifelte nicht, daß sie ans Ziel gelangen würden, ohne sich zu verirren. Was danach kam, bereitete ihr Sorgen.

»Das wird uns aufhalten. Rechnen Sie mit ein paar Tagen mehr für die Fahrt. Außerdem weiß ich nicht, ob das Benzin in den Reservekanistern bis dahin reicht.«

»Darum werden wir uns kümmern, wenn es soweit ist.«

»Mit Sicherheit.«

Elvis stieß ab, und das Boot tuckerte hinaus aufs Wasser, das sich träge kräuselte, als das Boot darüber hinwegglitt.

Es war später Nachmittag, und die Insekten schwirrten in dichten Schwärmen durch die Luft. Der Op schwitzte stark, selbst ohne seine Jacke, und mußte sich das Ungeziefer aus dem Gesicht schlagen. Es wurde groß in dieser Gegend. Selbst Krokodil wurde davon belästigt. Nach Doc Threadneedles Behandlung hielt sie praktisch alles aus, bis hin zu einem Volltreffer mit einer nuklearen Waffe, aber das plagende Kriechzeug konnte sie immer noch beißen und stechen. So war das mit der Wissenschaft. Sie entwickelte ein Heilmittel gegen Krebs, bevor sie dazu kam, die Grippe auszumerzen.

Er summte leise vor sich hin. Krokodil fragte sich, ob ihm diese Angewohntheit bewußt war.

Es war ein unbekannter amerikanischer Folksong, geschrieben von einem gewissen Alligator John Fogerty. Sie hatte nur davon gehört, weil Petya Tscherkassov auf seinem Album *Cry for Help* eine Coverversion davon gesungen und den englischsprachigen Texten einen eigentümlichen, russisch verfärbten Dreh gegeben hatte.

Er hieß *Born on the Bayou.*

IX

Schwester Adams bestellte ihn hinunter zum Kontrollbunker. Das war eine gute Nachricht. Fonvielle hatte Verbindung zu Keystone hergestellt, der Kommunikationsstelle des Needlepoint-Ringes. Konnte der Satellit dazu gebracht werden zu antworten, würde sich die gesamte Kette anschließen. Und die Kirche der Josephiner konnte nie gekannte Macht über die Nationen der Erde ausüben. Sein erster Impuls war gewesen, jemandem zu befehlen, die gute Nachricht Elder Seth zu überbringen, aber er hielt sich zurück. Es konnte nicht schaden, sich erst persönlich von der Richtigkeit zu überzeugen.

Simone folgte ihm im Schlepptau. Das offensichtliche Unbehagen, das die Brüder und Schwestern in ihrer Gegenwart zeigten, bereitete ihm eher Vergnügen. Größtenteils waren es prüde Phantasten, selbst jene, die noch nicht so geworden waren wie Donny und Marie. Hätte man ihnen freie Hand gelassen, sie hätten Simone Scarlet, die scharlachrote Frau, gesteinigt. In Salt Lake City geschah dergleichen ständig, Seth bekräftigte sie darin. Blutvergießen gehörte zum Ritual.

Sie stellte keine Fragen, lernte aber laufend dazu. Sie glich nicht mehr der nervösen Kontraktarbeiterhure, die sie in New Orleans gewesen war. In Gegenwart von Commander Fonvielle war sie nur allzu bereit, die Rolle der First Lady zu spielen. Das Wesen auf dem Meer hatte sie mürbe gemacht, all die anderen entsetzlichen Dinge hatte sie jedoch ohne Murren ertragen. Die Opfer buken noch immer auf dem Tarmacbelag, als sie über das Rollfeld schlenderten. Zwei waren Josephiner, die vom rechten Wege abgekommen und ihren Zweifeln erlegen waren, der mit dem Schwanz war jedoch ein Koffermensch. Duroc hatte der Wache befohlen, ein paar der Monster zu Forschungszwecken zusammenzutreiben. Offensichtlich waren es einmal Menschen gewesen.

Bethany Adams wartete draußen vor dem Bunker. Sie trug ihr bestes schwarzes Kleid und eine Kiepenhaube. Vor ihrem Eintritt in die Kirche war sie bei der NASA gewesen. Sie wußte, was sie tat. Sie kannte sogar Fonvielle noch aus den alten Zeiten. Sie stammte aus jener Generation von Amerikanern, die in ihrer Jugend Astronauten hatten werden wollen, und war tief enttäuscht gewesen, als das ruinöse kostspielige und gefährliche Raumfahrtprogramm gestoppt wurde.

Duroc blickte in den Himmel. Er schien zum Greifen nahe. Irgendwo dort oben waren die Needlepoint-Satelliten. Jahrelang hatten sie sich frigide geweigert, etwas von sich zu geben. Der Franzose wußte jedoch, daß sie nur auf die richtige Berührung warteten, um sich verführen zu lassen.

Sie nahmen den Frachtaufzug hinunter in den Bunker. In einer Ecke waren zwei Ziegen angebunden. Ezekiel Astor, ein mürrischer Bruder in Hemdsärmeln und einem Metzgermesser im Bund, kümmerte sich um sie. Er war der Verantwortliche für das Opfer.

Die Darbringung von Opfern war der Schlüssel zu der ganzen Geschichte. Der Needlepoint-Ring war für wissenschaftliche Ziele verloren. Die Kirche der Josephiner verfügte jedoch über andere Kommunikationskanäle, um mit den Maschinengehirnen in Verbindung zu treten, die die schweren Laser steuerten.

Duroc verließ die Aufzugsplattform und schlenderte in die Kommandozentrale. Fonvielle salutierte vor seinem Präsidenten, und dieser erwiderte den Respekt. Der Commander sah aus wie Ben Gunn, aber zumindest zündeten noch mindestens 75% seiner grauen Zellen.

Astor führte die Ziegen zu der Konsole, die man geöffnet hatte. Die Plastikummantelung war auf die Seite geworfen worden, und irgend jemand hatte sorgfältig die Hülle von den meisten Drähten gekratzt. Astor hob sachte eine der Ziegen hoch und setzte sie in das Geflecht aus Drähten. Er durchtrennte ihr die Kehle und hielt ihr den Mund zu, während sie in das Innere der Maschine blutete. Beim Entstehen der Kontakte stieben Funken.

Simone hielt das alles für ein ganz normales Ritual. Sie kam aus dem Sumpf. Sie wußte, was Voodoo war.

Leise singend schaltete Schwester Adams die Monitore ein. Die verendende Ziege trat schwach aus, dann lag sie still, während ihr Leben in der Maschine versickerte.

Die große Tafel leuchtete auf.

»Kontaktaufnahme«, sagte Fonvielle.

Verhaltener Jubel bei den Technikern.

»Keystone, Keystone«, sprach Fonvielle in sein Kehlkopfmikrofon, »können Sie mich hören?«

Der Satellit meldete sich mit einem Fiepen. Später sollte der Sprachsimulator angeschlossen werden und eine Unterhaltung auf Englisch ermöglichen. Im Augenblick genügten mathematische Signale.

Adams drehte sich großartig lächelnd um. »Wir sind auf Sendung. Elder Duroc.«

Duroc reckte schweigend die Faust in die Luft. Weiterer Jubel. Schade, daß die Josephiner dem Champagner abgeschworen hatten. Das war ein Anlaß für *Moet et Chandon.*

»Haben Sie ein Testobjekt?« fragte Adams.

Es hatte zu Durocs kleinen Aufgaben gehört, ein Testobjekt auszuwählen. Er war in Gedanken eine lange Liste mit Leuten durchgegangen, die er kennengelernt hatte und ohne die die Welt seiner Ansicht nach wohl kaum ärmer wäre. Doch dann hatte er erkannt, wie nahe sie dem Ende aller Dinge waren und daß die Begleichung einer einzigen, armseligen Rechnung unter all den ausstehenden, die ohnehin bald bezahlt sein würden, kleinkariert von ihm gewesen wäre. Menschliche Spontanzündungen waren ihrer Natur nach eher zufällig, und so entschied er sich für eine wahrhaft zufällige Auswahlmethode.

Er hatte RaLLPH von ZeeBeeCee Blotto-Lotto benutzt, die

am feinsten abgestimmte Zufallspersonenauswahlmaschine, die es gab. Laut Angaben des Senders wählte sie die Gewinner frei von allen sozialen, rassischen, geschlechtlichen, ökonomischen, psychologischen, numerischen, alphabetischen, moralischen oder soziologischen Erwägungen aus. So hatte Duroc, mit einem kleinen Lächeln beim Gedanken an ein solches Unglück im Glück, Gavin Mantle aus dem Springfield Sperrgebiet gewählt.

Bis vor kurzem war Gavin Mantle Vertreter für Küchenmeister Haushaltsgeräte gewesen. Er war 32, verheiratet mit Clodagh Narahahn, Vater der beiden kleinen Tish und Reggie, ein begeisterter Fan der Seifenoper *Mein Freund, der Biochirurg*, Star des Werksbowlingteams, gelegentlicher Geliebter von Erik Kartalian, dem wasserstoffblonden Bodybuilder von nebenan. Er war nach wie vor immer noch der Veruntreuung von fünftausend Dollar aus dem Schmiergeldfonds der Firma verdächtig, und stand kurz davor, von Zooper-Blast und Ju-Ju-Pillen auf Smacksynth umzusteigen. Duroc vermutete in Gavin den typischen Amerikaner. ZeeBeeCee hatte ihm gerade einhundert Millionen Dollar in bar sowie eine lebenslange medizinische Versorgung durch GenTech geschenkt. Vergangene Woche, als Lola Stechkin und das Nachrichtenteam darüber berichteten, wie Gavin sein Vermögen ausgab, war sein Gesicht fast ständig auf dem Bildschirm zu sehen gewesen.

Duroc speiste die Koordinaten des ummauerten Landsitzes ein, in den Gavin ohne Clodagh, Tish, Reggie oder Erik gezogen war –, und stellte der Maschine außerdem eine Darstellung des Wärmeschemas des glücklichen Gewinners zur Verfügung.

»Keystone ist bis auf einen halben Zentimeter genau«, behauptete Fonvielle. Genauigkeit war in der Vergangenheit das Problem gewesen. Die Erdkrümmung und die Verzerrung durch die Atmosphäre waren ein Hindernis. Jetzt jedoch, wo der Zauber frischen Blutes durch die Anlage sickerte, sollte sich dieses Problem erledigt haben.

Die Monitore zeigten den Satelliten, der seinen Laserarm ausfuhr und geringfügige Korrekturen an seiner Umlaufbahn durchführte.

Auf dem großen Bildschirm erschien eine Karte mit einem roten Punkt über Springfield. Die Karte wurde vergrößert, das Ziel präziser erfaßt.

Schwester Adams betete.

Duroc stellte sich Gavin in seinem frisch gewonnenen Palast vor. Er hoffte, daß er alleine war. Aus irgendeinem Grund schien es ihm nicht fair, einen von GenTech zur Verfügung gestellten Sexklon mit zu versengen.

»Ziel erfaßt!«

Fonvielle stand über die Konsole gebeugt.

»Handsteuerung in Betrieb, Mr. President.«

Er hob eine kleine Abdeckung und legte einen unauffälligen, roten Knopf frei.

»Simone«, sagte Duroc, »würdest du die ehrenvolle Aufgabe übernehmen.«

Simone durchschritt mit einem zufriedenen Lächeln den Bunker. Selbst Josephiner, die fleischlichen Beziehungen abgeschworen hatten, konnten nicht umhin, ihren Körper anzustarren. Sie trug irgend etwas Weißes, Seidiges, das sich um den Körper legte und ihre Hautfarbe perfekt zur Geltung brachte.

»Auf Wiedersehen, Gavin«, sagte Duroc.

Simone drückte beiläufig auf den Knopf, und der rote Punkt auf der Karte blinkte auf.

»Feuersequenz ausgelöst«, kam es zackig von Fonvielle.

Ein Aufheulen. Bruder Astor opferte, fast unbemerkt, die andere Ziege. Der Mann gefiel Duroc. Er mochte die Art, wie er seine Rolle bei der Operation spielte, ungefragt und ohne eine Anerkennung zu verlangen.

Schwester Addams hatte ihren Daumennagel zwischen den Zähnen.

»Feuer...«

Plötzlich brach der große Bildschirm zusammen, und die Karte war verschwunden. Lichter flackerten.

»...jetzt.«

Es war unspektakulär. Der große Bildschirm schaltete sich einfach ab. Astors Ziege trat aus und meckerte, klammerte sich ans Leben.

Fonvielle sackte in seinem Sessel zusammen. Simone stand ein Stück von der Konsole entfernt.

»Was ist passiert«, fragte Duroc.

Der Commander riß sich eine Handvoll Haare aus dem Bart und kaute sie wie Tabak.

»Fehlfunktion, Mr. Prezz.«

»Der Laser hat nicht funktioniert.«

Fonvielle spie die Haare auf den Boden. »Nix. Der funktioniert prächtig. Voll den Erwartungen entsprechend, um genau zu sein.«

»Und?«

»Das Zielsystem ist es, dem wir die Macken austreiben müssen. Offenbar haben wir das Keystone Mapmaster-Programm noch nicht wieder unter Kontrolle.«

Ein Ausdruck schnatterte. Der große Bildschirm leuchtete wieder auf.

»Ah«, meinte Fonvielle. »Weiß jemand, wo Taabazimbi liegt?«

»Das liegt in Transvaal«, sagte Duroc, »in Großrhodesien. Wieso?«

Fonvielle zog ein verlegenes Gesicht. »Nun, äh, Keystone scheint es, äh...«

»Raus damit, Commander!«

»...ausgelöscht zu haben.«

X

Es wurde dunkel. Das Boot brauchte bald Benzin, oder sie wären gezwungen, die Paddel zur Hilfe zu nehmen. Elvis sagte es Krokodil.

»Nun, nicht weit von hier leben Menschen...«

Elvis sah sie an. »Das sagt Ihnen Ihr Cyborg-Sinn?«

»Nein, das sagt mir schlichte Beobachtung. Wo Müll ist, gibt es auch Menschen, und... sehen Sie...«

Eine Schlammlagune, vollgestopft mit Lebensmittelverpakkungen und anderem Müll, der langsam versank.

»Eine Müllhalde.«

»Ja.« Elvis griff nach seiner Moulinex.

»Paranoid.«

»Nur so kommt man in meinem Alter zurecht, Ma'am.«

Trotzdem ließ er die Waffe, wo sie war.

»Ja«, seufzte sie. »Vermutlich haben Sie recht.«

»Von jetzt an versuchen wir, keinen Lärm mehr zu machen.«

Er stellte den Motor ab, nahm die Paddel aus dem Kasten im Heck. Er gab ihr eins.

Sie manövrierten das Boot vorsichtig weiter. Der Sumpf war dick hier, mehr Schlamm als Wasser, und es war leicht, in dem Sumpfgras hängenzubleiben. Sie mußten mehrmals anhalten, um dichte Knäuel von der Schraube zu wickeln.

Elvis hörte weiter vorne Geräusche. Menschliche Geräusche.

»Klingt nach einer Party«, sagte Krokodil.

Man hörte Musik, Essengerüche wurden herangeweht.

»Ich hoffe, die Eingeborenen in dieser Gegend sind freundlich.«

»Das werden wir bald wissen.«

Sie konnten Lichter durch die hängenden Zypressen erkennen. Elvis verspürte wieder großen Hunger.

»Keinen Zentimeter weiter, *mon ami*«, sagte eine rauhe,

laute Stimme mit einem hinterwäldlerischen französischen Akzent.

Elvis zog sein Paddel aus dem Wasser und hob die Hände.

»Wir sind Freunde«, sagte er.

»Leicht gesagt, schwer zu beweisen.«

Der Franzose beugte sich aus dem Schatten vor. Er lag im Geäst einer Zypresse, zwischen den Blättern verborgen. Er trug einen Flickenanzug aus Ölhäuten und kleinen Pelzen und hatte langes, zotteliges Haar. Er trug eine *Grand Guignol* Schrotflinte, vier Läufe zu einem Quadrat zusammengeschweißt. So ein Ding konnte glatt ein Loch in einen Elefantenbullen reißen.

»Wir sind nur auf der Durchreise. Mein Name ist Presley, und das ist...«

Er wußte nicht, wie er es anstellen sollte, daß Krokodil freundlich klang.

»Jessamyn«, sagte sie.

»*Enchanté, mam'selle. Je suis Zhille.*«

»Wo sind wir hier?«

»Der Ort hat keinen Namen. Wir lassen uns treiben.«

Zhille richtete seine Schrotflinte nach oben.

»Kann man hier Benzin bekommen? Oder vielleicht was zu essen?«

Zhille grinste und küßte seine Finger. »Wenn man das Geld für den Service hat.«

»Wir können zahlen«, sagte Krokodil.

»Dann kommt rein, wärmt euch auf, laßt euch was zu essen geben...«

Zhille hielt einen Vorhang aus Zypressen zur Seite, und sie paddelten an seinem Baum vorbei.

Weiter vorn war eine Insel, auf der ein großes Feuer brannte. Elvis stellte fest, daß es keine echte Insel war, sondern eher ein großes Floß, das man aus leeren Ölfässern gebaut und dann mit einer Schicht aus Erde und Pflanzen bedeckt hatte. Es gab Hütten und Vorratshäuser. Und eine Gruppe von vielleicht zwanzig oder dreißig Leuten, die dicht gedrängt um das Feuer standen. Ein aufgespießter Alligator drehte sich über den Flammen und wurde knusprig braun. In dickbäuchigen Eisentöpfen wurde gallonenweise Gumbo heiß gemacht.

»Mögt ihr Cajun-Küche?« fragte Zhille, der aufgetaucht war, um das Boot festzumachen.

»Aber ja«, antwortete Elvis höflich.

»Ihr mögt reichlich Gewürze, *n'est-ce pas*?«

»Ganz bestimmt.«

»Dann seid ihr hier genau richtig.«

»Die Eingeborenen«, flüsterte Krokodil, »scheinen freundlich zu sein.«

Trotzdem beobachtete Elvis, wie sie sich etwas aus Donny Waltons Waffensammlung um die Hüfte band. Man konnte nie vorsichtig genug sein.

Beim Feuer stand eine Band, die schnellen, rauhen *Zydeco* spielte. Eine ernste, dünnwangige Frau mit einer Melone und einem langen Rock sägte auf einer Fiedel herum. Die anderen waren nicht schlecht, aber sie war als einzige richtig gut. Ein paar barfüßige Kinder tanzten, die meisten waren im Augenblick jedoch eher am Essen interessiert.

Zhille stellte sie dem Oberhaupt der Gemeinde, DuFrezne, seiner Frau Jeanne und den anderen vor. Nahe dem Feuer fand man einen Platz für sie.

Elvis beobachtete, wie der Alligator sich drehte. Er hatte noch nie Alligator gegessen, kannte aber Leute, die darauf schworen.

»Wenigstens haben sie ihm die Augen rausgenommen«, meinte Krokodil.

»Sie sind in der Gumbo.«

»Was soll's, ich habe seinerzeit rohe Echsen gegessen. Im Vergleich dazu sieht das appetitanregend aus.«

»Sie müssen essen?«

Sie schüttelte den Kopf. »Aber ich sollte es, hier jedenfalls.

Wir wollen doch nicht, daß irgend jemand wegen mir auf dumme Gedanken kommt, oder?«

Das Feuer warf seltsame Schatten auf ihr Gesicht. Elvis fragte sich, wie anders Krokodil wirklich war. Er wußte, daß sie voller biologischer Verbesserungen steckte. Aber noch etwas anderes war seltsam an der Frau. Manchmal schien es, als blickte jemand anderes aus ihren Augen.

Die Musik hörte auf, und man begann zu essen.

Elvis hatte Glück und bekam einen nicht identifizierbaren Brocken schmackhaften, scharf gewürzten Fleisches. Nach einem Fastentag war es herrlich. Und der im Sumpf gebrannte Schnaps, den es dazu gab, brannte ihm ohnehin sämtliche Geschmäcker aus dem Mund. Er fragte sich, ob seine Geschmacksknospen durch das flüssige Feuer dauerhaften Schaden nehmen würden.

Sie erzählten von sich. Als es um den Grund ihres Aufenthalts in den Sümpfen ging, wichen sie aus. Krokodil erzählte DuFrezne, ihr Name sei Krokodil Bonney, und daß sie als Teenager wilder gewesen sei. Elvis erinnerte sich an den Namen. Sie war Kriegshäuptling bei den Psychopomps gewesen, einer Kultgang aus dem Westen, vier oder fünf Jahre war das her. Es fiel schwer, sich die abgeklärte Frau in glitzerndem Make-up und zerfetzten Leggins vorzustellen. Elvis erklärte einfach, er sei den größten Teil seines Lebens in der Armee gewesen.

Während des Gesprächs bemerkte Elvis, daß sich ein dunkles Augenpaar auf sie gerichtet hatte. Es war die Fiedelspielerin.

Als die Flammen runtergebrannt waren, stand die Frau auf und setzte zu einem langen Vortrag in unverständlichem Cajun-Französisch an, dessen Sätze sie mit schauerlichen Melodien unterstrich.

»Das ist 'Ti-Mouche«, sagte Zhille. »Sie ist *un p'tit* verrückt, hat aber das zweite Gesicht...«

»Das zweite Gesicht?«

Zhille machte eine erklärende Handbewegung. Elvis vermutet, daß 'Ti-Mouche eine Weise war, eine weiße Hexe.

»Sie spricht von euch«, sagte Zhille.

'Ti-Mouche spielte eine langgezogene, aber beseelte Melodie, einen Devil's Trill.

»Was sagt sie?«

Zhille war nicht sicher, ob er es verraten sollte. »Sie sagte, daß du das... schwer zu erklären... die Gabe hast.«

»Die Gabe?«

»Hexengerede. Sie sagt, du bist eine mächtige *sorcière*, nur weißt du es nicht. Du leugnest deine Magie, kehrst ihr den Rükken zu, aber die Magie läßt sich nicht leugnen. Sie wird bald wiederkehren.«

Elvis spürte, wie ihm die Musik einen Schauer über den Rükken jagte. 'Ti-Mouche schien unglaubliche komplexe Variationen von ›Heartbreak Hotel‹ zu spielen. Sie konnte unmöglich wissen...

Die Musik wurde finsterer, wilder. 'Ti-Mouches Vortrag wurde pathetisch. Zhille hörte auf zu erklären. Elvis merkte jedoch, daß ihn der Mut verlassen hatte. Die Stimmung wurde ernster, und ein paar der Kinder bekreuzigten sich. DuFrezne machte ein ernstes Gesicht und nickte.

»Sie spricht über mich«, sagte Krokodil.

Der Bogen kratzte schriller, und 'Ti-Mouches Augen glühten im Dunkeln. Ihre Röcke flatterten um ihre dürren Beine, und die Geschöpfe draußen im Sumpf antworteten auf ihr Gejaule.

Elvis stieß Zhille an. »Was sagt sie jetzt?«

Zhille zögerte. »Sie spricht über deine Frau. Sie sagt, deine Frau hat *diable a son coeur*. Verstehst du?«

'Ti-Mouche erzählte, Krokodil sei der Teufel in einer Verkleidung. Krokodil schien der Vorwurf nicht aus der Ruhe zu bringen.

»Aber es ist in Ordnung, für euch einen Platz am Feuer freizumachen...«

DuFrezne blickte glücklicher drein; das bestätigte seinen Verdacht.

»...weil du eine so mächtige *sorcière* bist.«

Die Flammen loderten wieder auf, als 'Ti-Mouche ihren Vortrag beendet hatte. Sie ließ sich erschöpft zu Boden sinken, und man gab ihr einen Krug Weißen Blitz.

Nach einer Weile fragte Elvis: »Sagt mal, was schulden wir euch für Essen und Benzin?«

Er hatte seinen Geldclip herausgeholt.

Zhille wirkte beleidigt. »Kein Geld, *m'sieu.* Sie zahlen es uns auf die gleiche Weise zurück. Wir haben euch zu essen gegeben, euch an unserem Feuer gewärmt, euch unsere Musik vorgespielt. Ihr müßt uns mit einer Geschichte, einem Lied, einem Tanz bezahlen. Irgend etwas, um die Zeit in der Nacht zu vertreiben.«

Krokodil grinste und räkelte sich wie eine Katze.

'Ti-Mouche wußte, was zu tun war. Sie holte von einem aus der Band eine zerbeulte Gitarre und legte sie vor ihn hin.

»Du mußt spielen«, sagte Zhille. »'Ti-Mouche will es so.«

Krokodil setzte sich, neugierig geworden, auf.

Elvis schlug ein paar Akkorde an. Das Instrument war alt, aber gut.

Es war, als hätte die Musik ihn nie verlassen.

»Well«, begann er, »since my baby left me...«

XI

Raimundo Rex schaffte Pottwal Visser in Shibas Büro und blieb sabbernd über dem Good Ole Boy stehen. Im Innern eines Gebäudes mußte Raimundo jedesmal den Kopf einziehen, trotzdem kratzte sein riesiger, rauhhäutiger Kopf die Farbe von der Decke.

»Guten Morgen«, begrüßte Shiba den zitternden Mann vom Sicherheitspersonal.

Er hatte die Lehne seines Stuhles abreißen müssen, um seinen Schwanz unterzubringen, und dazu den Boden aus all seinen Hosen. Solche kleinen Nachbesserungen standen ihm noch lange Zeit bevor. Aber er hatte sich bereits an sein neues Selbst gewöhnt. Vom Schwanz abgesehen, paßten ihm seine Anzüge noch, und er brauchte sich keine Sorgen mehr wegen der Hitze oder der Insekten zu machen.

»Eins ist interessant an Alligatoren, Mr. Visser. Wußten Sie, daß...«

Visser spie Blut und Zähne. »Laß es gut sein, Japs.«

Raimundos schwache Hände drückten den Good Ole Boy in einen Sessel. Visser funkelte Shiba wütend an und wischte sich über sein zerschundenes Gesicht. Raimundo war von Natur aus ungeschickt und neigte dazu, von Zähnen und Krallen übermäßigen Gebrauch zu machen.

»He, Fettsack«, sagte Raimundo, »wag es nicht, dem Mann hier gegenüber unhöflich zu sein, sonst tanzen dein Schädel und mein Bauch ein bißchen Cha-Cha.«

Der Saurier lachte und gab ihm einen Klaps mit dem Arm.

»Mr. Visser, es spricht nichts dafür, daß diese Unterredung unangenehm werden muß.«

Der Good Ole Boy stöhnte.

»Ich bin für meinen Zustand nicht verantwortlicher als Sie für Ihren. Wenn überhaupt jemand Verantwortung zu übernehmen hätte, dann sollten vielleicht Sie vortreten und sie übernehmen.«

Visser wurde unruhig. Er holte eine Packung starker Zigaretten hervor.

»Ich möchte Sie bitten, nicht zu rauchen.«

Raimundo griff zu und fegte Visser die Zigaretten aus der Hand.

»Rauchen gefährdet deine Gesundheit, Fettsack...«

Visser ordnete die Papiere auf seinem Schreibtisch. Er hatte sich Dr. Blaikleys Magnetkarten zunutze gemacht. Einer der Koffermenschen war ein Hacker gewesen und hatte sie in die Datenbank des Netzwerkes des Geländes gebracht. Shiba war entsetzt, wieviel man ihm in den vergangenen Monaten vorenthalten hatte. Hätte man ihn über Natur und Vorgeschichte von Dr. Blaikleys Projekt in Kenntnis gesetzt, er hätte vielleicht sogar das Undenkbare getan und einen Befehl der GenTech-Zentrale angezweifelt. Ganz sicher wäre er nicht nach Florida gekommen, hätte er geahnt, wie sich das auswirken würde. Allerdings wußte er noch nicht genau, inwieweit sich Dr. Blaikley entschieden hatte, die Angelegenheit der Gesellschaft mitzuteilen.

»Ihr Vorgänger, Captain Marcus, war äußerst mitteilsam...«

»Verfluchtes Reptil!«

Raimundo knurrte, und Visser sackte wieder in sich zusammen.

»Wie es scheint, hat man Sie nach Dr. Blaikleys erstem kleinem Desaster hierher gebracht. Wie schade. Sie haben wenig unternommen, um den zweiten unglücklichen Zwischenfall zu verhindern...«

»Dieses verdammte Miststück von einer wahnsinnigen Wissenschaftlerin!«

Das Fehlen jeglicher Loyalität kränkte Shiba.

»Aber nein. Erst jetzt begreife ich völlig, welch ein Genie die verstorbene Doktorin war. Habe ich mich etwa... nicht verbessert?«

»Sie sind ein gottverfluchtes Monster, Shiba.«

Shiba lachte. »Wie wenig Sie begreifen. Schade, daß Sie meinen Zustand nicht teilen können...«

Visser erbleichte.

»Ich weiß alles über die Drogen, die Ihnen Dr. Blaikley verabreicht hat, um Sie zu immunisieren.«

Visser war sprachlos und machte ein feindseliges Gesicht.

»Sie hätten Ihren Vorrat natürlich teilen sollen, oder irre ich mich?«

Raimundo kratzte mit seinem Hinterbein über die Wand und hinterließ fünf tiefe Krallenspuren.

»Sie hätten darauf achten müssen, daß ich immun bin, und die Kontraktarbeiter...«

Vissers blickte ihn trotzig aus seinen Schweinsaugen an.

»Statt dessen haben Sie sich an Ihren Vorräten bereichert, habe ich recht? Wie viele von uns sind nicht durch Dr. Blaikleys Pläne so, wie sie sind, sondern wegen Ihrer Gier und Sorglosigkeit? Oh, ich gebe zu, als die Veränderungen einsetzten, hat Dr. Blaikley die Situation sofort ausgenutzt. Sie hat sich nie allzu eingehend für Ihre Angelegenheiten interessiert...«

»Sie war ein Kuckuck, Shiba.«

»Sie stand unter Druck. Nachdem es zu den ersten Spontanmutationen und der Massenflucht gekommen war, muß sie erkannt haben, daß das Projekt gefährdet war. Sie hat die Arbeit intensiviert. Schade, daß sie gestorben ist, bevor sie sehen konnte, wie erfolgreich sie war.«

Shiba erhob sich und durchmaß, seinen Schwanz beim Gehen hinter sich herschleifend, das Büro. Durch das Fenster konnte er sehen, wie sich die Koffermenschen in der Morgensonne aalten. Wieviel mochten es sein? Schwer zu sagen. Marcus' Gruppe hatte sich in den Sümpfen getrennt. Einige waren Richtung Küste geschwommen, andere hatten sich südlich, Richtung Everglades, gehalten. Das Ausmaß der Verwandlung war von Objekt zu Objekt verschieden. Einige hatten sich ganz natürlich entfaltet, ohne daß ein Eingriff nötig gewesen wäre, andere waren von Dr. Blaikley durch mehrere Stadien gehetzt worden. Es war nicht gerade eine Krankheit, wurde aber unter anderem durch Langzeitkontakt übertragen. Man mußte sechs Monate mit der Infektion im Körper im Sumpf leben, aber wenn einen die Umwandlung übermannte, ging es recht schnell. Überraschend schnell sogar.

»Die Kontraktarbeiter haben abgestimmt, Visser«, sagte Shiba. »Sie wollen, daß man Sie und Ihre Truppe mit Gewichten beschwert und in den Sumpf wirft. Einige unserer Reptilienbrüder halten das für Verschwendung. Sie wollen... es schmerzt mich, es auszusprechen, doch gesagt werden muß es... sie wollen Sie verzehren.«

Visser schwitzte. Raimundo gluckste durch eintausend Zähne hindurch. Er pfiff *La Bamba*.

»Was verlangen Sie, Shiba?«

»Eine Entschuldigung wäre nett.«

»Es tut mir leid.«

»Vielen Dank. Ich weiß Ihre Aufrichtigkeit zu schätzen.«

Shiba nickte, und Raimundo zerrte Visser aus dem Zimmer.

»*See you later, alligator*«, meinte Raimundo.

Shiba erwiderte lächelnd: »*After a while, crocodile.*«

Die Schlagfertigkeit überraschte den Echsenmenschen.

»Ich habe die amerikanische Kultur am GenTech-Collage in Japan studiert, Raimundo. Bill Haley, Mickey Mouse, Ernest Hemingway. Die Großen kenne ich alle.«

»So ist's recht, Mann!« Raimundo stieß seine winzige Faust in die Luft und schlurfte, den protestierenden Visser vor sich, davon.

Shiba hatte wirklich keinen Schimmer, was er mit den Good Ole Boys machen sollte. Er hatte die Frage noch nicht geklärt, wie er sich verhalten wollte, noch nicht entschieden, wo seine Loyalität lag. Captain Marcus war wieder auf seinem alten Posten eingesetzt worden und löste Visser als Sicherheitschef ab. Er hatte Posten aufgestellt und überwachte die Reparatur des Zaunes rings um das Gelände. Zusammen mit den Kontraktarbeitern, von denen viele bereits Zeichen der Umwandlung zeigten, leisteten die Koffermenschen gute Arbeit. Einige der Arbeiter waren in die Sümpfe geflohen, die meisten waren geblieben. Sie hatten sich überlegt, daß die Koffermenschen allemal eine bessere Gesellschaft waren als die Good Ole Boys.

Shiba war gerührt, daß ihn die Arbeiter immer wegen seines fairen Verhaltens hervorgehoben hatten, und wollten sich, solange er den Befehl über das Gelände innehatte, unter seinen Schutz stellen. Reuben, ein Koffermensch, dessen Kiefer voll ausgebildet war, vertrat sie in Zusammenarbeit mit Shiba und Marcus. Seit Blaikley und Visser ihrer Ämter enthoben waren, wurde das Lager effektiver geführt.

Die Lage in dem Gebiet hatte sich verändert. Eine Gruppe von Leuten war in das verlassene Raketenstartgelände in Cape Canaveral gezogen, und Marcus' Leute waren bereits mehrere Male mit ihnen zusammengestoßen. Man zeigte Shiba einen schwarz gekleideten Toten. Er hatte zu einer Gruppe vom Cape gehört, die landeinwärts vorgedrungen war, um Jagd auf Koffermenschen zu machen. Die Kleidung war ungewöhnlich, mit Holzzapfen anstelle von Knöpfen, ohne Taschen, grob genäht. Einige fundamentalistische Sekten in Amerika bevorzugten derartige Kleidung. Marcus hatte vorgeschlagen, das Lager gegen einen möglichen Angriff zu befestigen, und Shiba hatte die Arbeit in Auftrag gegeben. Darüber hinaus hatte er Patrouillen aufgestellt und sie zu Aufklärungsstreifen durch das Sumpfgebiet hinausgeschickt. Er wollte die Position jedes möglichen Gegners kennen.

Von den Wissenschaftlern hatten nur wenige überlebt. Alte Rechnungen waren blutig beglichen worden. Shiba hatte einen Laborassistenten sowie einen Spezialisten mit Tunnelblickfachwissen über rekombinante DNA und unfaßbarer Unbeschlagenheit in allem anderen befragt. Er hatte versucht, Dr. Blaikleys eigentümliche Aufzeichnungen des Experiments zu lesen, die sie in ihrer seltsam gewöhnlichen Kurzschrift verfaßt hatte, aber das überstieg seine Fähigkeiten. Der Tod der Wissenschaftlerin schränkte das Experiment offensichtlich in keinster Weise ein. Shiba fühlte sich gegenüber seinen Arbeitgebern und der Wissenschaft verpflichtet – vom Vermächtnis der Marie Louise Blaikley ganz zu schweigen –, die Sammlung des

Datenmaterials weiterzuführen. Was immer entdeckt wurde, sollte nach ihr benannt werden, hatte er entschieden. Das Marie-Louise-Syndrom.

Gerne hätte er Verbindung nach Kyoto aufgenommen und vollständig Bericht erstattet, der Satellitenfunk war jedoch von einer Explosion zerstört worden und nicht zu reparieren. Er hätte sich des GenTech-Nachrichtendienstnetzes bedienen können, um sich über die Situation in Cape Canaveral zu informieren. Die Koffermenschen waren jedoch auf sich gestellt, solange weder Dr. Zarathustra oder sonst jemandem auffiel, daß man von dem Lager lange nichts gehört hatte. Dann erst wollte Shiba sich entscheiden, ob er der Gesellschaft oder seiner neuen Rasse Loyalität schuldete. Ein weiteres Mal sprach er seinen Blutbanner-Eid.

Er faßte einen Entschluß. Alles in allem wäre es am besten, wenn Visser ohne jegliche Zeremonie getötet wurde.

Er schlug mit seinem Schwanz auf den Summer der Gegensprechanlage.

»Marielle«, sagte er zu seiner grüngesichtigen Sekretärin. »Seien Sie so freundlich und stellen Sie mir ein Exekutionskommando zusammen.«

Er hatte Hunger.

XII

Elvis fühlte sich anders an diesem Morgen. Als er aufwachte, hatte er wieder die Musik im Kopf gehabt. Sie war so stark wie in den ganz frühen Zeiten. Bevor Parker und Seth alles mit Billigfilmen und Rep-Pillen in den Schmutz gezogen hatten.

Die Cajuns hatten ihm über eine Stunde lang zugehört. Die Texte der Songs waren ihm wieder zugeflogen, als hätte er sie erst am Tag zuvor noch gesungen, und nicht vor vierzig Jahren.

Blue Suede Shoes, I Don't Care if the Sun Don't Shine, Love Me Tender, Long Tall Sally, Blue Moon, Guitar Man, Good Rockin' Tonight, Baby, Let's Play House, Mystery Train, Remember to Forget, Lawdy Miss Clawdy, Don't Be Cruel, Poor Boy, When My Blue Moon Turns to Gold Again, Blueberry Hill, Mean Woman Blues, Jailhouse Rock, Crawfish, Fever, Are You Lonesome Tonight?, Love is Strange.

Er probierte Songs, die er noch nie gesungen, nur im Laufe der Jahre gehört hatte. Er versuchte sich an einigen Petya-Tscherkassov-Nummern, setzte seine Stimme *Don't Stop the Carnival* aus – dem einzigen Ken-Dodd-Song, der es vertragen konnte –, wiederholte zum Spaß endlos Lesley Gores *It's My Party*, setzte kurz zu *Tas* von den Mothers of Violence an, bis er zum Schluß heiser war und, mit blutigen Fingern in die silbernen Saiten schlagend, das Repertoire des anderen Sängers vom Mississippi durchging: *Crossroads, Terraplane, Walking Blues, Me And The Devil.*

Die Hochstimmung, die die Cajuns hatte tanzen lassen, verflog, und übrig blieb nur die Kühle der heraufziehenden Nacht. Elvis kam es vor, als hätte Robert Johnson persönlich draußen vor dem Kreis aus Licht gestanden und gewußt, daß der Teufelskerl ihm auf den Fersen war, als hätte er zugehört, wie der weiße Junge seine Songs sang, zu hundemüde, um zu reagieren.

Bei *Me And The Devil* mußte Elvis an Seth denken. Ein wortgewandter, scharf gekleideter Marktschreier. Jetzt war er ein Prediger, und ganz in Schwarz. Elder Nguyen Seth.

Es war unheimlich, daß Krokodil und er denselben Teufel haben sollten. 'Ti-Mouche meinte, er verfüge über magische Kräfte, und sie sei einem Dämon verfallen. Irgend etwas hatte sie zusammengeführt.

Sie hatten zusammen im Boot geschlafen, dicht unter einer Decke aneinandergedrängt. Zumindest hatte er geglaubt, Krokodil hätte geschlafen. Sicher war er nie.

Einmal hatte er gemerkt, wie er, gegen einen Traum ankämpfend, mit ihr gerungen hatte. Er war durch die Dunkelheit gerannt und hatte versucht, mit Jesse Garon Schritt zu halten. Sie hatte ihn getröstet wie früher oft seine Mutter und ihn wieder beruhigt.

Als ihn jetzt das grelle Sonnenlicht weckte, war er allein. Sein Hals war rauh, aber richtig weh taten ihm nur die Finger. Die Saiten hatten sich tief eingeschnitten und die alten Wunden wieder geöffnet.

Eine Hand kam aus dem Wasser geschossen und packte den Bootsrand. Er griff nach der Moulinex Maschinenpistole.

Ein Kopf durchbrach die Oberfläche, und Krokodil zog sich nackt, jedoch ohne zu zittern, aus dem Wasser. Sie trocknete sich mit der Decke ab, um die Algen aus den Haaren zu bekommen.

»In dem Dreck kannst du schwimmen?«

»Jedem würde ich das nicht raten.«

»Was du nicht sagst.«

Als sie trocken war, zog sie sich an. Wieder einmal betrachtete Elvis ihren Körper. Sie sah echt aus. Marie Walton hatte wie ein Cyborg ausgesehen. Krokodil dagegen schien wirklich eine Frau zu sein.

»Wir müssen los. Wir haben schon zu lange gewartet.«

Elvis nahm einen Schluck aus der Feldflasche, spülte sich mit dem destillierten Wasser den Mund aus und reinigte seine Zähne mit der Zunge. Seine Zunge brannte immer noch.

Krokodil sah nach ihren Waffen. Sie hielt inne.

»Elvis?«

»Ja?«

Sie sah ihn an. »Ich wollte nur sagen, daß du ausgezeichnet singst.«

»Danke, Ma'am.«

»Ich meine es ernst. Deine alten Platten werden dir nicht gerecht. Du hättest etwas aus dir machen können.«

»Vielleicht. Vielleicht auch nicht.«

Frühnebel war aufgezogen. Es würde ein heißer Tag werden. Noch war es angenehm kühl.

»Nein, wirklich. Warum bist du nicht dabeigeblieben?«

Das war er schon oft gefragt worden, aber nie hatte er so ehrlich geantwortet wie jetzt. »Ich weiß es nicht. Vielleicht wollte ich ein Stück meiner Seele für mich behalten.«

»Ich glaube, ich weiß, was du meinst. Ich war nicht immer so. Mein Vater... na ja, das wird dich nicht interessieren... alles alte Geschichten. Ich bin nicht mehr dieselbe Person. Nicht einmal körperlich.«

Sie hielt ihre Hand hoch, als wollte sie durch die Haut sehen. »Durium-verstärkte Knochen«, sagte sie. »Und dazu den ganzen Ersatzteilkatalog. In meinem Herzen habe ich einen Schwamm, der den Schlagrhythmus verändern kann.«

»Da ist aber noch etwas. Gestern abend meinte die Hexe...«

»Daß ich besessen sei? Sieh dich doch um. Wer ist das nicht?«

»Deine Seele gehört alleine dir. Sie ist mehr wert als die hundert Dollar des Teufels.«

Sie lächelte. »Ist das jetzt der übliche Preis?«

»Für Robert Johnson jedenfalls, heißt es. Hundert Dollar, und die ganze Musik.«

»Das klingt schon besser. Die ganze Musik.«

Es war tatsächlich überraschend kalt. Die Decke war schwer vom Tau. »Eigentlich nicht.«

»Aber du hättest die Welt verändern können. Du hättest Petya Tscherkassov sein können.«

»Petya Tscherkassov. Da sieht man, wie jung du bist.«

»Wie meinst du das?«

»Du hast kaum von mir gehört, oder?«

»Du bist mir bestens empfohlen worden. Es gibt nicht viele Ops, die...«

»Nein, ich meine nicht die Op-Agentur. Die Musik. Ich bedeute dir nicht mehr als, sagen wir, Glenn Miller oder Al Johnson?«

»Wer?«

»Genau das meine ich. Lady, ohne mich hätte es keinen Petya Tscherkassov gegeben. Kennst du sein *Don't Be Cruel*?«

»Klar. Du hast es gestern abend gesungen. Ziemlich gut.«

»Krokodil, ich habe es zuerst gesungen. Er hat mich kopiert. Hier in den USA hat man mich vergessen, aber all die Sove-Musiker erinnern sich noch. In den fünfziger Jahren hat man meine alten Platten nach Rußland geschmuggelt. Ich habe die ganze Geschichte ins Rollen gebracht.«

»Jetzt übertreibst du aber.«

»Nein, wirklich. Ich hatte mal diesen Job als Leibwächter. Ein Typ namens Lennon, der wegen irgendeiner UN-Konferenz aus England herübergekommen war. Er war Kopf der Labour-Party. Das ist die Opposition, oder was weiß ich. Er hat nicht viel Macht oder Einfluß, aber er ist da, damit er dem Premierminister widerspricht. Wie heißt er doch gleich, Archer. Er wußte, wer ich war. Bevor er Politiker wurde, hatte er alle meine Platten gehabt. Er sagte, er sei auch Musiker gewesen. Er sagte, wenn ich nicht aufgegeben hätte, wäre er vielleicht trotz aller Schwierigkeiten dabeigeblieben. Aber wie auch immer, ich hatte sein Leben berührt. Das ist eine verdammt große Verantwortung, und ich bin nicht sicher, ob ich das will. Ich weiß nicht, warum es mir wichtig ist, dir das zu erzählen. Ich bin einfach nur ein alter Mann mit einem Koffer voller Erinnerungen, aber du sollst wissen, daß dies die volle Wahrheit ist. Ich hatte einen großen Namen und habe das alles einfach hinter mir gelassen.«

»Aber warum erzählst du mir das? Warum ist es dir wichtig?«

»Wegen dem, was 'Ti-Mouche gesagt hat. Du darfst dich dem, was in dir steckt, nicht verkaufen. Was immer es ist. Ich habe das jahrelang getan. Ich habe mich verkauft.«

»Einem gewieften Manager, klar...«

»Seth. Er war einer von ihnen. Er ist der Teufel, hab ich recht?«

Krokodil war gerührt. »Ja, ich glaube, das ist er.«

»Verdammt. Ich wußte es. Ich wußte es damals, 1956, als Colonel Parker mich in sein rot ausgelegtes Büro brachte und mir die Verträge zeigte. Ich wußte es, ich wußte es, ich wußte es... Es war kein Zufall, daß du mich angeheuert hast, oder?«

Krokodil seufzte. »Nein. Ich glaube nicht.«

»Wer hat das veranlaßt?«

Sie versuchte zu sprechen, es fiel ihr jedoch schwer. »Dieses Etwas in... meinem Innern. Es hat mich nach Memphis geführt. Es hat veranlaßt, daß ich dich aussuche.«

»Du brauchst kein Kindermädchen. Du kannst selbst für dich sorgen. Du hättest deinen Indianer mitnehmen können.«

»Stimmt. Aber ich denke, ich brauche dich, Elvis. Ich weiß nicht, wofür. Manchmal macht es mich verrückt. Es ist nicht so, als wüßte ich alles, was ich weiß. Man bekommt immer nur kleine, einzelne Stückchen. Ich habe ständig Visionen... Wachträume, was immer... und du warst einer von ihnen. Hawk hat dich aufgespürt. Er ist ein Traumwandler, ein Medizinmann der Navahos.«

»In diesen Visionen, was tue ich da?«... kämpfe ich? Sterbe ich?«

Krokodil mußte wieder lächeln, ein kleines Lächeln mit zusammengepreßten Lippen. Ihr übriggebliebenes Auge funkelte.

»Nein, Elvis. Du singst, spielst Gitarre. Was die alte Hexe gestern abend sagte, stimmt. Das ist deine Zauberkraft.«

»Das ist doch vollkommen verrückt.«

»Seit ich siebzehn war, mußte ich damit leben. Man kann sich an alles gewöhnen.«

»Du mußt doch irgendeine Art Leben geführt haben, Schwester.«

»Ja, müßte ich eigentlich, stimmt.«

»Nun, wenn das der Wille des Herrn ist, werden wir uns ihm wohl fügen müssen.« Er schaute in den Himmel, sah aber nur eine Nebeldecke. »Jesse Garon«, sagte er. »Manchmal frage ich mich, ob es nicht besser gewesen wäre, wenn ich gestorben wäre, und du hättest weiter gelebt…«

Krokodil küßte ihn zart auf die Lippen. Er fuhr ihr mit der Hand durchs Haar. Er öffnete ein Auge und sah ihre Augenklappe, die sich an seine Wange legte. Sie umarmten sich und versuchten, die Angst abzuschütteln.

Plötzlich wachsam geworden, stieß sie ihn von sich. Sie hatte etwas gesehen. Sie hatte die Moulinex in der Hand, den Daumen an der Sicherung. Das Boot schaukelte sacht. Elvis streckte eine Hand aus, um sich abzustützen.

Eine Gestalt schlüpfte aus dem Nebel. Es war 'Ti-Mouche. Sie hatte sich ihr Gesicht frisch bemalt. Sie hatte die Gitarre dabei, auf der Elvis am Abend zuvor gespielt hatte.

Die Hexe betrachtete das Paar im Boot. Krokodil erwiderte offen ihren Blick, wollte sich keine Angst einjagen lassen.

Elvis mußte an den Dämon im Innern seiner Arbeitgeberin denken. Was immer er war, er konnte sich nicht vorstellen, daß er schlimmer war als die Wesen, die von Donny und Marie Walton Besitz ergriffen hatten. Und er wußte, daß ihnen noch Schlimmeres bevorstand, am Cape.

'Ti-Mouche kniete am Wasser nieder und reichte ihm das Instrument.

»*Cadeau*«, sagte sie. »Ein Geschenk.«

»Das ist sehr freundlich von Ihnen, Madam. Vielen Dank.«

Er legte die Gitarre auf seinen Schoß und spürte, wie die Musik, kaum hörbar, durch Holz und Saiten vibrierte.

»*Sorcière*, mach dir deinen Zauber zunutze…«

Sie trat zurück in den Nebel und war nur noch undeutlich zu erkennen. Elvis hatte den Eindruck, sie sei nicht alleine. Eine Männergestalt stand neben ihr, und er erkannte seinen eigenen Traumschatten und wußte, daß es Jesse Garon war.

»Elvis«, fragte Krokodil, »was ist?«

»Ein Gespenst, Ma'am.«

»Hier gibt es eine Menge Gespenster, das weißt du doch.«

»Ja.«

Er ließ seine Finger über die Saiten gleiten. Die Akkorde hallten durch die Luft und verloren sich im Nebel.

Die Gestalten – 'Ti-Mouche und Jesse Garon – waren verschwunden.

Die Sonne brach durch.

XIII

Simone wußte, daß der verrückte alte Mann die Gespenster auch sehen konnte. Es waren die Geister sämtlicher Astronauten, die im All, am Boden oder unter Wasser gestorben waren. Sie waren ursprünglich die Opfer gewesen, die dem Raumfahrtprogramm seinen kurzen, machtvollen Schub verliehen hatten. Im Augenblick lud Roger die Voodoo-Batterien wieder auf. Sie wußte mehr, als sie verriet. Ihre Tante war Mama-loa der Gemeinde gewesen. Sie wußte alles über das Vergießen von Blut, das Herstellen von Bildnissen, den Gebrauch von Macht.

Sie überlegte, ob sie Roger von den Gespenstern erzählen sollte. Sie schuldete ihm etwas dafür, daß er sie aus New Orleans herausgeholt hatte. Sie war immer noch Kontraktarbeiterin, aber jetzt war sie eine Kontraktarbeiterin in Dreihundert-Dollar-Kleidern und wurde behandelt wie die First Lady.

Die Josephiner mochten sie nicht. Das war ihr zwar egal, dennoch mußte sie darauf achten, daß es nicht hinderlich wurde. Wenn sie sich zu sehr produzierte, würde selbst Roger sie nicht mehr schützen können. Sie wußte, wie winzig sie in jenem Großen Plan war, den man – wie immer er aussehen mochte – hier am Cape ausbrütete.

Während Roger und der verrückte Alte im Bunker arbeiteten, blieb sie größtenteils auf sich selbst gestellt.

Sie wagte sich nicht allzuweit fort. Die Patrouillen berichteten, daß es hinter den Begrenzungszäunen eine Menge Koffermenschen gab. Einer der Trupps war nicht zurückgekehrt. Sie war fasziniert von den Geschöpfen, die man gefangen und dann geopfert hatte. Wenn man sie aus einem bestimmten Winkel ansah, erkannte man nur das Reptil, bewegte man aber dann den Kopf, konnte man den Menschen erkennen, der sie einmal gewesen waren.

Ihr Leben hatte sich völlig verändert, seit sie Roger in Fat Pierre's Laden kennengelernt hatte. Trotzdem war sie immer noch Kontraktarbeiterin, immer noch eine Sklavin.

Ihre Ur-Ur-Urgroßeltern waren größtenteils Sklaven gewesen, wie sie wußte, und sie setzte jetzt diese Tradition fort. Die amerikanische Geschichte schien um 1930 einen Höhepunkt erreicht zu haben, und jetzt ging es wieder bergab. Schließlich würden alle wieder einpacken, die Segel setzen und mit der *Mayflower* nach Plymouth aufbrechen. Oder mit dem Sklavenschiff nach Afrika.

Schichtwechsel im Bunker. Roger kam mit der Frühschicht nach oben. Sie sah seinem Gesicht an, daß sie das Needlepoint-System noch nicht zum Laufen bekommen hatten. Sie wußte nur vage, um was es bei dem System ging, nahm aber an, es handele sich um eine Art Blitz, mit dem man gottgleich von oben zuschlagen konnte.

Die schwarzgekleideten Josephiner zogen wie ein geschlagenes Häufchen Richtung Kapelle, um für das Gelingen des Projektes zu beten. Roger sah sie, kam herübermarschiert und versuchte zu lächeln. Er sah wirklich richtig gut aus, auf seine fremde, weiße Art.

Er küßte sie auf die Lippen, und sie erwiderte den Kuß professionell. Er gebrauchte sie zwei-, dreimal am Tag, immer vorsichtig. Es war nicht einmal unangenehm.

Ohne ihr etwas über das Voranschreiten der Arbeit zu verraten, führte er sie in den Bungalow.

Neben dem Bungalow stand eine Gestalt mit Sauerstoffmaske auf dem Schädel. Die Gestalt winkte ihr zu, und Simone fröstelte...

»Was ist los, Simone?«

Sie konnte es ihm nicht sagen. Sie konnte es noch nicht riskieren, verstoßen zu werden.

»Jemand ist über mein Grab gelaufen.«

Der tote Astronaut lehnte an der weiß gekalkten Wand, niedergeschlagen, weil es ihm nicht gelungen war, Kontakt aufzunehmen. Auf den Rücken war ihm ein klobiger Rucksack gebrannt, an den Füßen hatte er dicke, verkohlte Schuhe. Er qualmte noch.

Im Bungalow zog Simone ihr Kleid aus und legte sich aufs Bett.

Roger zögerte. Sie sagte nichts, war weder aufmunternd noch abweisend. Am sichersten war es, sich neutral zu verhalten. Einige von ihnen glaubten gerne, daß es dir gefiel, andere brauchten deinen Haß, deinen Unmut, deinen Ekel. Aus Roger Duroc war sie noch nicht ganz schlau geworden. Wahrscheinlich würde ihr das nie gelingen. Er war zu kalt.

Er zog sein Hemd aus. Sie hatte nie nachgerechnet, wie alt er war, sein Körper jedoch war hart und zäh. Er hatte zwar Narben, aber offenbar keine Bio-Implantate.

Er beugte sich über sie, steckte ihr die Zunge in den winzigen Nabel und zerrte an ihrem Höschen.

Sie fuhr ihm mit der Hand durchs Haar und dachte dabei an die Gespenster. Sie kamen von überall an diesen Ort geströmt. Jetzt waren es bereits mehr als bei ihrer Ankunft.

Roger lag jetzt mit ihr auf dem Bett, knetete sie mit den Händen, preßte seinen Mund auf ihren. Sie stöhnte zweideutig auf.

Auch die Koffermenschen waren aktiver geworden. Jeder wußte, daß sich die Lage zuspitzte.

Sie atmete schwer, als sie sich vereinigten.

An der gegenüberliegenden Wand hing ein gerahmtes religiöses Bild. Elder Seth beim Einzug nach Salt Lake City, gefolgt von seinen Anhängern. Simone fand es ekelerregend, wußte aber nicht, warum. Vielleicht lag es an Elder Seths schmalem Gesicht und den käferschwarzen Augengläsern.

Roger war fertig. Sie trennten sich und blieben eine Minute still liegen. Schweiß trocknete auf ihrem Körper. Sie lauschte auf das Sirren des Ventilators und auf das Schlagen ihres Herzens.

Roger sprang aus dem Bett und ging ins Bad. Er duschte jedesmal danach. Mit sich selbst war er ebenso reinlich wie mit seinen geliebten Waffen.

Simone öffnete den Kleiderschrank und wählte ein Kleid aus, das sie noch nie getragen hatte. In den Boutiquen in New Orleans hatten sie mit Plastikcash nur so um sich geworfen. Sie entschied sich für ein grellorange-türkises, trägerloses Kleid mit passendem Turban. Obwohl das Kleid aus kaum mehr Stoff bestand als ein Kopfkissen, hatte es mehr gekostet als ein Auftragsmord.

Das Telefon trällerte. Sie hob ab.

»Elder Durocs Bungalow«, sagte sie.

»Holen Sie ihn«, fauchte sie eine Stimme an. Simone erkannte Schwester Bethany Adams und spürte, wie die Feindseligkeit geradezu durch die Leitung kroch.

»Ich sehe nach, ob er erreichbar ist. Roger…«

Sie hielt das Telefon von sich.

Roger klemmte den Hörer zwischen Schulter und Wange und zog sich weiter an, während er sprach.

»Gut«, sagte er und beendete damit das Gespräch.

Jemand hatte Eistee eingeschenkt.

»Sie sind mit dem nächsten Probelauf fast soweit«, sagte er. »Fonvielle ist seiner Sache offenbar sicher.«

Roger trank einen großen Schluck von seinem Tee.

»Ich weiß nicht, Simone. Ich glaube, er ist durchgedreht. Das ist ein übles Geschäft.«

Niemand erwartete, daß sie etwas erwiderte.

»Und die Koffermenschen laufen dort draußen überall herum. Ich lasse ein paar schwere Geschütze herbringen. Wir müssen diese Echsen von hier vertreiben.«

Der Meinung war Simone auch.

»Ich habe Jagd- und Killerteams da draußen, nur können wir nicht genügend Personal abstellen.«

»Ein schlimmer *gris-gris*«, sagte sie.

Er wußte, was sie damit meinte.

»Ja, genau das ist es.«

Er setzte den Hut auf und ließ sie alleine.

Sie schüttelte ein wenig Tee über ihre Brust, ließ die Kühle durch das Kleid sickern und genoß das Gefühl.

Arme, kleine Kontraktarbeiterin, dachte sie.

XIV

Sie kamen gut voran. Die Gitarre lag im Heck, und Elvis stellte sich vor, wie sie ihn ansang und schalt wie eine lange vernachlässigte Geliebte.

Krokodil war heute anders. Gesprächig war sie nie gewesen, aber verglichen mit ihrer früheren Art war sie jetzt geradezu geschwätzig, fast nervös. Es war schön zu wissen, daß sie menschliche Züge hatte, gleichzeitig jedoch auch ein wenig beängstigend. Er gestand sich ein, der Gedanke war durchaus attraktiv, sein ganzes Vertrauen in eine Cyborg-Kampfmaschine zu setzen, während er selbst im Gebüsch blieb und Feuerschutz gab. Jetzt sah er das Mädchen aus der Kultgang durchschimmern.

Sie erzählte ihm die Dinge ausschnittweise. Von ihrem Zusammentreffen mit Elder Seth und von den Augengläsern, die ihre Weltsicht verändert hatten. Sie erzählte ihm, daß sie eine ganze Weile durch die Wüste gewandert war, wo sie wie ein

Tier gelebt und Mühe gehabt hatte, nicht dem Wahnsinn zu verfallen. Anschließend dann war sie von Doc Threadneedle überarbeitet worden, einem Weltklasse-Biochirurgen, der sie zu der Frankensteinerin gemacht hatte, die sie jetzt war. Danach hatte es viele Schlachten, hohe Verluste gegeben. Ganze Armeen waren auf sie gehetzt worden, dazu hochspezialisierte Mörder. Sie hatte sich mit Hilfe von Habicht-Der-Sich-Niederläßt geistig neu erschaffen, wie sie erzählte. Anschließend hatte sich ein Kanal ins Jenseits aufgetan, durch den ein mächtiger Manitou gekommen war, der sich in ihr festgesetzt hatte. Er schlief zur Zeit, stand aber auf Abruf bereit. In Santa de Nogueira war ein Monster aufgetaucht, ein Monster, das sie nicht beschreiben konnte. Es war ebenso riesig wie zerstörerisch gewesen, durch ein denkbar winziges Wunder jedoch vertrieben worden. Elder Seth weilte schon seit Jahrhunderten auf der Erde, und manchmal sprachen sie im Kopf des jeweils anderen. Er mußte sie loswerden, und sie mußte ihn aufhalten, bevor er der Welt ein Ende machte.

In gewisser Weise wünschte Elvis sich, dies alles gar nicht zu wissen. Er hatte genug gesehen, um ihr zu glauben. Trotzdem wünschte er, es wäre drei Wochen früher und seine einzigen Sorgen wären die Good Ole Boys, die versuchten, ihm die Lizenz zu entziehen. Oder, daß er eines Abends nach Hause käme und eine Bombe der Spitzhauben in seinem Kühlschrank vorfand.

»Eine Frage, Lady.«

»Ja?«

»Die Million Dollar. Das reicht nicht.«

Krokodil lachte. »Willst du mehr? Zehn Millionen? Wir haben genug. Goldbarren, Plastikcash, Juwelen, frei verkäufliche Informationen…«

»Wie seid ihr daran gekommen?«

»Ich bin Frankensteins Tochter, schon vergessen? Habicht und ich haben sie von den Konvois der Gesellschaften gestohlen. GenTech und Winter haben genug davon. Schießlich dient es einer guten Sache.«

»Vermutlich. Wenn es gut ist, die Welt zu retten.«

»Glaube nicht, daß ich darüber nicht nachgedacht hätte.«

Sie wand sich zwischen Inseln hindurch, ohne das Boot zu schnell vorwärts zu treiben. Seit über einer Stunde hatte Elvis bemerkt, daß es dort draußen im Sumpf irgendwelche Lebewesen gab. Vielleicht waren es menschliche Wesen, vielleicht auch nicht. Sie wollten nicht gesehen werden, und das bedeutete, daß er sie nicht sehen wollte. Gestern abend hatten die Cajuns ihm von den Babys erzählt, die einem Spuk hier aus der Gegend zum Opfer fielen, den Koffermenschen.

»Vielleicht läßt der Präsident sämtliche Anklagepunkte fallen, wenn du es schaffst.«

»Keine Chance. Ich erwarte keine Dankbarkeit.«

»Was erwartest du dann?«

»Soll ich ehrlich sein? Den Tod.«

»Und wenn du durchkommst?«

»Dann will ich nichts als Ruhe und Frieden.«

Ein Röhren zerriß die Stille, und das Boot fing heftig an zu schaukeln. Das Wasser vor ihnen teilte sich, und ein riesiger Kopf ragte aus dem Sumpf, dem Schlamm aus den Mundwinkeln rann.

Ein Dinosaurier mit Stirnband.

Krokodil hatte die Moulinex hochgerissen, aber irgend etwas prallte von unten gegen das Boot. Das Gewehr ging los, die Kugeln in die Zypressen ballernd.

Der Dinosaurier ging auf sie los. Er war gerissener als ein Tier.

Krokodil hatte das Gleichgewicht verloren. Elvis streckte die Hand aus, sie ging trotzdem über Bord und fiel klatschend in den Sumpf.

Grüne Arme umschlangen sie, und sie wurde nach unten gezogen.

»He«, sagte der Dinosaurier, »reiß dich zusammen, Kleiner, klar?«

Elvis war damit beschäftigt, nicht aus dem wild schaukelnden Boot gekippt zu werden. Er scheiterte.

»Ich hab dich gewarnt, Mann.«

Er kämpfte in der dreckigen Brühe mit etwas Rauhhäutigem, Kaltem.

Er wurde nach unten gerissen und schluckte eine Lunge voll gräßlich schmeckender Flüssigkeit. Er kämpfte sich an die Oberfläche und versuchte, sie wieder auszuhusten. Mit Klauen besetzte Hände hielten ihn gepackt.

Er rammte seinem Angreifer den Ellenbogen dorthin, wo bei einem Menschen die Nieren gewesen wären, und wurde mit einem befriedigenden, gequälten Stöhnen belohnt.

Kiefer versuchten nach seinem Kopf zu schnappen. Er holte Luft und tauchte unter.

Er hatte Krokodil aus den Augen verloren.

Irgendwo wurde geschossen. Er erkannte das unverkennbare Kotzen der Moulinex selbst noch vom Wasser verzerrt. Krokodil kämpfte.

Er versuchte, Boden unter die Füße zu bekommen, stellte aber fest, daß der Sumpf immer zäher wurde. Seine Lungen drohten zu platzen, und in der trüben Brühe konnte er nur verschwommene Schatten ausmachen.

»Wo steckt der Kerl, Frankie?«

Frankie knurrte seine Antwort. Er wußte es nicht.

Mit einem Beinschlag schwamm Elvis von den Gestalten fort. Er mußte bald an die Oberfläche, oder er würde draufgehen.

Er stieß sich, ständig ausatmend, nach oben. Sein Kopf durchbrach die Wasseroberfläche, und er schnappte nach Luft.

Er konnte die Koffermenschen hören. Sie machten eine Menge Lärm, während sie durch den Sumpf preschten.

Irgend etwas biß ihm ein Stück Fleisch aus dem Arm, und er mußte einen Schrei unterdrücken.

Er wirbelte mit gezückten Messer herum und stach zu. Er hatte Angst, es mit noch einem dieser Monstermenschen zu schaffen zu bekommen.

Das Messer spießte einen Trilobiten gegen den Stamm eines Baumes. Die Riesenlaus zappelte noch einmal und verendete dann.

»Prähistorischer Bastard«, flüsterte er und zog sein Messer heraus.

Das Gewehrfeuer hatte aufgehört. War Krokodil entkommen?

Er brauchte dringend etwas festen, annähernd trockenen Boden unter den Füßen. Er zerrte an den unteren Ästen des Baumes und stand auf einer Insel.

Der Schlamm auf seiner Hose und Jacke trocknete. Er konnte es nicht ausstehen, wenn er sich so fühlte, wenn er so aussah. Er war als Kind dreckig genug gewesen und ständig in zerfetzten Bluejeans herumgelaufen. Wie gerne hätte er das alles schon hinter sich gehabt.

Im Wasser bewegte sich etwas. Elvis packte den Messergriff fester.

Das Etwas tauchte auf, und er atmete erleichtert auf. Er fischte die Gitarre aus dem Sumpf. Sie war nicht einmal voller Wasser.

Er nahm das Instrument auf den Schoß wie ein Baby. Es war verrückt, aber mit 'Ti-Mouches Geschenk fühlte er sich besser.

Ein riesiger Schatten fiel über ihn.

»He, Gitarre, wie wär's, wenn du uns etwas vorsingst?«

TEIL III
Kraftproben

I

Jesus, Maria und Josef, dachte Lola Stechkin, *dieser Gavin Mantle ist ein 1a Armleuchter!* Sie wünschte, sie wäre mit den seriösen Zeitungsleuten in Großrhodesien und könnte über die Taabazimbi-Katastrophe berichten. Da war einiges verschmort. Ein Feuerball hatte die gesamte Stadt eingehüllt, als die Broederbond gerade eine Massenkundgebung zum Gedächtnis der Schlacht am Blood River abhielt. Das hier war Kleinkram.

»Die Sache ist die, Lola, Schätzchen«, fistelte Mantle und kratzte sich seinen aufgedunsenen Wanst mit einer American-Express-Karte in Gold, »ich denke, es ist nicht richtig, die beiden Kleinen aus ihrer Schule und ihrer gewohnten Umgebung zu reißen. Weißt du, Süße, es gibt eine Menge Dinge, die ich im Augenblick zu entscheiden habe. Ich will nicht, daß sie mit schiefen Wertvorstellungen aufwachsen, nur weil sie reich sind. Ich denke also, Tish und Reggie können bei ihrer Mutter bleiben. Ich sehe sie dann immer noch an Wochenenden und Feiertagen. Weißt du, mein Lebensstil ist doch, nun, sehr fremd geworden, verglichen mit dem, was sie bislang gewohnt waren. Also wie gesagt, ich schätze, es ist am fairsten, sie ganz aus der Sache rauszuhalten…«

Gavin Mantle trieb auf einem aufblasbaren Kissen in seinem privaten Swimmingpool. Er trug schamlos knappe Ballsac

Schwimmhosen, die den ersten von GenTech finanzierten Biozusatz, den er verlangt hatte, deutlich ins Bild rückten. Soweit sie wußte, war sein ursprünglicher Wunsch anatomisch nicht recht kompatibel gewesen.

Der Grund des donut-förmigen Beckens war mit Juwelen übersät, die man in den Beton eingelassen hatte. Sie funkelten, wenn das Sonnenlicht bis zu ihnen vordrang. Zwischen den Lichtstrahlen schwammen tropische Fische herum, die ständig high waren von den Trance-Stimulantien, die das Haussystem automatisch ins Wasser pumpte.

Sie konzentrierte ihren Blick auf den Teleprompterchip in ihrer Kontaktlinse und ging zur nächsten Frage über.

»Und was ist mit Clodagh, Gavin?«

Mantle seufzte übertrieben bedauernd, während er sich einen schüsselgroßen Cocktail aus *crème de menthe*, Zooper-Blast, Sochaiku Double Blend, Beluga Kaviar und ›Bleib-hart‹-Tropfen einschenkte.

»Clodagh hat kein Verständnis für die Anforderungen, die der Reichtum an einen stellt, Lola, Schätzchen.« Er zwinkerte ihr zu. »Sie ist wieder zu ihrer Mutter gezogen.«

Eine von Mantles Sexklonen schwamm in trägem Rückenstil vorbei. Ihr geschmeidiger Körper durchbrach die Oberfläche des mit Vitaminen angereicherten Wassers, ihre schweren Brüste trieben dahin wie mit Kirschen dekorierte Inseln. Die Sexklone waren im Labor gezüchtete Menschenkörper, perfekt bis in jede Einzelheit, jedoch mit künstlich reduziertem Verstand. Gerüchten zufolge wurden für die erfolgreichsten Modelle hormonbehandelte Kaninchenhirne verwendet. Lola, der es nie an willigen Sexualpartnern gefehlt hatte, fand schon die Vorstellung zum Kotzen, ein Produkt der Fleischerzeugung zu bumsen, und besonders störend empfand sie es, wenn sie einem Geschöpf begegnete, dem man ihre eigene genetische Struktur einkodiert hatte. Natürlich hatte Mantle so eine bestellt. Jetzt wünschte sie, sie hätte ihr Abbild nicht lizenzieren lassen. Die

Gesellschaft hatte ihr allerdings eine enorme Provision geboten.

Die Lola-Sexklone saß jetzt auf der Terrasse, abgeschaltet. Lola fragte sich, ob ihre Abscheu dem Ding gegenüber daher rührte, daß man sie nach ihr modelliert hatte, wie sie vor fünf Jahren ausgesehen hatte. Sie hatte Angst vor dem Tag, an dem man vielleicht auf die Idee verfiel, eine von denen könnte die Show besser rüberbringen als sie. Mit zweiundzwanzig Jahren war sie bereits eine der ältesten Nachrichtensprecherinnen des Netzes.

»Ich schätze also, es ist meine Pflicht, all den Millionen dort draußen ihre Phantasien enormen Reichtums vorzuleben...«

Lola wußte, daß das Kamerateam alles aufzeichnete. Hinter Mantle konnten sie die neu errichtete Villa sehen. Sie war rund und rosa, fast obszön, und man hatte nur die teuersten Materialien verwendet. Ein Wald aus Satellitenschüsseln, so eingestellt, daß sie jeden Sender der Welt empfangen konnten, erhob sich über einem Dach. Der eigens angefertigte phallische Rolls Royce stand protzig in der Auffahrt, seine güldenen Filigranarbeiten funkelten, während ein Adonis aus Muskelimplantaten die eichelförmige Motorhaube mit einem milchigweißen Reinigungsmittel polierte.

Mantle schüttete sich die potentiell tödliche Giftmischung in den Hals. Flüssigkeit rann über eine Brust und durchweichte sein T-Shirt. Es trug, in psychedelischem Silber, die Aufschrift: PFLAUMENTAUCHWELTMEISTERSCHAFT, HAVANNA, KUBA, 1997. Vermutlich handelte es sich um den kostspieligsten schmutzigen Scherz der Welt. Mantle schluckte, und sein Blick begann zu verschwimmen. Sein Körper war so nachgebessert worden, daß er sämtliche Nebeneffekte verarbeiten konnte. Er konnte sich Napalm in die Venen jagen oder gemahlenes Glas ziehen, ohne auch nur einen ordentlichen Kater zu bekommen. Sein Stoffwechselsystem jedoch änderte sich ständig; wo er hinpinkelte, wuchs kein Gras mehr.

»Lola, Liebling«, sagte er, »weißt du, ein Kerl wie ich und ein Mädchen wie du... vielleicht sollten wir nach dem Interview noch etwas zusammen unternehmen...«

In seiner Badehose regte sich etwas, als hätte er dort eine Klapperschlange.

Bah!

Das Kamerateam würde das alles aufzeichnen. Die Abendnachrichten würden die Geschichte des Gavin Mantle die ganze Woche lang als Aufhänger bringen. Alles, was sie sonst noch zu berichten hatten, war deprimierend, daher hatte der Produzent wenigstens einen ›Hochbringer‹ zwischen den ganzen Kriegen, Morden, Seuchen und Hungersnöten verlangt. Lola wurde nostalgisch beim Gedanken an Dino, die skateboardfahrende Ente. Seit man Gavin Mantle seine einhundert Millionen Dollar ausgehändigt hatte, hatte er ausschließlich auf der äußersten linken Überholspur gelebt. Das Kamerateam hatte ihn zu einer orgiastischen Party begleitet, auf der er sein Bio-Implantat zum erstenmal vorführte, und hatte genügend Material für sämtliche nicht jugendfreien Spätnachrichten zusammenbekommen. Aus dem Mann, der sich sein ganzes Leben lang Küchengeräten gewidmet hatte, war jene Sorte Genußmensch geworden, deren Gästeliste sich aus exotischen Nutten und Drogendealern der Hochfinanz zusammensetzte, aus kleinen Seifenopernstars, Drittweltpolitikern, abgehalfterten, offiziellen Ops, die sich als Sicherheitsberater ausgaben, den Kriminellen der Woche, religiösen Fanatikern, Zirkusdarstellern, Rechtsanwälten, Schmarotzern, Klatschkolumnisten, obskuren Sprößlingen irgendwelcher Adelshäuser, Ex-Präsidenten und Quacksalbern verschiedenster Spezialgebiete.

In den vergangenen fünf Jahren hatte es fünfzehn dieser Blotto-Lotto-Auszahlungen gegeben. Drei der Gewinner lebten noch, und einer von ihnen lag im Schock-Trauma-Koma, umgeben vom besten MedTech, das man für Geld kaufen konnte.

Das Interview begann Mantle zu langweilen, stellte Lola fest. Seine implantierten Drüsen jagten ein Gemisch aus Amphetamin, Testosteron und Adrenalin in sein Blut. Er mußte zurück auf die Party, bevor sie platzten. Im Kleingedruckten des Gewinnervertrages war festgelegt, daß, sollte der Blotto-Lotto-Superglückschampion innerhalb eines Jahres nach Erhalt des Preises sterben, die nicht ausgegebene Bargeldsumme sowie alle Gegenstände, die mit dem Geld aus diesem unverhofften Glücksfall erstanden worden waren, wieder an die Tochtergesellschaft zurückfallen würden, die den Wettbewerb organisiert hatte. Unglaublich, wenn man sich die Zahlen betrachtete, wie schwer es diesen phantasielosen Leuten fiel, hundert Millionen Dollar zu verplempern.

In Lolas Augen blinkte die letzte Frage auf.

»Und welches Gefühl war das, als Sie das Blotto-Lotto gewonnen hatten?«

»Na ja«, grinste er mit seinem neuen Rod-Rambone-Gebiß. »Es war ein bißchen wie Sex, wissen Sie. Ich hab wie gewöhnlich vor dem Fernseher gesessen und auf *Mein Freund, der Biochirurg* gewartet. Ich liebe diese Sendung. Schwester Nookie ist ungeheuer scharf, was meinen Sie? Ich frage mich, wie lange es zwischen ihr und dem Doktor noch dauern wird. Egal. Ich habe gar nicht richtig hingesehen, als Blotto, der Clown, den Umschlag von RaLPPH aufgemacht hat. Aber ganz entfernt höre ich etwas. Zuerst glaube ich nicht, was ich höre. Es war, als würde, also, als würde Clodagh meinen Namen aus der Küche rufen. Nur, daß sie mich nie beim vollen Namen nennt. Also ›Gavin Mantle‹. Normalerweise nennt sie mich ›mein Hengst‹. Warum, sieht ja wohl jeder sofort. Ich konnte es jedenfalls nicht glauben. Dann dämmerte es mir allmählich. Also, es war wie diese Erdbeben, wie wenn man plötzlich…«

Lola blickte verstohlen auf ihre Uhr. Das hier war langweiliger Mist, und sie nahm sich vor, dem Produzenten den Arsch aufzureißen, sobald sie wieder im Studio war.

»Wie ein Blitz aus heiterem Himmel, sozusagen. Und dann, WAMM, BAMM ZAPP, als ob...«

Lola nickte und stellte sich einen Lichtblitz dabei vor.

Und dann das Häuflein rauchender Asche auf der Luftmatratze, das zischend im Pool versank.

II

»Elvis? Elvis *Presley*?«

Der Alligatormann konnte es nicht fassen.

»All Shook Up, Hound Dog? Heartbreak Hotel? Der Elvis Presley?«

Der Op nickte. »So ist es, Sir.«

»Baby, I Don't Care? A Big Hunk o' Love? The Girl of My best Friend?«

Hiroshi Shiba war ein beunruhigend seltsames Geschöpf. Seine verlängerte Schnauze war die eines Sumpfalligators, und sein grauer Schwanz hing aus seiner schwarzen Hose, aber ansonsten war er Zentimeter um Zentimeter der perfekte leitende Angestellte eines Japcorps. Er trug einen nüchternen Anzug, dazu ein weißes Hemd mit einer diskret gestreiften Krawatte. Was Satzbau und Wortwahl anbelangte, war sein Englisch korrekt, sein Akzent jedoch war deutlich japanisch und noch deutlicher der eines Alligators. Elvis konnte nicht umhin, den Mutanten zu mögen.

Elvis stand schweigend da. Die völlig verdrehte Wendung, die diese Geschichte nahm, konnte ihn auch schon nicht mehr überraschen.

Shiba schritt mit peitschendem Schwanz in seinem Büro auf und ab, während auf seiner Schnauze ein hungriges Grinsen zu erkennen war. Das Tuch in seiner Brusttasche war zu einem perfekten Dreizack gefaltet, und an einem Metallband trug er das Abzeichen einer Gesellschaft sowie seine nationalen Auszeichnungen.

»King Creole? Blue Christmas? Teddy Bear?«

Elvis war in Japan populär gewesen. Gelegentlich bekam er immer noch einen Scheck mit Tantiemen, wenn auch das meiste Geld in Colonel Parkers Taschen zu versickern schien. In den Originalverträgen gab es ein paar seltsame kleine Unterpunkte, die Elvis damals in den 50er Jahren nicht einmal hatte lesen wollen und für die er immer noch kräftig zahlte.

»Das ist eine große Ehre«, sagte Shiba und klatschte in die Hände. »Eine große Ehre.«

Raimundo Rex, sein hispanischer Dinosaurier, war weniger beeindruckt. Er pulte mit einem Brotmesser in seinen Zähnen herum und löste Essensbrocken heraus. Elvis wollte nicht wissen, was sie gewesen waren, bevor sie zu Nahrung geworden waren. Der große Mutant war praktisch ein wildes Tier.

Die Gitarre, die 'Ti-Mouche ihm geschenkt hatte, lag zusammen mit seinen anderen persönlichen Gegenständen – Geld, Waffen und Papieren – auf Shibas säuberlich aufgeräumtem Schreibtisch.

Das Geschöpf grinste strahlend. *»Dirty Dirty Girl? Your Cheatin' Heart? Blue Suede Shoes?«*

Elvis senkte den Blick und betrachtete seine sumpfverschmierten Stiefel. Der Matsch war getrocknet und abgebrökkelt, aber sie waren immer noch staubig. Er fühlte sich etwas benommen vom Sumpfgas.

Wie sich herausgestellt hatte, waren die Koffermenschen nicht die Monster, die er erwartet hatte. Einige von ihnen waren geradezu gastfreundlich.

»Holen Sie Mr. Presley etwas zu essen, Reuben«, sagte Shiba zu dem schwarzhäutigen Reptilien-Mitarbeiter. »Und alles, was er sonst noch verlangt.«

Der leitende Angestellte summte leise *Tutti Frutti* und mußte lachen. Seine gelblichen Augen funkelten und zwinkerten.

»Äh, entschuldigen Sie, Sir...?«

»Ja, Mr. Presley?«

Shiba verbeugte sich ehrerbietig, so daß man den knochigen Kamm sehen konnte, der sich auf seiner Kopfhaut gebildet hatte.

»Äh, ich frage das nur ungerne, aber... stehe ich unter Arrest?«

Raimundo fletschte die Zähne, weitete seine winzigen Nasenflügel und knirschte mit seinen mächtigen Kiefern. Dinosaurier hatten offenbar für Rock 'n' Roll nicht viel übrig.

Shiba wedelte leichthin mit dem Schwanz. »Aber nein. Großes Mißverständnis. Höchst bedauerlich. Wir haben Sie mit jemandem verwechselt. Man hat uns angegriffen. Kleine Jagdtrupps durchkämmen den Sumpf. Sie kommen von der Küste. Aus Cape Canaveral.«

»Die Josephiner?«

»Ganz recht. Woher wissen Sie?«

Elvis fragte sich, ob er hier Hilfe bekommen konnte. Er hatte den Eindruck, daß er sie ohne Krokodil dringend brauchen würde.

»Mein Freund, die junge Frau, die Sie im Sumpf verloren haben...«

Raimundo riß sich die Klinge aus dem Mund und versuchte zu schmollen, so gut er konnte. Der Versuch mißlang. Sein Gesicht war zu grobschlächtig, als daß man eine solch zarte Regung hätte erkennen können.

»...wir waren auf dem Weg zum Cape. Sie hatte dort etwas zu erledigen. Die Josephiner sind auch unsere Feinde.«

Shiba war entzückt. »Sehr gut. Natürlich. Die Leute sind verrückt.«

»Los locos« pflichtete Raimundo bei und spie einen faustgroßen, grünlichen Klumpen auf den Boden.

Elvis hätte gerne gewußt, was genau Krokodil am Cape gewollt hatte. Sie hatte mehr oder weniger zugegeben, daß die

Geschichte mit der Bergung ein Vorwand war, ganz hatte sie sich ihm allerdings nicht anvertraut. Er wußte, daß er in dem Spiel, das hier gespielt wurde, eine Rolle hatte. Jedoch hätte er es nett gefunden, wenn sich jemand die Mühe gemacht und sie ihm genau erklärt hätte.

»Sie sind gefährlich«, stimmte er zu. »Einige von ihnen haben nichts Menschliches.«

Er merkte sofort, daß dies nicht gerade eine taktvolle Bemerkung war, Shiba war aber nicht gekränkt. Elvis fragte sich, ob der Japaner überhaupt wußte, was mit ihm geschehen war.

»Es steht Ihnen jederzeit frei zu gehen, Mr. Presley«, sagte Shiba. »Auch wenn wir es gerne sähen, wenn Sie bleiben und sich unserer Gastfreundschaft erfreuen würden.« Er legte seine schuppige Hand auf die Gitarre und schrammte einen Akkord. »Natürlich wüßten wir es sehr zu schätzen, wenn Sie für uns spielen würden...«

Elvis hatte schon einige seltsame Auftritte hinter sich, damals, in den wilden Zeiten der Bars. Dies hier jedoch hatte etwas Lebendiges. Er nahm die Gitarre zur Hand und zupfte ein paar Töne. Shiba verzog den Mund zu einem zahnreichen Grinsen. Elvis sang die ersten Zeilen von *Mystery Train.*

»Train I ride... sixteen coaches long... train I ride...«

Die Musik packte ihn, und seine Finger fanden die richtigen Töne. Die Worte stiegen aus jenen Tiefen seines Gedächtnisses an die Oberfläche und hatten wieder eine Bedeutung für ihn. Er sang von der Einsamkeit, der Trostlosigkeit und der Finsternis am Ende der Schienen. Der lange schwarze Zug raste vom Nirgendwo ins Nirgendwo und riß ihn mit sich fort. Er erinnerte sich an eine Auseinandersetzung im alten Studio. Es ging darum, ob der *Mystery Train* den Sänger zurück zu seinem Mädchen brachte oder von ihr fort. Er hatte den Song immer neutral gesungen, trotzdem schlich sich eine nachhaltige Verzweiflung ein. Er stellte sich Colonel Parker in seinem Casey-Jones-Hut vor, wie er an der Zugpfeife riß, und wie Mr. Seth mit seinem Totenschädelgrinsen durch die Abteile ging, um die Fahrkarten von Toten zu lochen... und er sah Krokodil auf dem Bahnsteig stehen, wie sie ihm zuwinkte, während der *Mystery Train* in einem Tunnel verschwand, der ihn tief unter die Erde brachte, um nie mehr ans Tageslicht zu kommen.

Er beendete den Song und sagte: »Ich sollte mich auf die Suche nach meiner Freundin machen.«

Shiba applaudierte, Krokodilstränen auf seinen faltigen, grünen Wangen. Raimundo schnaubte dampfend. Elvis stellte die Gitarre weg, und die Musik trat wieder in den Hintergrund. Er mußte an 'Ti-Mouches Bemerkung denken, daß die Musik sein Zauber sei, seine Quelle der Kraft. Er fragte sich, wie er diese Kraft nutzen konnte.

»Ich bitte tausendmal um Entschuldigung für die Art, wie man Sie behandelt hat.«

Elvis tat dieses bescheidene Wesen leid. »Schon in Ordnung, Sir. Ich verstehe, Sie können nicht vorsichtig genug sein, bei den Biestern, die hier in den Sümpfen herumlaufen.«

»Ganz recht, ganz recht...«

Shibas Intercom summte.

»Der stellvertretende Direktor«, sagte knackend eine Stimme. »Der Grenzzaun im Osten ist durchbrochen worden.«

Draußen hörte Elvis Schüsse.

»Das habe ich befürchtet.«

Shiba nickte Raimundo zu, der sofort aus dem Zimmer stürmte. Seine massigen Schenkel stampften auf den bebenden Boden. Elvis mußte sich an einem Aktenschrank festhalten, um auf den Beinen zu bleiben. Reuben schloß ein Fach auf und machte sich daran, Automatikwaffen herauszuholen.

Eine Alarmsirene heulte auf wie ein Höllenhund.

»Ich möchte mich für die Unannehmlichkeiten entschuldigen«, sagte Shiba zu Elvis. Dann, ins Intercom: »Marielle, rufen Sie die Verteidigungstrupps zusammen.«

Das Gewehrfeuer wurde lauter. Man hörte Rufe. Durch das

Fenster des Büros konnte Elvis sehen, wie Koffermenschen auf das Loch im Zaun zurannten. Einige von ihnen hatten Gewehre, andere dagegen waren nur mit ihren scharfen Zähnen und Klauen bewaffnet. Ein Pterodactylus mit Menschenaugen kam im Tiefflug auf ledernen Schwingen vorbeigeflattert.

Das Fenster zersplitterte. Elvis tauchte ab, um den herumfliegenden Glassplittern auszuweichen.

Draußen rollte ein gepanzerter Transporter durchs Lager. Koffermenschen versuchten, einer Streitmacht aus gut gedrillten Soldaten in Kampfanzügen und schwarzen Hüten Widerstand zu leisten. Elvis erkannte die Anhänger der Kirche der Josephiner. Der Pterodactylus bohrte seinen Schnabel in die Brust eines Josephiners, wurde jedoch von einem Maschinengewehr in Fetzen gerissen.

Die Moulinex lag auf dem Grund des Sumpfes, aber Elvis hatte noch seine Handfeuerwaffen bei sich gehabt, als Raimundo ihn hergebracht hatte. Er nahm eine vollständig geladene Python vom Schreibtisch und spannte den Hahn. Shiba kroch auf allen vieren.

Ein pampelmusengroßer Gegenstand kam durchs Fenster geflogen, prallte auf den Schreibtisch und hüpfte zu Boden. Elvis zählte automatisch die Sekunden und wollte danach greifen, Shiba kam ihm jedoch zuvor. Der leitende Angestellte packte die Granate mit seinen Kiefern und schmiß sie zurück.

Sie explodierte draußen im Flug, drückte die Wand des Fertigbau-Containers ein und füllte den Raum mit Rigips- und Tapetenfetzen.

Maschinengewehrfeuer bestrich das Büro und durchlöcherte die Rückwand. Papier flog herum. Reuben wurde nach hinten gegen die Einschußlöcher geworfen. Seine Brust war blutig durchsiebt.

»Reuben«, rief Shiba und kroch auf den Kontraktarbeiter zu.

Die Lungen des Alten versagten. Blutiger Schaum quoll aus seinem Mund. Shiba versuchte, ihm seine Pranken auf die

Wunden zu pressen, seine Bewegungen waren dafür jedoch zu unkoordiniert. Es hätte ohnehin nichts genützt. Das Menschenwesen war tot.

Eine Gestalt mit einer Waffe im Arm kam durch den Rauch und wollte nachsehen, ob sich noch Widerstand regte.

Der Josephiner entdeckte Shiba und Reuben vor Elvis und zielte auf den Kopf des Alligatormannes.

Elvis feuerte einen Schuß ab, der dem Josephiner die Schulter durchfetzte und ihn herumwirbelte. Er schickte einen Feuerstoß in die Decke. Er verlor seinen Hut, als er sich wieder aufrichtete und das Maschinengewehr nach oben riß.

Elvis zielte auf den Kopf. Aber er wußte, daß es keinen Sinn hatte.

Der Josephiner war Donny Walton. Noch einer von der Sorte. Blond und lächelnd und mit einem Loch im Gesicht, dort, wo seine Nase gewesen war. Er schüttelte den Kopf, als wollte er das Klingen aus den Ohren vertreiben, legte an, riß den Hebel zurück und stellte seine Waffe auf Einzelfeuer. Er wollte Elvis und Shiba mit der Präzision eines operierenden Chirurgen erledigen.

Donny Walton richtete die Waffe auf Elvis und drückte ab...

III

Als sie durch den zähen Schlick schwamm, fiel sie in ihr früheres tierisches Dasein zurück. Der Ewige Widersacher rührte sich in ihrem Innern und stieg in ihr Bewußtsein auf. Sie war nicht weit vom Cape und durfte nicht aufgeben, mit oder ohne Colonel Presley. Sie war sich sicher, daß er sich allein durchschlagen würde. Ihr Zwillingsschicksal mußte sich erst noch erfüllen. Sie würden wieder zusammenkommen.

Mit dem Heranwachsen des Ewigen Widersachers wuchs

auch ihr Wissen um Seth. Elder Seth versuchte, sich von ihr abzuschirmen, sie auszuschließen. Aber sie wußte, daß er an einen Ring um die Erde dachte. Es hatte irgend etwas mit dem Cape zu tun. Er hielt sich in Salt Lake City auf, seine Handlanger jedoch befanden sich hier auf der Startbahn.

Man mußte ihn aufhalten.

Krokodil tauchte auf und wischte sich den Schlamm aus dem Gesicht.

Sie befand sich in einer stillen Lagune, alleine mit einem alten Freund.

Der rosa Cadillac war halb auf einer Insel gestrandet, seine Karosserie über und über mit Schlamm verschmiert.

Sie watete an Land und warf einen Blick durch die Windschutzscheibe. Auf dem Vordersitz schlief ein alter Mann mit faltigem, schuppigem Gesicht. Er hielt eine halbvolle, offene Flasche umklammert, aus der selbstgebrannter Schnaps in seinen Schoß gluckerte. Es mußte der Verandahocker aus Donnys und Maries Todesfalle sein.

Elvis hatte ihr den Noteingangscode für die Wagentür verraten. Sie klappte die Luke für die Tastatur unter dem Türgriff auf und tippte eine Zahlenfolge ein.

Die Tür ging nach außen auf. Ein Schwall alkoholischen Reptilienkörpergeruchs schlug ihr entgegen. Der Betrunkene brummte etwas und versuchte, die Flasche zu greifen. Sie fiel aus dem Wagen und rollte in den Sumpf.

»Raus«, sagte sie scharf. »Keine Diskussionen, Pops.«

Sie packte ihn am Arm und zog. Er erhob sich, torkelte ins Sonnenlicht, wandte den Blick ab und kniff die Augen zusammen. Offenbar war er durch seine Mutation übermäßig lichtempfindlich geworden.

Er warf sich ins Wasser und tauchte unter, nur seine Augen lugten noch hervor. Die Flasche tanzte ihm gegen den Schädel. Er zog sie unter Wasser. Vermutlich wollte er versuchen, den letzten Rest herauszunuckeln.

Der Spritztourfan hatte dem Cadillac keinen Schaden zugefügt, als er ihn auf Grund gesetzt hatte. Zur Sicherheit führte Krokodil einen kompletten Systemcheck durch. Der Wagen erklärte sich einsatzbereit.

Sie suchte sich einen festen Halt und packte die vordere Stoßstange. Dann hob sie den drei Tonnen schweren Wagen an und schob ihn langsam von der Insel ins Wasser. Dr. Threadneedles verstärkte Muskeln funktionierten.

Der Alte war mittlerweile verschwunden. Krokodil fragte sich, wer er war und in was er sich verwandeln würde, hatte jedoch keine Zeit, das Problem zu vertiefen.

Sie zog ihren verdreckten Pyjama aus und wusch ihn mit nicht trinkbarem Wasser aus den Tanks des Cadillacs. Sie entdeckte einen Blutegel, der sich unter ihren Rippen festgesaugt hatte, und riß ihn ab. Seine Zähne waren noch nicht richtig in ihre Haut gedrungen, trotzdem hinterließ er einen deutlichen Saugfleck. Sie hatte das Biest nicht einmal gespürt.

Sie hatte nur noch eine Kombination übrig, einen enganliegenden, schwarz-grün-braunen Kampfanzug aus Danskin. Darüber zog sie Dschungelstiefel und eine Steppweste, dann schnallte sie ihre Halftergurte um. Die Pistolen und Messer balancierten sich perfekt aus.

Zu allem bereit, rubbelte sie den stinkenden Schnaps mit einem Handtuch vom Fahrersitz. Er ätzte graue Scheuerstellen in das feste rosa Leder, und wohl nur Gott allein wußte, was er dem Magen antat. Dann glitt sie in das Fahrzeug.

Sie wollte gerade nach der Starttastatur greifen, als der Hirnsturm sie traf...

Sie wurde in ihre Vergangenheit gesogen. Die Verbotszone rund um Denver. Bruno Bonney, ihr Dad, drosch wie wild mit seiner Weidenrute auf sie ein, während ihm der Speichel aus dem Mund troff. Irgendwo unterwegs legte Andrew Jean seine Arme um sie, schob ihr die lange Zunge in den Mund und zerdrückte eine Zooper-Blast-Ampulle an ihrem Gaumen, die sofort explodierte. Andrew Jean schmolz zu Dr. Threadneedle, dem das Gesicht vom metallischen Schädel gebrannt wird, und dann zu Habicht-Der-Sich-Niederläßt, der seinen Totengesang anstimmte, und schließlich zu Colonel Presley. Er singt *One Night With You*. Durch ihr eines Auge sieht sie die Welt, wie Nguyen Seth sie wahrnahm, voller verborgener Wunder und Schrecken. Als ihr in Spanisch Fork die Augengläser des Priesters von der Nase rutschen, sieht sie Dämonen blutig durch die Luft tanzen. Sie spürt, wie ihr Gesicht immer wieder gegen den Straßenbelag gehämmert wird und das Blut ringsherum spritzt. In Katz' Motel sieht sie sich der wiederauferstandenen Leiche der Mutter eines Mörders gegenüber und spürt, wie ihr die Sinne schwinden. In der Wüste jagt sie als Nahrung Echsen und schlägt sich mit einer Teilnehmerin an der Wahl zur Miss America in einem Kampfbadeanzug. Das Gesicht von Miss America legt sich über den verfaulten Schädel von Mrs. Katz, wird durch andere ersetzt. Ein herausgeputzter Schönling von einem Op verkriecht sich in seiner Maschine, während sie sich den Weg zu ihm freischießt. Dr. Ottokar Proctor, das gebildete Ungeheuer, lächelt, während ein gezeichneter Tasmanischer Teufel seine Gesichtszüge entstellt. Dann blüht der Jibbenainosay zu seiner furchterregenden Größe auf, verdunkelt den Himmel und fordert das in ihrem Innern eingeschlossene Wesen zum Kampf heraus. Sie weiß nicht, was ihr mehr angst macht, das Ungeheuer draußen oder dieses Wesen in ihrem Innern, das ihren ganzen Verstand auszufüllen droht...

Krokodil umfaßte das Steuer und versuchte, die unerwünschten Bilder aus ihrem Kopf zu vertreiben. Sie zitterte am ganzen Körper.

Ihr fiel ein, was Habicht ihr beigebracht hatte, suchte ihre Mitte und versuchte ihren Geist zum stillen Auge eines wütenden Wirbelsturms zu machen.

Elder Seth erschien mit leerem Blick inmitten des Jibbenainosay. Sie wußte, daß er nur darauf wartete, daß sie ihn tötete.

Sie mußte an ihre früheren Erscheinungsformen denken. Jessamyn Bonney, Jazzbeaux. Jesse Frankensteins Tochter. Sie kamen über sie und verschmolzen mit dem, was sie zur Zeit war.

Krokodil.

Sie war Krokodil.

Sie ließ den Motor an und wendete in der Lagune. Cape Canaveral lag fast genau östlich von hier.

Der Cadillac durchschnitt das Sumpfwasser und hinterließ nichts als sein schaumiges Kielwasser.

IV

Raimundos Kiefer schlossen sich um Donny und durchtrennten ihn in der Mitte des Oberkörpers. Der Dinosaurier riß an dem Josephiner, bis sich eine mundgerechte Portion löste und Donnys untere Hälfte zuckend zu Boden fiel.

»He, verdammt«, meinte Raimundo zwischen den Bissen, »das bringt's, Mann.«

»Paß auf«, sagte Elvis. »Er ist noch nicht erledigt.«

Donnys Körper richtete sich auf. Ein Arm hing immer noch am Gelenk und einer Sehne. Die Faust zuckte und feuerte eine Pistole ab. Sirrend prallte eine Kugel gegen die Flügel des Dekkenventilators.

Raimundo rempelte den kopflosen Josephiner mit der Schnauze an, stieß ihn zu Boden und stellte seinen mit drei Krallen bewehrten Fuß auf das zappelnde Etwas. Der Dinosaurier verlagerte sein ganzes Gewicht auf das eine Bein, und Donny zerplatzte spritzend.

Hinter Raimundo tauchten weitere Josephiner auf. Elvis schoß zwei von ihnen in den Kopf. Sie gingen zu Boden. Gott sei Dank waren nicht alle von ihnen Waltons.

Raimundo stampfte mitten ins Kampfgetümmel. Verstreute Kugeln drückten sich an seiner Haut platt.

Elvis und Shiba stürzten aus dem demolierten Büro. Shiba kaute auf den Knöcheln einer Marie Walton herum und riß ihr das Bein ab. Elvis feuerte seine letzten Kugeln auf den gepanzerten Transporter ab und legte eine Pause ein, um nachzuladen. Die Schlacht schien sich zu ihren Gunsten zu wenden.

Raimundo beugte sich über den Transporter. Dessen Turm kreiste und versuchte, das Maschinengewehr einzusetzen. Der Dinosaurier riß das Ding herunter und richtete es mit flatterndem Patronengurt nach unten in das Innere des Transporters. Es gelang ihm, eine Klaue durch den manuellen Abzugbügel zu schieben, und er feuerte los. Leere Patronenhülsen prallten klackernd gegen die Panzerplatten, und das Innere des Transporters hallte von Querschlägern und Schmerzschreien wider.

Die Koffermenschen gewannen die Oberhand. Die Josephiner hatten für diesen Angriff nicht genügend Truppen eingesetzt.

Shiba war von einer Marie in den Schwanz gestochen worden, kaute aber bereits auf ihrem zappelnden Arm herum. Er riß das Wesen in Stücke. Aus dem Kopf quasselte ein Werbespruch, der den neuesten Backofenreiniger pries, gleichzeitig krochen die Finger der ihr verbleibenden Hand auf Shibas linkes Auge zu. Elvis schnappte sich das Handgelenk und bog es zurück. Shiba bedankte sich mit vollem Mund.

Ein Josephiner brüllte mit erhobenen Händen, »Ich ergebe mich, ich ergebe mich«, während ihm der Hut vom Kopf fiel. Es war ein junger Bursche, einer der Idealisten mit strahlendem Blick, die ein Wunder erhofften, wie Elvis vermutete. Ein Donny Walton drehte dem Jungen den Kopf auf den Rücken und wurde dabei von Gewehrfeuer zerfetzt. Er torkelte nach vorn, auf dem Gesicht immer noch das leere Grinsen, und klappte wie eine Marionette zusammen.

Krokodil hatte gesagt, die Waltons seien Klone, Elvis war jedoch nicht sicher. Allen Sex- und Arbeitsklonen, denen Elvis begegnet war, hatte jegliche Persönlichkeit gefehlt. Die Waltons waren zwar Stereotype auf zwei Beinen, besaßen aber eine Zähigkeit und Gerissenheit, die auf eine bösartige Intelligenz schließen ließ. Er mußte an Kampfameisen denken, jene Insekten, die in riesigen, hungrigen Massen umherzogen und dabei offenbar von einem gemeinsamen Bewußtsein gesteuert wurden.

Eine halbe Marie kam rasch auf den Händen laufend näher und wurde von einem Kontraktarbeiter mit einem Flammenwerfer auf der Schulter angesprüht. Das Biest verbrannte kreischend, das lackierte Haar schrumpelte augenblicklich zusammen. Elvis feuerte in den Feuerball, bis er sich nicht mehr bewegte.

Raimundo riß seine gewaltige Kehle weit genug auf, um einen Wal zu schlucken, und stieß ein Siegesgeheul aus. Ein leguangesichtiger Soldat hielt ihm die ausgestreckte Hand zum Einschlagen hin, dann führten die beiden Hintern an Hintern einen kleinen Tanz auf. Das Stampfen des Dinosauriers ließ den Boden erbeben.

»Jau, Leute«, grölte Raimundo, »das haben wir wirklich gut gemacht.«

Shiba stand wieder auf zwei Beinen. Der Rauch verflog. Überall im Lager lagen tote Josephiner herum und nicht wenige Kontraktarbeiter und Koffermenschen.

Eine Träne quoll aus Shibas Alligatorenauge.

»Verschwendung«, sagte er. »Bedauerlich. Das nächste Mal werden wir nicht so unvorbereitet sein. Dafür werde ich sorgen.«

Ein Echsenmann im Kampfanzug schlenderte leicht hinkend herbei. Er drückte sich eine blutverschmierte Kompresse auf eine Wunde am Hals und grüßte. Elvis erkannte Captain Tip Marcus, den Chef des Wachpersonals, den er zuvor bereits kennengelernt hatte.

»Ich übernehme die volle Verantwortung, Mr. Shiba. Ich hätte mehr Leute im Sumpf postieren sollen. Sie können mich degradieren, wenn…«

Shiba schüttelte seine Schnauze. »Nein. Sie haben in Anbetracht der Ihnen zur Verfügung stehenden Kräfte getan, was Sie konnten. Ich bin es, der dies alles hätte vorhersehen müssen.«

Wahrscheinlich hätten sie ihren höflichen Streit fortgesetzt und weiter versucht, den Löwenanteil der Schuld auf sich zu nehmen, wenn es nicht eine Störung gegeben hätte.

Ein Donny krabbelte aus dem Transporter. Er war durch Raimundos Feuer schwer beschädigt, aber immer noch in einem Stück. Er stieß einen Zischlaut aus, aus den Händen wurden Krallen, dann fiel er vom Fahrzeug. Raimundo zertrat ihn, und er bewegte sich nicht mehr. Aus der in den Staub getretenen Masse quollen erkennbare Organe, aber viel Blut gab es nicht. Krokodil hatte recht gehabt. Der Kampfanzug war so zerrissen, daß man darunter eine Schaufensterpuppe ohne besondere Merkmale erkennen konnte – ohne Brustwarzen oder Geschlechtsteile.

»Frankie, reich mir die Hand, Mann!« brüllte der Dinosaurier.

Der leguangesichtige Soldat zog einen armgroßen Joint aus einem Brotbeutel und gab ihn Raimundo.

»Wirklich großzügig von dir, Mann.«

Raimundo klemmte sich die Tüte zwischen die Lippen und beugte sich zu einem Stück brennender Wand hinunter, das von einer Phosphorgranate getroffen worden war. Der Dinosaurier sog den Marihuanarauch ein und verdrehte die Augen.

»Toller Stoff, Mann!«

Die Brust des Dinosauriers blähte sich und brachte sein zerlumptes T-Shirt fast zum Platzen. Dann stieß Raimundo drei Meter lange Rauchwolken aus seinen Nüstern.

Wenn das so weiterging, war das ganze Lager in Kürze vollkommen zugedröhnt.

»Ramirez«, fauchte Marcus. »Sie vernachlässigen die... Disziplin!«

Raimundo schwenkte eine Klaue und nahm einen weiteren prähistorischen Zug. »Klar, Mann. Disziplin und all den anderen Scheiß. Wir haben die verdammten Schwarzhüte fertiggemacht! Wir sind die Könige des Dschungels.«

Eine zierliche, verschleierte Frau mit grünen Armen gesellte sich zu ihnen. Es war Marielle, Shibas Assistentin und Sekretärin. Sie hatte einen vorläufigen Bericht über die Zerstörung und die Verluste.

»Das ist nicht schön«, sagte Shiba mit einem Blick auf die Zahlen. »Wir werden hart arbeiten müssen.«

Die Frau schlurfte mit gesenkten Kopf davon.

»Wir sollten sie angreifen, Mann! Sie so fertigmachen, daß sie es niemals vergessen. Die Koffermenschen haben hier im Sumpf das Sagen. Das ist unser Territorium, mit uns legt sich keiner an!«

Raimundo wischte sich mit seinen Händen über den Kopf, so als wollte er sich die Haare zurückstreichen, die er nicht mehr hatte. Marcus nickte zustimmend.

»Er hat recht, Mr. Shiba. Wir sollten in die Offensive gehen. Ich habe ein paar Spionageberichte vom Cape. Irgend etwas geht dort vor. Der Sturmtrupp war unterbesetzt, weil sie alle ihre Leute dort brauchen. Wir sollten sofort zuschlagen, solange sie noch anderweitig beschäftigt sind.«

Shiba senkte nachdenklich seine Schnauze.

»Wie viele Leute können wir aufstellen?«

Marcus zeigte sich eifrig. »Genug. Für einen Angriff können wir alle Nicht-Verbündeten aus dem Sumpf zusammenziehen. Die Josephiner haben sich bei allen gleich unbeliebt gemacht.«

Elvis erfuhr, daß einige der Koffermenschen wie Wilde in den Sümpfen hausten. Das waren die, die sich kaum noch an ihr Leben als Menschen erinnern konnten.

Der Bastard, der den Cadillac gestohlen hatte, war vermutlich einer von ihnen, obwohl niemand, den er fragte, sich an einen Mutanten erinnern konnte, auf den die Beschreibung paßte.

»Fahrende Ausrüstung?«

»Visser hat uns ein paar Halbraupen-Amphibien hiergelassen. Außerdem haben wir die Waffen und die Munition der Good Ole Boys. Wenn Raimundo das Panzerfahrzeug nicht zu sehr zerschossen hat, in dem die Josephiner gekommen sind, könnten wir es beschlagnahmen und neu bestücken.«

»Mr. Presley«, sagte Shiba, »was ist Ihre Meinung?«

Elvis überlegte. »Nun, es steht mir nicht zu, Vorschläge zu machen, andererseits *muß* ich zum Cape. Wenn Sie mitkommen, werde ich mich erheblich sicherer fühlen. Was immer die Josephiner vorhaben, ich will sie daran hindern. Wenn nötig, trage ich eine Waffe und stelle mich unter Ihren Befehl. Ich habe keine Ahnung, was sie dort am Cape Canaveral aufgebaut haben. Aber vermutlich wird es nicht leicht auszuschalten sein. Diese Donnys und Maries sind so zäh wie Kakerlaken.«

Shiba dachte nach.

»Also schön«, sagte er. »Captain Marcus, Sie haben vierundzwanzig Stunden. Stellen Sie eine schlagkräftige Truppe zusammen. Morgen greifen wir an.«

Raimundo verlieh seinem Einverständnis mit heftigem Schwanzschlagen Ausdruck.

V

Seit Needlepoint in Betrieb war, hatte Fonvielle mit ansehen können, wie die große, speerförmige Form an der Hauptabschußrampe Gestalt annahm. Die Rakete schien aus unbeweglichem Rauch zu bestehen. Er stand draußen auf dem Startgelände und dachte an die längst vergangenen Zeiten, als Golfwagen, beladen mit Generälen und Politikern, bei jedem Start über die leere Fläche flitzten. Für die Zuschauer hatte man Tribühnen wie im Yankee-Stadion errichtet. Da sie aus Holz waren, waren sie verfault, im Wasser versunken und existierten nur noch als Farbstreifen im Schlamm. Die Streifen waren auch eine Art von Geistern, wie der Commander vermutete. Er steckte die Hände in die Taschen seines Fliegeroveralls und kratzte sich am Oberschenkel.

An dem rostigen Montageturm lehnte keine Rakete, aber die Phantomlinien dazwischen konnte er dennoch sehen. Er kannte das Raumschiff. Es war das vorletzte aus der Titan-Serie, das unter Circe IV explodiert war und Mikko Griffith, Lester Mihailov und Mildred Kuhn getötet hatte. Das war 1976 gewesen. Nach dem Feuerwerk waren über der gesamten Halbinsel Trümmerteile niedergegangen, und unter dem Bodenpersonal hatte es Opfer gegeben, deren Namen niemand mehr kannte. Fonvielle fragte sich, ob auch die vom himmlischen Schicksalsschlag niedergestreckten Techniker und Sumpfratten für den elitären Geisterkader aus Weltraumopfern qualifiziert waren.

Fonvielle suchte den Aufnäher auf seinem Arm, fand ihn. Die drei Namen waren rings um den Kreisrand geschrieben. Eine Sirene mit Schmollmund posierte wie Marilyn Monroe in ihrem Aktkalender vor einem Sternenhimmel. Die römischen Zahlen verdeckten züchtig ihren Körper.

Die Indianer behaupteten, auch tote Gegenstände besäßen eine Seele. Man nannte sie *Manitous*. Sobald ein Gegenstand zerstört wurde, sei es ein Tisch, ein 68er Studebaker oder eine Skulptur, verweilten sie noch, damit die umherwandernden Seelen der Menschen sich ihrer bedienen konnten. Die Ewigen Jagdgründe waren voller Wildseelen, Baumseelen, voller Seelen von Jagdhütten. Fonvielle vermutete, daß das Leben nach dem Tode der Indianer seit der Ankunft des weißen Mannes in Amerika voller herumliegender Cola-Dosen-, Drive-In-Motel- und Fernsehapparat-Manitous war.

Von den Schwarzhüten konnte keiner die Titan 7 sehen. Sie gingen hindurch, verschwanden im Nebel und tauchten auf der anderen Seite wieder auf. Fonvielle selbst hielt das Experiment für zu gewagt. Er hatte Angst, der Rauch könnte ebenso greifbar sein wie die echte Rakete. Soweit er es beurteilen konnte, wurde die Rakete immer dichter, massiver. Der einzige andere Mensch am Cape, der die Gespenster sehen konnte, war die First Lady. Sie mußte auch von dem Traum berührt worden sein...

»Commander?« Adams riß ihn aus seinen Träumen.

»Ja?«

»Wir starten das System in fünfundzwanzig Minuten zu einem Probelauf.«

»Ich werde bei Ihnen sein.«

Letztlich rechtfertigte nur der Erfolg des Needlepoint-Ringes das Programm. War dieser Beweis erbracht, würde der Präsident sicherlich weitere Mittel bewilligen. Das Cape würde wieder zum Leben erwachen. Der Mars rief, und die Weiten des Weltraums. Man konnte Camp Glenn wieder bemannen. Jetzt, wo Amerika der Himmel gehörte, war es an der Zeit, ein bißchen Show zu machen.

Die Schwarzhüte pfählten in der Sonne ein Tier und sägten an seiner Kehle herum. Es war einer der Koffermenschen, ein schwarzhäutiges, warzenschweinähnliches Wesen mit gelben Hauern. Blut rann über das Rollfeld, den fast verwitterten Markierungen folgend. In der Luft über dem Opfertier bildete sich keine Geistergestalt. Es zählte nicht.

Fonvielle lief zum Bunker hinüber. Grissom wartete an der Aufzugplattform auf ihn. Er hatte den Helm abgesetzt. Sein derbes Gesicht war immer noch feucht, sein Haar klebte ihm vom Meerwasser am Kopf. Er sah krank aus, und sein Anzug triefte, sobald er sich bewegte.

»Gus?« fragte Fonvielle. Keiner der Geister hatte je gesprochen.

Grissom nickte. Er hatte ihn erkannt. Sein Gesicht war grünlich und leicht aufgedunsen.

Im Jahr 1962 war Virgil Grissom auf dem Höhepunkt seines Ruhms ausgestiegen und vor der aufgehenden Sonne von einer automatischen Kamera fotografiert worden, wie er voller Zuversicht die Daumen gen Sternenhimmel reckte. Damals wurde im Projekt viel gerätselt, ob Grissom oder Glenn zum Captain der Mondlandemission ausgewählt werden würde. Fred Feuerstein und Clean Marine hatte man sie damals in der Presse genannt. In den Chefetagen der NASA hatte man vorsichtig eine künstliche Rivalität zwischen den beiden aufgebaut, und schon bald wurde aus dem gespielten Wettstreit Ernst. Fonvielle fragte sich, ob das vielleicht die Ursache für Gus' Tod war. Dem Untersuchungsausschuß zufolge war eine fehlerhafte Luke schuld gewesen. Manchmal stellte sich der Commander jedoch vor, Grissom hatte irgendeine spektakuläre Nummer abziehen wollen und war auf die Kapsel geklettert, damit man ihn rittlings darauf sitzend, auf den Wellen des blauen Pazifik reitend, fand, und die Sache war nach hinten losgegangen. Das war der Fred-Feuerstein-Stil. Er wußte, daß Clean Marine nach dem Desaster erste Anzeichen von Menschlichkeit gezeigt und sich total betrunken hatte. Grissoms Wiedereintritt in die Atmosphäre war perfekt gewesen. Kurz vor der Wasserlandung jedoch hatte sich eine Luke geöffnet, und die Kapsel war untergegangen wie ein Stein. Der Umstand, daß er erst nach dem Wiedereintritt umgekommen war, brachte ihn auch noch um die elendige Ehre, als erster Amerikaner im Weltraum gestorben zu sein – das blieb dem armen, alten Richard Rusoff auf der Erdumlaufbahn vorbehalten. Fonvielle erinnerte sich noch an die von gegenseitigen Vorwürfen gekennzeichnete Untersuchung, in deren Folge allen verzichtbaren Mitarbeitern gekündigt wurde, die möglicherweise mit dem Mechanismus der Luke in Berührung gekommen sein konnten, angefangen von dem Designer bis hin zum Hausmeister. Das war nicht fair gewesen, die

Säuberungsaktion hatte jedoch dazu beigetragen, die Kollektivschuld der NASA ein wenig zu lindern. Bereits drei Monate später jedoch kam Rusoff von seiner Umlaufbahn ab, und Amerika hatte seinen nächsten Märtyrer. Und Cape Canaveral einen weiteren Geist.

»Gus, können Sie mich hören?«

Der ertrunkene Astronaut schüttelte den Kopf und öffnete den Mund. Schwarze Brühe lief über die Brust seines silbernen Anzugs. Seine Augen tränten.

»Was ist, Gus? Was wollen Sie?«

Grissom hielt seine Hand in die Höhe, den Daumen nach unten.

»Commander?«

Das war Adams. Grissom wurde durchsichtig und schwand zusehends. Adams behandelte Fonvielle wie einen Trottel.

»Sind Sie soweit?«

Grissom war verschwunden.

»Ja«, sagte Fonvielle zu Adams. »Bringen Sie uns nach unten.«

Adams betätigte den Mechanismus, und die Plattform senkte sich hinab zum Bunker.

Das Rechteck des Himmels über ihnen wurde kleiner.

Der Präsident erwartete sie im Bunker, zusammen mit dem obersten Chef des Mitarbeiterstabs, dem Aufsichtsrat von General Motors, Gouverneur Nelson Rockefeller, Walt Disney und Frank Sinatra. Die ganze Bagage. Alle begrüßten sich militärisch.

»Ah«, Fonvielle«, sagte der Präsident, »schön, Sie zu sehen. Ich habe Elder Seth Bericht erstattet. Er ist mit unserem Vorankommen durchaus zufrieden.«

Fonvielle erwartete dafür die Ehrenmedaille des Kongresses.

Die First Lady und er tauschten Blicke aus. Ziemlich vielsagend. Sie war kaum mehr als ein junges Ding. Und sie wußte, was am Cape gespielt wurde.

Sie konnte Griffith, Mihailov und Kuhn dichtgedrängt und schwelend in der Ecke stehen sehen.

»Keystone antwortet jetzt«, teilte Fonvielle dem Präsidenten mit, »entscheidend ist jetzt, daß wir die interstellaren Kommunikationslaser exakt aufeinander ausrichten. Bis zu einem gewissen Grad haben wir Abweichungen von unseren ursprünglichen Berechnungen einkalkuliert. Allerdings hat fünfzehn Jahre lang niemand mehr einen Blick auf die Systeme geworfen.«

Der Präsident hatte verstanden. Er war über Needlepoint im Bilde. Genaugenommen war der Vortrag überflüssig.

»Also los, greifen wir nach den Sternen.«

VI

Hiroshi Shiba betrachtete den Op zum tausendsten Mal und mußte sich zwingen zu glauben, daß dies tatsächlich Elvis Presley war. Er erinnerte sich an die alten Filme und Fernsehshows, die er in seinem Wohnheim in Kyoto gesehen hatte. Er mußte daran denken, wie Inoshira Kube ihn, Sonny Shamada und Tetsuyo Ito gezwungen hatte, sich vor der versammelten Mannschaft aus Eliteschülern zu erniedrigen, nachdem man sie dabei erwischt hatte, wie sie sich gegenseitig die Haare zu einer Elvi-su-Pu-res-lieh-Tolle gefettet hatten. Später, während der Kurse in amerikanischer Kultur, in denen alle leitenden Angestellten einen Abschluß machen mußten, bevor sie nach Übersee geschickt wurden, hatte er Elvis in den richtigen Zusammenhang stellen und die Einflüsse auf seine Arbeit zurückverfolgen können. Blues, Country and Western, Carl Perkins, Dean Martin, Chuck Berry, Al Jolson.

Trotzdem, für Shiba repräsentierte der Elvis der 50er Jahre den Höhepunkt Amerikas als kulturelle Macht. Als er in der Armee verschwunden war, ging der Löwenanteil des Rock 'n' Roll an die UdSSR verloren, und die USA begannen ihren langen Abstieg in ihre gegenwärtige Stellung, als Kriegsschauplatz für Kultgangs, Multinats, wahnwitzige Splittergruppen und verzweifelte Psychopathen. So viel Lebenskraft und so wenig Wirkung. Es war erschreckend.

Wie gerne hätte er die Hand ausgestreckt und Elvis berührt. In diesem Mann steckte alles, was an diesem Land so großartig war, das gesamte Potential. Im Idealfall hätte er den Op gerne als Mitglied der Blutbanner-Gesellschaft angeworben – er war sicher, Elvis würde die Reinheit ihrer Ideale zu schätzen wissen –, aber diese Ehre stand nur reinrassigen Japanern zu.

Sie arbeiteten an Vissers Halbketten-Amphibienfahrzeugen, bauten sie zu Angriffsfahrzeugen um. Elvis war bei Captain Marcus und hatte den Kopf unter die Motorhaube gesteckt. Raimundo Rex wuchtete das Halbkettenfahrzeug am Bug in die Höhe, hob es in einem 45-Grad-Winkel an, so daß Elvis und der Captain einen Blick auf den Rumpf werfen konnten. Der Saurier war eine kombinierte Mutation aus Panzer, Müllverwertungssystem, Gabelstapler und Spanischlehrer. Er war nach Elvis der größte Held des Lagers.

Marielle brachte Shiba einige Papiere zum Abzeichnen. Seine Unterschrift wurde zum Problem, da seine Finger fast zusammengewachsen waren. Er würde bald auf die fernöstliche Sitte des persönlichen Siegels zurückgreifen müssen. Marielle eilte von dannen. Seit die Umwandlung bei ihr eingesetzt hatte, hatte sie sich mit dicken Moskitonetzen verhängt. Sie war nie eine außergewöhnlich attraktive Frau gewesen, aber offenbar verletzten die schleichende Ergrünung, die dicken Schuppen und die gelb werdenden Augen ihre Eitelkeit. Schade. Die Koffermenschen würden lernen müssen, ihre ganz eigene Form der Schönheit zu schätzen.

Zuvor hatten sie im Sumpf einige Leute begraben, und Shiba hatte ein paar Worte über Reuben und die anderen gesprochen.

Reuben war bei den Arbeitern sehr beliebt gewesen, und sein heldenhafter Tod hatte sie mit den Koffermenschen verbunden. Selbst wer Dr. Blaikleys Enzyme noch nicht eingenommen hatte, machte freiwillig mit. Insgeheim hatte Shiba beschlossen, sich dafür einzusetzen, daß die Kontraktarbeiter nach Schließung des Lagers durch GenTech von ihren Verpflichtungen gegenüber der Gesellschaft entbunden wurden. Sie hatten ihre Freiheit verdient. Reuben hatte man auf eine Totenbahre gelegt und feierlich verbrannt, während Colonel Presley beim Zusammenfallen der Glut *All My Trials* sang. Pottwal Visser dagegen hatte man in ein Öltuch gewickelt und zusammen mit den anderen Good Ole Boys in der tiefsten Lagune versenkt. Jetzt lag noch eine Schicht Josephiner über ihnen. Der Sumpf füllte sich langsam mit Toten.

Shiba betrachtete den Colonel erneut. Das Haar, schwarz gefärbt und nach hinten gekämmt, war noch dasselbe. Das gleiche galt für den dünnen, geschmeidigen Körper. Er war den Babyspeck losgeworden, an den er sich noch aus den ganz frühen Filmen erinnerte, und war jetzt beinahe schlank. Im Gesicht war er fast das genaue Ebenbild der Freiheitsstatue, mit den traurigen, leeren Augen und den schweren Lippen. Als er vorhin gesungen hatte, hatte seine Stimme voller, tiefer geklungen als auf seinen ganz frühen Aufnahmen. Hätte er sich nur aus den Klauen von Managern und Irren heraushalten können, wäre er der Größte von allen geworden. Größer als Tscherkassov, Dodd oder Sinatra...

Er war entsetzt, als er feststellte, daß Elvis für die meisten Amerikaner in der Erinnerung nicht mehr als eine vorübergehende Modeerscheinung der längst vergessenen 50er Jahre war, zu vergleichen mit Hula-Hoop-Reifen, Fahnenstangenhocken und rot-grünen 3-D-Streifen. Das war ein weiterer Grund für die Entartung des Landes, sein Scheitern. Es hatte seine vergangene Größe immer vernachlässigt. Anfang des 21. Jahrhunderts hatte Amerika den Rückwärtsgang eingelegt, um zu bleiben, was es war. Es besaß weder eine Zukunft noch eine Vergangenheit.

Shiba hoffte, bald nach Japan zurückzukehren.

Aber zumindest war er dem King begegnet, und, Dr. Blaikley sei Dank, er hatte eine Ahnung von dem bekommen, was in ihm steckte.

Er ließ sich auf alle viere fallen und machte sich im Zickzack auf den Weg quer durch das Lager zu seinem Büro. Sobald Cape Canaveral eingenommen war, wollte er eine Satellitenverbindung anfordern und sich mit Kyoto in Verbindung setzen. Anschließend konnte die Operation ordentlich abgeschlossen werden.

Ihm fiel ein, daß seine gegenwärtige Gestalt den höheren Rängen möglicherweise nicht genehm sein könnte. Es gab eine Menge Vorbehalte dem Abnormen, Unreinen gegenüber. Wut stieg in ihm auf, als er sich vorstellte, Inoshira Kube könnte sich über seinen runzeligen, grauen Körper lustig machen. Er hatte Hunger. Er stellte sich vor, wie sich seine Kiefer fest um Inoshiras Schädel schlossen.

Sein Körper war vielleicht der eines Alligatoren, dessen war er sich bewußt, aber seine Seele war rein.

VII

Als Keystone korrekt antwortete, organisierte sich das übrige Needlepoint-System wie von selbst. Das Senden der Testsignale und das Empfangen der programmierten Antwortcodes war eine mehr oder weniger ermüdende Angelegenheit, und Duroc überließ es Schwester Adams, sich darum zu kümmern. Machslers Unterlagen enthielten sämtliche für die Kommunikation erforderlichen Schlüsselworte, die benötigt wurden, um das Keystone-Sicherungsprogramm davon zu überzeugen, daß es seine Befehle von einer ordnungsgemäß befugten Stelle der US-Regierung erhielt. Adams schätzte, daß die Kommunikation wenigstens zwölf ganze Stunden in Anspruch nehmen würde, bis sie die vollständige Kontrolle über den Todesring hatten. Duroc wünschte, jemand hätte ihm das erzählt, bevor er das Ding zum erstenmal ausprobiert hatte.

Duroc hatte darauf gehofft, sich zusammen mit Simone ein paar Stunden frei nehmen zu können. ZeeBeeCee brachte eine dreistündige Sendung zu Ehren von Gavin Mantle, komplett mit Amateurfilmausschnitten aus seiner Kindheit sowie Interviews mit sämtlichen Angehörigen, Freunden und Arbeitskollegen, gefolgt von einer Gruppe von Experten, die das Phänomen spontaner menschlicher Selbstverbrennung diskutierten. Die wissenschaftliche Debatte würde den Hauptteil der Sendung ausmachen. Duroc wollte herausfinden, wie nahe die Ermittler der Wahrheit kamen. Wer die Übernahme und die Aktivierung des Needlepoint-Systems durchschaute und thermonukleare Flugkörper gegen Keystone einsetzen wollte, um damit den gesamten Ring auszuschalten, hatte immer noch die Möglichkeit, ein Starfenster zu finden. War das komplette System erst einmal zugeschaltet, kam von der Erde nichts mehr durch, und Elder Seth konnte nach Belieben Feuer vom Himmel regnen lassen. Bis dahin waren sie anfällig für einen Präventivschlag.

Duroc, der es gewohnt war, alle ungünstigen Eventualitäten durchzugehen, hatte die Nationen, Organisationen und Einzelpersonen aufgelistet, die entweder einzeln oder in Zusammenarbeit in der Lage waren, die für diesen Job nötige Raketenfeuerkraft aufzubringen. GenTech, und natürlich die Winter Corporation & Hausmann AG, Rußland, Amerika, die Europäische Gemeinschaft und möglicherweise China; der Panislamische Kongreß, McDisneyworld, Großrhodesien, Japan und vielleicht der Vatikan.

Als ihn die Auflistung zu sehr nervte, versuchte er, seinen

Entschluß dadurch zu bekräftigen, daß er Einzelpersonen und Institutionen auflistete, gegen die sich das Needlepoint-System gewinnbringend einsetzen ließe. Papst Georgi stand natürlich auf jeder Liste an erster Stelle; und Duroc hätte Schwester Chantal Juillerat, die computerbewaffnete Frau fürs Grobe des Pontifex, sowie Pater Declan O'Shaughnessy, den Cyberfeed-Virtuosen des Vatikan, immer zu den zehn gefährlichsten Katholiken gezählt. Was danach kam, waren kleine persönliche Rachezüge; ganz oben auf dieser Liste standen Jessamyn Bonney, unter welchem Namen auch immer, Dr. Ottokar Proctor, weil er seinen Teil einer Vereinbarung nicht eingehalten hatte, der Trooper der US-Kavallerie Nathan Stack, der Navaho Habicht-Der-Sich-Niederläßt, Simones prügelnder Loddel, das vermeidbare Risiko Machsler, der Präsident der EG, Le Pen, der sich wie ein Idiot verhielt, ganz zu schweigen von einer Reihe anderer…

Im Augenblick jedoch lagen am Cape andere, dringlichere Probleme an, und Duroc war es, der sich darum zu kümmern hatte. Bruder Turney war von seinem Feldzug gegen die Koffermenschen noch nicht zurückgekehrt, und der Funkkontakt zu ihnen war abgerissen. Turney hatte draußen in den Sümpfen einen Unterschlupf der Monster ausgemacht und dort zum Zeitpunkt seines letzten Berichts eindringen und ihn säubern wollen. Offenbar war er auf stärkeren Widerstand gestoßen als erwartet. Bislang hatte Duroc angenommen, es mit einer verstreuten und unorganisierten Plage zu tun zu haben, aber offensichtlich waren nicht alle Mutanten minderbemittelte Trottel.

Er hatte sich mit Bruder Tozer in die Waffenkammer zurückgezogen und versuchte herauszufinden, welche der Lichtpunkte auf dem Leuchttisch Koffermenschen waren. Das war nicht einfach, denn keine der Mutationen glich der anderen. Einige waren Kaltblüter, andere nicht. Einige der Lichtpunkte konnten ganz normale Tiere sein. Einige der Mutanten ließen sich gar nicht darstellen. Duroc hätte gerne einen zusätzlichen

Biochemiker für eine Autopsie oder Koffermenschen zur Verfügung gehabt, die sie hatten erlegen können. Vielleicht gab es ein Nervengift, das lediglich ihren Stoffwechsel beeinträchtigte. Dann konnten sie den Sumpf damit besprühen und sich die vertrackten Feuergefechte sparen.

»Radar bringt nicht viel, Elder Duroc«, sagte Tozer, »ebensowenig wie die Wärmesensoren... nicht, daß sie in diesem Klima je viel genützt hätten. Meiner Meinung nach sollten wir eine Art Bewegungsdetektor installieren. Im Sumpf kann sich nichts bewegen, ohne Wellen zu erzeugen. Die könntet Ihr aufzeichnen, dann hättet Ihr ein perfektes Frühwarnsystem.«

Duroc nickte. »Wie lange brauchen wir dafür?«

»Wenn wir das nötige Gerät haben, höchstens ein, zwei Tage.«

»Wenn wir das Gerät haben?«

»So ist es. Da liegt natürlich der Haken. Für einen Job wie diesen benötigt man Spezialanfertigungen. Von GenTech vermutlich. Die gottlosen Japaner beliefern die meisten offiziellen Agenturen.«

Lichtpunkte massierten sich an der Stelle, von wo aus sich Turney zum letztenmal gemeldet hatte.

»Was ist das?«

Tozer runzelte die Stirn. »Das weiß ich nicht. Treten Alligatoren in Rudeln auf?«

Duroc wußte es ebensowenig. In der Kirche gab es zu viele Leute, die wußten, was man mit einer Wüste wie rings um Salt Lake City anfängt, jedoch keine Spezialisten für das Sumpfgebiet. In der letzten Zeit hatte er sich gefragt, ob Elder Seth nicht zu sehr vom Gesamtbild in Anspruch genommen wurde und darüber die Einzelheiten vergaß. Das gesamte Canaveral-Projekt wurde immer wieder von nervtötenden Detailproblemen belastet, die nicht genügend abgeklärt worden waren. Die Koffermenschen wären kein Problem gewesen, hätte die Kirche der Josephiner vor Errichtung der Basis auf dem Cape von ihnen gewußt. Ein paar Angriffe mit Napalm und irgendeinem Gift über den Sümpfen hätten sie erledigt. Aber jetzt waren sie schwieriger loszuwerden als eine Termitenplage. Man mußte sich ihnen in ihrem eigenen Gelände stellen, und im Sumpfkrieg waren sie ein gutes Stück besser als Tozers Wachtrupps.

Duroc beschloß, einstweilen eine Luftbrücke mit Donnys und Maries anzufordern. Er konnte sie mit einem Search-And-Destroy-Auftrag losschicken, ohne das Gefühl zu haben Menschenleben zu vergeuden. Sie gehörten zu den loyalsten Anhängern von Elder Seth, aber deswegen war ihm in ihrer Gegenwart nicht weniger unbehaglich zumute.

In der Waffenkammer gab es einen kleinen Fernseher, der gewöhnlich auf den Kabelservice der Josephiner mit seinen endlosen Spendenaufrufen, Chorkonzerten aus dem Tempel, Werbung für die Trecks der Wiederansiedler und öligen Moralpredigten über religiöse Wischi-Waschi-Themen eingestellt war. Zur Zeit hatte Duroc ZeeBeeCee eingeschaltet. Gerade lief die Gavin-Mantle-Show. Zwischen den Anwälten, die Clodagh Mantle und Erik Kartalian repräsentierten, war ein heftiger Streit ausgebrochen. Beide bestritten das Recht des Senders auf Gavins mächtig gewachsenes Anwesen. Dann ein Schnitt, und Sonny Pigg sang sein *Bye-Bye, Gavin*, das ihm sofort bares Geld einbrachte.

»Schauen Sie«, meinte Tozer, »es scheint eine Art Muster zu geben…«

Die Lichtpunkte vereinigten sich, wurden immer mehr. Es mußte dort irgendeine Art Dschungeltelegrafen geben. Duroc mußte daran denken, wie ihn sein Onkel in Johnny-Weismüller-Filme mitgenommen hatte, als er noch ein Kind war. Er stellte sich vor, wie Horden von Tieren durch den Schlamm rasten und sich dabei etwas zuriefen.

»Wo ist das?«

Tozer drückte eine Taste, und die Ortsnamen wurden über die großformatige Karte geblendet.

»Narcoosee? Was ist dort?«

Tozer befragte die Karte und bekam einen Ausdruck. Er stieß einen Pfiff aus.

»Eine Forschungseinrichtung von GenTech, Elder Duroc. Bioabteilung. Geheim, natürlich. Angeblich wird dort eine Langzeituntersuchung über Reaktionen des Immunsystems durchgeführt.«

Die grünen Lichtpunkte schoben sich übereinander und bildeten einen großen Knoten.

»Reaktionen des Immunsystems?«

»So steht es hier.«

»Unsinn. Die erzeugen da Monster.«

Tozer pflichtete ihm bei. »Möglich. Die gottlosen Multis versuchen schon seit Jahren, die gesetzlichen Auflagen zur Änderung der gottgewollten menschlichen Gestalt zu umgehen.«

Duroc war sofort im Bilde.

»Und mit den Mitarbeitern steht ihnen eine gute Quelle von Rohmaterial zur Verfügung. Hier draußen können sie machen, was sie wollen.«

Duroc war sich über den nächsten Schritt nicht im klaren. Die Kirche war mächtig und mehrte ihre weltliche Macht mit jedem Tag, andererseits war GenTech die größte Organisation auf dem Planeten. Sie hatte mehr Angestellte als die meisten Länder Einwohner und war wirtschaftlich stärker als jede Nation der Erde. Er wollte die Kirche der Josephiner nicht in einen heißen Krieg mit der Gesellschaft verwickeln. Wie die Sowjetunion immer rascher feststellen mußte, war dies ein Konflikt, der nur zugunsten der Geschäftsleute entschieden werden konnte.

»Ziehen Sie die Patrouillen zurück, die noch dort draußen sind«, befahl er. »Ich werde mich über dieses Thema mit Salt Lake City beraten müssen.«

Tozer salutierte. Seid gesegnet, Elder Duroc.«

Ein Komiker hielt Gavin Mantles Grabrede in einer Kathedrale voller Trauergäste und machte sich dabei über allerlei lustig, was einem so aus heiterem Himmel zustoßen konnte. Er erntete nervöses Gelächter.

»Ein göttlicher Blitz«, diese Formulierung wurde von allen verwendet, um den plötzlichen Tod des Blotto-Lotto-Gewinners zu ›erklären‹.

Duroc war ungewohnt angespannt. Zu viele der gegenwärtigen Umstände entzogen sich seiner Kontrolle. Morgen, wenn die Welt fest im Griff der Josephiner war, würde er wieder atmen.

Er fragte sich, wo Simone steckte. Das Mädchen hatte ebenfalls Angst, das wußte er. Er hatte nur noch keine Zeit gehabt herauszufinden, was nicht stimmte.

Er verließ die Waffenkammer und stand auf der weiten Fläche rissigen, trocknenden Betons. Der Sumpfgeruch war immer noch stark, und überall lagen noch ekelhafte Klumpen verfaulender Vegetation herum. Er nahm sich vor, sie beseitigen zu lassen, sobald die kritische Phase beendet war.

Der Schatten des rostigen Montageturms fiel über die Startbahn. Duroc rieb sich die Augen. Er hätte schwören können, daß neben dem Ding in der Luft ein undeutlicher Schatten hing. Genaues konnte er nicht erkennen, es sah jedoch aus, als nähme irgend etwas Gestalt an.

»Elder Duroc«, sagte ein Donny, »würdet Ihr herüberkommen und Euch das mal ansehen?«

Er lächelte und hielt eine Pfeife in der Hand. Sie hatten alle Pfeifen, rauchen hatte er jedoch noch keinen gesehen.

Er folgte dem Josephiner im Endstadium hinüber zum Montageturm. Von nahem wirkte das verrottende Gestell noch bedrohlicher. Es bewegte sich sachte, knarzend. Wahrscheinlich stellte der Turm eine Gefahr dar und sollte niedergerissen werden.

Er schaute nach oben. Der Schatten war immer noch da.

»Seht. Diese Dinger sind aufgetaucht, als...«

Der Donny zeigte in die Grube. Man hatte das Wasser herausgepumpt. Der Grund war vom gewaltigen Rückstoß einer

Titan-7-Rakete geschwärzt. Er hatte gehört, hier sei früher einmal ein schwerer Unfall passiert.

Auf dem Boden der Grube, grellweiß umrandet vor dem rußigen Schwarz, entdeckte er drei Hiroshima-Schatten.

Es waren Negativmenschen mit großen, runden Köpfen und aufgedunsenen Gliedern.

Duroc sah den Donny an. Er war ruhig, sein hübsches Gesicht ausdruckslos, undurchschaubar. Er fragte sich, ob dieses Etwas Neugier kannte, Furcht, oder Liebe...

Er betrachtete noch einmal die Astronautensilhouetten.

»Aber...«

Sie hatten sich bewegt. Er starrte sie ein paar Sekunden lang an, und sie standen still. Einer schien die Hand auszustrecken, als wollte er in der verminderten Schwerkraft einen Hüpfer auf dem Mond tun und dabei träge fünf Meter durch die Luft segeln. Ein anderer kam gerade aus einer knieenden Stellung hoch, so als hätte er gerade sein Gebet beendet. Sie bewegten sich nicht.

Er schaute den Donny an, dann wieder zurück. Der Springer hing mit an den Knien nach hinten abgeknickten Unterschenkeln in der Luft, der Betende stand fast aufrecht.

Der Donny schlenderte schweigend davon. Die Nacht brach herein. In der Dunkelheit wirkten die Astronautenschatten noch heller.

Noch etwas, um das sich Duroc würde kümmern müssen.

Er verließ den Montageturm, verbannte die drei Geister aus seinem Gedächtnis und machte sich auf die Suche nach Simone.

Er fand die junge Kontraktarbeiterin im Bungalow, wo sie ihn seine Sorgen für ein paar viel zu kurze Minuten vergessen ließ.

Über dem Cape ging die Sonne unter.

VIII

Elder Nguyen Seth, der Emissär, konzentrierte sich auf die Schale mit Blut, und sein Bewußtsein verließ seinen uralten Körper, um außerhalb umherzuschweifen. In der Äußersten Finsternis warteten die Kräfte der Finsternis geduldig wie immer. Dennoch spürte Seth, wie ihre Erregung wuchs. Nach all den Jahrtausenden waren die wenigen Monate, die noch zwischen der Gegenwart und dem Jüngsten Tag lagen, wie Sekunden. Zeit war immer schon das einzige gewesen, über das Seth im Überfluß verfügte, doch jetzt gab es so viel zu erledigen, so viele Opfer, um die es sich zu kümmern galt.

Elder Seth blickte auf den langsam rotierenden Globus herab, über dem sich die Needlepoint-Satelliten über den Wolken und Ozeanen abzeichneten. Auf ihren schon vor Jahren erstorbenen äußeren Flächen blinkten Lichter, während sie mit Schwester Adams in Cape Canaveral kommunizierten. Der Ring aus Satellitenwaffen gab ihm ein angenehmes Gefühl. Elder Seth glitt hinein und machte sie zu seinem Körper. Er ließ die Transmission zur Feinderkennung weiterlaufen und spürte jedesmal ein Kribbeln, wenn eines der Teilstücke des Needlepoint-Rings zugeschaltet wurde.

Dort unten strömten die Menschen ihrem vorbestimmten Ende entgegen. Seth dachte an seine Lieblingsjünger: Duroc in Florida, der ihm diente, wie seine Familie es schon immer getan hatte; Priapus, der anarchische Satyr in Berlin, der mit jedem Stoß Haß versprühte; die Wartende Schlange in Rom, die zum todbringenden Schlag gegen den Vatikan ausholte. Er dachte an die Menschenmassen, die nach Salt Lake City strömten, es zu einem Paradies auf Erden machten, und an ihre allmähliche Umwandlung in Waltons, wenn ihr Haar gebleicht und steifer wurde, ihre Gesichtszüge verschmolzen und sich zu hübschen Masken umbildeten und ihre Körper sich in Schau-

fensterpuppen verwandelten. Er dachte daran, wie wenige von ihnen zu den Auserwählten gehören würden, den Bevorzugten der Kräfte der Finsternis.

Was Nguyen Seth persönlich anbetraf, sehnte er sich nach Vergessen. Die Jahrhunderte hingen schwer wie Ketten an ihm. Mit dem Ende der Welt und dem Erreichen des Finsteren Zwecks wäre seine schwere Prüfung vorbei.

»Alter Mann?«

Es war Krokodil, die immer noch wie ein Parasit in seinem Geist nistete und versuchte, ihn von innen aufzuzehren.

»Es ist bald vorbei, alter Mann.«

Falls er noch dazu fähig war, dann liebte Seth Krokodil wegen ihrer fehlgerichteten Hartnäckigkeit. In sich trug sie den Samen der Niederlage der Kräfte der Finsternis, aber sie würde sie nie freilassen, solange sie ausschließlich nach Rache gegen ihn trachteten. Sie war so typisch menschlich, so begrenzt in ihrem Blick. Bei ihrer im wahrsten Sinne des Wortes halbseitigen Sicht der Welt war sie von ihm besessen, und in dieser Besessenheit lag der Schlüssel zu ihrem Scheitern. Wie wenig hatte sie ihre Erhöhung verdient. Sie war das einzige Wesen auf diesem Planeten, das in der Lage war, sich einer Kraftprobe mit den Kräften der Finsternis zu stellen, und dann vergeudete sie ihre Kraft für eigennützige Zwecke.

»Tick-Tack, Tick-Tack, Tick-Tack…«

Sie machte sich über ihn lustig. Törichtes Mädchen.

Bald schon würde Duroc Krokodils Wärmeschema in den Needlepoint-Computer in Cape Canaveral eingeben, und ein Blitz aus heiterem Himmel würde sie niederstrecken.

Seth dachte daran, wie sehr er das Mädchen vermissen würde.

IX

PERSEUS: MAISCHE
KINGMAKER: ADAGIO
PICCADILLY: YELLOWSTONE
TIN LIZZY: UNTERHOLZ
PETREL: KLAUENHAMMER
CURLEY JOE: WACHSAMKEIT

Verschwiegenheit gehörte nicht zu Raimundos starken Seiten. Mit Erreichen des Indian River, der sie bis auf Hörweite an das Cape heranbrachte, schalteten die Motoren ihrer Sumpfgleiter ab und griffen auf die Paddel zurück. Raimundo stieß sich immer wieder den Kopf an den niedrigen Zypressen, und sein massiger Körper drückte den Gleiter bedenklich tief ins Wasser. Elvis war überzeugt, daß der Saurier vor der Aktion Drogen geschluckt hatte. Was, war bei seinen sich unabhängig bewegenden Reptilienaugen schwer zu sagen, der Op vermutete jedoch, daß Raimundo sich mit irgendeinem Zooper-Blast vollgedröhnt hatte.

Viele andere Ops benutzen ebenfalls Drogen, um Kämpfe durchzustehen, Elvis hielt sie jedoch für völlig verrückt. Damals, zu seinen Zeiten des Musikers, hatte er ebenfalls Pillen eingeworfen, um acht Gigs die Woche durchzustehen. Und in der Armee hatte man ihn mehrere Male mit Morph-Plus vollgepumpt, als er schwer verwundet worden war. Und jedesmal hatte er die Abspaltung von seinem Körper als äußerst unangenehm empfunden. Seit dieser Zeit hatte er seinen Gebrauch von Freizeit- und von professionellen Drogen stark reduziert. Den Unmut der Good Ole Boys hatte er zum erstenmal auf sich gezogen, als er der Polizei ein paar Dealer aus Memphis übergeben hatte, die eine Menge Schmiergeld gezahlt hatten, um im Geschäft zu bleiben. Die Synthschnapshändler waren auf der einen Seite der Drehtür rein- und auf der anderen Seite wieder rausgekommen, geschützt von einem Gerichtsbeschluß sowie dem persönlichen Versprechen von Judgement Q. Harbottle. Drogen waren ein Gift, das die Städte Amerikas durchdrang und alles sauer werden ließ...

In Kuba, wo er durch einen Brustschuß verwundet und zwölf Stunden lang operiert worden war, hatte man ihm genug Morph-Plus verabreicht, um die Schmerzen einer Folter durch Auspeitschen abzutöten. Er hatte damals üble Träume gehabt, die er bis heute nicht richtig hatte abschütteln können. Dann stand er plötzlich mutterseelenallein in einem grellweißen Lichtstrahl, wie ihn die Verhörspezialisten der Polizei verwenden, unbequem eingeschnürt in ein weißes, mit Fransen und Flitter behangenes Clownskostüm. Er schwitzte wie ein Schwein, seine Kleider klebten ihm am Leib, während er murmelnd versuchte, sich durch den Text eines Songs zu pfuschen, an den er sich kaum noch erinnerte, und trotz der Schmerzen, die ihm durch Arme und Beine schossen, seine alte Show runterzureißen. Der Text von *Are You Lonesome Tonight* entzog sich jedesmal wieder knapp seinem neutralen Zugriff, und so wiederholte er leiernd und mantragleich immer wieder *are you lonseome tonight?, are you lonesome toniiiight?, are you lonesome toniiiiiight?* Das Schlimmste war, an Bauch, Hintern, Oberschenkeln und Armen und unter seinem Kinn zerrten schwere Polster an ihm. Er konnte tun, was er wollte, er wurde diese Last nicht los. Sie waren nicht einfach mit Hilfe von Klebeband oder Draht an ihm befestigt, sie wucherten aus ihm heraus, als hätte er zwanzig Jahre lang nichts anderes getan, als ständig Bier und Cheeseburger in sich hineinzustopfen. Er hatte auch noch andere Drogen in seinem Körper, nicht nur die medizinischen Betäubungsmittel, sondern eine kräftige Mischung aus allem, was man spritzen, schnüffeln, inhalieren, in die Venen leiten, schlucken, unter die Haut oder in die Ohren träufeln konnte. Seit Kuba war dieser Alptraum zu oft wiedergekehrt.

Raimundo hockte schwankend auf seinem Gleiter und paddelte mit seinem riesigen Fuß wie ein Kind auf einem Tretroller. Elvis hoffte, daß der Dinosaurier noch zum Kämpfen fähig war. Er hatte viele vollgedröhnte Junkies gesehen, die gestorben waren, statt Ruhm zu ernten.

Über dem Cape brach die Dämmerung an. Zusammen mit Captain Marcus hatte Elvis einen Angriffsplan ausgearbeitet, der darauf basierte, daß die Josephiner zu verstreut stationiert waren, um einen richtigen Verteidigungsring um das Cape legen zu können. Die Basis war zu groß, als daß man sie mit weniger als einem Regiment hätte sichern können, darüber hinaus waren die NASA-Zäune völlig verfallen. Nach Marcus' Informationen waren die meisten der alten Wachtürme nicht einmal bemannt.

Der Captain befehligte den Hauptteil ihrer Truppen und benutzte den erbeuteten gepanzerten Transporter als eine Mischung aus Trojanischem Pferd und Kommandozentrale. Sie hatten vor, die Haupttore anzugreifen. Wer von den Koffermenschen am besten als Schwimmer ausgebildet war, sollte das Cape umgehen, sich von See her nähern und den Seewall vom fast unbewachten Strand aus angreifen. Elvis sollte einen Stoßtrupp den Indian River hinaufführen, dessen Hauptaufgabe darin bestand, das Feuer von Marcus' Truppen abzulenken.

Auf Merritt Island und der Schmalseite des Capes befanden sich Docks, und der Fluß verlief zwischen ihnen. Eigentlich war der Fluß derart angeschwollen, daß der schmale Deich, der ihn vom Meer trennte, mehr oder weniger die ganze Zeit unter Wasser stand: eine wirbelnde Masse langen Grases, die gerade eben aus dem Wasser ragte. Und Merritt Island war auch nicht mehr als eine etwas festere Stelle im Sumpf, die Docks jedoch ragten immer noch aus der salzigen Marsch. Sie würden gute Deckung bieten sowie eine brauchbare Rückzugsmöglichkeit.

Abgesehen von Raimundo und ein paar seiner Koffermenschen bestand Elvis' Truppe hauptsächlich aus Kontraktarbeitern aus dem Lager, verschleppten Schwarzen und Cajuns, die sich Shiba angeschlossen hatten. Einige wiesen bereits Zeichen der Veränderung auf, waren aber längst noch nicht so weit fortgeschritten wie Raimundo, Marcus oder jene bestialischen Sumpfgeschöpfe, die ihrem Ruf gefolgt waren.

Raimundo war immer noch unruhig und geradezu erpicht darauf, in den Kampf zu ziehen. Der Saurier trug gekreuzte Patronengurte über der Brust und hatte sich mit einem Raketenwerfer und einem Maschinengewehr bewaffnet, die beide extra umgerüstet worden waren, damit er sie mit seinen dicken Krallenfingern bedienen konnte. Stoned oder nicht, Elvis hätte ihn nicht besonders gerne auf dem Hals gehabt.

Mit den Kontraktarbeitern verhielt es sich anders. Elvis wußte nicht, was er von ihnen halten sollte. Er fragte sich, warum sie nicht in den Sumpf geflohen waren, als Marcus das Lager überrannt hatte. Er fragte sich, warum sie die Mutationen so stillschweigend über sich ergehen ließen. Ihm fiel auf, daß sie ihn ganz so wie 'Ti-Mouche ansahen, mit einer seltsamen Mischung aus Ehrfurcht, Scheu und Angst.

Er kam sich an diesem Morgen nicht magisch vor, allerdings hatte er aus einer Laune heraus die zerbeulte Gitarre in den Frachtraum des Gleiters gepackt. Sie war wie ein Totem. Er wußte, daß andere Glücksmedaillons oder Münzen mit Köpfen auf beiden Seiten trugen. Er war vor einem Kampf noch nie abergläubisch gewesen – wie oft hatten sie solche Münzen aus den steifen, toten Fäusten glücklicher Soldaten gebrochen? –, aber dieser Kampf war anders als alle Schlachten, an denen er teilgenommen hatte.

Weiter vorn tanzte eine Signalboje auf dem Wasser. Elvis gab Raimundo ein Zeichen zum Anhalten, und der Dinosaurier schaffte es gerade noch, während der kleine Trupp hinter ihm rückwärts paddelnd zum Stehen kam, um außer Reichweite des Sensors zu bleiben.

Elvis betrachtete die Blinklichter der Boje. Sie sandte exakt alle dreißig Sekunden ihr Signal aus. Er könnte das Ding abknallen, aber dann wäre es abgestellt und würde somit ein ebenso deutliches Warnsignal geben wie eine intakte Boje. Es half nichts, sie mußten das Ding vernichten. Schließlich war der Hauptzweck des Vorstoßes am Indian River, die Josephiner in dem Glauben zu lassen, es handele sich um den Hauptangriff. Sie sollten ihre Verteidigung am Südzaun massieren.

Er zog seinen Colt und zielte auf die Boje. Er war sicher, das rot blinkende Licht ausschalten zu können.

Elvis sah sich um. Raimundo und die anderen hatten verstanden. Der Schuß war das Zeichen zum Angriff. Der einzige Ausweg war der Sieg.

Er spannte seine Pistole.

Überall klickte es, als die Waffen entsichert wurden. Raimundo zuckte mit den Achseln und nahm den Raketenwerfer zur Hand. Ein paar der Alligatorenmänner glitten aus ihren Gleitbooten ins Wasser, während ihre Waffen über ihrem Rükken in versiegelten Polyäthylensäcken dahintrieben.

Die Sonnenscheibe stand jetzt direkt über dem Horizont und färbte das Wasser hinter dem Cape rot. Insekten brummten über das Feuchtgebiet hinweg. In der Ferne konnte Elvis die Überreste eines Raketenmontageturmes erkennen und daneben schwach einen dunklen Schatten.

Die Boje blinkte. Dreißig Sekunden. Sie blinkte wieder. Wenn er sie sofort nach dem Erlöschen traf, hätten sie dreißig zusätzliche Sekunden. Ein paar von ihnen konnten in der Zeit die Docks erreichen. Wenn man einkalkulierte, daß die Verteidiger schlaftrunken-langsam reagierten, weil sie entweder gerade erst aufgewacht waren oder am Ende einer mörderischen Nachtschicht standen, müßten Elvis und seine Leute allesamt die Docks überquert und die neu gespannten Zäune bereits durchbrochen haben, bevor die Josephiner ihre Leute ins Feld schicken konnten.

Dreißig Sekunden. Es blinkte.

Mit einem Gebet auf den Lippen feuerte Elvis auf die Boje. Sie explodierte in einer Wasserfontäne, dann regnete es Transistorenteile.

Dreißig Sekunden.

Elvis' Leute drangen vor und erreichten das Dock.

Am Cape heulte eine Alarmsirene auf.

Elvis hatte selbst das Dock erreicht und hievte ein paar Arbeiter nach oben. In den Gleitern befand sich leichtes Gerät. Er wollte, daß es zusammengebaut war, bevor das Begrüßungskommando sie mit Girlanden und Gasgranaten empfing.

Die Kontraktarbeiter arbeiteten mit flinken Händen und bauten die Artillerie zusammen, als sei sie aus einem Mekanobaukasten.

Raimundo warf sich gegen den Zaun und legte ein Stück davon flach. Die Sirenen waren jetzt näher, und Elvis hörte Stiefelgetrampel auf Asphalt, das Anlassen von Motoren.

Raimundo röhrte. Die Schießerei hatte angefangen. Trillerpfeifen ertönten, die ersten Granaten fielen.

Völlig konzentriert rannte Elvis auf den Zaun zu. Er feuerte aus der Hüfte auf die vorrückenden schwarzen Gestalten.

Einen Kontraktarbeiter neben ihm erwischte einen Volltreffer, und er zerfiel in blutige Fetzen. Rote Spritzer legten sich über den Asphalt.

Sie überquerten rennend die Startbahn. In der Nase hatte er den Gestank von dichten Korditschwaden. Auf dem Boden lagen tote Fleischbrocken herum. Koffer- und gewöhnliche Menschen, akribisch dahingemetzelt.

Was zum Teufel war hier eigentlich los? Und wo steckte Krokodil?

Ein Jeep kam auf sie zu gerumpelt. Hinten drin stand jemand mit einem Maschinengewehr und feuerte wild um sich. Raimundo feuerte eine Rakete auf das Fahrzeug ab, das von der Explosion in die Luft gehoben wurde und brennende Menschen in die Gegend schleuderte.

Eine ganze Masse von schwarzhütigen Josephinern tauchte auf, alle bewaffnet, alle feuernd.

Elvis fand hinter einem Betonklotz Deckung und schoß aus dem Hinterhalt auf sie. Die Donnys und Maries schüttelten die direkten Treffer ab und rückten weiter vor, die normalen christlichen Soldaten starben wie jeder andere auch.

Raimundo hielt einen Donny in seinen Krallen und kaute auf seinem Kopf herum. Offenbar hatte die Echse Geschmack am Fleisch der Waltons gefunden.

Nach seiner Armbanduhr dauerte der Kampf gerade knapp zwei Minuten. Elvis hatte versprochen, fünfzehn Minuten durchzuhalten, bis Marcus angriff. Kugeln prallten auf Beton, wirbelten Staub und Splitter auf. Irgend jemand versuchte, ihn festzunageln. Elvis stellte eine knappe Berechnung an und schmiß eine Splittergranate. Damit war der Heckenschütze außer Gefecht.

Noch zwölfeinhalb Minuten.

Ein Alligatormensch rollte kreischend vorbei; eines seiner Vorderbeine fehlte, der größte Teil seines Schädels lag offen.

Wenn man umgebracht werden sollte, vermutete Elvis, waren zwölfeinhalb Minuten eine Ewigkeit.

»Jesse Garon«, flehte er, »sorg dafür, daß ich das hier durchstehe...«

RIGOLETTO: BILDUNGSROMAN

Bruder Tozer reichte ihm einen Kopfhörer. Er brauchte ihn nicht aufzusetzen, um die blechern klingenden Berichte vom Feuergefecht an der Oberfläche zu hören. Roger Duroc fällte einen knappen Entschluß.

»Tozer«, sagte er, »riegeln Sie den Bunker ab.«

Bruder Tozer war bestürzt. »Aber Elder Duroc, wir können dem Angriff standhalten. Er stellt keine Bedrohung für uns dar.«

»Tun Sie, was ich Ihnen sage.«

SIEGER: BRANNTWEIN

»Aber damit überlaßt Ihr unsere Gläubigen dort oben ihrem Schicksal.«

Duroc schlug dem Sicherheitschef ins Gesicht. »Riegeln Sie den Bunker ab.«

Tozer zitterte heftig, bekam sich aber unter Kontrolle und hauchte Befehle in sein Ansteckmikro.

CHEYENNE: PFEFFERTOPF

»Lassen Sie sich dadurch nicht stören«, meinte Duroc zu den Technikern. »Machen Sie bitte einfach weiter Ihre Arbeit.«

Schwester Adams übermittelte ein weiteres Codewort an Keystone und erhielt die korrekte Antwort.

ATROPOS: NOCTURNE

Sie hatte die ganze Nacht an ihrer Steuereinheit gesessen, und unter ihren Augen hatten sich dunkle Ringe gebildet. Sie fuhr sich mit der linken durch ihr zottiges Haar, während ihre Rechte über die Tastatur flog.

SPOT: SUCHSCHEINWERFER

Die Wache kam klappernd mit erhobenen Waffen vorbeigerannt und bezog neben dem Aufzug Posten. Ein Bleischutzschild, der während der Starts benutzt worden war, schob sich knirschend in den Schacht.

Im Kopfhörer konnte Duroc blechern den Schlachtlärm von oben verfolgen. Dort oben waren etwa einhundert Josephiner, die meisten von ihnen Waltons. Im Geiste hatte er sie bereits abgeschrieben.

COWBOY: GRAFSCHAFT CORK

Die Bodentruppen müßten in der Lage sein, die Koffermenschen so lange zurückzuhalten, bis Adams die Codefolge abgeschlossen hatte. Anschließend würde das Needlepoint-System Gelegenheit bekommen, sich richtig auszutoben. Die Koffermenschen konnten vor den feinen Strahlen weglaufen, verstekken konnten sie sich nicht. In Gavin Mantles einsamer Ecke in der Hölle würde es ganz schön eng werden.

CANDIDE: CANDYMAN

Simone stand neben ihm. Duroc war froh darüber. Er hätte sie nicht gerne oben frei herumlaufen lassen und dem Risiko ausgesetzt. Aus irgendeinem Grund war sie ihm wichtig. Das Mädchen hatte Angst, aber das war zu erwarten gewesen.

Fonvielle stand über Adams' Terminal gebeugt, während die Schwester Machslers Codewortliste durchging.

EISKREM: HÖRNCHEN

Die Aufgabe des Commanders war fast abgeschlossen. Duroc überlegte, ob es die Mühe lohnte, ihn sauber aus dem Weg zu schaffen. Schließlich war es fast vorbei.

PFEILWURZ: HEXAGON

Duroc fragte sich, wer sich die Codes ausgedacht haben mochte. Sie schienen zufällig zu sein, trivial und zugleich suggestiv. Jeder einzelne löste eine andere Funktion im weiten Repertoire der Reaktionen des Needlepoint-Systems aus.

MAMIE: LEXINGTON

Auf der großen Tafel erschienen die Daten der Satelliten als Anhäufung verschiedenfarbiger Lichter, von denen jedes eine nicht länger schlummernde Fähigkeit anzeigte. Eigentlich ganz hübsch. Massenvernichtungsmittel waren immer ein Triumph der Ästhetik, überlegte Duroc.

PONDEROSA: STIRNBANDRAUB

Der Frachtaufzug fuhr nach oben zum Hitzeschild. Tozers Leute rissen Drähte aus den Verkabelungen. Sie vergruben sich im Bunker, in der Annahme, später wieder herauszukönnen. Tozer verteilte Anweisungen, machte aber kein glückliches Gesicht dabei. Wie Adams war auch er einer der Kompromisse der Kirche: er verfügte über Fähigkeiten, die für die Mission gebraucht wurden, damit aber auch über ein gewisses Maß an unabhängigem Denken, das man bei den typischen Schwarzhut-Josephinern nicht fand. Die meisten Gefolgsleute hier hätten auf direktes Geheiß eines der Elder der Kirche Batteriesäure geschluckt. Narren.

Duroc nahm einen Kopfhörer und verfolgte die Schlacht oben.

MUTTERS APFELKUCHEN: PREISELBEERSAUCE

Befehle und Hilferufe wurden hektisch zwischen miteinander verkabelten Josephinern ausgetauscht. Die Menschen starben rasch, die Waltons dagegen waren robuster, gefährlicher. Schreie und Explosionen, Rufen und Gewehrfeuer. Keiner im Bunker kümmerte sich um die Kameraden oben. Sie hatten alle ihre Arbeit zu erledigen.

KOKOSNUSSCHEU: ERASMUS

Duroc vermutete, daß nicht alle Angreifer Mutanten waren. Sie waren gut bewaffnet. Er fragte sich, ob GenTech dahintersteckte. Dann war es möglicherweise mehr als nur ein vorübergehendes Ärgernis.

WAGENRAD: NARZISSE

Simone saß schweigend da, die Hände im Schoß, und zitterte.

»Sie sind hier«, meinte sie.

»Was? Wer?«

Duroc betrachtete die junge Kontraktarbeiterin. Sie schien mehr zu sehen als er. Das mußte etwas mit den merkwürdigen Formen zu tun haben, die er immer wieder aus den Augenwinkeln erblickt hatte. Sie sah sie deutlicher.

»Die Gespenster...«

Elvis ließ eine Splittergranate in einen Luftschacht fallen, sie sprang jedoch wieder heraus. Die Öffnung war mit Klappen verschlossen worden. Er trat mit dem Fuß gegen die Granate, und sie explodierte in der Luft über einer Marie Walton, die sich daraufhin wie ein Lumpenteppich auf dem Beton ausbreitete.

Er vernahm ein Grollen unterhalb des Schlachtfeldes. Wer immer dort unten steckte, mauerte sich ziemlich massiv ein.

Noch drei Minuten, bis Marcus angriff.

Raimundo wühlte sich durch das Getümmel. Sein Maschinengewehr ratterte in der einen Hand, während er mit der anderen einen Donny an sein Dickicht aus Zähnen führte und gleichzeitig mit einem Fuß einen Zaun niedertrampelte.

Elvis wußte, daß er in der ersten Angriffswelle eine Menge seiner Leute verloren hatte. Das hatte er erwartet. Sie waren größtenteils auf angenehme Weise gestorben.

Ein verirrter Granatsplitter hatte ihn angekratzt, und er blutete.

Ein Donny ging selbstgefällig grinsend auf ihn los. Elvis belegte das Wesen mit einem Kugelhagel aus seiner Schnellfeuerwaffe. Es torkelte unter der Vielzahl der Treffer zurück. Haut und Kleider explodierten, als die Patronen in den unwirklichen Körper einschlugen. Zuckend tanzte er sechs Meter zurück und stürzte. Es trat noch aus, kam aber nicht mehr auf die Beine.

Eine Dreiergruppe Maries mit schwankenden Frisuren erledigte einen Kontraktarbeiter mit einem krötenähnlichen Zug im Gesicht und riß ihn dann mit ihren perfekt manikürten bloßen Händen in Stücke. Als er sicher sein konnte, daß der Arbeiter rettungslos verloren war, schmiß Elvis eine Splittergranate in das Knäuel und warf sich zu Boden, als es in einer Wolke aus Feuer und Fleischfetzen explodierte.

Ein Halbkettenfahrzeug stellte sich Raimundo in den Weg. Der Saurier hakte seine Arme unter das Fahrzeug und hob es vom Boden. Die Ketten flatterten im Nichts, während Raimundo die Maschine auseinanderriß. Auf dem Fahrersitz hing schlaff ein Donny, dem man das Leben aus dem Leib gerissen hatte. Raimundo pellte die Panzerung ab, um an den Leckerbissen heranzukommen.

Ein Schwarzhut der Josephiner rollte vorüber wie ein Wagenrad. Kam Wind auf? Nein, es war ein Helikopter.

Er schwebte über der Basis und belegte sie mit Feuer, offenbar ohne darauf zu achten, ob er damit Invasoren oder Verteidiger erwischte. Aus den Düsen unterhalb der Kuppel sprühte brennendes Napalm, und das Feuer breitete sich aus.

Elvis gab Raimundo ein Zeichen. Der Helikopter mußte ausgeschaltet werden, bevor Marcus angriff.

Eine Minute zehn Sekunden.

Elvis duckte sich und rannte auf einen halb zusammengebauten Mörser zu. Ein toter Kontraktarbeiter lag daneben. Hastig suchte er nach den fehlenden Verstrebungen, konnte sie aber nicht finden.

Raimundo röhrte und kam herbeigestapft.

Elvis mußte einen Bluff versuchen. Er nahm eine Raketenhülse und ließ sie in das Rohr des Mörsers fallen, dann hantierte er auffällig an der Zieleinrichtung herum und nahm die Schnauze des Helikopters ins Visier.

Der Pilot sah ihn, und der Helikopter schob sich heran. Aus der Tür hing ein Scharfschütze und versuchte, Elvis einen Treffer zu verpassen. Er gab dem Pilot ein Zeichen, tiefer zu gehen.

Elvis hantierte mit der Zieleinrichtung und richtete die nutzlose Waffe aus.

Fünfundvierzig Sekunden.

Der Helikopter war jetzt vielleicht noch fünf Meter über dem Boden, und der Scharfschütze hatte freie Schußbahn.

Das genügte.

Raimundo richtete sich auf, packte den Scharfschützen am Knöchel und biß den Fuß sauber ab. Der Mann schlug wie ein Kartoffelsack auf den harten Boden. Elvis hörte das Splittern von Knochen. Raimundo zertrat ihn mit einem schwieligen Hacken, während er mit Klauen und Zähnen nach den Kufen des Helikopters schnappte.

Der Pilot versuchte, die Maschine außer Reichweite zu ziehen. Der zwei Tonnen schwere Saurier klammerte sich jedoch, spanische Verwünschungen schreiend, fest.

Der Helikopter kippte. Die Rotorblätter zischten gefährlich nahe an Raimundos Kopf vorbei. Er hatte ein dickes Fell, aber wenn ihn die Rotorblätter erwischten, brauchte er zwanzig Zentimeter starke Durium-Platten.

Josephiner stürzten aus dem Helikopter, schlugen krachend und schreiend auf den Boden. Elvis nahm einem toten Arbeiter ein automatisches Gewehr ab und feuerte auf die duriumverstärkte Plexiglaskuppel. Das durchsichtige Material zersplitterte nicht, wurde aber an den getroffenen Stellen milchigweiß. Der Pilot kämpfte mit dem Steuerknüppel.

Raimundos Schwanz peitschte auf den Boden und erledigte abgestürzte Josephiner. Er hatte ein Dutzend nicht sehr tiefer Schußwunden entlang seines gezackten Rückens.

Fünfzehn Sekunden. Ein Ruck, und der Helikopter fiel aus dem Himmel. Sein Rotor bohrte sich in den Beton, brach und trudelte davon. Raimundo packte zu und schleuderte den schweren Klumpen so weit wie möglich von sich.

Der Helikopter überschlug sich zweimal. Die Kuppel zerbarst und explodierte.

Raimundo wurde von den Beinen gerissen, und Elvis war sicher, daß es den Saurier erwischt hatte. Statt dessen steckte er den Kopf unter den Schwanz, rollte sich zu einer sauberen Kugel zusammen und kam, seine Verachtung hinausröhrend, wieder auf die Beine.

»Wahnsinn, Mann. Der Chopper ist nur noch ein Haufen Schrott!«

Noch fünf Sekunden. Elvis schoß auf einen herumrennenden Josephiner und streckte ihn nieder. Er hatte eine Granate in der Hand, die explodierte, als seine Finger sich entspannten.

»So ist's recht, Gitarre!«

Raimundo fühlte sich siegessicher, unverwundbar.

»Los, treten wir den Schwarzhüten richtig in den Arsch!«

Und zwar jetzt.

NADELSTREIFEN: ERDFERKEL

Adams war auf Draht. Sie machte trotz des Gedränges von Gespenstern weiter, die sich um ihren Terminalplatz drängten.

Fonvielle blieb bei ihr, bereit, die Schwarzhutträgerin zu beschützen, sollten die Gespenster ihre stumme, regungslose Drohung aufgeben und aktiv werden.

Grissom war da, und Gagarin, Collins, Capaldi, Rusoff, Kuhn, Breedlove, Griffith. Die anderen kamen von Augenblick zu Augenblick dazu und nahmen immer festere Gestalt an.

WATUSI: CRUSOE

Selbst der Präsident sah sie jetzt. Und der Rest der Schwarzhüte.

»Was geht hier vor?« wollte der Präsident wissen.

Das gebräunte Gesicht der First Lady war grau vor Angst. Sie sah sie sogar noch deutlicher als Fonvielle.

BESEN: FREUNDSCHAFT

Hinter dem Präsidenten erschienen zwei weitere Gestalten. Poole und Bowman, die seit '68 im All vermißt wurden. Wenigstens bestätigte ihre Anwesenheit hier ihren Tod in der Jupitersonde.

Al Tracy, der als erster auf dem Mars gestorben war, saß an einem unbemannten Terminal. Seine Hände wurden fester. Nicht mehr lange, und die Gespenster waren massiv genug, um eingreifen zu können.

ZODIAC: SPENCER

»Gus?« sagte Fonvielle zu Grissom. »Nicht jetzt, nein... der Traum. Du bist dafür gestorben. Du darfst ihn nicht verraten.«

Grissom sah ihm fest ins Gesicht und formte ein Wort mit dem Mund.

ANGELUS: CINCINNATI

Grissoms dünne, schwarze Lippen bewegten sich erneut. Fonvielle verstand nicht.

»Der Traum, Gus. Der Traum lebt!«

Grissom hatte jetzt alle Ähnlichkeit mit Fred Feuerstein abgelegt. Seine Fischhaut wurde ranzig und weich. Sein Mund arbeitete und wiederholte ein ums andere Mal...

»Verräter«, krächzte der Geist.

Es war wie ein Schlag ins Gesicht.

Der Präsident hatte eine Pistole gezückt. Er ging hinüber und rammte sie Grissom gegen den Kopf. Der Lauf versank im Schädel des Geistes. Der Präsident war unsicher, ob er feuern sollte.

SANDELHOLZ: LARGESSE

»Es ist kalt«, sagte der Präsident, während er mit den Fingern durch Grissoms Gesicht fuhr, daß es sich kräuselte.

Die First Lady stand neben ihm und riß seine Hand aus dem toten Astronauten.

Grissom blickte die First Lady an, und ein Hauch von einem Lächeln erschien auf seinem Totengesicht.

TOPEKA: DUKE

Oben gab es eine Explosion, und der gesamte Bunker bebte. Nur die Gespenster blieben auf den Beinen. Fonvielle stolperte gegen Tracy und fühlte, wie ihm die Gänsehaut den Arm hochkroch, als er die masselose Gestalt des Astronauten mit dem Handrücken streifte.

Gagarin hatte Adams' Kehle gepackt, sie sperrte sich jedoch. Sie konnte die Gespenster immer noch nicht sehen, daher verspürte sie nur einen leichten Hauch. Sie griff sich an den Hals, spielte mit ihrem Kruzifix, tippte dabei aber immer weiter und gab die Codewörter ein.

VERLOGENHEIT: MANDALA

Die große Tafel leuchtete immer noch auf.

»Machen Sie einfach weiter«, befahl der Präsident. »Das Ganze ist nichts als ein Trick. Psychologische Kriegführung. Achten Sie gar nicht darauf.«

VULKANS HAMMER: ROYAL FLUSH

Fonvielles Herz drohte sich zu überschlagen. Der Traum stand so kurz vor seiner Erfüllung. Er ballte die Fäuste.

Tränen aus Meerwasser liefen Grissom über seine sich noch immer kräuselnden Wangen.

»Greif nach den Sternen«, machte Fonvielle sich Mut. »Greif nach den Sternen und laß sie nie wieder los.«

SCHILDWAPPEN: KARNICKELZEIT
»Und laß sie nie wieder los.«

Captain Marcus' Einheit überrollte die Zäune mühelos. Colonel Presley hatte ganze Arbeit geleistet, und es gab nur wenig Widerstand.

Shiba fühlte sich in dem für Menschen gemachten Sitz des Amphibienfahrzeugs nicht wohl. Es gab keinen Platz für seinen Schwanz, und er konnte nicht aufstehen, ohne sich die Schenkel zu stoßen.

Marcus belegte das vor ihm liegende Gelände mit Feuer und rückte stetig weiter vor. Hunderte von Metern weiter vorne wurde auf der Betonfläche der Startbahn gekämpft.

Shiba befahl Marcus, weiter vorzurücken. Es war wichtig, Presley zu entlasten, bevor seine Leute ausgelöscht wurden.

Vom Meer hätte jetzt eine Angriffswelle kommen müssen.

Shiba sprang aus dem Transporter und arbeitete sich auf allen vieren vor, den Kugeln und den Explosionen ausweichend.

Er wünschte, Inoshira Kube wäre hier und könnte sehen, wie er sich in einem ehrenhaften Kampf auszeichnete.

Vor ihm stürzte ein Josephiner. Er packte seinen Kopf mit seiner Schnauze und riß ihn heraus.

Er sah Raimundo Rex, der, inmitten von Feuer und Rauch, aufrecht auf dem Schlachtfeld stand.

Wo steckte Colonel Presley?

Marcus' trojanischer Transport rollte mit ratternden Maschinengewehren über die Betonfläche.

Eine Reihe Bungalows am Rand der Startbahn war heftig umkämpft. Josephinische Heckenschützen benutzten sie als Dekkung, um die Angriffswelle vom Meer beim Vorrücken gegen den Seewall mit Feuer zu belegen.

Marcus feuerte ein paar Granaten auf die Bungalows, und einer von ihnen wurde augenblicklich in einen glühenden Schutthaufen verwandelt.

Shiba erklomm eine Betonmauer und konnte den Strand sehen. Koffermenschen lagen tot oder sterbend im Sand oder wurden von den Wellen angespült. Die reinste Schießbude.

Shiba entdeckte Elvis. Seine schwarzen Lederklamotten waren zerrissen, und das dichte Haar hing ihm ins Gesicht. Er versuchte, die herumhuschenden Heckenschützen in den Bungalows mit genau gezielten Schüssen auszuschalten. Aber ihre Deckung war zu gut.

Marcus jagte ein weiteres Gebäude in die Luft, und das Feuer breitete sich aus.

Shiba sah einen Iguana-Menschen in der Mitte des Strandes herumwirbeln. Blut schoß aus seinem Hals, dann brach er zusammen.

Ein Kontraktarbeiter, einer von Reubens Freunden, warf sich neben Shiba auf den Beton. Er hatte einen Sack Brandsätze über dem Arm.

»Gib her«, meinte Shiba.

Der Arbeiter reichte sie ihm gerne.

Shiba nahm die Sackschnur zwischen die Zähne, glitt von der Betonmauer und machte sich auf den Weg zum Rand des Rollfeldes. Dort war der Zaun niedergetrampelt worden, und dahinter befand sich ein Dickicht aus Sumpfgras und Zypressen. Er dankte dem Schicksal, daß die Josephiner nicht allzuviel gerodet hatten, und warf sich ins Gras.

Sein weicher Unterbauch wurde von den rostigen Enden des Zaunes zerkratzt, er ignorierte die kleinen Wunden jedoch.

Er befand sich jetzt in der Nähe der Bungalows und erblickte drei der klongesichtigen Geschöpfe, die Elvis als Waltons bezeichnet hatte. Sie hockten geduckt hinter einer drei Meter hohen Gartenhecke und schossen abwechselnd auf den Strand. Sie standen auf, feuerten, gingen wieder in die Hocke, warfen eine benutzte Patronenhülse aus, dann ging das Ganze wieder von vorne los. Sie feuerten unablässig wie eine gut aufeinander abgestimmte Maschine.

Shiba riß den Abzug von einem Brandsatz und schleuderte ihn auf die Heckenschützen. Der Wurf war zu kurz, rollte jedoch über den kurzgeschnittenen Rasen und blieb wie ein Ei am Bein eines rosa Plastikflamingos liegen.

Die Waltons feuerten munter weiter, wie ein Perpetuum Mobile. Auf dem Strand starben die Koffermenschen.

Der Brandsatz zischelte, und einer der Waltons machte eine halbe Drehung, legte sein Gewehr an und suchte Shiba.

Die Bombe war ein Blindgänger.

Shiba robbte tiefer ins hohe Gras. Er wußte, daß der Walton ihn gut genug im Visier hatte, um blind zu feuern.

Der Brandsatz flammte auf und explodierte, und zwischen Shiba und dem Walton entstand ein Vorhang aus Flammen.

Shiba nahm die restlichen Bomben, rannte längs der Bungalowreihe entlang und warf alle sechs Meter einen Brandsatz. Als die ersten explodierten, rannte er schneller und hoffte, außer Reichweite zu kommen.

Eine Rolle spielte das nicht. Es wäre eine ehrenvolle Art zu sterben.

Er schrie seine Blutbanner-Schwüre hinaus. Die Bungalows hatten sich in eine Feuerwand verwandelt. Flammen in Menschengestalt kreischten inmitten des Infernos.

Der Strand war jetzt sicher. Die Koffermenschen, immer noch naß, überstiegen den Deich.

Shiba spürte die Hitzewellen in seinem Rücken, stellte jedoch fest, daß er lebend durchgekommen war. Er war überrascht. Irgendwas kam krachend durch den Sumpf auf ihn zu. Eine große Maschine.

Ihm waren die Bomben ausgegangen. Er war wehrlos.

Er stellte sich mit der Schnauze voran dem Ding entgegen und erwartete den tödlichen Schlag.

Er versuchte, das Lied der Firma GenTech anzustimmen, aber seine Kehle versagte.

Bäume sanken nieder, das Gras teilte sich.

Shiba sah sich dem spöttischen Grinsen des Kühlergrills eines rosa Cadillac Cabrios gegenüber.

Hinter dem Steuer saß eine Frau. Sie riß den Wagen zur Seite, um Shiba auszuweichen. Die wunderschöne Karosserie glitt vorüber, löste sich schlingernd aus dem Sumpf. Die Räder schnellten aus dem Rumpf.

Noch nie hatte Shiba ein derart schönes Auto gesehen. Daneben sahen die Toyotas und Sony Landmasters der Gesellschaft aus wie Rostlauben vom Schrottplatz.

Die Fahrerin winkte ihm zu.

»See you later, alligator«, rief sie.

Die Bugwelle des Cadillac warf ihn im Wasser hin und her, als er versuchte, dem Wagen zu folgen.

»Nur noch ein Weilchen«, brüllte er und schluckte dabei einen Bauch voll fauligen Sumpfwassers, »nur noch ein Weilchen...«

SCHMEICHELEI: DA-DO-RUN-RUN
MELACHRINO: VOLRAE
MCMURDO SOUND: IOLANTHE
VARGTIMMEN: EINSAMKEIT

»...Krokodil!« rief Elvis, als das vertraute rosa Ungeheuer über das Gelände rollte. Für Fragen hatte er keine Zeit. Er wußte einfach, das mußte sie sein.

Eine Welle aus Koffermenschen brach über den Deich herein. Marcus' schwere Waffen dezimierten jetzt sogar die Waltons.

Was das eigentliche Gefecht anbelangte, war der Bodenkampf vorbei.

Eine Marie mit einem Maschinengewehr, das sie eigentlich kaum hätte heben können, baute sich vor dem Cadillac auf und jagte einen Feuerstoß hinein.

Krokodil riß den Wagen herum und zermalmte das Geschöpf

unter den Vorderrädern. Der Wagen zerquetschte die Marie und rollte gemächlich weiter.

Elvis war stolz auf das alte Mädchen. Und Krokodil machte sich auch nicht schlecht.

Marcus gab den verbliebenen Kräften vom Turm des Panzerfahrzeugs aus Anweisungen. Fest stand, daß die Josephiner das Gelände der Basis den Koffermenschen überlassen hatten. Damit blieb immer noch der unterirdische Komplex.

Was immer Krokodil interessierte, Elvis war sicher, daß es dort unten liegen müßte, unter zehn Metern Beton und Durium, bewacht von schwerbewaffneten Psychoklonen.

Im Montageturm hockte jemand und feuerte auf die Invasoren. Ein Querschläger prallte an der Panzerung von Marcus' Transporter ab. Er hatte ihn vielleicht um einen halben Meter verfehlt. Marcus ging im Innern des Fahrzeuges in Deckung.

Krokodil fuhr den Laser des Cadillacs aus und sägte den Heckenschützen vom Turm. Er stürzte in einen dunklen Schatten, für den Elvis keine Erklärung hatte.

Rings um die Basis gab es eine Menge unerklärlicher, dunkler Schatten. Sie standen regungslos dabei, während die Josephiner und die Koffermenschen miteinander kämpften, sahen zu, schienen auf etwas zu warten.

»Toto«, meinte Elvis, »ich glaube, wir sind nicht mehr in Kansas.«

Der Cadillac kam neben ihm zu Stehen, das Fenster wurde heruntergekurbelt.

»Wo warst du?« fragte er.

»Mir war ein wenig schwindelig«, erwiderte sie. »Mir fehlen ein paar Stunden. Auf wessen Seite stehen wir?«

»Wir sind bei denen mit den grünen Gesichtern.«

»Das paßt.«

Ganz in der Nähe explodierte etwas, und Elvis zuckte zusammen. Betonsplitter regneten wie Hagelkörner gegen seinen Rücken und die Flanke des Cadillac.

»Wir müssen nach unten«, sagte Krokodil.

»Hör mal, Süße«, sagte Elvis, »es gibt da noch eine Kleinigkeit, die ich vorhin vergessen hatte zu fragen...«

»Und?« Ihr Lächeln war verwirrend.

»Was zum Teufel tun wir hier eigentlich?«

WAGNER: MALTHUS

Plötzlich wurde Simone Scarlet mit jener blendenden Schärfe bewußt, die ihr ihr wiedergeborenes Kindermädchen als Augenblick der Verzückung prophezeit hatte, daß sie den Gespenstern gegen das, was Roger tat, helfen mußte.

BLEISTIFTMINE: KALKUTTA

Der ertrunkene Astronaut streckte den Arm aus und legte ihr eine fast greifbare Hand aufs Herz. Die Kälte durchdrang sie.

Ihre Mutter war wiedergeboren worden, ihre *mama-loi* Tante jedoch war bei ihrem alten Selbst geblieben. Sie erinnerte sich an Gebete zu Damballah, Shango...

GORDONSTOUN: ROSEMARY

Der verrückte Alte sah sie an und wußte, was sie tun würde. Er war unsicher, ob er versuchen sollte, sie aufzuhalten.

Ihr inneres Auge öffnete sich. Magie! Ein mächtiger *houngan* befand sich in der Nähe. Sie mußte ihn finden und ihn bitten, seinen Zauber zu bewirken. Dann konnten die Geister stabil genug werden, um auf Erden einschreiten zu können.

MEISTER PETZ: KUPFERPLATTE

Die Schwester war beinahe fertig. Viel Zeit blieb nicht mehr.

»Blut«, sagte Roger ruhig. »Wir haben nicht genug Blut vergossen. Das Opfer muß erst noch wirken.«

GOTTHEIT: BROOKLYN BRIDGE

Roger sah sich um. Simone merkte, daß ihr Retter jemanden suchte, den er umbringen konnte. Vielleicht sogar sie.

»Tozer«, fuhr Roger ihn an, »suchen Sie Ihre drei unfähigsten Männer zusammen und legen Sie sie in die Grube des Aufzugschachtes.«

ROHLEDER: TRAVOLTA

Der für die Sicherheit verantwortliche Bruder stellte den Befehl nicht in Frage, brauchte aber ein paar Sekunden für seine Wahl. Rogers Gesicht verfinsterte sich. Simone sah, wie nahe er einem Zusammenbruch war. Er wirkte so stark, so gefestigt. Und dennoch hatte er ständig auf des Messers Schneide gestanden. In seinem Leben war ein gewaltiges schwarzes Loch.

GREENBACK: FIBONACCI

Tozer schleppte eine dicke Frau, einen jungen Fast-Albino und einen grauen, mittelalten Mann aus seiner Verteidigungsmannschaft herbei. Damit waren nur noch Waltons übrig, wie Simone auffiel.

Keines der potentiellen Opfer beschwerte sich, als Tozer sie mit vorgehaltener Waffe zum Schacht führte. Die Frau legte sich mit verzücktem Gesichtsausdruck nieder. Der mittelalte Mann setzte sich einfach ohne ein Wort und streckte sich aus, mit allem einverstanden. Der Albino zögerte. Tozer rammte ihm den Gewehrschaft gegen den Hinterkopf, und der Junge sank bewußtlos zusammen.

CALEDONIA: ARABESKE

»Senkt die Plattform«, befahl Roger.

Der Ertrunkene umfaßte sie von hinten und drückte sich das Gesicht an ihrem Hinterkopf platt. Ihr Kleid wurde naß, und ihr inneres Auge öffnete sich. Sie hörte Gitarrenmusik und wußte, der Zauberer, den sie finden mußte, war ein singender Schamane. Davon gab es nicht viele. In New Orleans hatte sie jedoch einen gekannt, einen Klavierspieler aus dem GenTech-Erholungsheim, der Hühnerblut in sein Instrument sprenkelte und den Tasten gequälte Musik entrang, während er den Mädchen die Zukunft weissagte.

NEBELDUNST: MEERESBLICK

Tozer war mit dem Anschließen des Aufzuges beschäftigt und umwickelte eine Handvoll verwirrter, Funken stiebender Drähte mit Isolierband.

PICADOR: ?????

Keystone ließ ein wütendes Fiepen hören. Schwester Adams schreckte hoch, Tränen in den Augen. Der Bildschirm blinkte sie an.

PICADOR: ??????

Adams erkannte den Fehler, drückte auf die Löschtaste und schaltete das Warnsignal ab.

PICADOR: DALE ARDEN

Tozer hatte die Aufzugsteuerung startklar gemacht. Die Plattform senkte sich.

Der Albino stöhnte. Die dicke Frau sang. ›Es ist eine Gabe Gottes, schlicht zu sein...‹ Sie jedenfalls war keine Zauberin. Ihre Stimme schmerzte Simone in den Ohren.

KARDINAL: CHEOPS

»Blutopfer«, murmelte Roger.

BRONISLAU: CHOP SUEY

Die Josephinerhymne wurde durch ein ekliges Krachen gestoppt, als die Plattform sich knirschend in die Grube senkte. Das Blut stieg in den Ritzen nach oben und sickerte in den Bunker. Tozer hockte zusammengesunken und mit grauem Gesicht an der gegenüberliegenden Wand und versuchte, sich nicht zu übergeben.

»Wie lange noch, Adams?« blaffte Roger.

Adams nickte.

MAUERSEGLER: SCHROTGEWEHR

»Nicht mehr lange, Elder Duroc.«

AXOLOTL: PLINY

Simone riß sich von dem Gespenst los. Ihre Gedanken kreisten, sie kribbelte von der partiellen Besessenheit am ganzen Körper.

Fonvielle hätte versuchen können, sie aufzuhalten, er sah jedoch einfach weg.

Sie lief zum Aufzug und riß Tozer die Steuerung aus der Hand.

Sie stieß den Bruder von der Plattform fort und drückte auf den AUFWÄRTS-Knopf. Sie sah Rogers erstauntes Gesicht, als sie in die Höhe gehoben wurde, und hörte Kugeln gegen die duriumbeschichtete Unterseite der Plattform prallen.

Sie wurde auf einer massiven Säule nach oben getragen. In Bodenhöhe befand sich ein Bleischutzschild, das sie ebenso zerquetschen konnte wie die drei Opfer.

Seltsamerweise machte ihr das jedoch keine Sorgen...

Krokodil spürte das Rumpeln im Schacht unterhalb der Abdekkung. Simone kam nach oben.

Der Ewige Widersacher erwachte, entfaltete sich in ihrem Innern und verschlang ihr Bewußtsein in einem Stück.

Mit unmenschlich kräftigen Händen bog sie die Blei-Durium-Abdeckung zurück und rollte sie zusammen wie Linoleum.

Elvis zog nur die Augenbraue hoch und verzog erstaunt den Mund, der echsengesichtige Armeeoffizier mit der Kappe war jedoch sprachlos.

Die Abdeckung löste sich und zerbrach in drei Teile. Das größte schmiß sie in die Luft und ließ es zehn Meter weit über das Rollfeld segeln. Es kratzte mit einem schrillen Kreischen über den Beton, das einem die Zähne zusammenzog.

Die Aufzugsplattform erschien und brachte ein zitterndes schwarzes Mädchen in einem dünnen Seidenkleid ans Licht. Sie wandte sich von Krokodil ab und betrachtete die anderen.

Sie hatte offenbar schon viel Wundersames gesehen. Das Mädchen betrachtete Raimundo Rex, Captain Marcus, Hiroshi Shiba und die anderen, als wären sie nichts Außergewöhnliches.

»Heeee«, sagte Raimundo, »Chiquitaaaaa. Was ist los, Baybeeee?«

Das Mädchen achtete nicht auf ihn. Sie suchte immer noch etwas, jemanden...

Der Ewige Widersacher gab die Kontrolle über Krokodil auf und verschwand wieder in den Tiefen ihres Bewußtseins. Sie spürte den Schmerz von ihren zerrissenen und blutigen Händen.

»Wer von euch…?« setzte das Mädchen an.

Dann erblickte sie Elvis und sank auf die Knie.

Der Op sah sich um, dann klopfte er sich mit ungläubigem Gesichtsausdruck auf die Brust, »Wer, ich?«, und zuckte mit den Achseln.

Krokodil mußte daran denken, wie 'Ti-mouche Elvis behandelt hatte. Sie trug ein magisches Wesen in ihrem Körper, er jedoch hatte irgendwo in sich einen Hauch des reinsten, echtesten Voodoo.

»Zauberer«, sagte das Mädchen.

Elvis rückte seinen Kragen zurecht. Die Koffermenschen starrten ihn an.

»Ja«, sagte der Alligatorchef. »Richtig. Zauberer.« Er klatschte in die Vorderfüße.

»Du mußt ihnen helfen.«

Zwischen den Koffermenschen standen dunkle Gestalten, Schatten, die menschliche Gestalt annahmen. Krokodil erkannte die Geister der Toten.

Elvis fuhr sich mit der Hand durchs Haar und brachte es perfekt in Form.

»Ihnen helfen? fragte er. »Wie denn?«

»Du hast den Zauber…«

Die Worte des Mädchens waren ernst und eindringlich. Sie wußte genau, was sie sagte.

»…du mußt ihn nutzen.«

Shiba hatte sich davongeschlichen. Krokodil fragte sich, wohin er verschwunden war.

Marcus kämpfte mit der Aufzugsteuerung. »Hat keinen Zweck«, meinte er. »Sie haben unten die Leitungen gekappt. Wir müssen uns den Weg freisprengen. Wenn das möglich ist.«

»Nein«, sagte das Mädchen. »Benutze den Zauber.«

Krokodil bemerkte, wie jung das Mädchen war, und spürte, daß auch sie mißbraucht und ausgenutzt worden war. Vielleicht hatte auch sie einen Vater wie Bruno Bonney, und gewiß gab es in ihrer Geschichte eine Reihe geschickter Peiniger...

»Junge Frau«, sagte Elvis. »Es tut mir leid, aber ich verstehe nicht, was Sie sagen wollen. Ich bin kein Zauberer...«

Shiba war zurück. Zwischen seinen Kiefern hielt er einen vertrauten Gegenstand.

»Sieh doch«, sagte das Mädchen. »Er weiß es. Ich weiß es. Und tief in deinem Innern weißt du es auch. Du mußt den Zauber herauslassen. Du mußt.«

Elvis sah Krokodil flehend an.

Krokodil wußte es nicht. Hierher hatten ihre Träume sie nicht geführt. Aber sie hatte immer gewußt, daß sie Elvis Presley und niemanden sonst nach Cape Canaveral mitnehmen mußte. Er hatte seine Rolle in diesem Drama, auch wenn das weder ihm noch ihr jemals vollkommen klar gewesen war.

»Krokodil, was wird hier gespielt?«

Er nahm die Gitarre in die Hand, löste sie vorsichtig aus Shibas Maul und legte den Gurt um die Schultern.

»Die da unten benutzen schwarze Magie und noch finsterere Wissenschaft, um die Kontrolle über eine mächtige Waffe zu erlangen. Sie versuchen, die Macht über den Himmel zu gewinnen.«

Der Op machte ein entsetztes Gesicht. Fast ohne es zu merken stimmte er das Instrument, drehte an den Mechaniken und schlug in die Saiten. Sie spürte, wie selbst aus den fehlerhaften, einfach so dahingespielten Noten Kraft erwuchs. 'Ti-Mouche hat recht gehabt. Das Mädchen aus dem Bunker hatte recht. Das war Magie.

»Den Himmel?« fragte Elvis. »Ausgeschlossen. Wieso... wie der Mann es prophezeit hatte... den Himmel...«

Der Großbildschirm wurde zum flammenden Kaleidoskop aus Lichtern.

Schwester Adams fing an zu schreien, und Commander Fonvielle nahm sie in den Arm.

»Völlige Kontrolle, Elder Duroc«, kreischte sie, »wir haben die völlige Kontrolle.«

Duroc lächelte und gewann seine Haltung zurück. Trotz Simone, trotz Krokodil, trotz allem…

Das Needlepoint-System war on-line zugeschaltet.

»Geben Sie mir eine großformatige Karte des Cape sowie die manuelle Steuerung. Wir werden jetzt ein wenig Zielschießen üben.«

»…gehört…«

Es hieß, die Worte seien zum erstenmal am 3. Februar 1959 gefallen, auf einem kleinen Flugplatz in der Nähe von Mason City, Iowa. Charles Hardin Holly, Topact einer Rock 'n' Roll Tournee durch den mittleren Westen, hatte eine viersitzige Beechcraft Bonanza gechartert, die ihn nach Moorhead, North Dakota, zu seinem nächsten Auftritt bringen sollte. Außer dem Piloten hatte sich die Maschine bereits mit Jiles Perry Richardson, The Big Bopper, abzuschleppen, und es war nur noch ein Platz frei. Der würde entweder an Tommy Allsup von den Crickets oder diesen Chicano, der La-La-La-La-La-La-La Bamba sang, – Richard Valanzuela – gehen. Der Chicano gewann, hatte jedoch allen Mut verloren, als er, während sein Atem in der kalten Luft verdampfte, Buddy lautstark seine lebenslange Flugangst darlegte. Manchmal träumte er davon, bei einem Flugzeugunglück zu sterben. »Mach dir keine Sorgen, Ritchie«, sagte der Zweiundzwanzigjährige zu dem Siebzehnjährigen ganz im Vertrauen auf ihrer beider Unsterblichkeit, »der Himmel gehört…«

»...den Sternen!«

Elvis begann zu spielen, nicht wie für die Cajuns, um eine freundliche Geste zu erwidern, oder für Shiba, um einem Bewunderer zu gefallen. Dieses Mal spielte er ausschließlich für sich selbst, wenn er vielleicht insgeheim auch darauf hoffte, daß Mama Gladys und Jesse Garon ihn hören konnten, und er spielte, wie er noch nie zuvor gespielt hatte.

Wie Colonel Parker ihm eingetrichtert hatte, war er immer nur ein Gesicht, eine Stimme und ein paar Hüften gewesen, und nicht zwei Hände mit Verstand und Herz. Jetzt war er alles zusammen. Er war nie ein großer Gitarrist gewesen, doch jetzt griffen seine Finger in die Saiten wie Buddy damals, und seine Stimme entdeckte neue Höhen und Tiefen...

Ohne nachzudenken begann er mit einem Song, den er viele Male gehört aber noch nie gesungen hatte, Buddy Hollie's »Everyday...« Vielleicht lag es an einer Assoziation zu dem, was er gesagt hatte.

Er fand immer besser rein, dann kam es mit voller Wucht über ihn.

Angeblich ging es in dem Song um eine Liebe, die gewiß andauern würde. Beim Singen jedoch, als er in die geschlagenen Gesichter der kleinen Gruppe blickte, die ihn auf dem endlosen schwarzen und blutgetränkten Asphaltfeld umringten, erkannte Elvis, daß es in Wirklichkeit ein Song war, der von Finsternis, dem Tod und was danach kam handelte.

Buddy, den man häufig mit Elvis verglichen hatte, war gewiß, wie so viele andere, vom Tod ereilt worden. Er sang also für Buddy, tappte mit dem Fuß, um das berühmte Klatschen des Songs zu unterstützen, und er sang für Ritchie Valens, den Big Bopper und den unbekannten Piloten. Er sang für Robert Johnson, dessen Geist gewiß dort draußen in den Sümpfen umherwanderte, für Charlie Parker, für Johnny Ace, für Frankie Lyman, für Eddie Cochran und Gene Vincent, der in einem fremden Land bei einem Autounfall ums Leben gekommen war, für

Chuck Berry, für Jackie Wilson, für Harvey and the Moonglows, für Allan Freed, für John Lennons musikalische Träume, für Jesse Garon, für Reuben und für all jene, die ihm im Kampf gedient hatten, für die Koffermenschen, die immer noch blutend am Strand lagen, und für die ihres Verstandes beraubten Josephiner, die er getötet hatte.

Krokodil kamen die Tränen, in einem Strom rannen sie aus ihrem einen Auge. Die Gespenster hatten feierlich Haltung angenommen und wurden zusehends wirklicher, während der Song seine Wirkung entfaltete.

Flüssige Elektrizität strömte durch seine Adern, als er zu Johnsons »Hellhound on My Trail« überging und von dem Blues sang, der einen wie ein Hagelschauer überkam.

Das Mädchen von unten fiel Krokodil schluchzend in die Arme. Mit einer Zartheit, die der Op noch nie gesehen hatte, strich seine Arbeitgeberin dem schwarzen Mädchen über das Haar und küßte sie auf die Stirn.

Es sollten noch mehr Songs kommen. Er sang »Jambalaya«, trieb der Melodie alle Bedrohlichkeit aus und schuf in diesem Sumpf eine Atmosphäre der Freude.

Raimundo Rex hatte zu tanzen begonnen, seine Füße traten knirschend in den Beton und er peitschte mit dem Schwanz.

Die Gespenster stiegen durch die Aufzugplattform empor und traten heraus, als wären sie vom Zauberer gerufen. Sie waren allesamt mit Raumanzügen bekleidet, allesamt häßlich entstellt. Elvis mußte einfach für sie singen.

Ihm fiel etwas aus einer alten Kindersendung ein, und er mußte es singen. »Ich wünschte, ich wäre ein Mann im All.«

Dann kam der Sinatra-Song »Fly Me to The Moon.«

Und Petya Tscherkassovs »Sojus Love.«

Jetzt waren es bereits mehr Gespenster als Koffermenschen. Die Musik schien sich aus ihm befreien zu wollen, und er kam sich vor wie eine Öffnung ins Jenseits, durch die Magie strömte wie eine sprudelnde, gefährliche Flut...

Er sang die ersten Songs, die er mit Bill Black und Scotty Moore im Sun Studio im Juli 1954 aufgenommen hatte. Die Songs, die aus dem Lastwagenfahrer einen Star gemacht hatten. Das waren die Songs, die ihm immer noch am meisten bedeuteten, und nicht nur ihm…

»I love You Because…«

»That's All Right, (Mama)…«

»Blue Moon of Kentucky…«

»Blue Moon…«

Liebe, Verachtung, Gebete, Sehnsucht.

Das war die Musik, mit der man die Sterne zurückgewinnen konnte.

»Wir haben keine Zeit, die Wärmeschemadaten zu übernehmen. Teilen Sie Keystone einfach mit, daß oben alle innerhalb eines Fünf-Meilen-Radius um diese Anlage ausgelöscht werden sollen…«

Adams' Finger zögerten über der Tastatur. Sie stand kurz davor, einen Befehl des Präsidenten in Frage zu stellen.

Fonvielle wußte, was angesagt war. Sofortiges, entschlossenes Handeln. Wenn der Traum wirklich gerettet werden sollte, mußte er ins Cockpit und sich ans Steuer setzen.

Er drückte die Frau mit dem Ellenbogen zur Seite und glitt auf ihren Platz. Es handelte sich nur um eine Tastatur und einen Bildschirm, und nicht um einen Steuerknüppel und eine Windschutzscheibe, aber er war endlich wieder ein Kämpfer und saß am Drücker.

Er speiste die Koordinaten ein.

Der Präsident legte ihm aufmunternd die Hand auf die Schulter.

Die Gespenster stiegen durch die Decke in die Höhe. Grissom ging als letzter und verabschiedete sich mit einem traurigen Winken. Fonvielle war zu sehr mit Needlepoint beschäftigt, um es zu bemerken.

»Zielkoordinaten gespeichert, Mr. Präsident...«

Der Präsident drückte seine Schulter.

»Feuer...«

Der Junge war ins Studio gekommen, um eine Platte aufzunehmen, die er seiner Mutter schenken wollte. Marion konnte sich nichts Spießigeres vorstellen, und trotzdem, sein mürrisch-gutes Aussehen und die Art, wie er ungeduldig von einem Fuß auf den anderen trat, hatte etwas. Er sah ein bißchen aus wie Marlon Brando in *Endstation Sehnsucht* und war gekleidet wie ein Motorradrocker.

»Was singst du denn so?« fragte sie.

»Alles mögliche.«

»Und wie hört sich das an?«

»Wie niemand sonst.«

»Hillbilly?«

»Ja, ich singe Hillbilly.«

»Und wer von den Hillbillysängern klingt so ähnlich?«

»Niemand.«

Elvis sang, umgeben von einem Wirbel aus Gespenstern. Auf der anderen Seite des Geländes, beim Montageturm, nahm inzwischen die Geisterrakete Gestalt an. Die Gespenster schienen sich auf sie zuzubewegen, mit ihr zu verschmelzen und ihr Substanz zu verleihen.

Er konnte nicht aufhören. Er sang und spielte, seine Füße tappten, seine Hüften kreisten. Die Musik rüttelte ihn auf.

All Shook up. Genau so fühlte er sich.

»JETZT!«

Fonvielle hieb auf die Entertaste, und die Anweisungen wurden von Keystone auf den gesamten Needlepoint-Ring geladen. Es gab zwei Satelliten, die mit ihrem Laser Florida erreichen konnten.

Duroc ballte die Faust und hielt den Atem an.
Nur noch Sekunden, dann...

»Weißt du, Marion«, hatte Sam Phillips gesagt, als er sich die 30-cm-Scheiben anhörte, die der Junge aufgenommen hatte, »der Junge hat was. In dem steckt *Power*!«

Krokodil spürte, wie sich die Durchgänge öffneten, als der Op sang. Die Musik fuhr auch ihr in die Knochen und berührte sie bis in die Tiefen hinein, in denen der Ewige Widersacher lebte.
Ganz Cape Canaveral wurde erschüttert.
Der Montageturm fiel kreischend in sich zusammen. Das Schattenschiff jedoch blieb stehen, während Qualm aus seinem unteren Ende drang.
Die Geister standen dicht gedrängt um die Rakete herum.
Elvis sang »Jailhouse Rock«.
Ein Echsenmensch ging in Flammen auf und zerfiel zu Asche. Krokodil blickte in den Himmel.

»Ich würde meiner Tochter verbieten, zu einem Elvis-Presley-Konzert zu gehen, und wenn es nur auf der anderen Straßenseite wäre«, erregte sich 1958 lautstark ein Priester. »Mit seinem unzüchtigen Auftreten, seinen Dschungelrhythmen, seinen obszönen Bewegungen, seinen anzüglichen Texten und seinem derben Gejohle, das man wohl kaum als Musik bezeichnen kann, ist dieser Junge ein Instrument des Teufels!«

Nguyen Seths Bewußtsein hatte es sich auf Keystone gemütlich gemacht und blickte seltsam entrückt auf den Staat Florida hinab. Die haarfeinen Strahlen schlugen mit äußerster Präzision zu, bedeckten das gesamte Gelände auf Cape Canaveral und löschten unliebsame Geschöpfe aus.

Und dennoch war da eine Störung in der Äußersten Finsternis. Auf der Erde wurde ein großer Zauber bewirkt. Der Ewige Widersacher übte seinen schädlichen Einfluß aus.

Krokodil war dort. Und ein anderer Schamane, ein Mensch mit großer Macht.

Seths Ärger raste durch die Schaltkreise des Satelliten. Der Tod fuhr mit doppelter Wut hernieder.

Shiba hatte keine Ahnung, was gespielt wurde. Ringsum gingen Menschen in Flammen auf.

Captain Marcus rief jedem zu: »In Deckung, in Deckung...«

Elvis spielte weiter, viel zu sehr in der Musik gefangen, die von ihm Besitz ergriffen hatte, als daß er das Chaos ringsum bemerkt hätte. Shiba fragte sich, ob die Musik daran schuld sei, daß die Menschen explodierten...

In Japan hatte es immer geheißen, Rock 'n'Roll sei schlecht.

Nein, beschloß er. Was immer schuld daran war, die Musik stemmte sich dagegen. Solange der Op weiterspielte, bestand vielleicht eine Chance, daß das Feuer von oben aufhörte.

»...in Deckung«, brüllte Marcus mit qualmendem Kopf, »in...«

Das Blut des Captains kochte über, sickerte ihm aus Mund, Augen, Nase und Trommelfellen. Er zielte mit seinem Revolver gen Himmel und drückte ab...

Mittlerweile brannten seine Kleider. Marcus hatte alle Mühe, sich zusammenzureißen, aber es war aussichtslos.

Er platzte auseinander, zischelnde Fetzen um sich verteilend.

Fonvielles Hochgefühl ließ nach.

Der Traum funktionierte. Needlepoint war *online*. Das Programm würde wieder in Gang kommen.

Nur auf der Konsole vor ihm taten sich merkwürdige Dinge.

»T-minus zehn...«, sagte eine schnarrende Stimme aus dem Computer.

»Was?« wollte der Präsident wissen.

»Es hat einen Start ausgelöst.«

»T-minus neun...«

»Wer?«

»T-minus acht...«

»Die Apparatur. Irgend etwas hat eine Startfreigabe bekommen...«

»T-minus sieben...«

»...nach den Angaben auf dem Monitor handelt es sich um Circe IV...«

»T-minus sechs...«

»...aber die ist schon vor Jahren in die Luft geflogen...«

Simone rannte drauflos, umgeben von unsichtbaren Strahlen. Die Koffermenschen wurden niedergemäht wie Weizenhalme.

Die Geister waren jetzt im Rumpf des Geisterschiffs versammelt. Der Manitou stieß jetzt gewaltige Wolken aus.

Sie hoffte, wenigstens den Start noch zu erleben.

»T-minus fünf...«

Duroc war zu Eis erstarrt. Seit dem Jibbenainosay hatte er nicht mehr solche Angst verspürt.

»T-minus vier.«

»Fonvielle, brechen Sie den Startvorgang ab.«

»T-minus drei...«

»Das versuche ich ja, Mr. Präsident, aber die Instrumente...«

»T-minus zwei...«

»...reagieren nicht.«

»T-minus eins...«

Duroc hoffte, daß Krokodil nicht mehr lebte.

»Zündung.«

Das Personal im Startbunker blickte sich entgeistert an. Schwester Adams hatte die Arme um die Knie geschlungen, Tränen standen ihr in den Augen. Fonvielle kaute auf seinem Bart herum.

»Start«, meldete die mechanische Stimme, »Start erfolgt!«

»Die einzige Möglichkeit für eine humane Gesellschaft in den Vereinigten Staaten«, meinte Phil Ochs, »besteht in einer Revolution mit Elvis Presley als Anführer.«

Es war vorbei. Er war erschöpft, hatte alles gegeben.

Umringt von brennenden Menschen ließ Elvis seine Gitarre fallen und rannte los.

Der dunkle Schatten erhob sich über dem Cape und bohrte sich in den Himmel.

Krokodil, wieder von ungeheurer Kraft besessen, grub sich in den Boden, zerfetzte die Aufzugplattform.

Ein Mitarbeiter, der auf den Knien betete, explodierte und überzog Elvis mit brennendem Fett. Er wischte sich die züngelnden Flecken von der Jacke.

Im Osten kochte die See. Eine Flutwelle aus heißem Dampf schwappte über die Raketenbasis.

Elvis' Gesicht und Hände brannten.

»Da bricht etwas durch«, brüllte Tozer und feuerte hinauf in den Schacht.

»Halten Sie es auf«, befahl Duroc.

Waltons drängten sich in die Grube unter dem Schacht und zertrampelten die Überreste der Menschenopfer mit ihren Füßen.

»Es verströmt Erdatmosphäre«, sagte Fonvielle.

Duroc wußte, wohin es wollte. Er fluchte leise.

Der Commander wertete die Flugbahn des Phantoms aus.

»Es wird Keystone treffen, Sir...«

»Beenden Sie den Bodenangriff. Befehlen Sie Needlepoint, sich selbst zu verteidigen.«

Ein großer Brocken stürzte in den Aufzugschacht und zerschmetterte einen Donny.

Fonvielle setzte sich mit Needlepoint in Verbindung und programmierte es hastig um.

Keystone reagierte. Die Verteidigungssysteme waren aktiviert.

Shiba stellte fest, daß der tödliche Regen aufgehört hatte und daß er immer noch lebte. Er sah sich um und guckte, wer sonst noch überlebt hatte. Raimundo war nirgends zu entdecken, und das war ein schlechtes Zeichen. Eigentlich war er nicht zu übersehen… Krokodil hatte den Aufzugschacht aufgerissen. Das schwarze Mädchen von unten kam aus dem Rauch hervor, ihr dünnes Kleid war völlig durchnäßt. Elvis stand mit offenem Mund da, überrascht, was ihm alles vom Leib gerissen worden war.

Der Dampf fühlte sich gut an auf seiner Haut.

Seth zog sich aus Keystone zurück und verfolgte traurig, wie Needlepoint versuchte, sich zu verteidigen. Dessen Laser durchschnitten präzise den Himmel und durchdrangen die rauchige Gestalt der Titan 7, ohne Schaden anzurichten.

Das Ziel war eine Gruppe verärgerter Geister.

»Da haben wir den Salat, Mr. Präsident«, brüllte Fonvielle. »Der Traum ist nicht zum Töten geschaffen. An Needlepoint war von Anfang an etwas faul. Es stellt eine Beleidigung für die Toten dar. Deswegen wollen sie es aufhalten.«

Der Präsident hatte einen Revolver. Fonvielle salutierte vor seinem Boss. Gleichzeitig wußte er, was er getan hatte, war unverzeihlich, eine Perversion des Großen Werkes…

Fonvielle war klar, daß es für ihn keinen Ausweg mehr gab. Er wußte, daß er sich zu den Geistern im *Manitou* von Circe IV gesellen mußte.

Der Präsident schoß ihm durchs Herz.

»Vielen Dank, Mr.…

»Prässsss…«

Jetzt war er bei den anderen. Grissom, Capaldi, Metelkina, Poole, Kuhn, Semetsov, Griffith, Collins, Tracy, Lazarev, Mihailov, Breedlove, Bowman, Rusoff, Gagarin, Victorov. Bei allen.

Ihre Körper hatten jetzt ein wenig Substanz. Nicht gerade Fleisch. Eher so etwas wie Elektrizität, oder Feuer…

Circe IV näherte sich rasend ihrem Ziel.

Krokodil warf Splitterbomben in den Schacht und ging vor der Explosion in Deckung. Die Schlacht war fast vorbei. Mittlerweile wußte sie, daß Elder Seth nicht dort unten war und daß sie den Prediger auf einem anderen Schlachtfeld stellen mußte. Aber sie wußte, daß der Ewige Widersacher an diesem Tag einen Sieg errungen hatte, einen Sieg, der zählte…

Duroc blickte auf den Monitor. Unterhalb von Fonvielles Blutspritzern näherte sich der Lichtpunkt von Circe IV Keystone.

Nur noch Augenblicke bis zum Aufprall.

Seth wurde aus Keystone herausgeschleudert, als die Phantom-Circe-IV den Satelliten einhüllte, und zog sich in seinen Körper in Salt Lake City zurück.

Für einen winzigen Augenblick leuchtete am Taghimmel ein Stern strahlend auf.

»Sir, Sir«, rief ein jüngerer Offizier auf der Edwards Air Force Basis, »wir erhalten ein paar unglaubliche Daten aus der Erdumlaufbahn.«

»Verdammte Sch…« fluchte sein Vorgesetzter, »genau das gleiche wie letztes Jahr.«

»Sir, sollen wir es protokollieren?«

Der Offizier stürzte seinen heißen Rekaffee hinunter und

wußte, daß er es bedauern würde. »Ja, protokollieren Sie es...«

Die Zielbildschirme blitzten auf wie Flackerlichter.

»...aber wir werden trotzdem darauf schwören, daß es sich um eine technische Panne handelt. Machen Sie sich darauf gefaßt.«

Simone wußte, daß Roger sich unten aufhielt. Er war bestimmt böse auf sie. Aber sie war ihm etwas schuldig.

Die Krokodilfrau führte die überlebenden Koffermenschen an und bereitete sich auf einen Überfall im Untergrund vor, um die Josephiner auszulöschen.

Simone wußte nicht, was sie tun sollte.

Duroc verfolgte es auf dem großen Bildschirm. Keystone war zuerst dran. Es leuchtete auf und hinterließ ein schwarzes Leerfeld zwischen den hell aufleuchtenden Zahlen. Dann folgten, einer nach dem anderen, die übrigen, bis alle zwölf erloschen waren.

Adams ging zurück an ihren Monitor. »Needlepoint ist nicht mehr«, sagte sie.

Mittlerweile wurde unten im Schacht geschossen. Tozer war tot, und die Koffermenschen seilten sich ab. Die Waltons waren größtenteils ausgelöscht.

Das Bunkerpersonal saß größtenteils schweigend vor den Konsolen und wartete ab. Mit dem Ausbrennen der Needlepoint-Schaltkreise waren mehrere Feuer ausgebrochen.

Der Großbildschirm bekam einen Riß. Große Glasstücke brachen heraus.

Auf dem Boden stand das Wasser. Heißes Salzwasser.

Duroc schmiß den Kopfhörer fort, an den er sich die ganze Zeit geklammert hatte, und verließ seinen Kommandostand.

Zeit, sich zurückzuziehen.

»Premier Jelzin, wir dachten, Sie sollten wissen, daß die Amerikaner einen Teil ihres Astromülls verschrottet haben.«

»Werden dadurch irgendwelche Verträge verletzt?«

»Fast alle.«

»Was soll's. Rufen Sie Ollie an und sagen Sie ihm mal kräftig die Meinung. Wenn er zu sehr protestiert, bestehen Sie auf einer Untersuchung durch die UN. Was hat GenTech… tut mir leid, ich meine… was macht die japanische Regierung?«

»Nichts?«

»Das wäre alles.«

Raimundo Rex befreite sich röhrend aus einem Trümmerhaufen, ließ seinen Schwanz peitschengleich knallen und sprang an Shiba vorbei zum Schacht.

Krokodil gab den Koffermenschen ein Zeichen, sie sollten folgen.

Elvis schnappte sich ein Seil und stürzte sich hinab in die dunkle Gluthölle.

Shiba folgte ihm.

»Heiliger Vater«, sagte Pater O'Shaughnessy. »Es geschieht schon wieder. Eine neue mächtige Erschütterung.«

Papst Georgi steckte gedankenverloren seinen Ring in den Mund und wurde nachdenklich.

»Beten Sie, Declan«, sagte er dann. »Beten Sie…

Elder Seth brach, immer noch zitternd, aus seinem Isolationstank hervor. In der Äußersten Finsternis waren die Kräfte der Dunkelheit wütend über ihn hergefallen.

Er hatte wieder versagt.

Elvis erreichte den Boden des Schachts und feuerte wild auf die Waltons. Der Kampf war so gut wie vorbei. Raimundo hatte den größten Teil des überlebenden Bunkerpersonals erledigt.

Überall brannte es, und von irgendwo drang Wasser ein.

»Bye-Bye, Gavin«, sang Sonny Pigg, unterstützt von den meisten der *Mothers of Violence* und dem Bassisten von *Bolt Thrower*. »Ich zapp dich weg...

Bis dann, du Haufen Dreck,

all das Geld, jetzt ist es weg...«

Duroc quetschte sich in den Fluchtbehälter und riß an irgendwelchen Hebeln. Das müßte ihn dreihundert Meter weit durch einen nicht benutzten Entlüftungstunnel und in das salzige Sumpfgelände hinaus katapultieren.

Er hatte keine Zeit, sich über den Zusammenbruch des Needlepointsystems zu ärgern.

Er mußte überleben, um dem Emissär weiter dienen zu können.

Krokodil rannte suchend durch die Gänge und feuerte in leere Räume.

Jetzt war sie wieder die alte, das Monster zog sich aus ihr zurück. Ringsum heulten die Alarmsirenen.

Am Ende des Gangs gab es einen schmalen Schacht. Auf einer Halterung befand sich ein mannsgroßer, eiförmiger Metallkörper. Darin hockte jemand.

Krokodil zielte auf das Gesicht, das sie noch nie gesehen hatte, und drückte ab...

Der Schleudermechanismus löste sich, und Duroc spürte, wie sein Körper gegen den Boden der Kapsel gepreßt wurde, als er durch den Tunnel schoß. Der Schmerz war unglaublich, und er war sicher, daß jeder Knochen in seinem Körper gebrochen, jedes Organ gerissen war. Graues Gestein rauschte am Sichtfenster vorbei.

…einen Augenblick zu spät. Die Kapsel war verschwunden.

Das Gesicht des Mannes drinnen hatte sich jedoch unauslöschlich in ihr Gedächtnis gebrannt.

Einst wird kommen der Tag.

Die Kapsel raste durch ein altes Metallgitter und schoß, sich überschlagend, fünfzehn Meter weit durch die Luft.

Das Sichtfenster war rotgefärbt. Duroc wartete auf seinen Tod.

Die Hülse streifte die Spitzen einiger Zypressen, knickte ein paar Äste. Sie verlor ihren Schwung, fiel in den Sumpf und kam tanzend zur Ruhe.

Ringsum war alles naß. Wasser sickerte herein.

Duroc hob eine Hand, die sich anfühlte, als wäre sie unter eine Dampframme geraten, und versuchte auf irgendwelche Knöpfe zu drücken.

Mit dem Daumenknöchel traf er den richtigen. Sprengbolzen sprengten die Luke weg, und noch mehr Wasser strömte herein.

Auf den Sitz gestützt, stieß Duroc sich aus der Kapsel und bekam eine mannsgroße Insel zu fassen.

Die Kapsel sank halb ein und blieb stecken. Das schlammige Wasser war gerade einen Meter tief.

Vor Durocs Augen verschwamm die Welt…

Wenn's ums Zerstören ging, leistete Raimundo ganze Arbeit, dachte Elvis. Die übriggebliebenen Josephiner leisteten keinen Widerstand mehr, also befahl er dem Dinosaurier, sie nicht zu töten. Er wirkte enttäuscht, hatte aber eine Menge Gerät zur Verfügung, an dem er seinen Frust ablassen konnte.

Krokodil kam in die Hauptkommandozentrale zurück. Sie beriet sich mit Shiba und beugte sich vor, um mit dem Japaner zu sprechen.

»Also schön, Gitarre«, sagte sie zu Elvis. »Die Show ist vorbei. Ziehen wir uns zurück.«

X

Elvis fand Krokodil, die in der verrußten Zone neben dem eingestürzten Montageturm stand.

»Krokodil?«

Sie schaute zu ihm hoch. Ihr eines Auge war kühl und klar.

»Krokodil, bist du noch du selbst?«

Sie nickte, sagte aber nichts.

»Es gibt eine Reihe von Dingen, über die ich nachdenken muß. Ich weiß nicht, ob ich so weitermachen kann wie bisher. Nichts ist so, wie ich es mir vorgestellt habe.«

»Fahr nach Hause, Elvis«, sagte sie.

»Bitte?«

»Nimm den Cadillac und fahr nach Hause. Mach das Beste aus deinem Leben. Vielleicht bleibt uns nicht mehr viel Zeit.«

Auf der anderen Seite des Geländes kümmerten sich Shiba und Raimundo um die Verwundeten. Shiba war von der Idee abgekommen, seine Vorgesetzten in Japan anzurufen. Die Koffermenschen brauchten Leute für die Verwaltung, hatte er beschlossen. Mit jeder Stunde kamen mehr aus den Sümpfen. Hier konnte eine echte Gemeinschaft entstehen.

»Und du?«

Krokodil seufzte und stand auf. »Salt Lake City. Ich habe dort noch etwas zu erledigen.«

»Ich könnte…«

Sie schüttelte den Kopf. »Nein. Ich habe schon zu viel von deiner Zeit in Anspruch genommen. Ich habe Habicht.«

Elvis war enttäuscht. Glaubte sie etwa, er hätte sich nicht gut geschlagen?«

»Tut mir leid, Elvis. Ich hätte dich nicht so sehr verändern dürfen…«

Elvis verstand nicht. Die Musik strömte durch seine Adern. Es war, als wäre er wieder jung.

Shiba hatte die Kontraktarbeiter von ihren Verträgen entbunden, die meisten von ihnen jedoch blieben lieber bei den Koffermenschen, als daß sie zu ihren früheren Heimen zurückkehrten und eine neue Kontraktarbeitererhebung riskierten.

»Was wirst du mit dem Geld machen?« fragte sie.

Er zuckte die Achseln. »Spielt keine Rolle. Vielleicht kaufe ich einen Kongreßabgeordneten und unternehme etwas gegen die Good Ole Boys. Im Süden muß sich eine Menge ändern.«

»Stimmt.«

Sie küßte ihn und schwieg wieder. Diesmal war es, als würde man von einem Geist berührt. Dann ging sie zum Rand der Basis und verschwand durch ein Loch im Zaun in den Sumpf.

Elvis sah zu, wie sie ging.

»Komm, Jesse Garon«, sagte er, »es gibt Arbeit.«

XI

Simone fand ihn, wie er mit dem Gesicht dicht über dem Wasser im Sumpf trieb. Schwer verletzt war er nicht, er blutete nur. Unter großer Anstrengung zog sie seinen großen Körper auf den fast trockenen Untergrund.

Überall waren Koffermenschen. Einige waren auf der Suche nach Josephinern, die meisten jedoch wateten nur Richtung der Basis, wo sie sicher sein konnten, willkommen zu sein.

Roger versuchte, etwas zu sagen, stand aber zu sehr unter Schock.

Sie hatte an den Docks ein Gleitboot für zwei Personen gefunden, das dort zwischen den aufgedunsenen Leichen der Koffermenschen trieb, die beim Versuch, dort an Land zu gehen, umgekommen waren.

Es war nicht leicht, Roger hineinzuverfrachten, ohne das Boot zu kippen. Sie mußte sich ausruhen.

Die Musik des Zauberers ging ihr immer noch durch den Kopf. So etwas hatte sie noch nie gehört.

Roger rührte sich und versuchte, sich aufzusetzen. Winselnd sank er wieder zurück.

Simone hatte keine Ahnung, in was sie da reingeraten war...

Sie lehnte Roger an das Gleitboot und hob ihn an.

Vor Schmerz stöhnend, ließ Duroc sich auf den Fahrersitz des Bootes gleiten. Er war außer Atem.

Ihre Füße steckten mittlerweile tief im Schlamm. Sie hob sie an und hörte ein saugendes Geräusch unter Wasser. Das Wasser reichte ihr bis an die Brust. Ihr Tausend-Dollar-Kleid hätte ebensogut ein Kartoffelsack sein können.

Er hatte sie im Sumpf entdeckt und ihr einen Ausweg gezeigt. Jetzt waren sie quitt.

Blieb die Frage ihrer Desertation.

Die Kälte begann ihr in die Glieder zu kriechen. Sie stützte sich auf dem Rand des Gleitbootes ab und zog sich hoch.

Roger machte eine Bewegung, und plötzlich hatte er eine Waffe in der Hand. Der Lauf war auf ihre Stirn gerichtet.

Sie ließ sich zurück ins Wasser gleiten, bis ihre Füße den Grund berührten.

Ohne ein Wort schnappte Roger den Sicherheitsverschluß zurück. Simone schaute in seine trüben Augen.

Irgendwelche großen Biester in der Nähe ließen die Wipfel der Zypressen erbeben.

Mit seiner Rechten startete Roger den Motor des Gleitbootes. Unter dem Heck brodelte es, und das Boot hob sich aus dem Wasser.

Simone senkte den Kopf, tauchte ihr Kinn in den Sumpf.

Als sie wieder aufschaute, war Rogers Gleitboot verschwunden. Es hinterließ nur ein schaumiges Kielwasser und eine Welle, die sie im Wasser hin und herwarf.

Sie schleppte sich auf die Insel und wartete auf die Koffermenschen.

Anmerkung des Autors

»Als kleiner Junge war ich der Held aus Comics und Filmen. Ich wuchs auf in dem Glauben an einen Traum. Ich habe ihn gelebt. Mehr kann man nicht verlangen.«

Elvis Presley.

Falls die Geschehnisse rund um Elder Seths üble Pläne im ›Dark Future‹-Zyklus Sie verwirrt haben sollten, hier noch einmal die definitive Reihenfolge der bislang veröffentlichten Stories: Den Anfang macht »Route 666« von Jack Yeovil, die Titelgeschichte der gleichnamigen Sammlung. Der Rest des Zyklus umfaßt bis dato zwei ineinander verwobene Serien, die sich jeweils um die Abenteuer von Schwester Chantal und Jessamyn Bonney ranken. Schwester Chantal tritt in *Dämonenjagd* auf, Jessamyn Bonney dagegen in *Krokodilsjagd* und eben jenem Buch, das Sie gerade zu Ende gelesen haben. Den Schluß *beider Serien* – und des Zyklus als Ganzem – wird der in Kürze erscheinende Band *United States Cavalry* bilden.

Solange Sie *Route 666* zuerst und *United States Cavalry* am Schluß lesen, spielt es im Grunde keine Rolle, in welcher Reihenfolge Sie die Romane lesen, allerdings ist es von Vorteil, wenn man den jeweils ersten Band einer Serie vor dem zweiten liest. Der Vollständigkeit halber hier die Chronologie der Ereignisse innerhalb der bislang veröffentlichten Bücher: *Route 666, Krokodilsjagd, Dämonenjagd, Mutantenjagd*. War das wirklich so kompliziert?

Für dieses Buch bin ich den verschiedenen Leuten, die über Elvis Presley und verwandte Themen geschrieben haben, eine Menge schuldig. Insbesondere möchte ich Dirk Vallenga und

Mick Farren für ihr beängstigendes *Elvis and the Colonel* (1988) danken, für die Aufklärung über Colonel Parker, Fred L. Worth und Steven D. Tamerius' *Elvis: His Life from A to Z* (1988) für alles, angefangen von Einzelheiten über Elvis' Lieblingsspeisen, -filme und -songs, Louis Valdez' Film *La Bamba* (1987) für alles Subtile, und Greil Marcus' *Mystery Train* (1977) – das Beste, was ich je über Rock 'n' Roll gelesen habe. Viel Dank gebührt auch Brian Craig für Dr. Zarathustra, Sandy Mitchell für Logan's Runners, Myles Burnham für die Blutbanner-Gesellschaft und David Pringle für seine Geduld mit dieser ganzen Serie.

Jack Yeovil, 1991

JAILHOUSE ROCK
ODER
DER ALLTÄGLICHE AUSNAHMEZUSTAND

DIE WELT DES JACK YEOVIL

von Andreas Decker

1999: Das Jahr, in dem die Anarchie ihren Höhepunkt erreicht.

Schwester Chantal Juillerat, Killer-Nonne und Computerexorzistin, eine Mischung aus Diana Rigg, Nastassja Kinski und Zoe Tamerlis aus *Die Frau mit der .45er Magnum*, kämpft im Fort Apache gegen Gangkultisten, Mad-Max-Clones und schwarzmagische Computerviren.

Nguyen Seth, seines Zeichens Avatar der Endzeit-Dämonen, besiedelt mit seiner Sekte den amerikanischen Bundesstaat Utah neu, um in Ruhe den Weltuntergang vorzubereiten.

Jessamyn Bonney alias Jazzbeaux alias Krokodil, die glatt als Rosanna-Arquette-Doppelgängerin durchgehen könnte, wird von der Gangbraut zur Cyber-Kämpferin und Schachfigur kosmischer Mächte.

Elvis Presley, den 1961 die Richtung, die seine Musik durch die vielen Einflüsse seiner Umgebung nahm, nur noch ankotzte, schmiß die Karriere und wurde zum staatlich sanktionierten Killer in Dixie.

Spätestens da wird klar, daß hier etwas nicht stimmen kann. Schließlich wissen wir alle, daß Elvis in einem Schnellimbiß in Houma, Louisiana, Hamburger verkauft.

Aber das hat Jack Yeovil nicht davon abgehalten, eine der verrücktesten, coolsten, witzigsten und fiesesten Game-Novelisations aller Zeiten zu schreiben.

Nun wird diese relativ neue Spielart (oder Absonderung – je nach Kritiker) der diversen Genres von vielen naserümpfend ignoriert. Aber wer in einer Welt, in der die CD zur Rasierwasserreklame bereits als Medienereignis gefeiert wird, diese Bücher als reines – und letztlich überflüssiges – Kunstprodukt abqualifiziert, in dem nichts als tumbe Elfen in Disneyweltkulissen agieren, macht es sich dann doch etwas zu leicht. Natürlich bestehen viele der aus den (auch hierzulande) unglaublich populären Rollenspielen hervorgegangenen Serien aus Genreversatzstücken, aber wie die Dark-Future-Trilogie beweist, kann das Spiel mit den Elementen der populären Kultur doch sehr vergnüglich sein.

Jack Yeovil hat die Vorlage des britischen Rollenspiels DARK FUTURE, bei dem es primär um Straßenkämpfe mit gepanzerten Automobilen geht, als Sprungbrett für eine durchgeknallte, völlig fremde und zugleich erschreckend reale Welt genommen.

Aber wer ist der Mann, der nicht davor zurückschreckt, eine Legende wie Elvis auf Mutantenjagd zu schicken, der seine Plots mit soviel Film-, Literatur- und Geschichtszitaten und schlechten Gags versieht, daß man noch beim dritten Lesen über Dinge stolpert, die einem vorher entgangen sind?

Hinter dem Pseudonym Jack Yeovil verbirgt sich der Brite Kim Newman. Jahrgang 1959, hat Newman unter anderem im Theater, als freiberuflicher Filmkritiker im Radio und im Fernsehen (Channel 4s BOX OFFICE) gearbeitet. Er ist der Verfasser so unterschiedlicher Sachbücher wie *Horror: 100 Best Books* (mit Stephen Jones), *Nightmare Movies* oder *Wild West Movies*. Dem deutschen Leser ist er vielleicht durch seine bitterböse Geschichte *Der Mann, der Clive Barker sammelte* (erschienen in *Das große Horror-Lesebuch II*, hrsg. von Robert Vito, Goldmann TB 42019) bekannt, in der er auf wirklich abscheuliche Weise mit der Sammelwut von Horrorfans abrechnet. Seine Erzählung *Dracula A. D. 1888* (erschienen in Das große Horror-Lesebuch III, hrsg. von Robert Vito, Goldmann TB 42395), die davon ausgeht, daß Dracula nicht von den furchtlosen Vampirjägern aus England vertrieben wurde, sondern das Empire zu seinem Schreckensreich gemacht hat, ist die vielleicht faszinierendste Alternativwelt-Geschichte, die das Genre in den letzten Jahren zu bieten hatte.

Kim Newman ist Angehöriger jener neuen britischen Autorengemeinschaft, die die Mythen des 20. Jahrhunderts mit der Muttermilch aufgesogen hat. Leute wie Neil Gaiman, Grant Morrison, Alan Moore oder Garth Ennis bringen den mittlerweile manchmal recht angestaubten Genres neue Impulse, und sie beschränken sich nicht nur auf ein Medium, sondern arbeiten in allen – vom Comic bis zum Roman. Sie kennen sich in der Literatur- und Filmwelt aus, und das ist auch eines der hervorstechendsten Merkmale von Newmans Arbeit.

Die Romane um die »Dunkle Zukunft« gleichen sowohl von der Konstruktion des Plots als auch von den unzähligen Nebenfiguren einem auf diese Art noch nie dagewesenen Genre-Pursuit. Gestalten unseres Alltags treffen auf Figuren und Mythen aus Literatur und Film, und alles verschmilzt zu einer Einheit. Das löst beim Leser ein ständiges Gefühl des Déjà-vu aus; ist man doch davon überzeugt, das eine oder andere schon mal woanders gehört, gesehen oder gelesen zu haben. Vor allem, was die zahllosen Nebenfiguren angeht, die eigentlich nichts mit der Handlung zu tun haben, dafür aber das Bild einer auf den Kopf gestellten Welt abrunden.

In jedem der drei Bände wimmelt es förmlich von solchen Gags. Ein paar Beispiele: General Ernest Haycox, der Kommandant der US-Kavallerie aus dem Band DÄMONENJAGD ist niemand anderes als Ernest Haycox, der berühmte Westernautor, nach dessen Roman *Stage to Lordsburg* der John-Ford-Film *Stagecoach* mit John Wayne entstand. Die Donovan-Behandlung zur Gehirnerhaltung ist natürlich eine Anspielung auf Curt Siodmaks SF-Roman *Donovan's Brain*.

In KROKODILSJAGD wäre da an allererster Stelle der Tasmanische Teufel aus den alten Bugs-Bunny-Zeichentrickfilmen zu nennen, dazu kommen noch Michael Myers aus Halloween, Jason Voorhees aus den Freitag-der-13.-Filmen, während Motelbesitzer und Serienmörder Herman Katz natürlich kein anderer als Norman Bates aus Hitchcocks *Psycho* ist.

Ist in MUTANTENJAGD der Einfall, Dr. Caligari zum neuen Leiter des Hochsicherheitstrakts der Serienmörder zu machen, beinahe schon zu subtil, hat die am Rande erwähnte Killeragentur Logans Runners den SF-Film *Logan's Run* zum Vorbild. Und der Mechaniker Nick kommt direkt aus Robert Aldrichs Noir-Klassiker *Kiss Me Deadly*. Va-va-*vooom*!

Aber Kim Newmans »Dunkle Zukunft« ist mehr als nur ein Zitatenkosmos, mehr als nur eine geschickt konstruierte Geschichte, in der es einmal mehr um den Kampf zwischen Gut und Böse geht, diesmal eben nur aufgemotzt mit Mad-Max- und Terminator-Szenarien.

Yeovil/Newman macht sich nämlich die Mühe, eine politische Dimension einzuführen. Die Zukunft, die er beschreibt, ist wirklich verdammt düster, und sie könnte nur einen Quantensprung neben der realen Welt existieren. Newman schildert mit den vielen kleinen und längeren Einschüben und Rückblenden eine Welt, die unregierbar geworden ist. Rassisten jeglicher Schattierung führen Krieg gegeneinander, und zwar nicht irgendwo da, wo es uns aus der westlichen Welt scheinbar nichts angeht, weil es doch angeblich so weit weg ist, sondern vor unserer Haustür. In der »Dunklen Zukunft« hat die Gesellschaft endgültig ihren Zusammenhalt verloren; Banden von Kriminellen nehmen die Verhaltensmuster von Barbarenstämmen an, während ein handlungsunfähiger, von Konzernen gegängelter Staat sich in einer Wagenburgmentalität darauf beschränkt, hemmungslos über den Rest der Torte herzufallen und zugleich die Grenzen dichtzumachen, um die Barbaren vor den Toren zu halten. In Newmans Amerika – und Europa – hat die Politik endgültig versagt und ist lediglich noch Spielball verschiedener Interessengruppen; sie ist zum mediengerechten Possenspiel degeneriert, in dem dank der Inkompetenz aller Beteiligten ein Serienmörder wie der Tasmanische Teufel der maroden Wirtschaft den letzten Todesstoß versetzt – weil es ihn amüsiert.

Das scheint natürlich ziemlich starker Tobak für eine Dutzend-Trilogie klischeehafter Instant-SF zu sein, mag sie sich in ihrer ständigen Überzeichnung noch so witzig lesen. Aber Newman hat die Dinge auf hinterhältige Weise so verfremdet, daß sie, näher betrachtet, tatsächlich gar nicht mehr so komisch sind.

Ein Präsident Charlton Heston ist nun wirklich keine völlig abwegige Vorstellung, und betrachtet man einmal die amerikanische Politik vom europäischen Standpunkt, ist sogar ein Präsident Oliver North nicht völlig unvorstellbar. Wie im übrigen auch die im Roman geschilderten Rock 'n' Roll-Krawalle. Ginge es nach gewissen christlichen US-Fundamentalisten-Gruppen, würde man noch am heutigen Tage mit der ganzen Satansmusik und der auf den Bildschirmen der Nation grassierenden Unmoral aufräumen. Spätestens da schleicht sich bei der durchaus vorhandenen Komik solcher Szenarien ein gewisses Unbehagen ein. Nimmt man dann jedoch einen Vatikan, der sich unter einem Papst Mandela der Welt so weit öffnet, daß er mit harten Bandagen in der Weltpolitik mitspielt, hört die Geschichte auf, richtig witzig zu sein, und spätestens bei einem Europapräsidenten Le Pen bleibt einem das Lachen im Hals stecken.

Die dritte Ebene der Trilogie ist Newmans Humor – und das ist einer der schwärzesten Sorte. Wenn Yeovil/Newman einen Pornostar mit dem Namen Billy Priapus (schlagen Sie doch mal im Lexikon unter ›Priapismus‹ nach) einführt, werden alle mitgrinsen, die den Gag verstanden haben, doch wenn der mit Bioimplantaten und Cyberware verjüngte Rudolf Heß sich gerichtlich das Copyright auf alle Nazi-Insignien erstreitet oder Comic-Autor Neil Gaiman anstelle von Salman Rushdie von den Ayatollahs gejagt wird, so dürfte das für manchen doch über die Schmerzgrenze hinausgehen. Dann ist der scheinbar mit so leichter Hand entworfene High-Tech-High-Noon in Arizona nicht mehr so witzig. Was die Frage aufwirft, wie weit man gehen darf und kann, was erlaubt ist und was nicht. Das provoziert und erfüllt damit die Aufgabe, die jede Literatur, wenn sie nur einen Schuß Pulver wert sein will, erfüllen sollte.

So gesehen ist diese »Dunkle Zukunft« mehr als nur der Versuch, das Szenario eines Rollenspiels in Buchform zu bringen. Hier hat sich jemand Gedanken gemacht – und wollte Spaß beim Schreiben haben. Und das ist mehr, als man von vielen der Zunft der derzeitigen Genreautoren sagen kann. Eines steht fest: Mit Kim Newman wird zu rechnen sein.

Aber wem das alles zu ernst und tiefgründig ist, und wer sich nur von einer rasanten wie abgedrehten Geschichte mitreißen lassen will, auch der bekommt etwas für sein Geld. Derjenige sei beruhigt, daß diese »Dunkle Zukunft« nie über uns hereinbrechen wird. Schließlich wissen wir alle, daß Elvis letztens noch in Bismarck, North Dakota, gesehen wurde. Er hat dort eine akustische Gitarre gekauft.